Von Susanna Kubelka sind bei Bastei Lübbe Taschenbücher lieferbar:

14669 Das gesprengte Mieder
16136 Madame kommt heute später
16146 Burg vorhanden – Prinz gesucht
16222 Ophelia lernt schwimmen

Über den Autor:

Susanna Kubelka von Hermanitz, in Linz an der Donau geboren, studierte Anglistik und promovierte 1977 zum Dr. phil. mit einer Arbeit über die englischen Schriftstellerinnen des 18. Jahrhunderts. Nach anschließender journalistischer Tätigkeit bei der Wiener Tageszeitung *Die Presse* gelang ihr mit ihrem ersten Buch *Endlich über Vierzig* (1980) ein Welterfolg. Weitere Romane folgten, von denen der bekannteste *Ophelia lernt schwimmen* ist. Die Autorin lebt heute in Paris und Wien.

Susanna Kubelka

Der zweite Frühling der Mimi Tulipan

Roman

BASTEI LÜBBE TASCHENBUCH
Band 15674

1. Auflage: Mai 2007

Vollständige Taschenbuchausgabe
Bastei Lübbe Taschenbücher in der Verlagsgruppe Lübbe

Für die Originalausgabe:
© 2005 by Verlagsgruppe Lübbe GmbH & Co. KG, Bergisch Gladbach

Lektorat: Daniela Bentele-Hendricks
Umschlaggestaltung: Christina Krutz Design unter der Verwendung eines
Gemäldes von Henri Matisse, »Reclining Nude with Blue Eyes, 1963,
© Succession H. Matisse/VG Bild-Kunst, Bonn 2005,
Photo: © Mauritius-Images/Super-Stock
Satz: Dörlemann Satz, Lemförde
Druck und Verarbeitung: Ebner & Spiegel, Ulm
Printed in Germany
ISBN 978-3-404-15674-0

Sie finden uns im Internet unter
www.luebbe.de

Der Preis dieses Bandes versteht sich einschließlich
der gesetzlichen Mehrwertsteuer.

Für Marieli

Kapitel I

Sehe ich recht? Das bin ich nicht mehr gewohnt.

Ein zarter Mond steht am Himmel, eine silberne Sichel, wie ich sie seit Tagen nicht mehr sah. Und es ist kein gewöhnlicher Mond. Es ist der Mond über Paris.

Keine feuchten Nebel, keine schwarzen Wolken, so tief, dass man sie berühren könnte mit der Hand, nein, eine laue, blaue Nacht über dem geliebten Häusermeer, den geschwungenen Dächern, den hohen Fenstern, den kunstvoll geschmiedeten Balkonen, ja, meine Lieben, es ist der Mond über der schönsten Stadt der Welt, und die Kastanien blühn.

Unter mir, in der Avenue Emile Deschanel blühen sie rot. Die Seine entlang blühen sie weiß. Und ich bilde mir ein, heute Nacht blühen sie nur für mich, denn ich bin wieder da, heil zurück aus England, nach fünf Tagen mit einem unbeschreiblichen Mann. Und Gott sei Dank ist rund um mich Paris und rund um Paris das sichere Frankreich, und solange ich hier bin, kann mir nichts geschehn.

Ich heiße Mimi Tulipan und war schon öfter vor den Männern auf der Flucht.

Ich wohne in Paris seit dreißig Jahren, und mit meinem Temperament, wie soll ich sagen, hab ich allerhand erlebt.

Ich bin eine Frau mit Erfahrung. Und darauf bin ich stolz.

Wie heißt es noch? Kein Mensch bereut auf dem Totenbett, dass er nicht mehr Zeit verbracht hat – im Büro.

Und obwohl ich im Beruf erfolgreich bin und mir die Arbeit Freude macht, will ich auch als Frau etwas erleben. Seit Jahren bin ich glücklich geschieden, kann tun, was ich will, und für ein Abenteuer hab ich immer Zeit.

Ich verdiene nämlich manchmal sehr viel Geld.

Und dann mach ich es nicht wie gewisse Kollegen, die gleich noch mehr wollen, bis zum Herzinfarkt, o nein! Dann nehme ich mir lange frei, bilde mich weiter, und genau das tat ich, bis April.

Dann wurde alles anders, mit einem Schlag!

Ich bin nämlich jetzt im zweiten Frühling, habe den Wechsel hinter mir, bin die lästige Regel los, und weil ich mich deshalb fühle wie am Gipfel der Welt, unbesiegbar und voll Kraft, ließ ich mich ein auf diese wilde Geschichte, und das hab ich jetzt davon!

In Paris sitzt man an der Quelle.

Alle Künstler, Schriftsteller, Sänger, Maler, Schauspieler und Gelehrte, alles, was Talent hat und Erfolg, was Schönheit sucht und Glück, strömt an die Seine, und hier trifft man sich.

Ich hatte Liebhaber aus aller Welt. Mein letzter war Bébé. Er war erst achtzehn. Doch die Sache war noch relativ normal. Verglichen mit dem, was mich nach England zog.

Das nämlich hatte ich noch nie.

Dr. Marlon Macdonald war mein erster Mann im Jahr zweitausend, dem Drachenjahr. Und in Drachenjahren passiert das Wildeste, Unglaublichste, Gefährlichste und Schönste und manchmal auch alles zugleich. Genau das geschah: Wie ein Feuer speiendes Ungeheuer riss mich Dr. Macdonald heraus aus meinem angenehmen Leben, hinein in seine turbulente Welt, in der alles verkehrt ist, nichts normal!

Nach dem ersten Kuss schon hieß es: »Wir bleiben zusammen, auf ewig! Das ist klar!«

Und nach dem ersten Streit: »Ich bin ein reicher Mann, was keiner weiß. Warum heiraten wir nicht? Wir sind ein schönes Paar.«

»Weil das zu früh ist«, sagte ich, »und zu riskant.«

»Zuerst heiraten wir«, meinte er mit glasklarer männlicher Logik, »dann sehen wir schon, was kommt.«

Doktor Macdonald hat ein dunkles Geheimnis, das ihn aber gar nicht stört. Er nennt es »eine Spielerei«. Kein Grund zu erschrecken, das macht ihn doch nur interessant. Ja, ich müsste dem Schicksal *danken*! Nie wieder fände ich einen wie ihn und so weiter und so fort, jedenfalls, fünf Tage sah ich mir die Sache an, dann wurde es mir zu heiß im kalten England!

Deshalb die überstürzte Heimkehr nach Paris.

Für mich ist es aus.

Für ihn wahrscheinlich nicht. Es könnte noch harte Kämpfe geben.

Dabei passen wir nicht zusammen. Unsere Weltsicht ist völlig konträr. Für mich ist das Glas halb voll, für ihn halb leer.

Wir streiten sogar übers Essen. Es ist absurd. Wir leben beide vegetarisch, denn die Tiere tun uns Leid und für uns braucht keines mehr zu sterben.

Doch für Marlon bin ich zu verwöhnt.

Bitte sehr, ich liebe Luxus.

Und den gönne ich mir ab und zu mit meinem selbst verdienten Geld und speise fein im Tour d'Amour, hoch über den Dächern von Paris. Von Kellnern umschwärmt, vom Besitzer verehrt, bestelle Pasta mit Trüffeln, Morcheln in Sahnesauce, feinsten Käse und Safranreis.

Doch als Marlon das erfuhr, war sofort die Hölle los!

Denn er, der Jahrzehnte überhaupt nichts anderes fraß als Fleisch, isst inzwischen keinen Bissen mehr vom Tier, und er will mir auch die Milch verbieten, Eier, Käse, Butter, Sahne, Joghurt, Kefir, Molke, Quark!!! Und im Tour d'Amour will man Geld scheffeln, meint er, und kauft nicht biologisch ein.

Das weiß ich auch. Nur, wozu hab ich mein Immunsystem? Ab und zu eine kleine Spritze Gift hält frisch. Was rastet, rostet. Aber Marlon findet das riskant. Nährt sich nur noch von Kartoffeln und Salat, Brot ohne Butter, Ketchup, Senf, Schokolade und Zitronentee. Er lebt vegan. Sieht gut aus und hat Kraft. Er raucht nicht, spielt Golf, fährt Rad, und seit er kein Fleisch mehr isst, war er nie mehr krank. Er weiß, was jung hält, sagt er. Nur – das weiß ich auch. Und ich weiß es noch viel *besser*!

Deshalb wirke ich neben ihm wie seine Tochter!

Ich bin nämlich eine *echte* Pionierin. Eine junge Frau von fünfundfünfzig, die eben erst das Leben neu entdeckt.

Noch nie hab ich mich so wohl gefühlt in meinem braven Körper. Ich gehöre zur immer größer werdenden Schar von Frauen, die nach dem Wechsel wieder jünger werden und frischer, sportlicher und kreativer, und die sich die Laune nicht verderben lassen von einem Schatz, der die Tropfen Milch zählt im Kaffee und dabei stirbt vor Angst.

Dabei ist Marlon ein stattlicher Mann.

Gut zwei Meter groß, mit Schultern wie ein Ochs und einer Nase wie ein Adlerschnabel. Fast ein Riese im Vergleich zu mir.

Ich bin ein Meter sechzig und nach einer sehr gelungenen Fastenkur nur noch fünfzig Kilo schwer.

Ich bin stolz auf meinen flachen Bauch, meine feste Brust, ich gehe jede Woche zwei Mal tanzen, mache täglich Yoga und bin immer gut gelaunt.

Mein Gesicht ist fröhlich, glatt und rund, ich habe große dunkle Augen, kurzes, schwarzes Haar, fürchte mich (fast!) vor nichts, gehe aufrecht und sehe jedem ins Gesicht.

Marlon Macdonald aber geht gebückt, wie von den Sorgen der Welt erdrückt. Er hat scharfe, grüne Augen und einen großen, hungrigen Mund, die Zähne stark und strahlend weiß! Sein Haar ist grau, dicht, verdeckt die Ohren, wirkt gepflegt.

Nie würde man vermuten, dass irgendwas mit ihm nicht stimmt!

Röntgenaugen hätte ich gebraucht. Und Einsicht in ein schillerndes Milieu. Die mir völlig fehlt. Jedenfalls, vor zwei Jahren sah ich ihn zum ersten Mal. Aber nicht in Paris.

Es war in Rom!

Ich drehte einen Film über einen Kongress, und Marlon hielt eine lange Rede: »MUTTERLIEBE, ANGEBOREN ODER ANERZOGEN?« Wobei er zu dem Schluss kam, dass es keine Mutterliebe gibt. Ich fand das skandalös, denn ich liebe meine Mutter und sie liebt mich.

Aber Marlon auf der Bühne faszinierte mich.

Er war ein genialer Redner, wirkte auf Frauen – sie hingen an seinen Lippen –, ja, er zeigte sogar Humor!!

Und als ich fertig war mit der Arbeit, schickte ich meine Leute ins Hotel, setzte mich in die erste Reihe und hörte mir den Schluss der Rede an.

Marlon bemerkte mich sofort.

Nickte mir geschmeichelt zu, ich lächelte zurück und vergaß ihn prompt.

Ich hatte gerade diese süße Geschichte mit Bébé, der auf mich wartete, splitterfasernackt im Hotel Quirinale in einem herrlich breiten Luxusbett, und dabei wär's geblieben, nur das Schicksal hatte anderes geplant.

Ein Jahr später ging ich in Paris in ein Restaurant, gegenüber von Harry's Bar, wo ich noch nie gewesen war.

Und wer saß dort? An einem Tisch, direkt neben der Tür?

Doktor Macdonald!

Aber nicht allein!

Ich erkannte ihn auch nicht gleich. Ich bemerkte nur ein Paar, sie Grau in Grau, er mit einer dicken Fischerjacke, die wirkte wie ein Waffenrock. Sie saßen mit dem Rücken zu mir, und das Seltsamste war: Sie sprachen mitsammen kein Wort. Sie sahen sich auch nicht an, hielten die Köpfe gesenkt. Und während sie aßen, las jeder in einem Buch.

Grässlich, dachte ich, lesen beim Essen! Ein typisches Paar, das sich nichts mehr zu sagen hat. Außerdem, Fischerjacken trägt man beim Angeln. Nicht in feinen Restaurants in Paris. Wirklich seltsam. Was da wohl dahinter steckt?

Genau da drehte sich Marlon um, und wir starrten einander an.

»Kennen wir uns?«, fragte er nach einer Weile.

»Haben Sie einen Vortrag gehalten? Vor einem Jahr? In Rom?«

»Jawohl!« Er schloss sein Buch. »Sie sind die Schönheit aus der ersten Reihe. Was tun Sie in Paris?«

»Ich lebe hier.«

»Sie Glückliche. Wir sind nur Touristen.«

Jetzt legte auch die Frau ihr Buch zur Seite und wandte sich mir zu.

Ich erschrak.

Sie war derselbe Typ wie ich, nur resigniert. Die dunklen Augen ohne Glanz, die Haare strähnig, stark ergraut, der Mund verbissen, ohne Lippenstift, Kummerfalten auf der Stirn. Und sie sah durch mich hindurch, als wäre ich aus Glas.

»Hat Ihnen mein Vortrag gefallen?«, fragte Marlon.

»Sehr interessant.«

»Stammt aus einem Buch von mir.«

Schon waren wir im Gespräch. Unterhielten uns glänzend, über eine Stunde lang.

Am Schluss fragte er mich nach meinem Namen.

»Mimi Tulipan?«, wiederholte er lächelnd. »Sehr hübsch!«

»Tulipan ist das alte Wort für Tulpe.«

»Eine Blume! Logisch. Das passt! Moment … Tulipan-Tanz-Theater. Kennen Sie das?«

»Meine Mutter hat es gegründet.«

»Was!! Die berühmte Zaza Tulipan? *Sie* sind die *Tochter*?«

»Bin ich. Haben Sie sie tanzen gesehen?«

Marlon strahlte mich an: »Schwanensee, Giselle, Schneewittchen, Dornröschen, der ganze Märchenzyklus, aufgeführt in Monte Carlo 1987.«

»Den kennen Sie?«

»Hab ich zu Haus. Auf Kassetten. Ihre Mutter tanzt wie eine Göttin.«

»Werde ich ausrichten. Das hört sie sicher gern. Aber wieso … interessieren Sie sich für Ballett?«

Marlon zögerte. »Ein kultivierter Mann interessiert sich für *alles*«, meinte er dann schnell, ohne mich anzusehn. Dann gab er mir seine Nummer:

»Wenn Sie ein Buch von mir wollen, rufen Sie mich an.«

»Gern!«

Ein schneller Blick auf seine Begleitung – hasste sie mich jetzt?

Nein! Sie hatte sich abgewandt, den Kopf gesenkt und lächelte seltsam in sich hinein.

Dieses Lächeln sehe ich heute noch vor mir. Es sagte klipp und klar: »Wenn du wüsstest, Schätzchen, was ich weiß …«

Was sie damit meinte, war mir aber ganz egal.

Ich nehme anderen Frauen nicht die Männer weg. Es gibt genug, die frei sind heutzutag! Es wäre auch nicht fair. Ich will ja nicht mehr heiraten. Ich suche keinen Ehemann. Ich lebe mit Begeisterung allein. Ich brauche zwar einen Mann im Bett, auch jetzt, nach dem Wechsel, doch ich brauche ihn nicht Tag und Nacht.

Jedenfalls, ich hatte nicht die geringste Absicht, Marlon anzurufen, nur, diesmal vergaß ich ihn nicht!

Denn was hält man davon?

Tausende Restaurants gibt's in Paris, in meinem Viertel allein

ein paar Hundert. Jemanden wiederzutreffen in dieser Weltstadt ist ein Wunder. Deshalb wusste ich noch in der Tür, beim Abschied, dass das nicht das Ende war. Und als er plötzlich von sich hören ließ, nach einem weiteren Jahr, nämlich jetzt, im April, war ich gar nicht überrascht.

Er meldete sich zuerst per Post. Die Adresse hatte ich ihm nicht gegeben. Ich stehe jedoch im Telefonbuch, also ist das keine Zauberei. Er dagegen steht nirgends. Auch seine Nummer ist geheim. Aber davon später mehr. Jedenfalls, eine Karte kam aus England, vorne eine rote Tulpe, hinten in kaum leserlicher, hektischer Schrift: Grüße aus dem strömenden Regen ins sonnige Paris. *MUCH LOVE, MARLON.*

Ich lachte kurz auf.

Im zweiten Frühling kennt man das starke Geschlecht: Wenn ein Mann aus heiterem Himmel Karten schreibt, nach einem ganzen Jahr Pause, wenn er sich die Mühe macht und meine Adresse sucht und unterschreibt mit *MUCH LOVE*, dann ist das ein Hilferuf.

Wetten? Die graue Maus hat ihn verlassen, er sitzt allein zu Haus, braucht dringend Trost, schon griff ich zum Hörer und rief ihn an. O Wunder, die Nummer stimmte noch. Er war auch gleich am Apparat.

»Hellloooooouuuuuu?«

»Hier spricht Paris.«

»Oh!« Es klang erleichtert und erstaunt zugleich.

»Danke für die Tulpe. Störe ich?«

»Im Gegenteil.«

»Was ist passiert?«

Marlon seufzte tief.

»Meine Frau hat mich verlassen. Wir waren zwar nicht verheiratet, haben nur zusammengelebt, die Dolly und ich, aber … das ist ein Schock …«

»Wo ist sie hin?«

»Nach Schottland.«

»Mit einem andern Mann?«

»Wie?? Nein! Natürlich nicht. Geben Sie mir Ihre Nummer, ich rufe Sie zurück. Vom Festnetz aus.«

»Wo sind Sie in England?«, fragte ich neugierig, als er wieder am Apparat war.

»Kann ich nicht sagen. Adresse streng geheim.«

»Land oder Stadt?«

»Land.«

»Schönes Haus?«

»Sehr edel. Eine Frage: Was machen Sie am Sonntag? Wir kommen vielleicht nach Paris.«

»Wer kommt?«

»Meine Frau und ich, das heißt Exfrau.«

»Die in Schottland?«

»Zum letzten Mal … sozusagen … als Abschiedsgeschenk. Wir waren immer in Paris, seit wir uns kennen. Im Frühling und im Herbst. Wir laufen stundenlang herum zu Fuß, wir brauchen nur zehn Minuten vom Etoile zur Concorde, in zwei Stunden gehn wir durch die ganze Stadt. Laufen Sie auch so gern durch Paris?«

»So weit? *Zu Fuß?* Nie!«

»Nein???«

»Nein. Man kriegt deformierte Zehn und harte Haut, und meine schönen, teuren Schuhe gehen kaputt.«

»Sie fahren immer mit der Metro?«

»Ich war noch nie in der Metro. Ich nehme Taxis.«

»Das kommt aber teuer.«

»Das leiste ich mir.«

»Aha. Und … ahh … rauchen Sie?«

»Ich?«, rief ich entsetzt. »Nie im Leben. Da können Sie sicher sein!«

»Wir fliegen am Freitag«, sagte Marlon nach einer Weile, »die Dolly fliegt Sonntagmittag zurück. Ich aber nicht. Vielleicht bleibe ich noch einen Tag.«

»Dann melden Sie sich.«

»Hätten Sie Zeit?«

»Ich freu mich auf Sie.«

»*Wirklich!!*«, rief er überrascht. »Und ich freu mich auf *Sie*. Wie ist das Wetter?«

»Strahlend. Sechsundzwanzig Grad. Sie brauchen keinen Mantel und keinen Schirm.«

»Dann rechnen Sie mit mir, Darling Mimi. Auf Sonntag. *Bye-bye*.«

Ich legte auf.

Und drückte auf die Taste, die mir immer sofort die Nummer zeigt, mit der ich verbunden war. Marlons Nummer aber schien nicht auf.

Schade! An der Vorwahl nämlich hätte ich erkannt, von welchem Teil Englands er angerufen hatte.

Der Gute versteckt sich. Vor wem??

Doch ich verbannte sofort alle Sorgen, denn die Zeit war reif für einen neuen Mann. Ich hatte gerade nichts anderes zu tun, als mich zu amüsieren, da ich im Vorjahr fleißig war.

Ich habe einen interessanten Beruf, mache Regie für Kurz- und Werbefilme und werde nach Drehtagen bezahlt.

Fünf Filme genügen, und ich komme ein Jahr lang durch.

Im Vorjahr aber machte ich dreizehn Filme mit sechsundzwanzig Drehtagen, und dieses Jahr schon zwei.

Im Februar war ich in Portugal für biologisches Olivenöl und habe in einem Schloss gedreht. Im März war ich in Singapur für ein Parfum aus echten ätherischen Ölen und drehte in einem tropischen Garten.

Mein Konto quillt über, ich kann einen Teil des Kredits zurückzahlen für mein neues, großes Appartement, und vielleicht noch eine Prüfung machen, vor dem Sommer, denn wie schon erwähnt, ich leiste mir den Luxus und bilde meinen Geist.

Ja, ich begann ein neues Studium, jetzt im zweiten Frühling, denn im Lernen war ich immer gut und derzeit bin ich besser denn je.

Ich habe mehr Disziplin als mit zwanzig.

Konzentrieren fällt mir leichter als mit vierzig.

Ich sehe sofort die Zusammenhänge, recherchiere mit Elan, entdecke jeden Tag was Neues in Pflanzen-, Tier- und Sternenwelt, ja, unser Kosmos ist so voll Wunder, ich könnte schreien vor Glück.

Ein Doktorat besitze ich bereits, in Kunstgeschichte, über die Göttinnen von Malta.

Jetzt aber studiere ich Medizin. Spezialgebiet Homöopathie,

etwas wirklich Nützliches, denn meine Gesundheit ist zu kostbar, um sie Fremden zu überlassen. Ich behandle mich nur noch selbst. Und nichts hat mir in letzter Zeit mehr Spaß gemacht.

Die Homöopathie nämlich kennt nur eine Krankheit: ein geschwächtes Immunsystem!

Und findet man aus den Tausenden Arzneien, die es gibt, das persönliche, das konstitutionelle Mittel, heilt es alle Gebrechen, besonders die chronischen. Und man verjüngt sich rasant, und zwar Körper und Geist.

Nun studiere ich noch nicht lang. Doch die Sache liegt mir ungemein. Freunde und Verwandte küssen mir die Füße, vor allem meine Stilistin, die kleine Mia, denn ich habe ihre schlechte Haut geheilt. Ich kurierte auch Angina und Ekzeme, Arthritis, Depressionen und Migräne, doch das Beste war mein Wechsel. Ich war die Beschwerden los – in *kürzester* Zeit.

In jugendlicher Unvernunft nämlich hatte ich die Pille geschluckt. In meiner kurzen Ehe. Resultat: starke Regeln im Klimakterium, so stark, dass ich direkt Angst bekam.

Doch nach vier Gaben Muschelkalk (Calcium carbonicum 30 c) waren sie schlagartig wieder normal und blieben es bis zu ihrem Ende, ein Jahr später.

Auch die Wallungen waren weg. Aber interessant: Ich entdeckte nämlich schon vorher, nur bei ängstlichen Gedanken kam die Hitze über mich. Kaum ging es los, fragte ich: WAS HABE ICH GERADE GEDACHT??! Und was war's? Etwas Negatives. *Voilà!*

Jedenfalls, mein Wechsel war ein reines Vergnügen, dank Hahnemann und seiner sanften Medizin. Er erfand sie nämlich, die Homöopathie. Und um anderen zu helfen, arbeite ich privat an einer Serie, betitelt FRÖHLICHER WECHSEL. Um die Freude zu wecken an diesem wichtigen, positiven Schritt hinüber in die stolzen Jahre unserer Existenz, in ein glückliches, neues Leben ohne lästige Regel, wo alle Mühen Früchte tragen. Im Beruf und in der Liebe. Genau wie bei mir!

Doch darüber später mehr. Jetzt zurück zu Doktor Macdonald. Sonntag kam, er rief nicht an. Fünf Uhr, sechs Uhr, sieben … Und gerade, als ich dachte, ich warte keine Sekunde länger, ich gehe tanzen, *sofort,* in die Coupole, hörte ich das Telefon. Zur Strafe ließ ich es zehn Mal läuten, dann erst hob ich ab.

»Gott sei Dank, Sie sind zu Haus.« Es klang verstört.

»Oh! Hallo! Sind Sie in Paris?«

»Ja. In einem winzigen Park, gegenüber Notre Dame. Ahhmmm … sehn wir uns um halb acht?«

»Wo?«

»Wo Sie wollen. In dem kleinen Restaurant? Gegenüber von Harry's Bar? Ja? Noch was ganz Wichtiges.«

»Was?«

»Ich habe Sie vermisst.« Seine Stimme wurde plötzlich ganz sanft.

»Wirklich?«

»Ganz entsetzlich. Ich habe *tagelang* an Sie gedacht und *jede Nacht,* aber … das erzähle ich Ihnen gleich.«

Beschwingt stieg ich in ein Taxi und dachte nur eins: Ins Bett kriegt er mich heute noch nicht. Außerdem, ein Jahr ist lang. Vielleicht ist er dick geworden? Kahl? Gebrochen vor Kummer? Schlurft bucklig daher?

Aber nein!

Als ich ankam, in der Rue Daunou, stand er wartend vor der Tür – noch stattlicher, als ich ihn in Erinnerung hatte. Ein Bild von einem Mann. Er stand mit dem Rücken zur Straße, seine scharfe Nase steckte in einem Buch.

Als er den Wagen hörte, wandte er sich langsam um.

Ich stieg aus, zierlich und elegant, in einem roten Samtkleid mit silbernen Schuhen und einem kostbaren Ring am Mittelfinger meiner rechten Hand.

Marlon riss die Augen auf, sah mich lange wortlos an, und es schien Liebe auf den ersten Blick. Als Fremde betraten wir das Lokal, und fast verlobt kamen wir wieder heraus.

Dabei hätte mich das Tischgespräch schon warnen sollen. Denn wovon sprachen wir? Bei grünem Salat? Kartoffeln? Brot ohne Butter, Ketchup, Senf, Whisky und Zitronentee?

Von seinen männlichen Patienten, die heimlich Damenkleider trugen, Mieder, Büstenhalter, Strapse, seidene Dessous mit

Spitzen, Schleifchen und Pailletten, Spiegeln und kleinen Glöckchen – und den Problemen, die das mit sich bringt, bei Ehefrauen, Kindern, Kollegen und Chefs.

Vielleicht hat man es schon erraten: Marlon ist Psychiater. Und von Psychiatern halte ich mich gerne fern, denn sie wissen immer alles besser, rauchen wie die Schlote und haben keinen Humor.

Marlon aber rauchte nicht. Er belehrte mich auch nicht, nein, wir unterhielten uns glänzend, lachten wie zwei Kinder, und um halb zwölf nahm er meine Hand und wir spazierten los.

Das Café de la Paix wurde gerade renoviert. Also gingen wir zur Konkurrenz und setzten uns auf die Glasterrasse neben einen Tisch voll eleganter Italiener, die gerade aus der Oper kamen.

Als sie mich sahen, hörten sie zu sprechen auf und starrten mich bewundernd an.

Marlon rückte meinen Stuhl zurecht und legt besitzergreifend seinen Arm um mich.

»Champagner?«, frage er und winkte dem Kellner.

»Gern.«

Er bestellte gleich eine ganze Flasche, die serviert wurde mit größtem Pomp, im Silberkübel mit Eis und blütenweißer Serviette aus Damast, dazu Nüsschen, Oliven und Salzgebäck.

»Es gibt was zu feiern«, er reichte mir ein Glas, »wir stoßen an auf dich und mich: Ich brauche dringend eine Frau. Zum Heiraten. Und ich habe sie gefunden: Dich!«

Ich schwieg. Das war wohl ein Witz!

»Ich bin siebenundfünfzig, ich bin einsam, ich will nicht mehr allein sein«, fuhr er fort, todernst.

»Vielleicht kommt sie zurück?«, sagte ich schwach.

»Die Dolly? Die will nicht mehr aufs Land, sie will in Edinburgh sein und fotografieren. Ihr ganzes Leben hat sie Rücksicht genommen auf die Männer, jetzt ist sie im Wechsel und tut nur noch, was sie freut.«

»Nur, weil sie im *Wechsel* ist?«

»Das gibt's. *Du* reagierst vielleicht ganz anders. Aber du hast noch zwanzig Jahre Zeit.«

»Ich bin fünfundfünfzig.«

»Was???« Marlon fiel fast das Glas aus der Hand.

»Das *gibt* es nicht!« Er fing an zu lachen. »Aber das ist *gut*. Das ist *sehr* gut. Das ist *noch* besser …«

»Besser als was?«

»Für unsere Zukunft. Ich habe große Pläne, dazu brauche ich eine Frau wie dich. Eine schöne Frau. Du kommst herein, alles dreht sich nach dir um. Du bist elegant wie ein Filmstar und gleichzeitig süß. Das macht dich jung. Du bist voller Kontraste: schwarze Augen, helle Haut, roter Mund, dein Gesicht vergisst man nicht. Du stichst heraus aus der Masse. Ich habe dich sofort bemerkt, in Rom. Alle haben Bergstiefel getragen, diese plumpen Sohlen, das war Mode, nur du nicht. Du hast goldene Sandalen angehabt.«

»Bergstiefel passen mir nicht.«

»Willst du wissen, was ich gedacht hab von dir? Vor einem Jahr?«

»Gern.«

»Endlich eine Frau, die völlig überzeugt ist von sich.«

»Das gefällt dir?«

»Weißt du, wie selten das ist? Du bist gebildet, intelligent und stark. Dich bringt nichts aus der Fassung, stimmt's?«

»Kaum.«

»Der *Himmel* hat dich mir geschickt.« Marlon stieß mit mir an.

»Zwei Ausnahmemenschen haben sich gefunden. *Du* bist anders als die andern, *ich* bin anders als die andern, das passt *perfekt*! Geld spielt keine Rolle, ich verdiene enorm, Investments hab ich auch …«, er zog einen Block aus der Tasche, kritzelte hastig was drauf, das hatte er auch im Restaurant schon getan.

»Was notierst du dir?«

»Ideen für mein neues Buch, du inspirierst mich. Du bist gut für mich.«

»Hast du viel publiziert?«

Marlon lachte. »Siebzig Bücher.«

»*Siebzig Bücher?* Worüber?«

»Über … äh … Psychiatrie. Eine Frage: Wer hat dir diesen prachtvollen Ring geschenkt?«

»Meine Mutter. Zum letzten Geburtstag.«

»Ein echter Rubin?«

»Meine Mutter schenkt nur echten Schmuck.«

»Bist du … warst du schon einmal verheiratet?«

»Ja.«

Marlon ließ den Block sinken und starrte mich entgeistert an.

»Aber längst geschieden«, setzte ich hinzu.

»Gott sei Dank. Hast du Kinder?«

»Nein. Und du?«

»Stiefkinder von der ersten Frau. Leben alle in Kanada. Wir sehn uns nie.«

»Warum hast du nicht früher geschrieben?«, frage ich nach einer Weile.

»Zu kompliziert. Die Dolly war noch da. Ich will nicht mehr lügen. Trink, Mimi, *cheers*. Auf die Liebe. Auf dich!«

Wir leerten unsere Gläser. Es schmeckte köstlich.

»Ich muss dir was gestehen. Als junger Arzt hab ich mich ausgetobt. Im Spital. Mit den Schwestern und den Hebammen. Und den Damen von der Verwaltung. Jede Nacht eine andere. In der Mittagspause eine zweite, wenn's keiner merkt. Bist du jetzt schockiert?«

»Alle waren hinter dir her?«

»Alle wollen heiraten. Und Frau Doktor sein.«

Marlon schenkte nach und prostete mir zu.

»Das ist aus und vorbei. Schon lang. Glaubst du mir?«

Er griff nach meiner Hand:

»Abenteuer interessieren mich *nicht*. Ich bin für *Treue*! Keine Lügen, kein Betrügen, keine Heimlichtuerei. Ich will *nur dich* im Bett, sonst niemand, ich will eine Ehe, wo man sich *liebt* und sich *absolut vertraut*! Und was willst du?«

Ich schüttelte den Kopf. Das ging ja rasant. Meinte er das wirklich ernst?

Doch ich kam zu keiner Antwort. Der italienische Herr neben mir zog eine dicke Zigarre aus seiner Brusttasche und entfernte genießerisch die durchsichtige Hülle.

Marlon sprang sofort auf, verlangte die Rechnung, und obwohl die Flasche Champagner noch halb voll war, verließen wir im Eilschritt das Café.

»Eine Zumutung«, rief er empört, als wir draußen standen auf dem eleganten Boulevard, »man müsste die Raucher erschlagen! Wir gehen jetzt ins Hotel, Mimi Tulipan, und besprechen unsere Hochzeit.«

»Wo wohnst du?«, fragte ich, um Zeit zu gewinnen.

»Im Westminster. Ein Luxushotel. Eins der schönsten von Paris. Gleich dort vorn, Rue de la Paix. Ist das zu weit für deine silbernen Schuhe? Sonst nehmen wir ein Taxi und fahren zu dir.«

»Es ist nicht zu weit. Aber ins Zimmer gehe ich nicht mit.«

»Brauchst du nicht. Ich wohne in der besten Suite.«

»Auch in keine Suite.«

»Wir sind erwachsen.«

»Wir kennen uns erst fünf Stunden! Das geht mir zu schnell!«

»Zwei *Jahre, darling*! Zwei *ganze Jahre*. Seit *Rom*!«

»Fünf Stunden«, wiederholte ich kurz.

Marlon seufzte.

»O.K. Neuer Plan. Wir gehen nicht ins Hotel. Wir gehen ein Stück geradeaus.«

Schweigend überquerten wir den großen Platz vor der Oper, dem prächtigen Palais Garnier, das gebaut wurde für die Ewigkeit, um etwas Schönes zu schaffen, nicht, um schnell Geld zu verdienen, wie das heute leider üblich ist. Aber Marlon sah nicht einmal hin.

Er hatte anderes im Sinn.

Die Nacht war lau. Die Sterne funkelten über Paris, die Bäume hatten dicke Knospen, und bald kamen wir zu einem blauen Tor.

Es war riesig, oben rund und weit zurückgesetzt, sodass es eine dunkle Nische formte. Porte Cochère heißen diese Tore. Da fuhren früher die Kutschen durch, hinein in den Hof, wo auch die Stallungen waren, für die Pferde.

Es gibt noch viele solche Tore in den stolzen, alten Häusern, und sie dienen heute einem netten Zweck: Sie schützen vor neugierigen Blicken.

Marlon erfasste das sofort.

Ohne ein Wort führte er mich hinein, stellte mich auf die Türstufe aus Eisen, nahm mich in die Arme und drückte mich fest. Es tat weh.

»*I love you.*«

Hektisch begann er mich zu küssen. Auf die Wangen, die Nase, um den Mund herum, auf das Kinn, die Schläfen, dabei zitterte er am ganzen Leib. »Liebst du mich auch?«

»Vielleicht.«

»Dann küss mich! Zier dich nicht.«

»Du bist zu wild.«

Sofort ließ er mich los. »Hab ich dir wehgetan?«

»Fast.«

»Das will ich nicht. Nie … niemals«, er nahm meinen Kopf in seine Hände, legte zart seine Lippen auf meine Stirn, »du bist so zierlich, ich bin so groß, du musst mir immer sagen, wenn ich zu grob bin.« Er ließ seine Hände sinken.

»Was soll ich jetzt tun?«, flüsterte er mir sanft ins Ohr.

»Zärtlicher sein.«

»Genau. Ja, zärtlich.«

Er nahm mich wieder in die Arme, mit bedeutend mehr Gefühl, hob mein Kinn, gab mir einen kurzen, scheuen Zungenkuss, der mich rührte, also stellte ich mich auf die Zehenspitzen, legte die Arme um seinen Hals und küsste ihn zurück, voll Temperament.

»Ohhhhhh«, Marlon stöhnte auf und seine Hände glitten von meinem Rücken hinunter auf mein Kreuz und tiefer, er begann wieder zu beben, und ich fühlte, dass er keine enge Wäsche trug (wahrscheinlich Boxer-Shorts) und dass das, was er schräg gegen meinen Schenkel presste, von erfreulicher Härte und durchaus brauchbar schien.

Lange standen wir da, schwer atmend, und rührten uns nicht. Dann aber sagte er einen Satz, der mich hätte warnen sollen. Ich öffnete nämlich sein Hemd. Und als ich meine Wange an ihn schmiegte, an seine bloße Haut, entschuldigte er sich:

»Sei nicht enttäuscht. Das ist kein weicher Busen wie bei dir. Nur eine harte Männerbrust, schlecht rasiert.«

Brust?, dachte ich, rasiert? Bart oder Kinn meint er wohl. Und vergaß es prompt. Es war zu schön, wieder einen Mann zu spüren, ein wild pochendes Herz.

Seit der Trennung von Bébé war ich allein!

Nun ja, nicht *ganz* allein, ich bin ja keine Nonne. Ein Bonbon ab und zu (wie das in Frankreich heißt) hab ich mir schon gegönnt.

Gegenüber dem Palais Garnier, vor dem Juwelier, steht eine große Uhr mit beleuchtetem Zifferblatt. Als wir in das Haustor traten, war es kurz vor zwei. Als wir es verließen, war es fünf!

»Nein«, rief Marlon fassungslos. »Mit achtzehn hab ich das zum letzten Mal gemacht, drei Stunden küssen. Nur küssen! Sonst *nichts*! In einem *Haustor*! Siehst du, wie du mich verjüngst? Sag ja! Sag ja! Wir heiraten im Mai!«

»Lass dir Zeit.«

»Dass ein anderer kommt und dich wegschnappt?« Er sank auf die Knie. »Bitte, Madame Tulipan, schöne Mimi, werden Sie Missis Macdonald.«

Ich musste lachen, Marlon lachte auch.

»Komm noch zwei Minuten ins Bett«, setzte er fort, immer noch auf den Knien, mitten am Boulevard des Italiens, »ich will dich sehn. Ohne Kleider. Nur *sehn*. O.K.?«

Ich musste wieder lachen. Marlon lachte nicht. Er stand auf und nahm meine Hand.

»Wir gehn«, verkündete er todernst, »zwischen uns ist alles klar.«

Schweigend kamen wir zum Hotel.

Schweigend betraten wir die prachtvolle Halle, schweigend gingen wir in Richtung Lift.

Doch auf dem Weg zum Lift stand eine hübsche Bank, darauf ließ ich mich sinken und rührte mich nicht mehr.

»Was heißt das?«, fragte Marlon, der vor mir stand.

»Ich gehe *nie* am ersten Tag mit einem Mann ins Bett.«

Marlon setzte sich zu mir.

»Was heißt es noch?«

»Verheiratet war ich schon. Es reizt mich nicht.«

»Aber nicht mit *mir*, *sweetheart*! Ich mach dir ein Angebot.«

»Was für ein Angebot?«

»Sag ich dir oben. Komm!« Er zog mich hoch, doch ich setzte mich wieder hin.

»Du willst nicht?«

»Nein. Wann ist dein Flug?«

»Um sechs werde ich abgeholt.

»Das geht sich sowieso nicht mehr aus. Kannst du den Flug verschieben?«

»Nein.«

»Warum nimmst du nicht den Eurostar? In drei Stunden bist du in Waterloo. Mitten in der Stadt.«

»Ich fliege nicht nach London.«

»Sondern?«

»Geheimnis. Neuer Plan. Willst du mich wiedersehn?«

»Ja.«

»Ich bin am Wochenende wieder da.«

»Am Wochenende ist Ostern.«

»Feiern wir zusammen. Oder … hast du was vor?«

»Kann ich verschieben.«

»Danke«, sagte Marlon, hob mein Kinn und gab mir einen süßen Kuss.

Hand in Hand wanderten wir vor das Hotel und standen eng umschlungen in der Rue de la Paix.

»Ist das eine gute Idee?«, fragte ich und blickte zu ihm hoch. »Du lebst in England, ich in Paris, die Reisekosten, Telefonrechnungen, deine Praxis …«

»Mein Haus, meine Katze, meine Angestellten … sorg dich nicht, sonst wirst du krank. Das ist ein Rat vom Psychiater.«

Der Abschiedskuss dauerte ewig. Dann kam ein freies Taxi. Wir winkten es heran. Marlon öffnete für mich den Wagenschlag.

»Hast du genug Geld? Ja? Ich melde mich vom Flughafen. *Adieu, darling. I love you.*«

Ich ging sofort zu Bett, schlief herrlich von halb sechs bis dreizehn Uhr, dann weckte mich das Telefon. Es war Marlon.

»Mimi?« Er klang atemlos. »Ich bin wieder in England. Hast du geschlafen? Ich keine Sekunde … schwer verliebt. In dich, *sweet girl.* Ich hab einen Flug für Samstag. Wir landen um zwei. Soll ich zuerst ins Hotel??«

»Komm gleich zu mir.«

»Ich muss am Montag wieder in England sein.«

»Am Ostermontag?«

»Bei uns ist kein Feiertag. Du fehlst mir jetzt schon. Das wird eine grässliche Woche. Was machst du heute noch?«

»Ich bleib im Bett.«

»Den ganzen *Tag*?«

»Mach ich öfter. Du nicht?«

»Nie! Wie ist dein Bett?«

»Sehr breit.«

»Schade, dass ich nicht bei dir bin. Wenn es läutet, mach die Tür auf. Ja?«

»Warum?«

»Überraschung. Mimi, mein Chauffeur ist da. Wir telefonieren abends. Vergiss mich nicht. *I love you. I love you*!«

Ich schmiegte mich tiefer in die weichen Kissen und dachte: Jetzt wird alles anders.

Und ich hatte Recht. Eine aufregende Zeit begann.

Um vier läutete es tatsächlich und ich erhielt den größten Tulpenstrauß meines Lebens. Prachtvolle rote Blüten mit goldener Karte: Für die schöne Mimi Tulipan. *JE T'AIME, MARLON.*

Der Strauß passte in keine Vase.

Also stellte ich ihn in den großen japanischen Übertopf, den mir Joel, mein liebster Kameramann, zum Geburtstag offeriert hatte, letzten September, und die Tulpen füllten ihn zur Gänze aus.

Und kaum freute ich mich Dienstag über die Blütenpracht, die sich fröhlich öffnete, brachte ein Bote ein Paket aus England, eine gewölbte Schatztruhe aus Schokolade, mit Champagnertrüffeln gefüllt.

Am Mittwoch kamen zwei Bücher: MUTTERLIEBE. Und MÄNNER IN FRAUENKLEIDERN, von Doktor Marlon Macdonald mit langer Widmung in hektischer Schrift.

Vorsicht!, dachte ich, die lese ich noch nicht. Ich will keine Streitgespräche führen über diese Themen am Telefon.

Am Donnerstag kam wieder Post. Diesmal aus London, express von Harrods, per Spezialkurier: ein großes Schultertuch aus Seide, weiß mit roten Tulpen, es passte wundervoll zu meinem schwarzen Haar.

Und dazwischen Faxe, Mails, Nachrichten auf dem Anrufbeantworter und stundenlange Gespräche vor dem Einschlafen im Bett, die immer heißer wurden und zärtlicher und intimer und die Sehnsucht weckten, wie wild, und ich dachte glücklich:

Sieh an! Ein Mann, der weiß, was er will!

Der keine Spiele spielt.

Alle Telefonnummern gibt.

Ständig erreichbar ist und sich meldet!

Doch am Karfreitag kam mir der Verdacht, dass irgendetwas nicht in Ordnung war.

Meine Mutter war in Paris und ein bekannter Produzent aus Prag. Er lud uns zu Mittag ein, und dann in ein Ballett, eine Matinee im Palais Garnier. Ich hatte Marlon davon erzählt und versprochen, nicht zu spät zurück zu sein. Ich erwartete ihn ja am nächsten Tag.

Mama flog abends heim nach Monaco, zu Marshal, ihrem Freund, mit dem sie lebt. Ich war Punkt neun zu Haus, und zwanzig Nachrichten waren auf dem Band.

»Mimi! Marlon hier. Wo bist du? Melde dich. O.K.?«

»Mimi! Es ist schon *sechs*! Sechs Uhr! *Was ist los???* Melde dich *sofort*, sowie du das hörst, keine Sekunde später, ich *bitte* dich …«

»Mimi! *Sieben Uhr!!* Heb *ab*! Nein!! Du bist nicht zu Haus, wo bist du??«

»Mimi! *Acht!!!* Dir muss was passiert sein. Mein Gott! Was tu ich nur? Wer diese Nachricht hört und was weiß von Mimi Tulipan, bitte, bitte, *jetzt* anrufen unter dieser Nummer, in England …« und so weiter und so fort, nur dass die Stimme immer schriller wurde, und am Schluss war da ein echter Schuss von Hysterie. Neun Uhr ist für Paris nicht spät, und da England immer eine Stunde hinterher ist, war es dort erst acht. So ein Theater, nur weil ich einen kurzen Abend hindurch nicht erreichbar war?

Nun, es kam noch viel ärger.

Gleich wird man mich besser verstehn.

Es folgten *haarsträubende* Ostern.

Aber das ist ein Kapitel für sich.

Kapitel II

Damit man begreift, was folgt, berichte ich jetzt kurz von meinem Bett.

Ich liebe die Liebe. Und wer die Liebe liebt, liebt auch sein Bett. Leidenschaftliche Menschen schlafen nicht auf harten Matratzen, Klick-Klacks (ausziehbar und schwankend), schmalen Sofas oder einem Campinggestell.

Wer die Liebe liebt und Talent hat für die Sache, schläft wie ich, nämlich *prächtig*!

Und nach einer Reihe pompöser Himmelbetten besitze ich jetzt die Crème de la Crème, ein antikes Opiumbett aus Shanghai, ideal für eine Frau im zweiten Frühling, und nichts hat mir in letzter Zeit mehr Vergnügen verschafft.

Ein Opiumbett steht nicht auf vier Beinen, sondern ruht auf einem Podest. Es ist eine Art Kammer, vorne offen, mit durchbrochenen, geschnitzten Wänden, verziertem Himmel, ein Märchengebilde aus dunklem, poliertem Holz, fein und glatt, das sich anfühlt wie weichste Seide.

In der Mitte thront die Matratze. An der sparte ich nicht. Ich kaufte die beste, die die Welt zu bieten hat, nicht zu hart, nicht zu weich, nicht zu hoch, nicht zu flach. Und natürlich ist die Wäsche aus der Rue Faubourg St. Honoré, Decken und Kissen ebenfalls, alles duftend, fein und federleicht.

Schon als Kind hatte ich ein herzliches Verhältnis zu meinem Bett. Das verdanke ich meiner Mutter.

»Leg dich hin, dann wird's gleich wieder gut!« Es hat jedes Mal gestimmt.

War ich krank, brauchte ich keinen Arzt. Ich sank einfach in die Kissen und schlief mich gesund. Ebenso im Unglück. Da will ich mich verstecken unter vielen Decken.

Am Ende meiner Ehe lag ich von Weihnachten bis Ostern im Bett, erhob mich froh am 9. April, ließ mich scheiden, und von da an ging es steil bergauf.

Mein Schlafzimmer ist das Zentrum meiner Existenz. Es ist *tierisch* gemütlich, dabei sündhaft elegant, denn ich ließ smaragdgrüne Teppiche legen von Wand zu Wand, auch über das Podest, und darauf thront mein Prunkstück, und auf dem Teppich verstreut liegen bunte indische Kissen aus Seide und Gold und fällt mein Blick darauf, könnte ich schreien vor Glück!

Opiumbetten sind rar, deshalb schamlos teuer. Doch ich habe einen Entschluss gefasst: Jetzt nach dem Wechsel will ich in Schönheit schwelgen. Ich will die beste Qualität oder nichts. Und fehlt das Geld, warte ich mit dem Kauf und spare so lang, bis ich sie mir leisten kann.

Diesem Prinzip getreu besitze ich eine spektakuläre Bambusküche, ein superbes Spiegelbad, in dem man sich fühlt wie Kleopatra, einen antiken Schreibtisch (Geschenk meiner Mama) und mein Bett.

Von diesem erhob ich mich voll Erwartung am Ostersamstag gegen zehn, trippelte nackt in die Küche und kam mit einer großen Tasse Café au Lait zurück.

Ich schlüpfte in meinen bunten japanischen Kimono (Geschenk von Joel), setzte mich auf ein goldenes Kissen vor die offene Terrassentür, neben die prächtigen roten Tulpen, und stellte fest: Irgendetwas stimmte nicht.

Mein Herz klopfte schneller, ich fühlte einen Druck im Bauch, denn ein neuer Mann, noch dazu fast gleich alt ... das ist riskant.

Mit jüngeren habe ich kein Problem. Die habe ich im Griff. Als ich zur Schule ging und studierte, waren meine Liebhaber gleich alt. Ab fünfunddreißig wurden sie dann jünger.

Nur ein einziges Mal war ich mit einem Mann zusammen, der elf Jahre älter war. Und von der Höhe meiner fünfundfünfzig Jahre kann ich sagen: Der hat mich am meisten sekkiert!

Nun gut. Man ist nicht immer am Gipfel seiner geistigen Kraft. Manchmal ist die Sicht verstellt, man glaubt den Freunden mehr als sich selbst, jedenfalls, in einem unübertroffenen Anfall von akutem Schwachsinn heiratete ich ihn sogar, und nie hab ich mich so alt gefühlt und so allein!

Nie wieder unterschreibe ich einen Vertrag, für immer und ewig zu lieben, und kaum dachte ich mit Schaudern an das Standesamt, läutete es.

Maria Angelita stand vor der Tür, meine hübsche, sommersprossige Concierge, halb verdeckt von einem riesigen weißen Lilienstrauß, der betörend duftete.

»Das ist eben angekommen, Madame.«

Sie reichte mir auch noch eine schwere Kiste und ein Telegramm: HAPPY EASTER DARLING. DEIN ROSENKAVALIER IST UNTERWEGS.

Die Kiste enthielt drei Flaschen Krug Clos de Mesnil, ein herrlicher Champagner aus einem Weinberg von Mauern umhegt, vor jedem Windhauch beschützt, geliebt vom Winzer wie das eigene Kind, unsagbar teuer – dass ein Engländer daran dachte! Nie hätte ich Marlon das zugetraut.

Fröhlich summend gab ich die Flaschen ins Eis, die Lilien in meine schöne böhmische Vase aus Glas, zog den Kimono enger, kämmte schnell mein Haar und trat hinaus auf die Terrasse.

Es war ein herrlicher Tag!

Die Sonne schien, es hatte sechsundzwanzig Grad, und der Himmel zeigte jenes weltberühmte Blau, mit dem Paris uns im April zu verwöhnen pflegt.

Und erst der Blick: Meine Wohnung nämlich liegt im sechsten Stock und die Aussicht ist phänomenal.

Unter mir das grünende, blühende Champ de Mars. Und mittendrin in unfassbarer Pracht, der Eiffelturm. Und dahinter, über der Seine das Trocadéro mit Springbrunnen und Gärten. Und hoch oben vom Montmartre lockt das Sacré-Cœur. Diesen Blick hatte ich mir ein Leben lang gewünscht, und jetzt, mit fünfundfünfzig, hab ich ihn.

Deshalb war sie auch so teuer, die Wohnung, und deshalb ist sie auch noch ziemlich leer: der Salon ist leer, das Esszimmer ist leer, das Gästezimmer dito – ob das Marlon stört? Aber Marlon kommt zu keiner Möbelschau. Er kommt wegen mir! Und ich bin in Hochform.

In Paris herrscht der Kult des flachen Bauchs! *Le ventre plat* ist hier ein *Muss*. Es ist verpönt, wenn sich unterm Gürtel auch nur das Geringste wölbt, nein, das erträgt die Französin nicht, dito ich, noch dazu vor einer ersten Nacht mit einem neuen Mann, wo man sich nackt präsentiert.

Doch montags hatte ich gesündigt, den Tag im Bett verbracht und glücklich vor mich hin genascht. Dienstag lebte ich von Champagnertrüffeln, es war tierisch gut.

Mittwoch aber fastete ich! Endlich Ruhe im Bauch! Ich trank nur ein paar Tassen frische Milch, vom Biomarkt, doch am Abend war die Rundung vorne immer noch zu groß. Donnerstags aß ich deshalb nur Spinat, der räumt *alles* aus. Und nach dem kräftigsten aller Durchfälle war überhaupt kein Bauch mehr *da*! Doch das Wichtigste: Ich schlief zehn Stunden jede Nacht. Denn im Schlaf verjüngt sich der Körper, der brave, zuerst die wichtigsten Organe und ganz am Schluss dann erst die Haut. Schläft man nicht genug, kriegt man Falten! Das ist das Letzte, was ich will.

Aber damit nicht genug.

Ich ging jeden Tag zu Dora, meiner Yoga-Lehrerin, und nahm eine Stunde nur für mich. Plus Massage. Ich gab Eibischblüten ins Badewasser und verwöhnte meine Haut mit warmem Sesamöl nach Ayurveda.

Ich trank auch keinen Kaffee, weil zu viel Kaffee die Ringe unter den Augen verstärkt.

Das Resultat ist spektakulär.

Als ich mich vorhin erhob, frisch wie eine Rose (so sagen die Franzosen), mit flachem Bauch, strahlendem Gesicht, die Haut seidenweich, feinporig und glatt, keine Ringe unter den Augen, war ich selbst verblüfft. Ja, fünfundfünfzig heutzutage ist das neue Dreißig! Und Marlon würde das bestätigen, spätestens um drei.

Ich trank in kleinen Schlucken den Kaffee. Nach fünf Tagen Pause schmeckte er besonders gut.

Dann ging ich zurück in die Küche, setzte mich unter die höchste Palme, die seit dreißig Jahren mein Leben teilt. Ich kaufte sie winzig, mit vier schüchternen Blättchen, jetzt ist sie drei Meter hoch. Bei jeder Übersiedlung nahm ich sie mit, wie ein Kind, hegte sie, pflegte sie, beschützte sie, und jetzt beschützt sie mich! Ich setzte mich unter ihr grünes Blätterdach, putzte den silbernen Champagnerkübel, polierte meine feinsten Gläser und stellte fest: Der Druck im Bauch war immer noch nicht weg.

Ein schlechtes Zeichen?

Vom Unterbewusstsein? Das bekanntlich mehr weiß als der überkluge Kopf?

Ach was, nur nicht zu viel grübeln!

Ich duschte kurz, lackierte meine Zehennägel amaryllisrot, zupfte zehn graue Haare von den Schläfen und ein weiteres von unten, zwischen, den, man weiß schon wo, schlüpfte in ein weißes Samtkleid, oben gezogen, unten geschlitzt, zu dem man keine Wäsche braucht, putzte die Zähne, feilte meine Nägel, biss mehrmals kräftig auf die Lippen, anstatt sie zu schminken, denn in Kürze würde es Küsse regnen und ich hasse verwischten Lippenstift.

Punkt zwei war ich bereit.

Ohne Schminke, ohne Schmuck, barfuß, dafür frisch und gesund, wie Gott mich schuf, denn das Haus würde ich heute nicht mehr verlassen, da war ich sicher. Mich aufzudonnern hatte keinen Sinn.

Um halb drei läutete das Telefon. Es war Marlon.

»Wo bist du?«

»Vor deiner Tür.«

Mit klopfendem Herzen öffnete ich. Da stand er.

Riesengroß, verlegen lächelnd, drei rote Rosen in der Hand. Er trug einen weißen Anzug aus Leinen, ein weißes, plissiertes Hemd, einen weißen Hut, Panama, mit breiter Krempe, eine Tasche aus rotem Segeltuch, die ließ er fallen und umarmte mich stürmisch, da standen wir noch draußen vor der Tür.

»Mimi, *endlich*! Ohne dich … grässlich. Allein freut's mich nicht mehr.«

Er ließ mich los, sah mich lange an. »Ich habe ganz vergessen, wie zierlich du bist. Warte, *sweetheart*«, er bückte sich, hob mich hoch und trug mich über die Schwelle, »hat das vor mir schon einer getan?«

»Keiner.«

Er stellte mich zu Boden. »Schöne Mimi«, er küsste mich auf die Stirn, »hast du meine Bücher gelesen?«

»Noch nicht.«

»*Nicht??*« Marlon wich vor mir zurück. »Aber … dann weißt du noch gar nicht, wie … wie … ich brauch sofort einen Schluck Champagner auf den Schreck.«

»Welchen Schreck?«

»Schreck? Das war ein Witz«, er reichte mir die Rosen, »aus meinem Garten. Heute Früh geschnitten. Frohe Ostern.«

Hand in Hand gingen wir in die Küche.

»Nein«, rief Marlon überrascht, »das ist ein *Palmenhaus*! Sehr originell. So was habe ich noch nie gesehn.«

Kein Wunder, denn die Küche besteht nur aus Sonne, Palmen, Bambus und Glas, mit dunklem Boden aus Holz, denn ich gehe am liebsten barfuß und Fliesen sind mir zu kalt. Außerdem: Die Essecke gehört zu den gemütlichsten der Welt, und aus den hohen, geschwungenen Fenstern sieht man über die viel besungenen, höchst romantischen, malerischen Dächer von Paris.

Ich stellte die Rosen in eine kleine Vase und öffnete den Champagner, der im Silberkübel bereitstand.

»Danke für die vielen Geschenke«, ich füllte Marlons Glas, »und für das da. Trinkst du das öfters? Krug Clos de Mesnil?«

»Zum ersten Mal.«

»So was Kostbares.«

»Ich hab Kathy gesagt, schick das Beste vom Besten, und es muss ankommen vor mir.«

»Wer ist Kathy?«

»Meine Assistentin.«

Wir hoben die Gläser. »Auf dich!«, sagte Marlon. »Auf mich! Auf *uns*. Auf meine ersten Ostern in Paris … mhmmmm … ist *das* gut. Weißt du was? Du zeigst mir den Rest der Wohnung und die Gläser nehmen wir mit.«

Marlon hatte den Hut abgelegt und folgte mir durch den Gang in den Salon.

»Ahhh …«, meinte er und sah in den gähnend leeren Raum, auf das spiegelnde Parkett, den Stuck, die hohen Fenstertüren, den Kamin, »sehr groß … sehr elegant … und so *hell*, Mimi, wunderschön, passt genau zu dir, aber wo … sind die Möbel?«

»Hab ich noch keine.«

»Du hast *keine Möbel*?«

»Nein.«

»Ein Teppich wäre schön vor dem Kamin.«

»Es passt aber nur ein echter, alter, roter türkischer mit Pflanzenfarben. Das ist mir momentan zu teuer. Die Wohnung ist gekauft, der Preis war astronomisch hoch, das ist das teuerste Viertel von Paris hier ...«

Marlon zog seinen Block aus der Tasche und kritzelte was drauf.

»Hast du Kredit aufgenommen?«

»Ja.«

»Wenn du willst, gehn wir morgen Möbel kaufen«, er legte seinen Arm um meine Schulter, »weißt du was? Wir gehn jetzt gleich. Du suchst aus, ich zahle, Geld spielt keine Rolle, wir kaufen für uns, unsere gemeinsame Zukunft. Zuerst kaufen wir ein Bett. Auf dem Parkett schlafen ist unbequem.«

»Bett ist vorhanden.«

»Ja«, fragte Marlon misstrauisch, »sicher zu kurz. Meine Beine sind ziemlich lang.«

»Nicht zu kurz.«

»Hoffentlich kein Wasserbett. Da krieg ich Rheumatismus.«

»Kein Wasserbett. Aber das schönste Bett von Paris.«

»In dem genug Platz ist für einen übergroßen Engländer?«

»Ein echtes, geschnitztes, antikes Opiumbett.«

»Ein *was*?«

»Opiumbett. Kennst du nicht?«

»Auf ein Opiumbett in Paris hab ich ein Leben lang gewartet«, sagte Marlon, »zeig her, dein Bett, mir fallen die Augen zu, ich bin sooooo müüüüüüde ...«

»Seit wann bist du auf?«

»Seit vier. Und seit fünf unterwegs.«

»Du brauchst dringend eine Siesta?«

»Sofort!« Marlon grinste mich an.

»Zieh die Schuhe aus, ins Schlafzimmer darf man nur barfuß.«

»Ohne Socken?«

»Socken sind erlaubt.«

Marlon gehorchte blitzschnell und folgte mir, Schuhe in der Hand.

»*Voilà*«, sagte ich und öffnete verheißungsvoll die Tür zu meinem grünen Paradies, »sind Monsieur zufrieden? Ist es groß genug?«

33

»Das … ist … allerhand«, staunte Marlon und wagte einen Schritt nach vorn, »wo kommt das her?«

»Aus Shanghai.«

»So was hab ich noch nie gesehn.«

»Ich hab's ersteigert. Im Hotel Drouot. Das Podest hab ich anfertigen lassen, die Matratze auch …«

Marlon nahm mich in die Arme. »Du bist unbezahlbar. Meine Mutter hat keinen Geschmack, der Dolly war alles egal, nie wär sie auf so eine Idee gekommen … natürlich fragt man sich, wie viele … äh … wer alles bereits äh … in dem Bett … wie lange hast du das schon?«

»Sechs Wochen.«

»Aha.«

Ich musste lachen. »In *dem* Bett war noch kein Mann. Du bist der erste.«

»Tatsächlich«, rief Marlon erfreut, »ich hol uns gleich noch was zu trinken. Ich geh in die Küche, du drapierst dich malerisch auf die Matratze und dann, dannnn … ja, genau das. Ich beeile mich, *sweetheart*, bin gleich wieder da.«

Ich zog die Vorhänge ein Stückchen zu. Ich habe zwar nichts zu verbergen, doch ich mag keine pralle Sonne im Gesicht. Dann sank ich sanft in die weichen Kissen.

Ja, Mimi Tulipan, dachte ich, wenn er auch nur *halbwegs* gut ist im Bett, könnte es eine schöne Liebe werden.

Und als Marlon zurückkam, sah es auch fast so aus.

Er brachte den Silberkübel mit dem Champagner, stellte ihn neben das Bett und füllte nach.

»Moment«, er reichte mir beide Gläser, »bitte halten … muss nur ganz kurz … schnell was notieren.« Er zog den Block hervor und kritzelte hastig was drauf.

»Für das neue Buch?«

»Exakt! Aber jetzt auf uns. Auf die unsterbliche Liebe, trink Pariserin, *darling*, *sweet*, ich komm jetzt zu dir, darf ich?«

Mein Herz klopfte zum Zerspringen, als er sich neben mich legte. Er nahm mich in die Arme, sein Atem ging schnell.

»Ich tu dir nicht weh?«

»Überhaupt nicht.«

Wir küssten uns zärtlich. Lange lagen wir da, ohne uns zu rühren. Dann richtete sich Marlon auf: »Darf ich dein Kleid ausziehn?«

»Du darfst alles.«

Marlon zog mir den weißen Samt über den Kopf. Ich war nackt, wie Gott mich schuf.

»*Oh, yes!*« Marlon stöhnte kurz auf. »*Oh, darling!* Du bist so *schön*.« Er begann mich sanft zu streicheln, meine Beine, meinen Schoß, meine Taille, meine Brust, meine Schultern, meine Arme. »Du bist ganz intakt. Wie machst du das? Wie übersteht man fünfundfünfzig Jahre ganz unversehrt?«

»Keine Tiere essen und jedes Jahr eine Ayurvedakur.«

»Was noch?«

»Yoga.«

»Und? Weiter?« Er streichelte meine Brust. »Viele Liebhaber?«

»Ein paar. Und positiv denken. Die schönen Seiten im Leben sehn.«

»Du bist eine Optimistin?«

»Wie meine Mutter.«

»*Meine* Mutter jammert den ganzen Tag. Nie ist ihr was recht, alles ist immer schlecht …«

Kaum war das Wort Mutter aus seinem Mund, war es aus mit der Zärtlichkeit. Plötzlich riss er mich an sich mit einer wilden Wut, dass ich Angst bekam. Er umklammerte mich mit einem Arm, mit dem andern riss er sich stöhnend Hemd und Hose vom Leib.

Das gibt sicher blaue Flecken!

Marlon ist so *hart*! Er besteht nur aus Muskeln, kein Gramm Fett am Leib. Und obwohl das grade Mode ist, unterpolstert greift sich besser an.

Jetzt war er nackt! Stemmte mich hoch wie eine Puppe, legte mich auf seinen Bauch, drückte meinen Kopf an seine harte Brust, umschlang mich mit seinen kräftigen Beinen wie mit einer riesigen Zange – und zog die Decke über meinen Kopf.

Ich begann zu strampeln, ich bekam fast keine Luft, und irgendetwas stimmte nicht mit seiner Haut. Sie fühlte sich klebrig an und nicht normal.

Außerdem – ich habe es noch nicht erwähnt, vorhin beim Willkommenskuss, draußen im Treppenhaus, bog er meinen Kopf so weit zurück, dass ich dachte: Gleich ist es aus, er bricht mir das Genick.

»Marlon, lass mich! *Please!!*«

Er reagierte nicht. Drückte mich noch fester. Da biss ich in die Spitze seiner Brust. Sofort ließ er los und schlug die Decke zurück.

Ich starrte ihn an … nein!! Mir stellten sich die Haare auf. Seine Brust, seine Arme, sein Schoß, sein ganzer Körper war zu glatt. Und stichelig zugleich. Jetzt erinnerte ich mich an den Satz von Montagnacht.

»Du hast dir die Brust rasiert!« Atemlos wand ich mich aus seinem Arm.

»Und die Beine. Und den Bauch. Nur für dich. Komm wieder her. Halt mich fest.«

»Aber warum? Wegen *mir* brauchst du das nicht tun.«

»Gefällt's dir nicht?«, fragte Marlon enttäuscht.

Ich schwieg.

»Frauen gehen nicht gern mit haarigen Affen ins Bett.«

Ich sagte noch immer nichts.

»Du magst keine glatte Brust?«

»Nein.«

»Deine Brust ist auch glatt.«

»Aber von *Natur* aus. Das greift sich anders an als bei dir.«

»*Wie* bitte? Wie greift sich das an? Bei *mir*??«

»Wie ein frisch rasierter Bart am ganzen Körper. Irgendwie, irgendwie …«

»Irgendwie *was*???«

»Klebrig.«

»*Klebrig*??«, schrie Marlon empört und stieß mich weg.

»Bitte, sei nicht böse«, sagte ich bestimmt, »aber daran *kann* ich mich nicht gewöhnen. Das weiß ich jetzt schon.«

Marlon wandte sich ab und drehte mir den Rücken zu.

»Es tut mir Leid«, sagte ich sanft.

Er reagierte nicht.

»Dreh dich um. Sei wieder gut.«

»O.K.«, kam es nach einer langen Pause, gefolgt von einem tiefen Seufzer, »ich lass sie nachwachsen. Die Haare.«

»Wirklich?«

»Beim nächsten Mal sind alle wieder da.«

»Glaub mir, es ist nicht *wirklich glatt*. Man spürt genau …«

»O.K.!!! Hör *auf*!!!« Marlon hielt sich die Ohren zu. »Die Haare lass ich wachsen, aber die Kette bleibt!«

»Eine Kette?«, fragte ich voll Argwohn.

»Fußkettchen.«

»Im Ernst!« Ich bekam gleich eine Gänsehaut.

Marlon zog seine Socken aus, streckte sein rechtes Bein wie eine Ballerina … In der Tat! Um seinen kräftigen Knöchel lag ein schmales goldenes Band. Eine Schlange. Und sie biss sich in den Schwanz.

»Seit wann hast du das?«

»Seit die Ohren gestochen sind.«

Meine Gänsehaut wurde immer stärker. »Du hast dir die Ohren stechen lassen? Wann?«

»Mit fünfzig. Damit sie was zum Ärgern hat.«

Marlon strich sein dichtes graues Haar zurück, und zum ersten Mal sah ich seine Ohren. Sie waren groß, spitz, und in dem langen Läppchen, unübersehbar, war ein Loch.

»Wer soll sich ärgern?«

»Die Mutter.«

»Du lässt dir die Ohren stechen, du, ein Psychiater, mit *fünfzig*, weil du deine *Mutter* ärgern willst?«

»Genau.«

»Warum?«

»Damit sie endlich kapiert.«

»Was?«

»Ich lass mich nicht mehr tyrannisieren von ihr.«

»Sie hat dich tyrannisiert?«

»Und wie.«

»Hat sie sich geärgert?«

Marlon setzte sich auf, fühlte seinen Puls, richtete die Augen gen Himmel und verkündete: »Schnell! Champagner. Wo ist die Flasche? Ich will ein volles Glas.«

»Ich auch. Magst du was essen dazu?«

»Nein.«

Marlon schüttete sein Glas hinunter, ohne anzustoßen mit mir. Dann ein zweites. Und in Windeseile hatten wir die Flasche geleert.

Resultat: beste Champagnerlaune. Jetzt wusste ich, es war berechtigt, das Wort. Denn plötzlich, ohne Grund, war ich sehr vergnügt. Die Gänsehaut war weg. Die rasierten Beine störten mich nicht mehr, die goldene Schlange, die gestochenen Ohren, alles wunderbar.

Marlon lächelte mich an wie verklärt.

»Ich muss dir was gestehn«, flüsterte er, »vor dem Flug nach Paris ist was passiert. *I had an erection for two days!* Ich hab mich so geniert, ich hab drei Zeitungen auf den Schoß gelegt, damit die Stewardess nichts merkt. Schau her!«

Er schlug die Decke ganz zurück, und ich sah zum ersten Mal sein Schmuckstück, das stolz in die Höhe stand.

Interessant!

Verglichen mit seinem mächtigen Körper war es enttäuschend klein, doch an einem normalen Mann wäre es guter Durchschnitt. Und die Spitze ging nicht gerade hoch, sie war eher seitlich angesetzt, ein bisschen schief.

Was die Natur doch für Varianten hat. Man lernt nie aus.

Leider fehlten rundherum die Haare, die kleinen Löckchen, die ich so gerne mag. Doch dank Krug Clos de Mesnil war alles wunderbar. Fasziniert starrte ich auf dieses neue *Objèt de plaisir*, und Marlon starrte ebenfalls darauf.

»Mehr kann ich dir nicht bieten«, meinte er, sehr zufrieden mit dem, was er sah, »damit musst du dich begnügen. Ab jetzt.«

»Hast du was zum Schützen?«, fragte ich und nahm es in die Hand, probehalber, und drückte ein bisschen herum.

»Ohhhhhh, das ist guuuuuuut«, stöhnte Marlon, »wir brauchen nichts. Ich hab mich sterilisieren lassen.«

»Wann? Auch mit fünfzig?«

»Vor der Heirat. Komm jetzt her. Schau mich an. Sag du *liebst* mich, du *willst* mich, du *brauchst* mich, du *begehrst* mich …«, schon neigte sich der mächtige Mann über mich und wollte ein

Knie zwischen meine Schenkel zwingen, nach guter, alter Macho-Art. Doch ich bin dank Yoga gut in Schuss. Es gelang ihm nicht.

»Schutz«, flüsterte ich und kicherte dabei.

»Hör auf«, wiederholte Marlon, mit einer Spur von Ungeduld, »ich bin Mediziner, ich bin gesund, ich mag das nicht, ich nehme nie was und hab mir *nie* was geholt. *I am safe!*«

Doch da kam er an die Falsche.

Im zweiten Frühling kennt man die Welt. Und sie hat sich verändert, seit ich zwanzig war. Alles Mögliche holt man sich heutzutag von draußen. Horden mikroskopisch kleiner Luder, die die Liebe vermiesen, ganze Listen grässlich klingender Leiden, und er hat sich nie geschützt ...

»Ja, ja!«, sagte ich vergnügt, sprang auf, ging ins Bad und holte, was ich brauchte, legte mich wieder zu ihm, küsste ihn auf den Mund und stülpte es drüber, das hauchzarte Ding. Dann musste ich furchtbar kichern. Marlon kicherte auch.

Er sah mir zu, gebannt, richtete sich dann auf, entblößte seine starken weißen Zähne, zeigte nach unten und sagte in herrischem Ton:

»*Ask for it!*«

Ich verstand nicht sofort.

»*Ask for it*«, wiederholte er, »bitte mich darum.«

»Worum?«

»Um den Prick.«

Wie bitte. Hatte ich recht gehört?

Ich sollte ihn bitten, dass er mir mit seinem eher kleinen, aber schrägen ... die Ehre erweist? Ich musste laut lachen, so komisch fand ich das.

»Du lachst?« Marlon war empört.

»Männer bitten. Frauen nicht.«

»Und *wie* sie bitten! Geile Schlangen! *Wild* sind sie drauf ...«

Marlon grinste, kniete sich vor mich hin und wollte Unterwerfung. Sein Friedrich war auf mich gerichtet wie eine Pistole.

»*Ask!* Sklavin! *Fleh mich an!!*«

Ich rührte mich nicht. Sklavin? Nicht mit mir. Ich bin im zweiten Frühling, ich tu nur noch, was ich will. Ich begann ausgiebig zu gähnen. Typisch Psychiater, dachte ich, zu viele verrückte Patienten, zu viele Pornobücher, zu viele perverse Videos, der Mann lebt in der verkehrten Welt. Schade!

Dann musste ich wieder lachen, und Marlon lachte auch, sank neben mich hin, küsste mich auf den Hals.

»Sorry, darling«, meinte er ganz sanft, »wir tun nur, was du willst. Ich hab heute noch nichts gegessen, der Champagner, sei nicht böse. *Ich* bitte *dich*! *Please, darling! Make love to me.«*

»Aber zärtlich. Nicht zu wild. Ja, so …«

Marlon kam sanft in meinen Leib, und ich empfand nicht viel dabei. Er bewegte sich zu verhalten. Hin … dann lange nichts, dann wieder her. Hin … Ich unterdrückte einen schweren Seufzer … und nach einer Ewigkeit wieder zurück.

Und plötzlich war's vorbei, mit einem lauten Schrei. Marlon ließ sich auf mich fallen und erdrückte mich fast dabei.

»Au!!!«

»Oh, pardon me!« Marlon rückte von mir ab, griff nach meiner Hand und drückte sie. »Das war göttlich. Für dich auch?« Dann stand er auf und ging ins Bad. Aufgeregt kam er zurück.

»Wer hat dein Bad entworfen?«

»Ich.«

»Wirklich! Wie im alten Ägypten. Aber man kriegt Komplexe. Man sieht sich von allen Seiten. Die vielen Spiegel …«

»Du bist ein schöner Anblick.«

»Findest du?« Marlon nahm mich erfreut in die Arme. »Du auch. Du bist eine Offenbarung, *darling,* du hast diese Wirkung auf mich, seit vierzig Jahren war das nicht mehr so, ich kann ununterbrochen, schau!« Er nahm meine Hand und führte sie nach unten – wirklich wahr! Das Ding war hart.

»Mhhhm! *Jaaaa!* Pricki *mag* deine Hand. Willst du ihn noch einmal?«

Marlon steckte seine heiße Zunge in mein Ohr, was ich wieder furchtbar komisch fand, und da ich nicht genug gekriegt hatte vorhin, war ich der Sache nicht abhold.

Diesmal dauerte es zwei Stunden. Momenteweise war es fast schon angenehm. Doch ich hatte keinen Höhepunkt, denn Marlon wurde mittendrin zu wild. Kaum merkte er, jetzt wird es für mich schön, entblößte er seine Zähne und biss mich. Und am

Schluss war's hektisch, unbequem und laut und ich dachte nur: *Wo* tut er mir als Nächstes weh?

Dann war's vorbei, wieder mit einem lauten Schrei. Marlon sprang aus dem Bett und wischte sich den Schweiß von der Stirn.

»Wo ist eine Uhr?«

»In der Küche.«

Marlon kam zurück, stolzgeschwellt.

»*Zwei Stunden!*«, sagte er erschüttert. »Zwei *ganze Stunden*! Noch nie hab ich so lang … das ist das längste *überhaupt*! Ich bin fast sechzig, *darling*. Und ohne einen Bissen, kein Frühstück, nichts zu Mittag, du verjüngst mich total. Wo ist das Osterei? Das haben wir uns verdient.«

Mon Dieu! Das Osterei hatte ich total vergessen.

»Macht nichts.« Marlon küsste mich auf die Brust. »Ich geh jetzt kurz spazieren, da rinnt das Blut wieder in die Beine, du weißt, von wo. Ich bring dir Croissants und einen Hasen aus Schokolade, O.K.? Und das größte Osterei von Paris. In einer Stunde bin ich wieder da. Scheint die Sonne noch? Tatsächlich. Regnet immer noch nicht.«

Kaum war Marlon weg, wälzte ich mich stöhnend aus dem Bett, rollte über das Podest und schleppte mich ins Bad.

Also: Wie sehe ich aus, nach diesem … was immer das war? Großer Gott! Wie ein Invalide nach der Schlacht.

Die schwarzen Haare wirr im Gesicht, die Unterlippe blutig, bleich wie der Tod, eine Bisswunde am Kinn, sechs rote Flecken am Hals, wo er sich festgesaugt hat wie ein Egel, rote Druckstellen an Armen und Hüften!

Und warum tat mir der Bauch so weh?? Es zog, als hätte ich zehn Yogastunden hinter mir.

Ach ja! Die verrückte Stellung am Schluss: Ich auf dem Rücken, Beine in der Luft, Marlon vor mir auf den Knien, und während er stößt und schwitzt und schreit, halte ich ihm mit meinen Zehen die Ohren zu!

So was Dummes! Nur wild beschwipst lässt man sich auf so was ein. Nie wieder trinke ich so viel. Akrobatik gehört nicht ins Bett. Aber Marlon war begeistert: »Das steht nicht einmal im Kamasutra, *darling*. Was du alles von mir lernst …«

Ich sank auf den Wannenrand.

Was macht man mit einem Mann, der beißt? Gute Frage! Doch zuerst suchte ich Hilfe bei der Homöopathie: fünf Körnchen Arnika. Das beste Mittel gegen Verletzung, Bluterguss und Schock. Und schon verschwand der Schmerz im Bauch. Und es würde auch keine blauen Flecken geben.

Aber was war das? Was lag da überall herum?

Ich neigte mich vor. Kleine weiße Kärtchen lagen um die Wanne herum, um das Bidet, auf dem Waschtisch, vor den Spiegeln. Herzen waren darauf gemalt, Blumen, Sterne, eine Sonne, ein Mond, und die Worte: »Mimi! Mein Herz ist dein!«, »Auf immer und ewig!«, »Mimi, süßer Schatz. Ich liebe dich.«, »Du bist meine Muse.«, »Mimi, mein Augenstern …«

Sofort war ich gerührt. Dachte an die vielen Komplimente. Die heißen Anträge. Keiner meiner vielen Verehrer war je so heiratswütig gewesen, von Anfang an. Dafür waren sie aber auch bedeutend besser im Bett. An Joel darf ich gar nicht denken. Da kommen mir gleich die Tränen. Oder an Bébé!!

Nein, es wird nichts mit Marlon und mir.

Als er anrief, aus der Patisserie in der Rue St. Dominique, war ich etwas kühl. Er verstand sofort.

»War ich zu wild?«

»Ich bin ganz zerbissen!«

»Das war Lampenfieber, *darling*, das spielt sich alles ein.«

»Du schwörst?«

»*Schwören???* Glaubst du mir nicht? Ich bin *verliebt* in dich. Das war die *Aufregung*. Das erste Mal mit dir im Bett. Ich sag dir was, das wird dich freuen: Ich bin Psychiater *und Sexualberater*. Ich hab vier Bücher geschrieben über die heikelsten Themen, einen eigenen Telefondienst hab ich in England – hast du was gesagt?«

»*Du* bist *Sexualberater*?«

»Bei mir bist du in den besten Händen. Ich weiß, was Frauen brauchen. Ich mach dir einen Vorschlag: *Hours of slow love-making*. Wie klingt das?«

»Gut.«

»*I love you, darling*. Bin gleich bei dir.«

Hours of slow love-making. Stundenlange, zärtliche Liebe. Wunderbar. Falls er es kann!

Um sieben war er zurück. Blendend gelaunt, mit einem weißen Sack voll Croissants, einer goldenen Bonbonniere, so groß wie ein Fernsehapparat, einem rosa Hasen aus Fondant und einem Osterei aus Schokolade, fast einen Meter hoch. Und drin waren Hühner, Tauben und Herzen aus Marzipan.

Es schmeckte wundervoll.

Sicherheitshalber öffnete ich die zweite Flasche Krug, und um elf sanken wir auf mein prächtiges Opiumbett zu »*long and slow*«!

»Jetzt wirst du was erleben«, sagte Marlon verheißungsvoll, »das ist eine Premiere. Kein Franzose kann das.«

»Warum?«

»Dazu braucht man *Beherrschung*! Leg dich auf mich – nein, nicht so. Verkehrt. Dein hübsches Hinterteil auf meinen Bauch. Und jetzt hilf mir zu dir. Ohhh. Jaaaa. Mhmmm. Guuuut.«

Kaum aber war er halbwegs in mir, nahm er meine Hand weg und rührte sich nicht mehr. Ich wartete. Nichts.

Ich fühlte ihn kaum. Also drängte ich mich an ihn. Aber was geschah? Anstatt näher zu kommen, wie es sich gehört (so weit es geht in dieser blöden Position), zog er sich *noch* ein Stück zurück aus irgendeinem Grund und begann zu *reden*. *Long and slow*.

»Marlon!! Ich spür dich nicht.«

»Ich dich schon.«

»Ich will mich anders legen.«

»Warum?«

»Unbequem.«

Marlon stellte seine langen Beine auf: »Ist das besser?«

»Nein.«

»O.K. Von der Seite geht's auch.«

Immer noch verbunden, rollten wir nach rechts. Er lag jetzt hinter mir, was ich mag, drückte mich an sich, *oben*, an seine harte Brust. Unten steckte er in mir, aber nur zwei Zentimeter tief.

Wieder kam ich ihm entgegen. Leicht verzweifelt schon.

Wieder reagierte er nicht. Er küsste mich nicht, streichelte mich nicht, bewegte sich nicht. Er stöhnte nur und *sprach – long and slow*.

Dann glitt er ganz aus mir heraus, an die frische Luft, und nach ein paar Sekunden kam er wieder in meinen Schoß, zwei Zentimeter, nicht mehr, und erzählte eine stupide erotische Zote aus dem alten Rom, hielt dabei völlig still, glitt wieder aus mir heraus, suchte wieder den Weg zurück, aber nur zwei Zentimeter, so ging's dahin, und plötzlich sah ich rot:

»Marlon, was *tust* du?«

»Das hab ich entdeckt. So kann ich die ganze Nacht.«

»*Muss* das sein?«

»Gleich wird's wahnsinnig schön.«

Davon merkte ich aber nichts. Ich war nämlich innen schon voller Luft und außen, am Rand, wundgeschabt. Die ganze Nacht? Nein, Herr Doktor, nicht mit mir.

Blitzschnell drehte ich mich so, dass er herausglitt aus meinem Leib. Dann sprang ich aus dem Bett.

Marlon setzte sich auf. »Aber was … wo gehst du hin?«

»Ich mach mir einen Kaffee.«

»*Was??*«, schrie Marlon. »Einen *Kaffee?* Jetzt? Wo wir *Liebe* machen. Bist du verrückt?«

»Ich brauche eine Stärkung. Willst du auch einen?«

»Ich will *dich*!«, schrie Marlon empört. »Komm sofort zurück!«

Ich lief in die Küche. Marlon stürzte hinter mir her, erwischte mich vor dem Herd, hob mich hoch und trug mich zurück ins Schlafzimmer.

»*Ich* bin deine Stärkung. Vergiss den Kaffee.«

Schon war er wieder in mir, zwei Zentimeter tief. Und sprach. *Long and slow:* »Die Geschichte ist noch nicht aus. Der Gladiator mit der riesigen Erektion …«

»Marlon, ich *bitte* dich, beweg dich, *tu* was!«

»Was soll ich denn tun??!«

»Irgendwas! *Schnell!*«

»Bist du schon so weit?«

»Längst!«

»Jetzt???«, stöhnte er auf.

»Mhm.«

Marlon begann zu hecheln. »Warte. Wir kommen zugleich.«

Endlich fühlte ich ihn in seiner ganzen Länge. Fünf Sekunden war es schön, dann brach die Hektik los. Er wurde schneller und schneller ... ein wilder Schrei. Es war vorbei.

Marlon ließ sich wieder auf den Rücken fallen und gähnte wie ein Löwe.

»Morgen kann ich nicht mehr stehn, du bist zu viel für einen Mann allein, noch zwei solche Nächte, und ich geh am Stock ... süße Träume, *darling*. Mir fallen die Augen zu ...«

Marlon wälzte sich auf seine linke Seite, er lag hinter mir und hielt mich mit seinem rechten Arm fest – wie mit einer eisernen Klammer. Ich konnte mich nicht mehr rühren.

Es war nach Mitternacht, und ich tat, was ich immer tue, wenn nichts mehr stimmt – ich fiel sofort in Tiefschlaf. Und träumte herrlich von Joel und unserer letzten Reise nach Japan und einer süßen Nacht auf einem Futon ... Doch der Traum war zu kurz.

Um acht Uhr früh gab's ein rüdes Erwachen, durch *more lovemaking long and slow*! Marlon war schon wieder bei der Sache. Zwei Zentimeter tief!

»Marlon!!«

»*Yes, darling.*«

»Komm *richtig* zu mir. Tiefer. Ganz.«

»Dann halt ich nicht so lange durch.«

»Macht nichts«, rief ich flehentlich.

»Macht *schon* was«, stöhnte er, »es soll so *lang als möglich schön* sein für dich. Pass auf, wie die Geschichte weitergeht. Der Gladiator mit der Riesenerektion ...«

»Kannst du nicht bitte ganz *normal* ...«

»Später, *darling*. Nicht *jetzt*, die Erektion ...«

»Marlon, das gefällt keiner Frau.«

»Nein?« Er hielt inne. »*Du* wirst das wissen. Der Sexualexperte bin *ich*. Gib's zu, es ist schön!«

Ich bin eine verständnisvolle Geliebte, doch im zweiten Frühling weiß man, dass Frauen endlich den *Mund* aufmachen müssen im Bett!

»*Nein*«, sagte ich daher mit Nachdruck, »das ist es *nicht*!!«

»Was???!«, schrie Marlon. »Sag das noch einmal.«

»Es ist *nicht* schön. Es ist rasend unangenehm, dein Zwei-Zentimeter-Theater, ich hasse blöde Spiele im Bett, entweder du kommst zu mir, *normal*, wie es sich gehört, oder du bleibst draußen und lässt mich in Ruh!!«

Marlon riss sich von mir los, sprang aus dem Bett und fiel fast über das Podest.

»Keine Sekunde bleibe ich länger hier«, schrie er empört. »Ich geh ins Hotel!«

Er rannte ins Bad, zog sich an in größter Hast. »Wo ist meine Reisetasche?«

»In der Küche«, sagte ich ganz ruhig, »setz dich zu mir, wir reden.«

»Nein!!!«, kreischte Marlon. »Wir reden *nicht*! Du reißt mir das Herz aus der Brust. Was sollen wir reden? Ich muss mich nicht so behandeln lassen. Ich hab Investments über *Millionen Pfund*. Mil-li-o-nen!! Du bist wie meine *Mutter*. Der ist auch nie was recht. Ich kann mich noch so bemühn, *immer* ist alles *falsch*! Du bist die größte Enttäuschung überhaupt. Ich will dich nie wiedersehen!«

Wie gehetzt schoss er aus dem Schlafzimmer durch den Gang in das Entrée, schloss die Tür auf und knallte sie hinter sich zu, dass die Wände bebten.

Good bye, Doktor Macdonald.

Endlich allein!

Ich stand auf, splitternackt, stellte mich auf die Zehenspitzen, hob die Arme und streckte mich mit Genuss. Dann stellte ich mich fünf Minuten auf den Kopf.

Ahhhhhhh, das entspannt!

Neue Kraft schoss durch meinen strapazierten Leib, ich fühlte, wie sich die Haut straffte im Gesicht, wie sich meine Muskeln freuten und mir dankten durch Wohlgefühl.

Wohlgefühl durch Heilung, Heilung durch Wohlgefühl ist das ayurvedische Prinzip.

Und ich würde mich gleich noch wohler fühlen in meinem prächtigen Spiegelbad, in der Wanne, doch zuerst rufe ich die kleine Mia an. Sie war auch über Ostern in Paris geblieben, mit Ingmar, ihrem vierten Ehemann, einem Schweden, denn im Unterschied zu mir heiratet sie unentwegt. Die kleine Mia ist meine Stylistin, wie erwähnt, sie sucht die Kleider aus für die Schauspieler in meinen Filmen und trifft immer meinen Geschmack. Sie gibt mir ihr Bestes. Ich heilte ihre chronische Akne, das vergisst sie mir nie!

Ich wählte ihre Nummer, sie hob sofort ab.

»Schwimmst du im Glück?«, fragte sie mit ihrer hellen Stimme.

»Es ist aus. Der Mann ist unmöglich im Bett.«

»Du hast doch sonst immer alle hingekriegt.«

»Er ist eben aus der Tür gestürmt!«

»Faszinierend. Erzähl sofort.«

»Kannst du reden? Ist Ingmar nicht zu Haus?«

Mia seufzte: »Doch! Aber Arve war gestern da. Tobendes Besäufnis! Er liegt noch im Koma. Sicher bis elf. Kommst du abends zu uns? Großes Osteressen auf Schwedisch. Lenny Woolf kommt. Der neue Produzent von Krokodilus Robustus und fünf, sechs Freunde. Und meine Mutter bräuchte wieder was gegen die Falten!«

»Sind sie besser geworden?«

»Sichtbar besser. Aber noch nicht so gut wie vorher.«

Mias Mutter nämlich hatte sich die Falten selbst gemacht. Sie trank nur noch energetisiertes Wasser, wie es gerade Mode ist, das sie sich einleiten ließ um teures Geld in Küche und Bad. Resultat: ständiger Durst, Nierenschmerzen, faltige Haut. Alle Pflanzen starben prompt, denn das hysterische Wasser kann den Durst nicht stillen und laugt auf Dauer aus.

»O.K. Ich bring was mit. Borax 30 c. Im Juni sind die Falten weg.«

Mias Mutter kommt auch in meine Serie FRÖHLICHER WECHSEL. Sie dachte nämlich, *der* ist schuld. Dass es das Wasser sein könnte, kam ihr nicht in den Sinn.

Ja, man lernt nie aus. Ich badete mit Genuss und Geranienduft, ging wieder zu Bett und schlief herrlich bis zwei, dann … weckte mich das Telefon!

»Ich bin's«, sagte Marlon mit zittriger Stimme.

»Wo bist du?«

»Im Westminster. In meiner Suite. Ich muss dir was erklären.«

»Sprich.«

»Ich will trotzdem, dass wir heiraten. Ich mach dir ein Angebot, damit du auf deine Rechnung kommst.«

Ich schwieg.

»Ich hab meinen Hut vergessen.«

»Kann ich dir schicken.«

»Du kennst meine Adresse nicht. Ich möchte ihn holen.«

»Wann?«

»Um drei.«

Punkt drei läutete es an der Tür.

Ich öffnete in meinem bunten japanischen Kimono, barfuß, zwei Tropfen Rosenöl hinter jedem Ohr.

»Du riechst gut«, sagte Marlon, ohne mich anzusehn.

Er stand im Treppenhaus, neben ihm an der Wand eine große Rolle, die aussah wie ein Teppich. Marlon schulterte die Rolle und trat ein.

»Was ist das?«, fragte ich misstrauisch.

»Einstandsgeschenk. Für dich.«

Er streifte die Schuhe ab, ging in den Salon und rollte den Teppich aus vor dem Kamin.

Superb! So was Schönes hatte ich das letzte Mal auf dem Schloss eines Kunden gesehn, an der Loire. Es war ein echter, alter, türkischer Teppich in jenem göttlichen Rot, das sofort Glück versprüht. Und so weich. Man versank fast darin, wenn man barfuß drüberstieg.

Doch wo hatte er den her? Am Ostersonntag?

»Passt«, rief Marlon erfreut.

»Wo kommt der her? Heute ist alles zu.«

»Aus meiner Suite im Hotel. Ich hab den Direktor überredet, er hat ihn mir verkauft.«

»Um ein Vermögen.«

»Du hast gesagt, nur ein antiker Türke, ja ... und da war er. Nie vorher hab ich ihn bemerkt, ich hab gehandelt wie im Bazar, jetzt gehört er dir.«

»So was Schönes!« Ich setzte mich und strich mit der Hand über den weichen Flor.

»Das sind noch echte Pflanzenfarben. Das schönste Rot überhaupt … wie viel hast du bezahlt?«

»Genug«, sagte Marlon, »das ist aber kein hinausgeworfenes Geld, das ist ein Investment. Ich will, dass du dich freust.«

Er kniete sich vor mich hin.

»Mimi!« Er sah mich lange an, Liebe und Entschlossenheit im Blick. »Komm ins Bett.«

»Jetzt?«

»Sofort«

»Wann geht dein Flug?«

»Um halb zehn.«

»Mir tut unten alles weh.«

»Mir auch. Aber ich *muss* dich halten, *please*.«

Er half mir auf, hob mich hoch, trug mich ins Schlafzimmer und legte mich sorgsam auf das Opiumbett.

»Ich denke, ich weiß jetzt, was du willst«, er begann mich zu küssen, zärtlich, liebevoll, er war plötzlich wie verwandelt. Ein neuer Mann. Alles Grobe, Vulgäre, Herrische, Hektische war weg.

Und das Wunder geschah.

Obwohl ich leicht lädiert war, an meinem zartesten Körperteil, begehrte ich ihn plötzlich heiß, ja, zum ersten Mal diese Ostern war ich völlig entspannt, offen, bereit, und als Marlon zu mir kam, tat es nur anfangs ganz kurz weh, dann schwelgte ich in Plaisir, nie hätte ich das gedacht.

Marlon kam tief in meinen Schoß, aber ohne hektisches Gefummel, blödes Geplapper, er hielt den Mund, liebte mich lang, ausdauernd, *regelmäßig*, voll Gefühl, und ich sagte mir: *Endlich*, das dauert jetzt so lang ich will. Wenn er mich jetzt noch streichelt, sage ich mein Mantra, das mir *sofort* zum Orgasmus hilft (wie es heißt, verrate ich später), dann hab ich einen strahlend weißen Höhepunkt, silbrig, flirrend, sekundenlang.

Marlon streichelte mich *nicht*.

Doch ich war schon zufrieden mit dem, was er tat. Ein guter Anfang, dachte ich, dafür wird er belohnt.

Ich begann zu stöhnen wie in einem schlechten Film, schlug mit den Beinen, zuckte da unten mit den Muskeln, schrie:

»Ja!! Ja!! *Jaaaa!*«

Und Marlon kam sofort mit einem lauten Schrei.

»Oh, *darling*«, sagte er dann, »jetzt ist alles gut. Jetzt weiß ich, was du magst. So war's richtig, stimmt's?«

Fast! Dachte ich. Er weiß *fast*, wie es geht. Doch das kriegen wir hin. Es ist nicht aus zwischen uns. Jetzt fängt's erst richtig an.

Dann öffneten wir die letzte Flasche Krug und tranken sie eng aneinander geschmiegt in meinem prächtigen Bett und machten Pläne.

»Morgen sehe ich meinen Verleger in Andorra. Dann fliege ich nach London, Post holen von meinem Club. Mittagessen mit einem Zeitungsherausgeber, wohnen werde ich im Savoy. Dann bin ich kurz auf Hawaii, dann fliege ich heim, aufs Land, da warte ich auf dich. Besuchst du mich? Sagen wir … in zehn Tagen?«

»Was machst du auf Hawaii?«

»Organisation für einen Kongress.«

»So weit weg?«

»*Darling*, du musst mich heiraten. Nein. Sag nichts. Das erkläre ich dir in England. Zuerst wirst du mein Haus sehn und das schöne Tal, das mir gehört, und Miranda wirst du kennen lernen, meine Katze, und Jack, Jill und Tom, meine Schafe. Ich lasse dir ein Ticket schicken. Ian holt dich ab vom Flugplatz und bringt dich zu mir.«

»Wer ist Ian?«

»Ein Schotte. Arbeitet für mich.«

Marlon ging kurz ins Bad und zog sich an.

»Schenkst du mir ein Foto von dir? Und was Getragenes? Höschen. Nein, kein frisches. Aus dem Wäschekorb.«

»Warum?«

»Leg ich über mein Gesicht, zu Haus im Bett, und denk an dich.«

»Wo wohnst du, Marlon?«

»Nach der Landung ruf ich dich gleich an.«

»Ich brauche deine Adresse, wenn ich dich besuchen soll.«

»Kriegst du, *sweety-pie*! Auf dem Kühlschrank liegt ein Kuvert für dich. Mein Angebot, falls du meine Frau wirst. Die Details besprechen wir in England.«

»Ich ruf dir ein Taxi.«

»Man holt mich ab.«

»Wer?«

»Limousinen-Dienst. Steht schon unten.«

Ich stand auf, wir fielen uns in die Arme.

»O.K., *darling*. Das wird wieder grässlich ohne dich.«

Wir küssten uns lang.

»*I love you. I need you ...* es ist *ernst*! Mein ganzes Leben habe ich gewartet auf eine Frau wie dich.«

Ich winkte ihm von der Terrasse aus zu und sah dem protzigen schwarzen Wagen nach, bis er in die Avenue de la Bourdonnais einbog und verschwand.

Es regnete. Ich hatte den Wetterumschwung nicht bemerkt. Schnell ging ich in die Küche, setzte mich unter meine Lieblingspalme und öffnete das Kuvert.

Was stand da???

Marlon hatte eine Summe niedergeschrieben.

Ich starrte auf die Zahl, und das Blatt fiel mir aus der Hand. Meinte er das ernst?

Eine Million *Pfund*???

Wenn ja, stellte es die Heirat in ein völlig neues Licht. Und meine Serie über den fröhlichen Wechsel. Die könnte ich finanzieren damit. Sofort!

Ich stand auf, holte den Silberkübel mit dem Champagner aus dem Schlafzimmer, füllte mein Glas mit dem Rest aus der Flasche, stellte mich vor einen Spiegel und prostete mir zu.

EINE MILLION PFUND! Ein Vermögen!

Und jetzt kriege ich das offeriert. Nicht mit zwanzig. Mit *fünfundfünfzig*!

Ja, meine Lieben, wer braucht da noch Hollywood?

Ich nicht!

Mein Leben ist aufregender als jeder Film.

Und halb benommen vor Freude und Schreck schlüpfte ich in ein rotes Samtkleid, goldene Schuhe, steckte den schönsten Ring an, mit dem großen Rubin, und fuhr zu Mias Osteressen und den netten, trinkfreudigen Schweden.

Doch darüber – sehr viel später – mehr!

Kapitel III

Ehe ich nach England flog, las ich Marlons Bücher.
Er wollte meine Meinung hören.

Den Gefallen tat ich ihm gern.

Zuerst das Werk über Mutterliebe. Kannte ich schon aus Rom.

Dann die Männer in Frauenkleidern. Das war mir neu.

Ich öffnete das Buch mit großer Vorsicht, doch es war gut gemacht, mit Statistiken und Tabellen und Fallbeispielen und ohne große Propaganda für die Sache. Marlon hatte es vor zwei Jahren geschrieben. Ein wissenschaftliches Werk.

Das Nachwort aber hatte es in sich! Mit Augen, die immer größer wurden, las ich die folgenden vier Zeilen:

Jedem Mann, der Frauenkleider liebt, wünsche ich eine treue Gefährtin wie meine. Sie berät mich beim Kauf, schnürt mich ins Mieder, bewundert mich mit Ohrringen, Perücke, Rouge und Lippenstift. Deshalb widme ich Dolly Macintosh dieses Buch.

Ich erbleichte. Marlon in einem Mieder?

Mit Perücke am Kopf? Rouge und Lippenstift??! Das kann nicht wahr sein! Ich las die Widmung wieder und wieder, dann ließ ich es sinken, das Buch. Der Mann log wie gedruckt! Ich hatte ihn in Paris schon gefragt, nach dem ersten Blick auf seinen rasierten Leib, ob er sich je verkleidet hatte als Frau.

»Nein!«, hatte er gesagt. *»Nie!!«*

Als ich aber insistierte, taute er auf:

»Ein Mal«, gestand er mir, »ein *einziges* Mal, aus Interesse. Als Arzt will man wissen, was die Patienten so toll finden daran.« Nur, fragt der Verstand, hätte er der treuen Gefährtin das Buch auch gewidmet, wenn sie ihn nur *ein einziges Mal* geschnürt hätte in das verflixte Mieder?? Wohl kaum!

»Hast du meine Bücher gelesen?«, fragte Marlon mit verhaltener Stimme am Abend vor meinem Abflug. »Gefallen sie dir?«

»Interessant«, entgegnete ich schwach.

»Gut.«

»Nur das Nachwort, ehrlich, das hat mich erschüttert!«

»Das war ein Fehler«, unterbrach mich Marlon. »Das Buch hätte ich ihr nicht widmen sollen, der Dolly. Oder ... stört dich was anderes?«

»Ja.«

»Was?«

»Müsstest du eigentlich wissen«, sagte ich kurz und dachte: Sagt er jetzt das Falsche, ist es aus! Dann flieg ich nicht nach England, dann bleib ich in Paris.

Marlon räusperte sich kurz: »Mimi, was du denkst, weiß ich ganz genau. Bitte, hör mir jetzt gut zu. Die Menschen bauen Atombomben, chemische Waffen. Vergiften den Planeten. Quälen Millionen von Tieren zu Tode, rotten sich gegenseitig aus, das ist tragisch. Nicht, wenn ein Mann zum Spaß Frauenkleider probiert.«

»Nur zum Spaß?«

»Natürlich. Warum sonst?«

»Ehrlich?«

»Es ist auch das beste Mittel gegen Stress. Was keiner weiß.«

»Hast du so viel Stress?«

Marlon begann zu husten. »Ist das ein Witz? Ein Psychiater erstickt im Stress. An keinen Tag kann ich mich erinnern ohne Stress. Irgendein Idiot klagt ununterbrochen, dauernd droht ein Anwalt, bis aufs Blut sekkiert man mich. Soll ich Amok laufen? Alle erschießen?«

»Nein.«

»Also schnallt man einen Büstenhalter um, und drüber knallt man ein weißes Spitzenkleid und drunter seidene Strümpfe und Strapse und Schmuck und Lippenstift und ist eine Frau.«

Marlon hustete erneut. »Pardon, irgendwas steckt mir im Hals, also ... wo waren wir? Alles sucht den Doktor Macdonald, nur, den *gibt's* nicht mehr! Du bist die Missis Flimm und lackierst dir amüsiert die Nägel ... weißt du, was dann passiert? Der Blutdruck sinkt, die Migräne ist weg, du riskierst keinen Herzinfarkt. Es ist das beste Beruhigungsmittel. Ich hab's probiert.«

»Wie oft?«

»Ab und zu.«

»Nein ehrlich. Wie oft hast du dich verkleidet? Als Frau?«

»Einmal im Monat vielleicht.«

»Also doch so oft.«

»Mimi, ich hätte die Widmung herausreißen können aus dem Buch! Ich hab's *nicht* getan. Ich will, dass du alles weißt über mich. Soll ich lügen? Wäre dir das lieber?«

»Nein. Danke, dass du so ehrlich bist.«

»Das Buch hab ich vor zwei Jahren geschrieben. Das ist *Vergangenheit*. Das war das *alte* Leben. Das neue bist du! Ich brauch jetzt keine Kostümchen mehr, keine Kleidchen, die Perücken sind schon alle verpackt, die Schuhe sind weg, die Handtaschen auch. Wenn du kommst, ist das ein ganz normales Haus. Von einem Junggesellen, der sich freut auf seine Braut.«

»Du hast Damenschuhe getragen?«

»Zu den Kleidern. Sieht besser aus.«

»Aber nicht mit Absatz.«

»Doch. Hohe Stilettos.«

»Das gibt's? In deiner Größe?«

»Jede Menge. In London.«

»Kannst du gehen? Mit Stöckeln?«

»Ich hab's gelernt. Mimi! Zum hundertsten Mal: Das ist *passé*! Das ist überhaupt nicht mehr *wahr*. Das war ein kurzer Abschnitt in meinem Leben. Ein verrückter. Geb ich zu. Aber ohne jede Bedeutung!«

»Aha.«

»Du, das wird dich freuen: Meine Haare wachsen alle wieder nach.«

»Hast du dich jeden Tag rasiert? Auf der Brust?«

»Im Sommer. Sieht besser aus bei Kleidern mit Dekolleté.«

»Das Dekolleté ist aber flach.«

»Wonderbra«, sagte Marlon genießerisch.

»Das wirkt? Bei einem *Mann*??«

»Besser als Silikon. Wonderbra und ein schrilles, kurzes Kleid und eine lange blonde Perücke, und du bist eine Sexbombe und alles pfeift dir nach ... stört dich sonst noch was?«

»Nichts. Alles klar.«

Zu klar! Dachte ich und legte auf.

55

Denn in Paris hieß es nur ein einziges Mal.

Jetzt gestand er schon alle vier Wochen.

Und laut Buch war es gang und gäbe, siehe die vielen Perücken, Stilettos, Handtaschen, Kleidchen und Kostümchen, die er jetzt entsorgt … brutal gesagt:

Doktor Macdonald war ein Transvestit!

Das Wort habe ich bis jetzt verdrängt, denn ich will keinen Transvestiten, ich glaube kaum, dass ich mich daran gewöhnen kann.

Marlon als Frau, ein zwei Meter großes Trumm, seine breiten Schultern, die Adlernase! Das Kleid muss erst erfunden werden, das aus ihm eine Sexbombe macht. Er ist ja kein zarter Japaner mit sanftem Gesicht und glattem Haar. Er braucht eine Perücke, tonnenweise Schminke, falsche Wimpern! Das ergibt eine riesige, bullige Schrulle, die einherstöckelt in weißer Spitze auf Stilettos Größe sechzig … HALT!!

Nur kein Bild entstehen lassen.

Sonst kann ich nie mehr schlafen mit ihm.

Und wer, bitte, pfeift ihm nach??! Kein normaler Mann. Und schon gar keine Frau. Bleiben die schrillen Patienten in seiner Praxis … *Mon Dieu*, Abgründe tun sich auf.

Ganz ehrlich: Mit dreißig oder vierzig wäre ich in Paris geblieben. Denn da sucht man noch einen Mann fürs Leben, mit dem man Kinder haben und eine Zukunft aufbauen kann.

Im zweiten Frühling sucht man das nicht mehr. Zum Glück!

Man *ist* schon in der Zukunft. Und kann sich was Verrücktes leisten – zwischendurch! Ehe wieder eine große Liebe kommt. Die gibt's nämlich auch noch, wie meine Mutter bewiesen hat. Und je später sie kommt, desto mehr genießt man sie.

Ich entschloss mich also zur Reise nach England aus reinem Tatendrang, nach meinem herzerfrischenden Motto:

WENN NICHT JETZT – WANN DANN?

Marlon hatte mir ein Ticket geschickt, für Freitag, den 5. Mai, Rückflug Anfang Juni.

Vier Wochen sollte ich bleiben, um zu sehen, ob ich mich an ein Leben mit ihm gewöhnen könnte. Wenn ja, wollte er heiraten, mir eine Million Pfund überschreiben gegen das Versprechen, mich zehn Jahre nicht scheiden zu lassen und ihm absolut treu zu sein.

Und weil das klang wie im Film und im Grunde völlig wahnsinnig war, flog ich über den Kanal.

Seine Adresse kannte ich immer noch nicht.

Der Flug ging nicht nach London, sondern nach Bristol.

Aus der schönsten Pariser Sonne direkt hinein in den lästigen Regen, der das Wahrzeichen Englands ist.

Als wir landeten, goss es in Strömen.

Die Maschine war winzig. Nur sechs Passagiere, fünf Herren und ich. Die Männer wurden abgeholt von ihren Frauen. Auf mich wartete ein bulliger Glatzkopf mit rundem Gesicht, blauen Augen und einer Boxernase. Auch seine Ohren waren ernsthaft zerschmettert. Er war unrasiert, mit blondem Stoppelbart.

Doch er trug einen grauen Anzug, sogar mit Weste! Und er hielt einen roten Regenschirm unterm Arm.

»Ich bin Ian«, er trat auf mich zu. »Der Doktor schickt mich.«

Er nahm mir meine Reisetasche ab, musterte mich diskret, und ich sah an seinem Blick, so was Elegantes wie mich hatte er noch nie gesehn.

Und da war er nicht allein.

Ohne falsche Scham kann ich gestehn, ich war die auffallendste Erscheinung im ganzen Flughafen, und von der Polizei bis zum Zoll hatte man mir freudig zugelächelt, mir die Türen geöffnet, sogar unser Pilot hatte sich zum Abschied zwinkernd vor mir verneigt.

Ich hatte mich aber auch besonders hübsch gemacht, denn ich wusste inzwischen, Marlon liebt Extravaganz. Nach dem Motto: Schwache Menschen gehen mit der Mode, starke erfinden sie, und nach den *wirklich* Wichtigen dreht sich *jeder* um.

Ich trug daher meinen fabelhaften Samtmantel, ein Geschenk der kleinen Mia, zum Dank für die Rettung ihrer Haut.

Er ist weinrot, mit Gold bestickt, dazu federleicht, und die Fasson betont die Figur: eng tailliert, mit Stehkragen und Glockenärmeln wie aus der Renaissance.

Dazu schwarze Stiefel mit hohem Absatz und darunter ein rotes Samtkleid mit tiefem Dekolleté.

Ich besitze zehn rote Samtkleider (und drei weiße), ich trage nichts anderes mehr auf Reisen, sie sind nämlich leicht, verdrücken sich nicht, und in meiner hübschen Tasche steckten vier davon.

Jedenfalls, man hielt mich für eine Berühmtheit, denn ein feuriger dunkler Inder stürzte auf mich zu, hielt mir sein Notizbuch hin, dazu eine goldene Feder:

»*Excuse me*, Madam, geben Sie mir ein Autogramm?«

»Gern«, sagte ich und lächelte ihn an.

Aber Ian drängte sich zwischen uns.

»Die Lady ist privat hier«, sagte er sehr leise und so drohend, dass es mir kalt über den Rücken lief.

Dem Inder offensichtlich auch, denn er entschuldigte sich sofort, verschlang mich mit seinen Blicken und verschwand in Richtung Bar.

»Frechheit«, meinte Ian und schritt mit mir dem Ausgang zu, »bleiben Sie hier stehn, Madam, ich hole die Kiste.«

»Welche Kiste?«

Ian lachte, sein Mund war voll spitzer Zähne. »Den Untersatz. Bin gleich zurück.«

Der Untersatz war ein superber alter Jaguar, außen schwarz, innen rotes Leder, und schon glitten wir hinein in den Regen und fuhren in Richtung Bath.

Bath kannte ich.

Hier war ich mit Bébé gewesen, vor unserer Reise nach Rom. Hier hatten wir zärtliche Nächte verbracht, in einem exquisiten kleinen Hotel, das vor langer Zeit einmal ein Pfarrhof gewesen war.

Wir hatten eine Suite bewohnt, mit offenem Bad, das heißt von keiner Wand getrennt, die Wanne auf Löwenfüßen mitten im Raum, Teppiche und Kissen rundherum und der Blick ging in den Park, direkt auf zwei riesige Zedern, die meine Lieblingsbäume sind.

Mein Gott, Bébé. Und jetzt bin ich wieder da, seltsam, England ist doch riesengroß. Ausgerechnet hier muss Marlon wohnen, bei Bath, einer Stadt voll mit Erinnerungen.

»Wohin fahren wir?«

»Ins Zentrum.«

Das verstand ich nicht.

Marlon wohnt doch auf dem Land, besitzt ein ganzes Tal ... aber Ian kurvte geschickt durch den Verkehr, bog ab in eine ruhige Allee und hielt vor einem weißen Haus.

»Da sind wir.«

»Wo?«

»In der Praxis, Madam. Der Doktor wartet schon.«

Es regnete immer noch. Ian hielt den roten Schirm über mich, trug meine Tasche sechs Stufen hoch, zu einem grün lackierten Tor, das sich öffnete wie von selbst.

Ahhh, sehr schön. Ein heller Flur tat sich auf, rechts eine Spiegelwand, in der Mitte ein mächtiger Schreibtisch, darauf ein goldener Drache, so groß wie ein Hund.

»Hier sitze ich«, sagte Ian und zeigte auf den Drachen, »keiner kommt da vorbei, wenn ich nicht will.«

Eine Tür öffnete sich in der Spiegelwand.

Eine zierliche Frau trat heraus, in langen, schwarzen Hosen aus glänzendem Stoff und schwarzem Oberteil, auf dem in goldenen Pailletten das Wort DRAGON gestickt war.

Sie hatte platinblondes Haar, aufgetürmt zu einem wilden Schopf, einen schönen, schlanken Hals und Ohrringe aus Strass in Form einer Seejungfrau, die bis zu ihren Schultern reichten. Sie begrüßte mich erfreut, direkt überschwänglich.

»*I am Kathy*«, sprudelte sie hervor. »Sie sehen viel jünger aus als auf dem Foto, ich war so *neugierig* auf Sie, ja, ja *Paris* ... Marlon ist schon fertig. Sie können hinauf.«

Ich war bereits auf halber Höhe der Treppe, als mir ein seltsames Wesen entgegenkam, groß, dünn, umhüllt von Nelkenduft, extrem kurzes weißes Kleid, extrem lange weiße Lackstiefel bis über die Knie und auf den rabenschwarzen Locken ein weißes Hütchen mit Halbschleier, der Augen und Nase keck verbarg.

Doch man sah sofort: Das war keine Frau. Das war ein Mann. Und der Schleier bereitete ihm Probleme, denn er hielt den Kopf gesenkt, stieg vorsichtig von Stufe zu Stufe und bemerkte mich erst, als ich direkt vor ihm stand.

Sein grell bemalter Mund klappte auf vor Schreck.

»*My God!!!*«, schrie er laut, wandte sich blitzschnell um und sprang in wilden Sätzen wieder die Treppe hoch. Dann rannte er den Gang entlang, eine Tür knallte zu. Stille!

Ich stand da, wie vom Blitz gestreift. War ich aussätzig? Oder was?

Da erschien Marlon oben am Treppenabsatz.

»*Darling! Endlich!* Komm sofort zu mir.«

Ich hatte ganz vergessen, wie groß er war. Und er war so farbenfroh: rote Hosen, einen bunt gestreiften Pullover (über einem blauen Hemd), darüber die Fischerjacke, die ich schon kannte. Ich lief die letzten Stufen hoch und sank an seine Brust.

Marlon drückte mich, dass ich dachte, ich zerbreche gleich. Dann küsste er mich hektisch auf Stirn, Wangen, Mund.

»Endlich, *sweetheart*. Komm in mein Büro!«

Arm in Arm gingen wir den Gang entlang, in dem das Fräuleinwunder verschwunden war.

»Mickey Mouse!« Marlon klopfte an eine Tür. »Gefahr vorbei. Bahn frei! Ta-ta! Grüße an Bobette.«

»Wer war das?«, flüsterte ich.

»Ein Patient.«

»Mit Todesangst vor Frauen?«

»Nein. Nur, es bringt verdammtes Unglück, wenn man sich auf der Treppe kreuzt.«

»Was???«

»Wenn du hinunterwillst und es kommt wer herauf, *musst du warten*, bis er *oben* ist.«

»Warum?«

»Du stolperst und brichst dir den Hals, fährst das Auto in einen Graben, ersäufst im Badewasser … so … da sind wir. Komm herein, Prinzessin, in deinem Wahnsinnsmantel. Willkommen bei mir!«

Wir standen in einem Eckzimmer, groß, hell, antiker Schreibtisch, davor ein grüner Fauteuil aus Leder, ein Sofa mit Kelim und Nackenrolle, Stehpult, Bücher bis zum Plafond, ein goldgerahmtes Bild von Sigmund Freud in seiner Wiener Praxis.

Marlon holte eine Flasche Whisky und zwei Gläser aus einem Wandschrank.

»Gefällt's dir?«

»Sehr schön. Sind alle deine Patienten so nervös?«

»Die meisten sind viel ärger.« Marlon stieß mit mir an. »Wir trinken auf dich und mich und auf dass du glücklich wirst hier bei mir.«

Ich nippte an meinem Glas. Ich hatte keinen Alkohol mehr getrunken seit der Krug-Orgie zu Ostern, nichts gegessen im Flugzeug, der Whisky stieg mir sofort zu Kopf.

»Erzähl mir von der Mickey Mouse.«

»Schwieriger Fall.« Marlon leerte sein Glas in einem Zug. »Sehr erfolgreicher Sänger, dann zu viele Drogen, konnte sich die Texte nicht mehr merken, geplatzte Termine, Klagen von den Veranstaltern auf riesige Summen, Nervenzusammenbrüche …«

»Wovon lebt er?«

»Von seiner Frau. Therapiert Bankdirektoren. In ihrer Villa. Oben unterm Dach.«

»Eine Ärztin?«

Marlon lachte: »Nein! Strenge Kammer. Verhaut ihnen den Hintern. Mickey Mouse wird spazieren geschickt. Ihn macht das fertig. Deshalb trägt er Kleidchen. Er will kein Mann mehr sein.«

»Der Arme.«

»Aber das Geld ist ihm recht. Bobette wird langsam reich. Sie kauft jetzt das Haus, nur, er verliert die Nerven. Ich helfe ihm herunter von den Drogen, damit er wieder singen kann.«

»Bezahlt er dich?«

»Bobette zahlt.« Marlon stellte sein Glas ab.

»Zieht er sich immer so an?«

»Immer. Lass dich ansehn, *sweetheart*, du wirst immer jünger. Und der Mantel … den hätt ich selber gern. Was hast du drunter an?«

Er öffnete hastig die Knöpfe.

»Ahhh, ein Dekolleté!«

Schon waren seine Hände auf meiner Brust, glitten unter den roten Samt. »Mhhmm, guuut und so glatt, deine Haut, so zart, noch nie …« Er hob mich hoch und legte mich auf das Sofa.

Dann riss er sich die Fischerjacke vom Leib, die schwer auf den Teppich plumpste, als wäre sie aus Blei, hob mein Kleid, steckte seine Adlernase zwischen meine Beine und begann hektisch herumzufummeln.

»*Au!*« Die Begrüßung hatte ich mir romantischer vorgestellt.

»*Sorry!*« Marlon hob den Kopf, nahm meine Hand, legte sie auf sein hartes – ja, genau das – und begann zu grinsen.

»Seit *heute Früh* steht er habt Acht! Ich denke an dich – schon stellt sich alles auf! Das war noch *nie* da. Bei *keiner* Frau.« Er stöhnte laut auf, »Pricki will zu dir …«

»Moment! *Halt!!* Mach die Tür zu!«

»Vergiss die Tür«, keuchte Marlon. »Kann ruhig offen sein. *Wehr* dich, *kratz* mich, *beiß* mich, *schrei*! Ich will, dass uns jeder hört, Ian, Kathy, die Leute auf der Straße, ich gebe Annoncen in die Zeitung: Mimi und Marlon sind verliebt und tun es *Tag* und *Nacht*, schrei endlich! *Laut!!*«

Das war zu viel.

Die schrille Mickey Mouse und die Bankdirektoren unterm Dach hatten mir die Lust vertan, und jetzt dieses blöde Gerede!

Als Marlon den Gürtel seiner Hose löste, wozu er beide Hände brauchte, sprang ich geschickt vom Sofa, pfefferte die Tür zu und sank in den Fauteuil neben dem Schreibtisch.

Marlon war so perplex, er starrte mich wortlos an.

»Was soll das?«, fragte er endlich.

Ich kreuzte im Zeitlupentempo die Beine.

»Ich will nicht, dass uns jeder hört.«

»Nein?«, rief Marlon erstaunt.

»Ich will auch nicht kratzen und schrein, das ist mir zu blöd.«

»Warum?«

»Ich hab kein Verlangen danach.«

»Nicht?«

»*Nein!* Die Welt ist voller Feinde, ich will keinen Feind im Bett.«

Marlon saß beleidigt auf dem Sofa, Kopf in der Hand.

»Du machst es mir nicht leicht«, beschwerte er sich. »Den ganzen Tag bin ich von Verrückten umzingelt, und wenn ich ausspannen will, hilfst du mir nicht dabei. Wenn du wüsstest, was ich mir alles anhören muss, wärst du netter zu mir.«

»Was musst du dir anhören?«

Marlon seufzte schwer: »Immer dasselbe, mir hängt's zum Hals heraus.«

»Was? Zum Beispiel?«

»Die alte Leier.«

»Was *ist* die alte Leier? Ich weiß es nicht.«

»Ich hasse meine *Mutter*. Ich hasse *mich*! Ich bring mich um.«

»Das sagen sie?«

Marlon nickte verdrossen.

»Und was antwortest du darauf?«

»Ich sage: Nur zu!«

»Und fragst: Messer gefällig? Oder lieber Gift? Oder ein schneller Sprung aus dem Fenster?«

Marlon lachte kurz auf. »Gott sei Dank, du hast Humor. Nein, ich führe sie geschickt heraus aus der Depression, hin zum großen Glück, zu neuem Lebensmut, ehelicher Liebe. Ein scharfes Video wäre jetzt erfrischend …«

»Lieber nicht.«

»*Please, please, please!* Ganz was Harmloses. Mir zuliebe«, sagte Marlon erwartungsfroh. »Ich hab eine nette Sammlung. Kennst du BIG BLUE SANTA?«

»Mir vergeht alles, wenn ich so was sehn muss.«

»Das bringt dich sofort in Schwung.«

»Das sagst *du*? Als Psychiater? Das ist doch bekannt!«

»Was?«

»Frauen *graust* vor Pornografie!«

»O.K., O.K., schon *gut*«, rief Marlon enttäuscht und ließ sich zurück auf das Sofa sinken.

Ich stand auf.

»Zieh dich an. Mir ist kalt. Hier bleibe ich nicht.«

Ich bückte mich und reichte ihm die Fischerjacke.

Aber was war das??

Die Jacke war so schwer, sie zog meinen Arm nach unten. Sicher wog sie über zehn Kilo, und überall waren Taschen, Reißverschlüsse, Knöpfe …

»Wieso ist die Jacke so schwer?«

Marlon war sofort auf den Beinen. »Gib her! Die brauch ich zum Überleben.«

»Zum Überleben?«

»Für den Notfall! Schau her: Falscher Pass, falscher Führerschein, Kreditkarten, Ersatzcomputer, Disketten, Batterien, Ersatztelefon, Stablampe, Schraubenzieher, Safeschlüssel, Schweizermesser. Das ist die Reserve.«

Er nahm seinen Gürtel ab, öffnete einen Reißverschluss an der Innenseite, und eine Unzahl winzig klein gefalteter Banknoten kam zum Vorschein.

»Wie viel ist das?«, rief ich fassungslos.

»Fünftausend Pfund.«

»Hast du immer so viel bei dir?«

»Immer.«

»Wieso?«

»Da kann ich jederzeit flüchten.«

»Vor wem?«

»Jedem Wahnsinnigen, der mir ans Leben will.«

Marlon legte den Gürtel wieder um und zog die tonnenschwere Jacke an.

»Wer will dir ans Leben?«

»Der Mann einer Patientin hat mich verklagt auf zwei Millionen Pfund.«

»Was??? Warum??«

»Sie hat sich scheiden lassen«, sagte Marlon verdrossen, »er hat behauptet, das war meine Schuld.«

»Du hast eine Klage am Hals von zwei *Millionen Pfund*?«

»Jetzt nicht mehr. Er hat sie halb tot geprügelt in der Küche, sie hat sich aber gewehrt, mit einer Flasche Chartreuse, volle, schwere Flasche, das hat ihn beruhigt.«

»Inwieweit?«

»Wahrscheinlich war's ein Schlaganfall.«

»Er hat's nicht *überlebt*?«

»Nein. Sie bekam Notwehr, und ich war aus dem Wasser. Aber seither pass ich auf.«

»Logisch.«

»Lauter Verrückte. Man weiß nie, was ihnen einfällt. Einer hätte mich fast erschossen. Seither arbeitet Ian für mich.«

»*Erschossen?* Warum?«

»Angeblich hab ich abwertend über einen Schwulen gesprochen. Ausgerechnet ich!«

»Hast du das?«

»Nie! Ich hab einen Witz erzählt, völlig harmlos. Aber die Leute sind so empfindlich, immer sofort beleidigt, schmettern die Türen zu ... die Pistole war versteckt in seiner Handtasche, rosa Handtasche, hübsches Modell ... Ich hab so ein ähnliches gehabt ...«

»Und?«

»Schlechter Schütze. Siehst du das Loch? In der Wand? Du musst dich umdrehn. Dort. Hinterm Schreibtisch. Das war Eva Baby Everest.«

»Seltsamer Name.«

»Ein Tänzer. Das ist sein Pseudonym. Ich sag dir was: Nie wieder hab ich rosa Handtaschen getragen.«

»Hast du ihn verklagt?«

»Klar. Er sitzt. Wenn er herauskommt, hab ich einen Feind mehr.«

»Deshalb darf keiner wissen, wo du wohnst?«

»Unter anderm.«

»Aber die Praxis ist bekannt.«

»Die ist bewacht. Unten sitzt Ian. Er ist Meister in Karate und Aikido, völlig furchtlos, legt den stärksten Mann um, *unbewaffnet*. Kathy sitzt im Büro und sieht durch die Spiegeltür. Sieht auch jeden, der läutet. Hast du die Kamera bemerkt? Falls draußen ein Wahnsinniger steht, macht sie nicht auf. Kommt ein Brief vom Gericht, sagt sie, ich bin verreist ...« Er sah an sich hinunter. »Steht immer noch«, meinte er erfreut. »Mimi, *darling*, ein Quicky? Zur Begrüßung? Nein? O.K., O.K., wir fahren nach Haus.«

»Und wohin fahren wir da?«, fragte ich misstrauisch.

»Geheimnis.«

»Das heißt, wir sitzen noch stundenlang im Auto?«

»Lass dich überraschen. Es ist nicht weit.«

Unten wechselten wir den Wagen, kletterten in ein hohes Gefährt, Vierradantrieb, außen unscheinbar braun, innen helles Leder, Fernseher, Fax, Computer, Pilotsystem, jede elektronische Neuheit war vorhanden.

Ein schönes Auto. Und das Beste: Marlon war ein guter Fahrer. Er suchte keinen Kontakt mit der Polizei. Selbst als wir Bath verließen und in eine stille Landstraße einbogen, fuhr er überkorrekt.

Plötzlich wusste ich, wohin es ging.

In die Cotswolds, eine idyllische Gegend, gehört zum Schönsten, was England zu bieten hat.

Auch hier war ich gewesen, mit Bébé, und da waren sie wieder, die Häuser aus honigfarbenem Stein, mit Stroh gedeckt, Kletterrosen bis zum Dach, Dörfer mit kleiner Kirche, efeubewachsenem Hotel, elegantem Teesalon und Antiquitätenläden.

Die Straßen, die Marlon wählte, wurden immer schmäler. Plötzlich waren wir auf einem Feldweg angelangt, rundum nur noch grasende Schafe.

»Ist es noch weit?«

»Wir sind gleich da.«

Wir fuhren um ein Dorf herum, auf holprigem Pfad. Ich sah ein Pub mit goldenem Schild: ZUM FEURIGEN DRACHEN. Dann ging's hinaus in die freie Natur.

Zehn Minuten später waren wir da.

Es hatte zu regnen aufgehört. Wir standen in einem Hohlweg, rechts und links hohe Bäume, deren Kronen sich in der Mitte trafen. Am Wegrand üppig blühende Sträucher, aber keine Spur von einem Haus.

»Warte hier.«

Marlon stieg aus, verschwand im Gebüsch, öffnete ein unscheinbares Gitter, das wirkte, als führte es auf eine Weide. Wir fuhren hindurch, und eine grüne Idylle tat sich auf.

Ein gepflegter Weg führte auf einen sanften Hügel. Darauf stand ein kleines Manoir wie aus einem Bilderbuch.

»Schön?« Marlon sah mich von der Seite an.

»Entzückend!«

Das Haus war aus Stein, nur einen Stock hoch und perfekt in der Proportion. Große Fenster, schönes Eingangstor, üppig blühende Glyzinien bis hinauf zum Dach, hohe Bäume im Hintergrund, Rosen davor, perfekt gestutzte Hecken, alles bestens gepflegt.

»Hast du einen Gärtner?«

»Ja. Tom. Ian kennst du schon. Tom ist sein Bruder. Der Wintergarten ist später dazugekommen«, er zeigte auf eine große, verglaste Veranda, »der Rest ist noch achtzehntes Jahrhundert.«

Ich hatte mich öfter gefragt, in Paris, wie lebt ein Millionär mit Marlons Präferenz? Ganz in rosa Plüsch? Nun, ich hatte mich geirrt: Das Haus war leer. Fast so leer wie meine Wohnung in Paris.

Die Zimmer waren hoch und elegant, mit offenen Kaminen, doch im ersten standen nur zwei braune Lehnsessel, im zweiten einsam und allein ein Billardtisch, im dritten und vierten war außer Vorhängen und Spannteppichen überhaupt *nichts*!

»Was ist passiert?«

»Sie ist ausgezogen mit einem vollen Möbelwagen, die Dolly. Ich hab gesagt: Nimm, was du willst. Ich war nicht da. Ich war auf Hawaii.«

»Sie hat dir nichts gelassen?«

»Mein Büro, mein Schlafzimmer, den ersten Stock. Ich hab absichtlich nichts nachgekauft, das erledigen wir zusammen.«

»Gibt's eine Heizung?«

»Klar.«

»Stellst du sie bitte an?«

»Ist dir kalt?«

»In Paris war Sommer. Siebenundzwanzig Grad. Hier hat's höchstens zehn.«

»O.K., O.K., O.K. Wird gemacht. Gleich wird's warm. Mimi, *darling*, eine Tasse Tee?«

»Danke. Gibt's Kaffee?«

»Leider keiner im Haus. Magst du Earl Grey?«

»Mag ich. Gern.«

Hand in Hand gingen wir in die Küche.

Sie war herrschaftlich groß, und eine gläserne Flügeltür führte in den Wintergarten. Darin standen viele arme Pflanzen, die Blätter verstaubt, die Spitzen verdorrt.

»Wer macht dir die Hausarbeit?«

»Kathy«, Marlon setzte Wasser auf, »einmal die Woche kommt sie mit Jeanie und Pat. In einem Tag machen sie das ganze Haus.«

»Warum gießt sie nicht die Pflanzen?«

»Sie mag sie nicht. Dolly hat sie gekauft. Die zwei haben sich gehasst. Dolly ist eingezogen, Kathy hat das Haus nicht mehr betreten. Fünf Jahre lang!«

»Trotzdem könnte sie die Pflanzen gießen.«

»Tut sie aber nicht.«

»Du und Kathy ... War da was?«

»Ja.«

»Wie lang?«

»Vierzehn Jahre.«

»So *lang*?«

»Sie lebt jetzt mit Tom ... dem Gärtner. Aber sie arbeitet für mich. Ich kann ihr hundertprozentig vertrauen. Setz dich, *lovey-dovey*. Zieh dein Kleid aus. Nein? Später? Gut. Mach dir's bequem.«

In der Mitte der Küche stand ein großer Tisch für zwölf Personen, rundum hohe Stühle aus dunklem Holz.

Auf dem Tisch lag ein schwefelgelbes Wachstuch mit Rosen in hysterischem Pink und Ranken in mürrischem Grün.

Ohne zu überlegen zog ich es weg. Drunter war massive Eiche.

»Was *tust* du?«, schrie Marlon entsetzt. »Leg das sofort wieder *hin*!!«

»Hast *du* das gekauft?«

»Nein! Meine Mutter!« Marlon schrie immer noch. »Sie will, dass es *draufbleibt*, der Tisch kriegt *Flecken*. Sie schaut immer *nach*, wenn sie kommt!«

»Gefällt dir das Tuch?«

»Es ist *scheußlich*! Da fällt mir ein – *damn it*!! Ich muss sie besuchen.«

»Wen?«

»Die Mutter. Am Sonntag. Kommst du mit?«

»Gern.«

Marlon beruhigte sich sofort. Brachte mir den Tee, griff nach Block und Stift und ging zur Tür.

»Ich brauche dringend ein Bad. Dann mach ich uns was zu essen.«

»Das kann ich auch.«

»Ja?«, sagte Marlon erfreut. »Der Kühlschrank ist voll. Nimm, was du willst, und wirf es unter den Grill.«

Kaum war er aus dem Zimmer, läutete das Telefon.

»Nimm ab«, rief Marlon aus dem Korridor, »ich bin nicht erreichbar, für *niemand*. Erst wieder *Montag*. In der *Praxis*.«

»Hallo?«, fragte ich neugierig.

»Gib ihn mir«, sagte eine dunkle Stimme.

»Wen wollen Sie?«

»Den Mann im Haus. Ist keiner da? Dann bitte das Rotkäppchen.«

»Wer spricht?«

»Wer ist das?«, rief Marlon aus dem Bad.

»Jemand sucht das Rotkäppchen.«

»Leg sofort auf!!«, brüllte Marlon. »Eine Patientin, völlig verrückt, sekkiert mich Tag und Nacht ...«

»Er soll mich zurückrufen in London«, gurrte die Stimme. »Heute noch! Am Dienstag brauchen wir ihn!«

»Du sollst sie in London zurückrufen.«

»Ich kenne keine Frau in London«, tobte Marlon. »Die Nummer ist *geheim*! Muss ich sie schon wieder ändern, verflucht, jetzt siehst du, mit was für Typen ich mich herumschlagen muss!«

»Wie lange brauchst du zum Baden?«

»Vierzig Minuten.«

»Dann fang ich an und koche.«

Das tat ich aber nicht. Ich suchte zuerst eine Gießkanne und gab den armen Pflanzen Wasser. Aus Erfahrung weiß ich, auch halb tote Pflanzen erholen sich rasant, treiben neue Blätter, schöner und grüner als je zuvor. Das tun sie schon aus Dankbarkeit.

Vergnügt summend öffnete ich dann den Kühlschrank. Er war leer bis auf zehn Gläser Pflaumenmus! Seltsamer Geschmack! Für einen Engländer. Ich starrte auf die vielen Gläser. Wo war … aha! Das Tiefkühlfach war voll: Karotten, Kartoffeln, schön geschnitten verpackt. Spinat und Spargel, Kohlsprossen, Topinambur, es gab panierten Seitan, Tofu geräuchert, Hirsebällchen, Pfannkuchen, Sojapudding, verhungern würden wir nicht.

Außerdem war da sehr viel Ketchup, sehr viel Senf, Oliven, Erdnüsse, Mandeln, Kapern, Mayonnaise ohne Ei, italienische Nudeln, würziges Sesamöl, exotische Saucen. Daraus konnte man etwas machen.

In Windeseile erfand ich ein köstliches Gericht, gab es ins Rohr, stellte die Uhr auf dreißig Minuten und ging in den Flur, um meine Tasche zu holen. Ich war sehr zufrieden, die Heizung funktionierte auch, es war bereits wärmer, und in Kürze würde es richtig gemütlich sein.

Auf dem Weg zurück bemerkte ich eine Tür, die Marlon nicht geöffnet hatte beim Rundgang vorhin.

Neugierig drückte ich die Klinke. Unversperrt!

Ich machte Licht und blieb wie angewurzelt stehn. Vor mir lag das Schlafzimmer eines englischen Lords.

Kostbare antike Möbel, helle Teppiche aus Seide, Vorhänge aus Silberbrokat. Ein bemaltes Spinett, Ahnenbilder in schweren Rahmen, Bücher rechts und links vom Kamin, ein schönes Bett mit Brokat bedeckt. Ein kleiner Hausaltar in einer Ecke, ein Betstuhl mit rotem Samtkissen davor.

Das Zimmer wirkte, als hätte erst kürzlich jemand darin geschlafen, und ein frischer, süßer Duft nach Flieder hing in der Luft. Fragt sich nur: Warum hatte Dolly es nicht leer geräumt?

»Wo bist du?«, hörte ich Marlons Stimme. »Ich vermisse dich.«

»Komme schon!« Schnell schloss ich die Tür und lief zu ihm. Hut ab! Das Bad war auch nicht schlecht. Ganz neu gemacht, hell, luftig, groß und im Boden eingelassen eine runde, goldene Wanne. Zwei hohe Fenster auf den Park, weiße Spannteppiche von Wand zu Wand, ein Sofa und ein Fauteuil, hellgelb tapeziert, Spiegel, Bilder, zwei goldene Waschtische an der Wand. Ein luxuriöser Badesalon ohne eine einzige Fliese, ideal für ein kaltes Land.

Ich kniete mich zu Marlon. Er legte Block und Bleistift weg.

»Wo warst du?«

»Gegenüber. In dem antiken Schlafzimmer. Wer wohnt da?«

»Das hat dem Vikar gehört.«

»Dem Vikar?«

»Früher war das ein herrschaftlicher Pfarrhof. Was hast du? Mimi? Was ist?«

Ich schüttelte den Kopf und verdrängte das Hotel in Bath, das ebenfalls ein Pfarrhof gewesen war. »Wem gehören die wunderschönen Möbel? Die sind viel wert.«

»Mir. Ich hab das Haus mit Einrichtung gekauft. Der Vikar ist gestorben, Verwandte gab's keine …«

»Wieso hat die Dolly sie nicht mitgenommen?«

»In dem Zimmer spukt's.«

»Nicht wirklich.«

»Doch. Die Dolly war nur einmal drin, der Geist hat ihr gleich eiskalt in den Hals geblasen. Mir übrigens auch. War sie offen? Die Tür?«

»Ja.«

»Ich hab abgesperrt, das weiß ich genau. Weißt du, in dem Zimmer stinkt's.«

»Nach was?«

»Nach Tabak. Pfeifentabak. Ganz stark.«

»Nein. Nach Flieder«, sagte ich bestimmt.

»Nach *was*?«

»Es riecht nach Flieder. Es duftet wunderbar.«

»Interessant. Die Dolly hat Weihrauch gerochen. Bring mir den Strohkoffer, den kleinen. Danke. Nimm den Schlüssel, sperr gut zu, *zwei Mal*! Sonst springt das Schloss gleich wieder auf.«

»Dann kommt er heraus, dein Geist?«

»Nein, kommt er nicht. Trotzdem ist mir lieber, die Tür ist versperrt. Hast du Angst?«

»Überhaupt nicht.«

Ich tat, was Marlon wünschte, versicherte mich, dass zwei Mal abgeschlossen war, und brachte den Schlüssel zurück.

»*Thanks, love.* Leg ihn hinter die Parfumflaschen. Hinter die erste Shalimar. Nein, hinter das Badeöl.«

»Hinter welches?« Es gab nämlich ein ganzes Regal voll davon.

»Hinter Nummer sieben. Lilien und Rosen. Danke, *darling.* Wie weit bist du in der Küche?«

»In einer Viertelstunde können wir essen.«

»Wunderbar …« Seine Stimme wurde plötzlich ganz sanft. »Schau mich an, *sweetheart,* fällt dir nichts auf??«

Mein Gott! Die Haare! Alle nachgewachsen. Wilde, graue Kräuselwolle bedeckte die Brust, den Bauch, die langen, starken Beine, er sah völlig anders aus als in Paris, ein richtiger stattlicher Mann. Ich streckte die Hand aus.

Es fühlte sich gut an.

»Komm noch schnell zu mir«, sagte Marlon zärtlich, fasste meine Knöchel und strich verlangend mit heißen Fingern bis hinauf über mein Knie, »ich muss dich drücken und spüren, komm ins Wasser, *darling, please*!«

»Schutz!«, sagte ich.

»Ich bin Arzt, ich bin gesund, du musst mir *vertrauen*!! *I am clean!!* Ich war ein Idiot, vorhin in der Praxis. Ich entschuldige mich. Verzeihst du mir? *I love you, darling.* Komm, *bitte,* komm!«

Da ließ ich mein Kleid auf den Teppich fallen und die schwarze Spitzenwäsche und die Netzstrümpfe und den Strumpfgürtel. Die Stiefel hatte ich vorhin schon abgestreift.

Herrlich, wenn man den ganzen Tag brav gefastet hat und sich nicht genieren muss für einen prallen Bauch, herrlich, wenn man Yoga kann und die Brust ist fest und schön. Ja, mein ganzer Körper ist wie neu geworden, nach dem Wechsel, weil ich nie Hormone nahm, vegetarisch esse und ihm jeden Tag etwas Gutes tat!

Nackt stieg ich zu Marlon hinab in die goldene Wanne. Das Wasser duftete nach Freesien und war angenehm warm.

»*Love me*«, er streckte seine Arme nach mir aus.

»Aber nicht als Feind.«

»Nein, *darling.* Als meine exquisite Geliebte aus Paris.«

Nun gut. Liebe in der Wanne ist nicht mein Fall, auch wenn sie golden ist wie diese hier. Das Make-up ist beim Teufel, dito die Frisur, man kriegt Wasser in die Nase, der Kopf wird nass, meist schlägt man sich die Ellbogen an.

Und was die Männer immer vergessen: Eine Frau muss sich entspannen können, um die Liebe zu genießen, und sie braucht *Zeit*! Eine Viertelstunde? Ein Witz!

Doch die nachgewachsenen Haare rührten mich.

»*Oh, sweetie*«, stöhnte Marlon und nahm mich mit heißen, nassen Armen in Empfang, »tagelang hab ich mich darauf gefreut. Setzt du dich auf meinen Schoß?«

Den Gefallen tat ich ihm.

Wie erwartet war es unbequem.

Marlon fand den Weg nicht allein, fummelte hektisch herum, ich musste ihm beistehn, mit der Hand. Wie erwartet kam er nicht tief genug zu mir, kein Wunder, der Winkel war ganz falsch – in der runden Wanne konnte ich mich nirgends halten, Wasser spritzte in meine Augen, schwappte auf den Teppich, alles war nass!

Außerdem, es will einmal gesagt sein, Liebe in der Wanne funktioniert *nicht*!

Wasser und die zarte Haut da unten vertragen sich schlecht. Es rutscht nicht, wie es soll.

Der Natur zum Trotz aber wird in billigen Filmen eifrig gerammelt, in Bädern, Wannen, Flüssen und Seen, ja sogar im Meer!

Aber tröstet euch, meine Lieben, das ist reine Fantasie!

Wunschdenken eines schlechten Regisseurs.

Kränkt euch nicht, wenn's zu Haus nicht funktioniert, das ist *normal*. Jedenfalls, es ging nicht wie geplant, Marlon aber fand die Sache wundervoll. Und kam nach zwei Minuten mit einem lauten Schrei!

Er hatte die Augen zu, die starken Zähne entblößt, und er biss mich kurz ins Kinn, wenn auch nicht ganz so fest wie zu Ostern in Paris.

»Au!!«, protestierte ich laut.

»*Oh, pardon, pardon!* Tut's weh?«

»Es geht!«

Marlon küsste mich mit Inbrunst.

»Das tu ich nie wieder. Und es war zu kurz für dich. Da hast nichts davon gehabt«

Er kletterte aus der Wanne und half mir heraus.

»Das war nur das Vorspiel«, sagte er tröstend, »der Rest folgt später, oben, im ersten Stock. Da kommst du auch auf deine Kosten, das garantiere ich dir. Du kennst mich nicht, ich hab viel Fantasie … *Oh, darling*, es ist so schön, dass du da bist, ich bin soooo froh, dass ich nicht mehr allein bin in dem leeren Haus.«

Er küsste mich auf die Stirn und reichte mir ein rosa Handtuch. MIMI war draufgestickt, in Gold, in schräger, englischer Schrift. Das war wirklich aufmerksam. Wir schlüpften in flauschige rosa Bademäntel. Kathy, erfuhr ich, hatte sie gestern besorgt, extra für mich. Ich bekam auch noch rosa Pantoffeln aus Plüsch, dieselben wie Marlon, dann schritten wir Hand in Hand hinaus in den Gang.

»Überraschung!« Marlon blieb plötzlich stehen, drückte auf einen Knopf in der Wand und vier Bilderlampen flammten auf.

Was beschienen sie?

Mich!! Das Foto, das ich ihm gegeben hatte, in Paris, war überall. Er hatte es vergrößern lassen und Plakate daraus gemacht. Ich begegnete meinem strahlenden Gesicht neben der Eingangstür, der Tür zum Salon, neben dem Treppenaufgang und vor dem Billard-Room.

»Was sagst du?«, fragte Marlon erwartungsvoll.

Ich stellte mich auf die Zehenspitzen und küsste ihn.

»Danke, Marlon.«

»Gefällt es dir?«

»Ich bin ganz gerührt.«

»Und ich verhungere gleich.«

Lachend gingen wir in die Küche.

Ich hatte den Eichentisch hübsch gedeckt, ohne das Wachstuch, *bien sûr*, das hatte ich gefaltet, möglichst klein, und auf einen Stuhl gelegt.

»Aperitif?«, fragte Marlon und schenkte sich einen Whisky ein.

»Nein. Danke. Zu viel Alkohol trocknet aus. Dann leidet die Haut. Wenn ich allein bin, trink ich nie.«

»Deine Haut kann's vertragen. Die ist perfekt.«

»Ich pass lieber auf.«

Wir aßen mit Appetit. Tranken noch zwei Tassen Tee.

»Das war köstlich«, sagte Marlon, als er fertig war, »nur, du hast Öl verwendet. Ich hab vergessen, *noch* besser schmeckt's mir *ganz* ohne Fett. Darf ich dich jetzt hinauftragen? Ins Bett?«

»Gib mir deine Hand. Das genügt.«

Marlon kniete sich theatralisch vor mich hin.

»Meine Hand, mein Haus, mein Geld ... alles ist dein, wenn du mich heiratest. Willst du?«

»Vielleicht«, sagte ich lachend, »darf ich zuerst das Schlafzimmer sehn?«

»Warum?«

»Nur so.«

»Dann geh voraus. Erster Stock, erste Tür links. Ich komm gleich nach. Ich hab vergessen, ich muss noch schnell telefonieren.«

»Mit deiner Mutter?«

Marlon begann sofort zu husten.

»Gott bewahre. Mit ... Kathy. Sie muss mir morgen dringend was besorgen ... also, auf gleich, Prinzessin, *I love you!!* Und vergiss mich nicht!«

Kapitel IV

Warum ich das Schlafzimmer sehen wollte, hatte einen guten Grund!

Wären irgendwo Handschellen gewesen oder Stricke oder ein Haken an der Decke, ich hätte die Nacht nicht mit Marlon verbracht, sondern unten, beim Hausgeist, dem fliederduftenden Vikar. Da hätte ich mich sicherer gefühlt.

Doch die Angst war umsonst.

Anstatt der Stricke gab es Papierkörbe. Und zwar mehr als genug. Das Zimmer war blau, das Bett aus Kirschholz, überbreit, und rechts und links davon standen Papierkörbe.

Es gab mehrere antike Kommoden, daneben je ein Papierkorb. Ein Papierkorb stand neben der Tür, zwei mitten im Raum, ein weiterer thronte zwischen den Fenstern.

Nun gut, Papierkörbe stören mich nicht.

Außerdem war es richtig gemütlich hier: eine Bücherwand bis zur Decke, heller Spannteppich, darauf ein echter Perser mit satten Farben, ein Riesenspiegel in goldenem Rahmen, schöne Bilder, doch die Papierkörbe ließen mir keine Ruh.

Ich spähte hinein: Fast alle waren leer.

Dann richtete ich mich schnell wieder auf, denn ich hörte Marlon auf der Treppe. Da war er schon, mit meiner Reisetasche. Er stellte sie vor mich hin.

»Opiumbett ist das leider keins«, sagte er atemlos, »es ist aber fast so breit wie deins. Hier ist das Ankleidezimmer«, er öffnete eine Tür in der Bücherwand, »da kannst du sie aufhängen, deine Sachen. Hier ist das rosa Bad«, er zeigte auf eine Tapetentür neben dem Bett, »da muss ich kurz hinein. Ein Momentchen nur. O.K.?«

Marlon wirkte plötzlich sehr nervös.

»Ist was?«, fragte ich leichthin.

»Alles bestens. Ich zieh mich nur um.«

Ich sah ihm nach, wie er verschwand, im Bad. Er sperrte auch gleich zwei Mal zu – sehr geheimnisvoll!

Doch ich grübelte nicht lang, ging in den Ankleideraum,

denn jetzt würde sich weisen, ob ich richtig vermutet hatte, zu Hause in Paris.

Ein gezielter Blick: Ich hatte. In der Tat.

Das große Zimmer nämlich war gähnend leer.

Drei riesige Schrankwände, Schuhregale bis zum Plafond – und nichts war drin, außer einer Unmenge von Kleiderhaken, Schuhstreckern und dem weißen Anzug aus Leinen, den Marlon zu Ostern in Paris getragen hatte.

Drei Mal darf man raten!

Hier war alles voll gewesen mit Kleidchen und Täschchen, hier lebte kein Doktor Macdonald, sondern *nur* die Missis Flimm. Marlon hatte sich *immer* als Frau gekleidet, hier im Haus, also kann er sich nicht umstellen, von einem Tag zum andern, nur weil er sich verliebt. Das sagt der Verstand.

Und wieso zog er sich um? Mitten in der Nacht?

Ich verstaute meine Garderobe, gab meine roten Samtkleider auf elegante Haken und ging seufzend zurück ins Schlafzimmer. Nackt legte ich mich auf das breite Bett und harrte der Dinge, die da kommen sollten.

Die Tür zum Bad öffnete sich, Marlon trat heraus.

Ich setzte mich auf und traute meinen Augen kaum. Der riesige Mann hatte den rosa Flauschmantel abgelegt und trat verschämt lächelnd zu mir ans Bett, in einem glänzenden, goldenen Damenunterkleid.

Die dünnen Träger wirkten verloren an seinen mächtigen Schultern, die Rüschen am Saum betonten seine kräftigen Knie, die starken, sportlichen, grau behaarten Waden – mir blieb die Sprache weg.

»Hoffentlich stört's dich nicht. Zu Hause trag ich immer diese Hemdchen zum Schlafen. Fass an, es ist seidenweich.«

»Sehr, sehr ... hübsch«, sagte ich betont froh, »passt dir ausgezeichnet.«

»Finde ich auch. Fühl mal, es ist nicht giftig.«

»Sehr weich.«

»Jetzt kommt ein Geständnis: Es ist ein Damenunterkleid. Geständnis ist falsch, ich bin ja kein Verbrecher ...«
Er legte sich neben mich, ohne mich anzusehn. »Meine Haut

78

ist empfindlich, ich hab's gern seidig und kuschelig im Bett.«

»Logisch. Wer nicht.«

»Eben.«

»Kaufst du das in London?«, fragte ich nach längerem Schweigen und strich über den goldenen Stoff.

»Ich bestelle sie.«

»Woher?«

»Versandkatalog.«

»Für übergroße Frauen?«

»Für Männer. Wird direkt geliefert, ins Haus. Ich hab sie in allen Farben. Man kriegt die süßeste Wäsche in Männergröße, Strapse, Seidenstrümpfe, Schnürmieder, Wonderbra ...«

»Für *Herrn*?«

»Klar! Die Versandhäuser verdienen sich blöd dabei. In den USA ist das ein Riesengeschäft.«

»Kaufst du das gegen Stress?« Ich zog die Augenbrauen hoch.

»Ich mag den Stoff. Pyjamas sind vulgär.«

»Mein Vater hat Nachthemden getragen, hat meine Mutter mir erzählt.«

»Siehst du.«

»In Paris kriegst du Nachthemden für Herrn. Aus Baumwolle. Die kleine Mia kennt einen guten Schneider. Soll ich dir welche nähen lassen? Aus Seide? Wenn ich zurück bin?«

»Ich hab lieber meine Hemdchen.«

Weiter kamen wir nicht.

Unter dem Bett ertönte plötzlich ein wilder Schrei. Entsetzt fuhr ich hoch. Marlon war schon aus dem Bett gehüpft.

»Was war das?? Der Geist??«

»Miranda.«

»Wer?«

»Meine Katze. Mit einer Maus.«

»Eine *Maus*?!«

»Ich fang sie gleich?«

»Die Maus ist *lebendig*?«

»Dem Schrei nach ja. Sie hat sie ausgelassen. Unterm Bett. Doch das kennen wir schon.«

Marlon sprang zur Tür mit seinem goldenen Hemdchen und stieß sie zu. Fasste den nächsten Papierkorb, und schon sah ich eine kleine, graubraune Maus, die wie der Blitz quer durchs Zimmer schoss und sich unter einer antiken Kommode verbarg.

Hinterher sprang eine zierliche Tigerkatze mit rotem Halsband, doch die Maus war schneller.

Laut miauend setzte sich die Katze vor die Kommode, hackte mit der Pfote drunterher, doch umsonst. Die Maus saß zu weit hinten. Sie erwischte sie nicht.

Marlon setzte Miranda vor die Tür und kam zurück.

»Tu ihr bitte nicht weh, der Maus«, rief ich, denn ich rette jedes Tier in Not, auch Mäuse und Insekten, nach der alten indischen Weisheit:

JEDES WESEN SEHNT SICH NACH LEBEN.

»Was???« Marlon drehte sich um.

»Tu der Maus nicht weh. Sie hat uns nichts getan!«

»Hältst du mich für einen Wilden?«, rief Marlon empört. »Komm! Hilf mir! Rück die Kommode weg, dann läuft sie heraus – genau da, an der Stelle, immer derselben, ich hab das hundertmal gemacht. Dann stülpe ich den Papierkorb drüber und hab sie schon.«

Als die kleine Maus zitternd unter dem Papierkorb saß, schob Marlon geschickt eine Zeitung drunter, drehte den Korb vorsichtig um und ging barfuß hinunter in den Garten, um sie freizulassen.

»Gerettet«, seufzte er, als er wiederkam.

»Und Miranda?«

»Eingesperrt in der Küche, bei Wasser und vollem Fressnapf.«

»Gott sei Dank.«

»Ich wasche mir die Hände und die Füße, bin gleich wieder da. Und denk nicht schlecht von meiner Katze. Das war ein Willkommensgeschenk für dich.«

»Tut sie das morgen wieder?«

»Nein, nein. Sie jagt nicht mehr so viel wie früher. Sie will dir nur zeigen, sie kann es noch.«

Aha! Der Grund für die vielen Papierkörbe wäre geklärt.

Als Marlon zurückkam aus dem Bad, störte mich das goldene

Hemdchen nicht mehr, nein, denn der Mann hatte ein gutes Herz und ließ auch kleine Mäuse leben.

Wir sanken einander in die Arme.

»*I love you*, Marlon.«

»*I love you*, Mimi, *sweetheart*.«

Wenn ich einen Mann liebe, begehre ich ihn auch, und so hob ich ihn hoch, den goldenen Stoff, und küsste ihn dort, wo es die Männer so gerne wollen.

Ich küsste ihn lang und voll Gefühl und sehr gekonnt, sodass er meine Zähne nicht spürte (ja, das lernt man in Paris), und Marlon stöhnte vor Lust.

Leider, leider aber regte es ihn zu sehr auf, er verlor die Beherrschung, warf sich auf mich und wollte sich in mich drängen, was ihm nicht gelang, Gott sei Dank, denn ich war noch nicht bereit.

»Bitte, streicheln«, flüsterte ich.

»Wo?«, rief Marlon überrascht.

Ich führte seine Hand an die gute Stelle, und das war falsch. Marlons Finger waren zu trocken, heftig, derb, er drückte zu fest, und ich stöhnte auf vor Schmerz.

Marlon aber dachte, ich stöhne aus Lust!

»Du machst mich verrückt!!!«, keuchte er, zwängte sich zwischen meine Beine, direkt in meinen Schoß, und begann hektisch zu rammeln, wie in einem miesen Film.

Sein Mund klebte an meinem, seine Hände pressten meine Arme in die Matratze, doch genau wie unten in der Wanne dauerte es nicht lang. Gerade als ich dachte, das ist unerhört, hob er den Kopf, schrie auf und begann wild zu zucken. Dann zog er sich aus mir zurück und ließ sich laut stöhnend neben mich fallen.

»Das war schöööööööön.«

»Mhm«, sagte ich erlöst.

»Für dich auch«, stellte er fest.

Ich zwang mich zu einem Lächeln und schwieg.

Marlon gähnte ausgiebig, stand auf, ging sich waschen, kam hocherhobenen Kopfes zurück und wollte Lob.

»Jetzt haben wir das Bett eingeweiht«, sagte er feierlich.

»Ziemlich heftig«, stimmte ich zu.

»Was heißt heftig?«, rief er ungeduldig, »Wie war's *wirklich*?«

»Hast du ein Papiertaschentuch?«

Marlon griff unter sein Kissen – und reichte mir das Höschen, das ich ihm mitgegeben hatte. »Ah, *sorry*! Gib's wieder her. *Das* ist für dich.«

Er drückte mir eine Packung Tücher in die Hand.

»Mimi, du bist eine Offenbarung. Du bist die erste Frau, die nicht nur daliegt und wartet, bis der Mann was will.«

»Aha.«

»Du bist ein anatomisches Wunder. Du willst, dass man dich streichelt … vorher!«

»Das will jede Frau.«

»Gestatte, dass ich dich aufkläre«, sagte Marlon im Psychiaterton, »das will *nicht* jede Frau. Frauen ertragen nicht, wenn man ihre Clit berührt.«

»Wie bitte?«

»Die weibliche Clit ist nicht geeignet für Berührung, viel zu empfindlich. Ich hab ein ganzes Buch darüber geschrieben, weißt du das nicht?«

»Nein.«

»Das weiß in England jeder Mann.«

»Sprichst du aus Erfahrung?«

»Alles selbst erlebt.«

»Hast du nur Engländerinnen gehabt? Bis jetzt?«

»Die Dolly war aus Schottland.«

»Die wollte auch nicht? Gestreichelt werden?«

»Einmal hab ich's versucht, sie hat laut geschrien vor Schmerz.«

»Man könnte es eventuell ein bisschen *sanfter* probieren …«

»Damit«, Marlon streckte seine Zunge heraus, »was man in Frankreich angeblich so gut kann. Aber tröste dich, reine Fantasie. Die Dolly ist dagelegen wie im Koma. Hat sie nicht inspiriert.«

»Was hat sie inspiriert?«

»Händchenhalten.«

»Im Bett???«

Marlon gähnte noch lauter als zuvor und nickte stumm.

»Wie oft habt ihr zusammen geschlafen?«

»Wenig. Am Schluss alle zwei Monate. Das war aber ihre Schuld. Ich hab's oft versucht, nie kam eine Reaktion. Da denkt man, vielleicht ist man dem andern nur lästig …«

»Alle zwei *Monate*? Das hat genügt? Bei deiner Potenz?«

»Man ist nicht mit jeder Frau gleich potent. Mit dir kann ich ununterbrochen, mit andern geht oft überhaupt nichts. Das ist normal. Die Dolly hat mich nie gereizt im Bett.«

»Trotzdem, zwei Monate ohne irgendwas …«

Marlon unterbrach mich:

»Es hat mich nicht gestört«, sagte er laut, »wir in England unterscheiden zwischen Liebe und Sexualität. Darüber gibt's auch ein Buch von mir. Das musst du morgen lesen. Solange die Liebe hält, ist das Bett nicht wichtig. Was man braucht, sucht man sich draußen.«

Ich musste lachen.

»Warum lachst du?«

»Deine Dolly hat das akzeptiert?«

»Sie hat nichts bemerkt. Ich bin diskret. Keiner kann so gut Spuren verwischen wie ich.«

»Frauen merken immer, wenn ihre Männer …«

»Es war ihr *egal*!«, rief Marlon voll Ungeduld. »Andere Sachen waren ihr wichtiger. Und, Mimi, wenn wir heiraten und du willst nicht mehr mit mir schlafen, O.K., akzeptiert! Wichtig ist nur, dass man sich *liebt*. Solange die Liebe hält, bleiben wir zusammen!«

»Marlon«, sagte ich ernst, »wie kann die Liebe halten, wenn man sich körperlich nicht mehr mag? Wie kann man nebeneinander liegen wie zwei Fremde, Nacht für Nacht, und nur *Händchen halten*? Das ist eine chinesische Folter. Wenn *ich* im Bett bin mit einem Mann, will ich was von ihm.«

»Zum Glück!!« Marlon war plötzlich wieder glockenwach. »Du streckst einfach die Hand aus und packst ihn, den Willi, und steckst ihn in den Mund, du wildes Weib vom Kontinent, du rassige Kassandra, kratz mich, beiß mich, schlag mich, spuck mich an, krall dich an mir fest …« Er riss mich herum und klatschte fest auf mein Hinterteil, und ehe ich wusste, was geschah, hatte er von mir eine Ohrfeige, dass es knallte, und zwar laut!

»Au!!!«, schrie Marlon, ließ mich los und starrte mich an.

»Sei nicht so grob! Ich bin kein Mann! Ich will keinen Krieg im Bett.«

»Das ist nur ein *Spiel*«, schrie Marlon empört, »begreifst du das nicht?«

»Prügeln kannst du dich mit deinen Freunden.«

»Du willst mich nicht?«

»Nicht als Feind.«

»Auch nicht zum Spaß?«

»*Nein*! Sag ich grad!!«

Marlon sprang wütend aus dem Bett und strich sein goldenes Hemdchen glatt. Dann fasste er sich, spitzte die Lippen:

»O.K. O.K.«, rief er mit ganz hoher Stimme, »wir machens jetzt ganz sanft. Ich bin dein Dornröschen, du bist mein Prinz und schleckst Pflaumenmus von meinem Pricki«, er warf mir geziert eine Kusshand zu, »bin gleich zurück, schöner Prinz, lauf nur schnell hinunter in die Kücheeeee…«

Ja, meine Liebe, sagte ich mir, während er die Treppe hinunterraste. Tierfreund hin oder her, das Normale interessiert ihn nicht. Der zärtliche Nachmittag in Paris, da hat er sich verstellt. Hier bei sich zuhaus bricht wieder die Gewohnheit durch.

Pflaumenmus??? Im Kühlschrank stehn zehn Gläser davon. Hat er deshalb so viel auf Vorrat, weil er am liebsten … weiter kam ich nicht, Marlon schwebte durch die Tür.

Kichernd zog ich die Decke hoch. Der Herr Psychiater war nicht wiederzuerkennen. Er trug einen bodenlangen Schlafrock aus glänzendem weißen Stoff mit langer Schleppe. Seine großen Füße steckten in hochhackigen Pantoffeln, mit Straußenfedern verziert, ein weißer Schleier aus Spitze bedeckte sein graues Haar, und in der Hand hielt er ein Marmeladeglas.

»Hier kommt dein Dornröschen, Prinz«, rief er in hohem Falsett, »darling, sweetheart, ich hab was für dich!«

Er trippelte ans Bett, kokett wie eine Tänzerin, machte eine sehr gekonnte Pirouette direkt vor meinem Kopf und wackelte so lang mit den Hüften, bis sich der Schlafrock öffnete und sein größter Stolz herausschoss, hart und erwartungsfroh.

»Pricki braucht Gelee«, er drückte mir das Glas in die Hand, »aufstreichen und ablecken mit Plaisir.«

»Ist das nicht zu kalt?« Das Glas in meiner Hand war wie Eis.

»Ja, ja«, flötete Marlon in den höchsten Tönen, »grausam kalt, antarktisch. Aber dann kommt die warme Zunge und der tiefe gute Schlund, in den er hineinsticht wie ein scharfes Schwert.«

Stechen? Scharfes Schwert? Schon wieder Krieg? Nicht *mein* Schlund, ich stellte das Glas zu Boden und sagte laut und deutlich: »*Nein!*«

»Was nein?«, fragte Marlon mit seiner Männerstimme. »Ich will, dass du mich einreibst mit dem Mus und ableckst. Hast du nicht kapiert?«

»Jawohl, Herr Doktor, ich bin nicht debil.«

»Und?«

Ich verschränkte betont langsam die Hände im Nacken.

»Es *freut* mich *nicht*!«

»Was???«, kreischte Marlon, riss den Spitzenschleier von seinem Haupt, warf ihn mir ins Gesicht. »Geht das schon *wieder* los? Lehnst du mich schon *wieder* ab? Wie in *Paris*? Das lass ich mir nicht gefallen! Das *bereust* du noch!«

Er schleuderte die Pantoffel in die Luft, stürzte durch die Tapetentür ins Bad, klemmte die Schleppe ein, riss sie wütend wieder los, knallte die Tür hinter sich zu und fluchte ordinärst.

Dann wurde es still. Was er tat, war unschwer zu erraten, er stöhnte laut und lauter, dann ein Schrei – dann kehrte Ruhe ein.

Ich löschte das Licht und wartete.

Irgendwann, nach Stunden, wie mir schien, öffnete sich leise die Tapetentür und Marlon schlich heraus, auf Zehenspitzen, und glitt geräuschlos neben mich ins Bett.

»Marlon«, sagte ich laut und drehte mich zu ihm.

»Ich will nicht reden.«

»Hör mir zu.«

»Ich muss schlafen. Ich muss morgen in die Praxis.«

»Morgen ist Samstag.«

»Ich arbeite *jeden* Samstag. Der ganze Tag ist voll gepflastert mit Terminen ...«

»Wenn du jetzt nicht zuhörst, bin ich morgen nicht mehr da. Sag mir ehrlich und lüge nicht ...«

»Ich lüge NIE!«, empörte sich Marlon.

»Hättest du nicht lieber einen Mann im Bett? Statt mir?«

»Nein!!!!«, schrie Marlon so laut, dass sich seine Stimme überschlug. »Ich bin keiner von denen. Ich bin ganz *normal*! Ich mag Busen und Hintern und Hüften, hast du das nicht bemerkt? Ich hab einen Dornröschen-Schlafrock an, na und?? Das, was zählt – unter dem Schlafrock – ist ein harter Willi, und der will in eine FRAU! Warum begreift das kein Schwein?«

Ich seufzte.

»Ich hab's dir schon in Paris erklärt«, schrie Marlon weiter, »die Menschen foltern und morden und verpesten die Welt, dauernd erfinden sie neue Waffen, sie vergiften sogar das Wasser und das *Essen* – wo bitte liegt das Verbrechen, wenn man ein Dornröschen-Kostüm trägt?«

»Nirgends.«

»Wieso dann diese Hysterie? Warum spielst du nicht mit?«

»Marlon«, sagte ich ganz ernst, »deine Argumente klingen völlig logisch. Mein Verstand sagt, du hast *absolut Recht*!«

»Na endlich!«

»Aber mein Instinkt schreit: *Hände weg von diesem Mann*! Und ich kann *nichts* dagegen tun!«

Marlon wurde ganz still. Lag wie leblos da und sagte schließlich mit ganz ruhiger Stimme:

»Verzeih! Ich hab dich überfordert. Es tut mir Leid.«

Er streckte seine Hand aus, streichelte sanft meinen Arm.

»Küss mich, Mimi. Darf ich dich küssen? *Please!*«

»Wenn du unbedingt willst.«

»Ich will.«

Er küsste sanft meine Stirn, meine Schläfen, meine Wangen, meinen Mund, plötzlich aber schluchzte er auf:

»Ich will dich nicht *verlieren*. *Nie wieder* finde ich eine Frau wie dich. *Bitte*, hab Geduld mit mir. *Bitte*, Mimi, die Kostüme sind noch von früher, ich zieh sie *nie wieder an* ...«

»Wie viele hast du?«

»Ein paar«, sagte er mit erstickter Stimme.

»Rotkäppchen auch?«

»Alle Märchen. Wir haben alle Märchen nachgetanzt von deiner Mutter, nach den Aufnahmen in Monte Carlo. Ich war in einer Schauspielschule vor dem Studium, mit Ballettausbildung, das ist doch kein Verbrechen ...« Er begann zu weinen wie ein Kind. Sofort erwachte mein Mitleid.

»Du hast völlig Recht. Ist schon wieder gut.«

»Ja?« Marlon wischte die Tränen weg.

»Wie war dein Frauenname? Hast du einen hübschen Vornamen gehabt?«

»Sehr hübsch.«

»Welchen?«

»Sag ich nicht. Heiratest du mich?«

»Lass mich raten. Marilyn?«

»Ich will nicht mehr drüber reden. Weißt du, was ich geträumt habe? Gestern Nacht? Wir haben geheiratet, und das Problem war: *nur* du und ich und die Zeugen? Ganz *intim*? Oder eine Riesenhochzeit in einem Schloss, tausend Gäste und Fotos in allen Illustrierten ... was ist dir lieber?«

»Wieso ist die Entscheidung so schwer?«

»Ärzte entscheiden sich nie.«

»Warum?«

»Berufskrankheit. Du stichst zu weit nach rechts, triffst die Arterie und das Blut spritzt zum Plafond. Du stichst zu weit nach links, triffst den Nerv und der Patient ist gelähmt.«

»Aber das musst du nicht mehr. Du bist jetzt Psychiater.«

»Das bleibt hängen. Mimi, *du* entscheidest. Große Hochzeit?«

»Keine Ahnung. Das ist noch viel zu früh.«

»Ist es nicht. Es ist höchste Zeit.«

»Warum?«

»Erklär ich dir morgen. Liebst du mich?«

»Mhm«, sagte ich und dachte: Nur kein Geschrei.

»Dann *sag* es! Sprich es *aus*! Laut und deutlich. Ich will es *hören*! Ich brauche das mehr als andere Männer. *I love you.* Und du?« Er stützte sich auf und sah mich forschend an.

»*I love you!*«, sagte ich aus Höflichkeit.

»Endlich. Und ... Mimi ... *please*, willst du mich noch einmal? Ganz normal? Ganz sanft? Zärtlich? Wie es für *dich* am schönsten ist?« Er strich zart über meine Brust.

»Ich bin noch müde von der Reise.«

»Dann schlafen wir. Drück dich fest an mich. Ich will deinen Busen spüren, auf meinem Rücken. Himmlisch! Bleib so. Rühr dich nicht. Gute Nacht, *darling. Sweet dreams*. Merk dir, was du träumst. Die erste Nacht in einem fremden Bett. Das geht in Erfüllung!«

Kapitel V

Ich schlief gut in dem breiten Bett.

Als ich erwachte, mittags, Schlag zwölf, war Marlon weg, die Steppdecke übersät mit Kärtchen auf denen stand: ICH LIEBE DICH. Und Miranda schnurrte in mein Ohr.

»Hallo, schöne Katze«, sagte ich.

Da hob sie den Kopf, küsste zärtlich meine Nase mit ihrer rauen Zunge, dann schnurrte sie weiter, die Augen halb zu, ein Bild höchster Zufriedenheit.

Ich streckte die Hand aus, um sie zu streicheln, doch das wollte sie nicht. Sie machte einen Buckel, gähnte hingebungsvoll und sprang gekonnt auf den Teppich. Gott sei Dank hatte sie keine Maus mitgebracht. Sie wollte mich nur wecken, es war ihr geglückt.

Die Vorhänge waren zurückgezogen, der rosa Bademantel lag noch dort, wo ich ihn gestern hatte fallen lassen. Ich legte ihn um die Schultern, ging zum Fenster und blickte hinaus.

Es hatte zu regnen aufgehört, und was ich sah, ließ mein Herz höher schlagen.

Das Manoir stand in einem herrlichen Park mit riesigen Bäumen, und der schönste stand direkt vor mir: eine stolze Zeder aus dem Libanon, die hatte ich gestern in der Dämmerung übersehen.

Vom Haus aus ging es sanft hinunter zu einem kleinen Fluss und am anderen Ufer wieder sanft hinauf. Ich überblickte ein idyllisches grünes Tal ohne einen einzigen Nachbarn weit und breit. Man hatte das Gefühl, allein auf der Welt zu sein.

Doch diese vielen Parallelen: Der Pfarrhof, die Zeder, wie erklärt man das?

Am besten gar nicht. Zedern waren offensichtlich früher Mode. Und jeder, der ein Manoir besaß, hatte in seinem Park eine Zeder gepflanzt.

Ich streckte mich wohlig und öffnete das Fenster. Ahhhhhh, diese frische, gute Luft. Zedernduft. Und Vogelgezwitscher. Schön war's auf dem Land.

Perfekter englischer Rasen bedeckte den Abhang zum Fluss. Und darauf lagen die drei dicksten Schafe, die man sich vorstellen kann. Sie waren grau-weiß, mit langer zottiger Wolle, hübschem schwarzem Gesicht, und sie kamen kaum auf ihre zierlichen Beine, als sie nun versuchten aufzustehn.

Warum versuchten sie das überhaupt?

Aha! Sie hatten Marlon gehört. Er lief im Eilschritt auf sie zu, eine Packung Kekse in der Hand.

Marlon trug einen grauen Anzug aus Tweed, sportlich geschnitten, und eine braune Kappe, die seine scharfe Nase betonte.

Ich hatte hier im Haus keinen Anzug gesehn. Wo kam der her? Jedenfalls, er passte ihm gut, betonte seine stattliche Figur, nichts erinnerte mehr an das kreischende Dornröschen von gestern Nacht.

Marlon fütterte liebevoll seine Schafe.

Und während er dem letzten seine Kekse gab, zogen die zwei ersten geschickt die Bänder seiner Schuhe auf, standen stolz daneben und bewunderten ihr Werk.

Marlon lachte, ging in die Hocke und band die Schuhe wieder zu, was die Schafe interessiert verfolgten.

Offensichtlich ein beliebtes Ritual!

Ich kannte die Geschichte der Schafe.

Als Marlon den Besitz kaufte, gehörte der Hang gegenüber noch einem Landwirt, der darauf Schafe hielt.

Marlon, der totale Stadtmensch, sah zum ersten Mal in seinem Leben kleine Lämmer auf der Weide. Dass sie spielten wie Kinder. Vor Lebensfreude glücklich herumsprangen. Dass ihre Mütter sie zärtlich umsorgten. Die sind ja wie *wir*!!, stellte er fest. Und von dem Moment an aß er keine Tiere mehr.

Als dann später, im April, die Kleinen nach und nach verschwanden – sie wurden geschlachtet als Osterlamm –, ertrug er es nicht länger.

Er kaufte den Hang für den doppelten Preis, dazu die letzten drei Lämmer, zog sie mit der Flasche auf, und seither gehörten sie zum Haus.

Sie liefen ihm nach wie Hunde, hörten auf ihre Namen, fungierten als Rasenmäher und waren mit ein Grund, warum ich hierher geflogen war. Die Geschichte bezauberte mich. Ein Mann, der dazu imstande ist, hat ein gutes Herz.

Ich zog den rosa Bademantel enger und lehnte mich aus dem Fenster.

»Hallo, Marlon!« Ich winkte ihm zu.

Marlon wandte sich um, die Schafe ebenfalls.

»Hallo, *sweetheart*«, er warf mir eine Kusshand zu, »ausgeschlafen?«

»Danke, ja. Du auch?«

»Ich bin seit acht Uhr auf. Du hast uns schönes Wetter gebracht. Wir gehen spazieren, die Schafe und ich. Unser täglicher Sport. Höchst nötig. Sie machen sonst keine Bewegung, sie sind so faul und zufrieden, sie werden immer dicker. Ich komm dann gleich zu dir.«

Marlon marschierte los.

Die Schafe stolperten glücklich hinterdrein. Sie schwankten so stark beim Gehen, dass man dachte, gleich fallen sie um.

Aber nein! Als es hinunterging zum Fluss, begannen sie sogar zu laufen. Eines sprang vor Vergnügen zwei Mal in die Luft.

»Geh in die Küche«, rief Marlon mir noch zu, »ich war in Bath und hab dir was mitgebracht.«

Ich schlüpfte in den rosa Bademantel, band den Gürtel fest und lief barfuß hinunter in die Küche. Die Heizung war an, es war wunderbar warm, und was sah ich? Auf dem Eichentisch? Einen riesigen Strauß roter Tulpen. Daneben eine Dose feinsten Kaffees, italienische Röstung, das heißt mild, nicht schwarz verbrannt. Eine elektrische Kaffeemühle, Filter, Filterpapier und das Schönste: eine sonnengelbe Tasse aus feinstem Porzellan.

Das war wirklich aufmerksam.

Ich hatte nämlich eine kleine Bemerkung gewagt, gestern, als Marlon mir den Tee servierte, in einem bleischweren Humpen mit lila Donald Duck!

Noch etwas lag auf dem Tisch: vier große Bonbonnieren, eine Schachtel Champagnertrüffeln, ein Kilo Obst aus Marzipan und zwei rosa Höschen aus Spitze in meiner Größe mit je drei weißen Rosenknospen aus Seide vorne drauf.

Doch der größte Liebesbeweis stand im Kühlschrank: Marlon, der nichts mehr wollte vom Tier, hatte mir zwei Liter Milch gekauft, natürlich Bio, damit ich den Kaffee als Grand Crème trinken konnte, genau wie zu Hause in Paris.

Gerührt stellte ich Wasser auf, mahlte die Bohnen, freute mich an ihrem herrlichen Duft, und mit der sonnengelben Tasse in der Hand setzte ich mich in den Wintergarten auf einen hübschen Korbstuhl, den Dolly zurückgelassen hatte, und begrüßte meine neuen Freunde, die Pflanzen.

Sie hatten sich brav aufgerichtet und sahen schon viel frischer aus. Als ich fertig war mit meinem Kaffee, tat ich ihnen noch einen Liebesdienst:

Ich holte einen Schwamm und entfernte sorgsam den Staub von den Blättern. Dann nahm ich ein Bad, oben in der rosa Wanne, duschte kalt, zog mich an, ein rotes Samtkleid mit Strass um Ausschnitt und Saum, und ging wieder hinunter. Noch auf der Treppe hörte ich ein zartes Klingen.

Wo kam das her?

Aha. Aus dem Zimmer des Vikars. Die Tür stand sperrangelweit offen, doch ehe ich eintreten konnte, kam Marlon von draußen herein.

Sofort lief ich ihm entgegen.

»Du siehst aus wie das Schneewittchen«, er gab mir einen Kuss, »so ein hübsches Kleid. Sag, bist du zufrieden? Nie hätte ich gedacht, dass man so viel Zeug braucht für eine einzige Tasse Kaffee. War er gut?«

»Exzellent! Du bist ein Schatz. Warst du in dem Zimmer vom Vikar?«

»Wieso?«

»Die Tür ist offen.«

Marlon packte mich wortlos am Arm, und wir hasteten den Gang entlang. Die Tür war zu. Nicht nur zu, auch *versperrt*.

»Geht das schon wieder los«, seufzte Marlon. »Dasselbe Theater, wie die Dolly eingezogen ist. Tür auf, Tür zu …«

»Was noch?«

»Nichts. Das genügt.«

»Es stört mich nicht. Ich hab keine Angst.«

»Es *stört* dich nicht?«, rief Marlon ungläubig.

»Ich war lang in Südamerika als Kind. Dort ist das ganz normal.«

»Die Dolly hat das wahnsinnig gemacht. Das war auch ein Grund, warum sie mich verlassen hat.«

»Ich hab einen guten Draht zu Geistern. Sind die Schafe versorgt?«

»Ja. Sie fressen zwar ununterbrochen, aber ohne die Kekse ist der Tag nicht perfekt. A propos Essen: Ich war beim Griechen. Es gibt Humus, Fladenbrot, Oliven, gegrillte Paprika. Machst du mir einen Tee? Mit Zitrone? Ich hab Hunger. Du auch?«

Hunger hatte ich noch keinen, doch die Sachen schmeckten exzellent. Und als wir fertig waren, lehnte ich mich bequem zurück und betrachtete den Herrn Psychiater.

Marlon hatte aus Bath seine Post mitgebracht, denn nichts kam ins Haus. Die Adresse hier existierte nicht.

Es war ein ziemlich hoher Stoß: Tageszeitungen waren dabei, Illustrierte, zwei psychiatrische Fachblätter, dicke Briefe und ein Buch mit dem seltsamen Titel:

WIE GRÜNDE ICH MEINEN EIGENEN STAAT?

Während Marlon las und Tee trank, machte er ununterbrochen Notizen auf den kleinen Block. Manchmal tippte er auch eifrig in einen Taschencomputer, das neueste Modell vom allerneuesten Modell aus Japan, den derzeit kleinsten und besten der Welt, wie er mir stolz erklärte.

»Woher hast du den?«

»Kathy hat ihn besorgt. Sie liest alle Fachzeitschriften und bringt mir immer die letzten Erfindungen mit. Ich hab zum Suchen keine Zeit.«

Erstaunlich schnell hatte Marlon den Stapel durchgesehn. Bis auf etliche dicke braune Kuverts, die legte er beiseite und seufzte.

»Was ist da drin?«, wagte ich zu fragen.

»Schreiben von meinen Anwälten.«

»Du wirst schon *wieder* verklagt??«

»Diese Klagen führe *ich*.«

»Gegen wen?«

»Die Regierung.«

»Du hast die *Regierung* verklagt?«

Marlon schob seine Tasse weg:

»Sie haben versprochen, die Fuchsjagd wird abgeschafft, und jetzt halten sie ihr Versprechen nicht.«

»Da klagst du einfach.«

»Ich habe sie gewählt, jetzt betrügen sie mich. Das lasse ich mir nicht gefallen. Ich lasse mich nicht von Lügnern regieren.«

»Seit wann kann man die Regierung verklagen?«

»Immer schon. Die Prozesse kommen in die Medien, die Leute kapieren, man kann sich wehren, man lebt in keinem Sklavenstaat.«

»Was kostet das?«

»Viel zu viel! Ich hasse Anwälte. Geht aber nicht anders. Außerdem, ich kann's mir leisten.«

Ich zählte verstohlen die Kuverts.

»Du führst *sieben* Prozesse?«

»Leider.« Marlon erhob sich. »Pass auf. Am Sonntag mache ich normalerweise die Buchhaltung. Für die ganze Woche. Aber morgen geht's nicht, wir sind bei meiner, meiner …« Er brach ab und seufzte laut. »Bei meiner *Mutter, god damn it!* Deshalb tu ich es jetzt gleich. Kann ich dich allein lassen? Zwei Stunden? Oder mehr?«

»Geh nur. Mir ist nie langweilig.«

»Falls du Lust kriegst und willst mich verführen, tu dir keinen Zwang an. Ich sag's dir lieber gleich, ich kann dir nicht widerstehn. Passen die rosa Höschen?«

»Ich hab sie noch nicht probiert.«

»Das tun wir später zusammen. Wenn ich fertig bin. Die weißen Rosenknospen – ich konnte *nicht* widerstehn! Noch was, das wird dich freuen: Die Märchenkostüme hab ich dem Theater geschenkt. In Bath.«

»Mit gebrochenem Herzen?«

»Gar nicht! Ich hab jetzt dich, du bist mein Schneewittchen, das genügt. Ich bin wieder ein Mann, ein ganz normaler Mann. Wie gefällt dir mein Anzug?«

»Sehr gut.«

»Kathy hat ihn gekauft, sie weiß genau, was mir steht. Nächste Woche besorgt sie mir einen zweiten. Ab jetzt nur noch

Herrenkleidung, auch privat. Auch hier im Haus, nur … die Stoffe sind ziemlich rauh … Eine Zeit lang werde ich noch meine Damenunterwäsche drunter tragen *müssen*, zum Eingewöhnen … wenn du nichts dagegen hast.«

»*Müssen?*«, fragte ich schwach. »Jeden Tag?«

»Aber nur, was dir *gefällt*«, rief Marlon sofort, »nur, was du *magst*. Wir gehen jetzt zusammen hoch. Die Sachen sind im Schlafzimmer, in den zwei Kommoden rechts und links vom Bett. Du siehst alles durch. Was du haben willst, an mir, kommt in die Kommoden auf *meiner* Seite, den Rest gibst du hinüber auf *deine* Seite. Ist das fair?«

Ich nickte.

»Kannst du jetzt bitte wieder lächeln?«

»*Ja.* Kann ich.«

»*Thanks, darling. I love you!* Das hast du heute noch nicht gesagt, kein einziges Mal.«

»Ich liebe dich«, sagte ich schnell.

»Ich dich auch.«

Er nahm meine Hand, und gemeinsam stiegen wir die Treppe hoch.

Dort trennten sich unsere Wege.

Marlon ging nach rechts in sein Büro.

»Wenn du Lust kriegst auf die Höschen, zum Probieren, komm ruhig her, das muntert mich auf. Du kannst mich immer stören. Ich liebe dich.«

»Ich dich auch.«

Seufzend ging ich ins Schlafzimmer.

Doch ich wagte mich nicht sofort an die Wäsche, ich machte zuerst einmal das Bett. Dann stand ich lange sinnend vor den Kommoden.

O.K., Mimi, sagte ich mir, was du jetzt sehen wirst, ist der alte Marlon. Den gibt's nicht mehr. Der neue trägt Tweed. Und in Kürze wird er auch vernünftige Unterwäsche tragen.

Trotzdem war es ein Schock.

Sechs Laden voll ordinärer Reizwäsche in den grellsten Farben. Ein schwarzes Schnürmieder aus Spitze, ein rotes aus Satin, jedes mit acht Strapsen, also das war sein Geschmack!

Unfassbar, dass man das schön finden kann.

Ich zwang mich, nicht daran zu denken, wie er wohl ausgesehen hat mit diesen Sachen am Leib, und begann schnell zu sortieren.

Viel Dezentes war nicht dabei!

Ein paar Boxer-Shorts aus weißer Seide, wie er sie in Paris getragen hatte. Vier einfach geschnittene, helle Hemdchen – die gab ich in seine Kommode nach rechts.

Alle schreienden Farben: shocking Pink, Bordellrot, Knallorange, Schwefelgelb, Transvestitenlila, Blitzblau, Giftgrün blieben auf meiner Seite.

Ebenso alles mit Spitzen, Rüschen, Rosenknospen, Fransen, Schleifchen, Plissées, Pailletten, Strass, alle Büstenhalter und Mieder. Was blieb übrig für den neuen Marlon?

Eine halbe Lade, mehr nicht.

Ich war kaum fertig, als ich seine Schritte hörte. Die Neugier ließ ihm keine Ruh.

»Was hast du ausgesucht?«

Er warf einen Blick auf den spärlichen Inhalt seiner Kommode und verfiel.

»Keine Spitzen«, sagte er schwach.

»Viel zu weiblich.«

»Kein einziger BH.« Seine Stimme war kaum hörbar.

»Trägst du doch nur zu Kleidern mit Dekolleté.«

»Wonderbras. Ja. Aber die normalen kann man unter einem Anzug tragen. Ich mag das gern. Das ist ein gutes Gefühl, ein BH. Das gibt einem Halt.«

»Sieht man das nicht unterm Hemd?«

»Nein. Die Körbchen sind flach. Ohne Bügel. Aber gut, wenn du meinst …« Er zog ein Taschentuch hervor und blies kräftig hinein. »Also, kein BH. Nur, das deprimiert mich, die Kommode ohne Farben, ganz leer … Tu mir was Liebes. Die unteren Laden. Mach sie wieder voll, und ich zieh nur an, was in der ersten ist. In der ersten Lade. O.K.? Ich geh wieder arbeiten. Bis später dann.«

Marlon verschwand. Kurze Zeit war Stille. Aber was war das? Plötzlich erfüllte brüllende Musik die Luft: Die Rolling Stones: *I can't get no satisfaction*. Kam das aus Marlon Büro??

96

Es war so laut, es dröhnte in meinen Ohren. Ich schlich den Gang entlang: Tatsächlich! Die Tür stand einen Spalt offen, und da saß er, seelenruhig, zwischen zwei riesigen, vibrierenden Lautsprechern, in die Arbeit vertieft. Er bemerkte mich nicht einmal. Kopfschüttelnd ging ich wieder zurück. Aber bitte! Warum nicht? Wenn es ihm bei der Buchhaltung half?

Außerdem, das war meine einzige Beschwerde an diesem Tag. Es hatte zwar wieder zu regnen begonnen und Miranda beglückte uns mit einer Spitzmaus, die Marlon rettete, wie gehabt, doch sonst verlief alles in schönster Harmonie.

Ich hatte meinem Psychiater noch drei seidene Bodys zugestanden und gut sichtbar in seine Lade gelegt und die Damenunterkleider für die Nacht in allen Farben von Gold bis Himmelblau, auch die Strumpfhosen aus Netz sowie die schwarz glänzenden mit Naht, worüber er sich freute wie ein Kind.

Am Abend wurde es richtig gemütlich.

Marlon wollte zwar Feuer machen, im Kamin, doch ich kriege die Panik vor offenen Flammen, und mir zuliebe hielt er sich zurück.

Ich hatte einen exzellenten Suppentopf gekocht, mit Nudeln und Gemüse, orientalisch gewürzt, ohne jedes Fett, und wurde dafür sehr gelobt.

Anschließend gab's Erdbeer-Jelly, vegan, und zum Schluss aßen wir noch zwei Bonbonnieren leer.

Miranda hüpfte auf meinen Schoß, machte es sich gemütlich und schnurrte laut. Das Gespräch drehte sich um Geld.

»Die ganze Zeit willst du mich was fragen«, meinte Marlon ermunternd, »ich seh's dir an. Sprich.«

»Wieso investierst du eine Million Pfund in eine *Ehe*?? Das versteh ich nicht.«

Marlon steckte ein Stück Marzipan in den Mund.

»Ich brauche eine Superfrau!«

»Wofür?«

»Ich geh in die Politik«, sagte Marlon bedeutungsschwer.

»*Was*?? Warum?? Und *wann*??«, rief ich entsetzt.

»Nächstes Jahr. Bis dahin will ich fest verheiratet sein. Bilder in den Illustrierten von dir und mir. Man muss uns kennen als

Paar, bevor auch nur ein einziges Wort fällt von einem Wahlkampf.«

»Welche Partei?«, fragte ich und stärkte mich mit einem Pariserspitz.

»Meine eigene.«

»Du gründest eine *eigene Partei*??«

»Mit meinem Cousin. Hochbegabter, tüchtiger Mann. Gewinnen wir, werde ich Premierminister.«

»Und er?«

»Er will Unterrichtsminister werden.«

»Dazu musst du verheiratet sein?«

Marlon verschluckte sich an einer Champagnertrüffel.

»Bin ich ledig, sagen meine Feinde, ich bin schwul. Du hast keine Ahnung, was man über mich alles geschrieben hat: Ich steige jeden Tag in meinen weißen Rolls-Royce im rosa Fransenkleid, mit rosa Federboa, fahre in meine rosa Praxis und ziehe den Schwulen das Geld aus der Nase. Alles Lügen! Die Praxis ist nicht rosa, und ich besitze keine einzige Federboa.«

»Und keinen Rolls-Royce.«

»Doch. Drei Rolls-Royces. Früher im alten Leben. Als Marilyn Flimm. In der kurzen, verrückten Phase. Jeder Mensch hat ein Recht auf verrückte Phasen … Was interessiert dich sonst noch?«

»Du kriegst schon für hunderttausend Pfund jede Menge Frauen, die dich heiraten.«

»Aber keine Mimi Tulipan. Mein Verstand sagt: Unter einer Million interessiert's dich nicht.«

»Was gefällt dir so an mir?«

»Du hast Humor.«

»Und?«

»Du isst keine Tiere. Du bist *positiv*! Du ziehst die Menschen an. Zusammen sind wir unschlagbar. Ein magisches Paar.«

»Was noch?«

»Du bist weltgewandt, kannst Sprachen, hast studiert, dein Englisch ist entzückend, die Leute werden sich verlieben in die Art, wie du sprichst. Aber das Beste ist dein Alter.«

»Wieso?«

»Du bist schön, aber nicht mehr blutjung. Das heißt, die

Frauen sehen dich nicht mehr als *Rivalin*, sondern als *Vorbild*. Das bringt viel Sympathie. Sie *beneiden* dich nicht, sondern *lieben* dich! Ich hab's mir lang überlegt. Die Million ist bestens investiert.«

»Das heißt, ich müsste öffentlich auftreten mit dir, Hände schütteln, Leute begrüßen, Pressekonferenzen geben, ich müsste Aussendungen schreiben, Journalisten charmieren, bitte, das kann ich. Gut sogar.«

»Das weiß ich, *darling*. Mit dir muss man sich nicht genieren.«

»Und die Dolly?«

»Kann man nicht heiraten. Überhaupt keine Ausstrahlung. Kein Mensch wählt uns, wenn *sie* daneben steht. Ich sag dir was: Die Frau, die ein Politiker hat, ist genauso wichtig wie sein Programm. Denk an John F. Fennedy. Glaubst du im Ernst, der hätte sich von Anfang an so gut durchgesetzt *ohne* seine schöne Frau? Nie wäre er so berühmt geworden …«

»Die Dolly hat andere Vorteile.«

»Und zwar?«

»Die Kleidchen haben sie nicht gestört.«

Marlon kaute lang an zwei Kirschen aus Marzipan.

»Doch«, sagte er endlich, »es hat sie gestört. Anfangs war sie tolerant, ich hab mich aufgedonnert, die ganze Palette, Perücke, falsche Wimpern, Rouge, rote Nägel, Lidschatten, Lippenstift, Stöckelschuhe, Seidenkleid, Armbänder, Ohrringe, Perlencollier. Wir haben ein Spiel gespielt: Ich war die große Schönheit, sie der Vagabund, sie musste bitten und betteln im Bett …«

»Und dann?«

»Es hat sie nicht mehr gefreut am Schluss.«

»Wie lang hat es sie gefreut?«

»Nicht sehr lang.«

»Trotzdem hat sie's getan? Vier Jahre lang?«

Marlon goss sich ein großes Glas Whisky ein.

»Sie lebt von mir. Sie hat nie was verdient. Sie tut's auch heute noch, wenn ich will, aber vorher betrinkt sie sich … *o pardon*, *heute* tut sie es natürlich *nicht* mehr, ich meine *jetzt*! Sie weiß, ich will dich heiraten. Aber wärst du nicht da, würde sie es weiter tun, wenn ich sie bitte.«

»Wo? In Schottland?«

»Äh … ja! Wir sind nicht verfeindet. Wir haben uns freundschaftlich getrennt. Ich unterstütze sie weiterhin. Sie arbeitet für mich im Hintergrund. Sie ist fleißig und tut, was ich will. *Alles*, was ich will. Sie ist absolut loyal!«

»Genau wie Kathy.«

»Genau wie Kathy. Ja. Aber ich zahle gut dafür.«

Ich knabberte lang an einem Mandelbogen und starrte auf den leeren Kamin.

»Du willst einen Vertrag auf zehn Jahre. Was passiert, wenn ich Ja sage?«

Marlon grinste mich an.

»Ich eröffne für dich ein Konto in Guernsey oder auf den Shetland-Inseln oder in Andorra, irgendwo in einem Steuerparadies, und überweise dir eine Million Pfund.«

»Vor der Hochzeit?«

»Wenn du willst? Ich vertraue dir. Aber dann bist du meine Frau, Mimi! Missis Macdonald. Und lebst bei mir in England. Nicht mehr in Paris.«

»Das wird schwer.«

»Dafür kauf ich uns ein Haus in London, das Beste vom Besten, in der besten Gegend. Reizt dich das?«

»Vielleicht.«

»Du richtest ein, wie *du* willst. Nach *deinem* Geschmack. Du kriegst die schönsten Möbel, Teppiche, Bilder, ich rede dir nicht rein, ich bin nur der, der zahlt.«

»Aber die Wohnung in Paris behalte ich. Ab und zu ein Wochenende dort …«

»Ist durchaus drin.«

»Ich muss mir das überlegen. Gründlich.«

»Wer liebt, überlegt nicht lang.«

»Ich war unglücklich verheiratet.«

»Ich auch. Na und?«

»Ich hab einen Horror vor dem Standesamt!«

»Plus eine Million Pfund! So ein Angebot kriegst du nie wieder. Liebst du mich noch in zehn Jahren, bleiben wir zusammen auf ewig. Sterbe ich, erbst du mein Vermögen, bist eine reiche Witwe, ziehst nach Capri, nimmst dir einen jungen Romeo …«

»Hör auf, so schnell stirbst du nicht. Wie ist dein Programm. In der Politik?«

»Das erkläre ich dir morgen.«

»Kannst du dir das wirklich leisten? Nichts verschlingt so viel Geld wie ein Wahlkampf. Kennst du den Spruch nicht? Geh in die Politik, und du bist ruiniert.«

»Ich bin nicht arm.«

»Hast du dein Vermögen geerbt?«

Marlon leerte sein Glas.

»Keinen Penny«, sagte er stolz, »alles selbst verdient. Damit.« Er tippte sich an den Kopf.

»Aber wie?«

»Ich habe immer mehr verdient, als ich ausgegeben habe.«

»Ich auch. Aber ich hab keine Millionen auf der Bank.«

Marlons scharfe grüne Augen musterten mich kurz: »Ich kann's dir ja sagen! Ich habe eine *Goldgrube* entdeckt.«

»Was für eine Goldgrube?«, rief ich alarmiert.

»Das erfährst du erst, wenn du meine Frau bist.«

»Hoffentlich nichts *Illegales*??«

»Geheimnis! Und was die Politik betrifft, man zahlt nicht alles selbst. Man sucht Mäzene, gibt Fund-Raising-Partys, wir inserieren um Geld und graben der Regierung das Wasser ab.«

»Wär's nicht besser, du heiratest eine echte Engländerin?«

»Nicht im vereinten Europa. Das hat sich alles geändert, *darling*. Also … sag Ja! Dann fliegen wir Anfang Juni nach Paris. In die Rue de la Paix, da ist mein Hotel, daneben jede Menge Juweliere. Ich kauf dir einen *Felsen* von zehn Karat, lupenrein. Und für mich einen Ehering, möglichst breit, der Ring muss unübersehbar sein, vor allem im Fernsehn. Ich war sehr verlockt, schon vor Ostern, um ein Haar hätte ich dir einen mitgebracht. Aber Frauen suchen sich das lieber selber aus. Du trägst ihn ja ein Leben lang am Finger. Weißt du was? Wir gehen ins Bett und reden weiter im Liegen. Ist dir das recht?«

Es war mir recht.

Und was folgte, waren zwei glückliche Stunden. Marlon legte sich nackt zu mir, ohne Damenhemdchen, ein großer, starker, verliebter Mann. Nur das Fußkettchen war noch da. Die

101

goldene Schlange. Doch was ist schon perfekt auf dieser Welt?

Jedenfalls, ein Wunder geschah: Er, der Sexualexperte, hörte auf mich, ließ sich zeigen, wie man eine Frau liebkost, ohne dass sie schreit vor Schmerz, kam aus dem Staunen nicht heraus, dass ich dabei einen Höhepunkt bekam!

»Ich muss das Buch umschreiben über die Clit«, meinte er dann. »Sofort eine zweite Auflage, sonst blamiere ich mich zu Tode. Siehst du, wie *wichtig* du bist für mich?« Und er küsste mich sanft.

Sosehr mich die erste Nacht in diesem Haus verstört hatte, so sehr beruhigte mich die zweite.

Ja, dachte ich, wohlig an seinen breiten Rücken geschmiegt, wenn alles so bliebe wie jetzt, könnte man sich die Sache überlegen.

Im Bett herrscht eitel Wonne, er kleidet sich wieder wie ein Mann und finanziell war's überhaupt ein Traum.

»Du könntest ein paar Antiquitäten kaufen, zum Einstand«, hatte Marlon gesagt, »und ein großes, bequemes Sofa für den Salon. Weißt du was? Montag kommst du mit mir nach Bath, es gibt schöne Läden dort. Den Rest kaufen wir in London. Da muss ich Dienstag hin. Fährst du mit? Wir wohnen im Savoy. Und dass du mich recht verstehst: Wir kaufen die Sachen von *meinem* Geld, nicht von deiner Million. Mit der kannst du tun, was du willst!«

Wohlig schloss ich die Augen in dieser Nacht.

Als ich sie öffnete, war Sonntagfrüh.

Besuchstag bei Marlons Mutter.

Und die Tragödie nahm ihren Lauf!

Kapitel VI

Ich erwachte gegen acht, als Marlon aus dem Bett sprang, wie von Furien gejagt.

Er verschwand im Bad und hustete, als würde er ersticken.

Dann hörte ich die Spülung, fünf Mal hintereinander, dann schlief ich wieder ein.

Als ich zum zweiten Mal munter wurde, war es zehn.

Die Vorhänge waren noch zu, doch ich sah genau, wie Marlon in seiner Kommode wühlte, aber nicht in der ersten Lade, wie ausgemacht, sondern in der untersten mit der schrillsten Wäsche, und trotz des Halbdunkels entging mir nicht, wie er hastig in ein Reizhöschen aus roter Spitze schlüpfte und in ein paillettenbesticktes knallrotes Hemdchen mit Glitzerträgern und Fransen.

Ängstlich blinzelte er dabei zu mir herüber, doch ich tat, als schliefe ich noch tief und fest.

Marlon hastete durch die Bücherwand, kam zurück in seinem neuen Anzug aus Tweed, stolperte über einen Papierkorb, riss die Vorhänge zurück und alle Fenster auf:

»Mimi!!!!«, rief er gehetzt. »Aufstehn! Hast du vergessen? Besuch bei ihr! Der *Mutter*! *Schnell!* Du kannst hier nicht ins Bad. Geh ins untere. Ich hab höllisch Bauchweh und Durchfall.«

»Willst du ein Mittel? Ein homöopathisches?«

»Auf keinen Fall!«

»Dann ist es gleich gut.«

»Arzt bin ich selbst!«, sagte Marlon spitz.

»Probier's doch!«

»*Nein!!!*«, schrie Marlon wie ein trotziges Kind. »Lass mich in Ruh!! Du kannst was anders tun für mich. Mach dich *überirdisch* schön, nimm deinen ganzen Schmuck, den Prinzessinnenmantel, die Seidenhandschuhe …«

»Ich mach dir Frühstück.«

»Keine *Zeit*!! Beeil dich *bitte*! Ooooooooooh, mir tut alles weh, mich sticht's im Bauch! Großer Gott, ich krieg keine Luft mehr, keine *Luft*!! *Hörst* du das??«

Er begann pfeifend zu atmen, hastete zurück ins Bad, schmetterte die Tapetentür zu, und wieder rauschte die Spülung, unterbrochen von Husten und Fluchen, und da es kein Ende nahm, stand ich seufzend auf, ging nach unten und machte mich zurecht.

Wenn ich will, kann ich in zehn Minuten fertig sein.

Und das war ich auch. Und nahm mir Zeit für einen herrlichen Kaffee im Wintergarten unter den glücklichen Pflanzen.

Ein tobender Mann? Mit zwanzig hätte mich das umgebracht. Jetzt ist das nicht mehr so. Je mehr er tobt, desto ruhiger werde ich. Ich habe überhaupt keine Angst.

Das ist der Vorteil des zweiten Frühlings:

Man ruht in sich selbst!

Lautes Poltern auf der Treppe. Poltern an der Küchentür. Marlon schoss herein: »Wo bist du???«

»Hier«, sagte ich seelenruhig.

»Bist du fertig?«, rief er gehetzt.

»Bin ich. Wir können gehen.«

»Moment!« Marlon stellte sich vor mich hin.

Er hatte sich sehr fein gemacht, Handschuhe, eleganter, dunkler Regenmantel, roter Schal aus Kaschmir und … Nein!! Das war zu viel!

In seinen spitzen Ohrläppchen nämlich steckten große schwarze Perlen, Tahitiperlen, umrahmt von glitzernden Brillanten. Echte Damenohrringe, wie es auffallender nicht geht.

Eine Kriegserklärung an seine Mutter!

Ich starrte ihn an. Er starrte zurück.

»Ich hab gesagt: Nimm deinen ganzen Schmuck.«

»Ich hab keinen mit.«

»Du hast *keinen Schmuck* mitgebracht?«, fragte Marlon fassungslos. »So können wir *unmöglich* … Sind deine Ohren gestochen?«

»Ja.«

»Bleib da stehn!«

Er polterte nochmals hinauf und kam mit einer riesigen schwarzen Schmuckschatulle zurück, innen roter Samt, und darauf glitzerte es wie tausend Lichter, nie hatte ich so einen Haufen Billanten beisammen gesehn.

»Schnell! Nimm das!« Er verpasste mir zwei Diamantstecker, schöne große Boutons, mindestens drei Karat pro Stück, in Weißgold gefasst.

»Sind die echt?«

»Natürlich sind die echt. Warte. Da!«

Er zog einen breiten Ring hervor, rundum Brillanten.

»Auf den Verlobungsfinger!«

»Leider zu groß.«

»Zu groß? Probier den da. Wieder zu weit? Aber *der* müsste gehen.«

Marlon gab mir einen dritten Ring, gleich gearbeitet wie die ersten zwei, der passte perfekt und funkelte wie die Sünde.

»Der ist auch echt?«

»Lupenreine Steine. In Platin gefasst.«

Er reicht mir einen weiteren Ring und hielt mir seine linke Hand hin.

»Anstecken. So. Jetzt sind wir verlobt.«

»Wie viele solche Ringe hast du?«

»Zehn oder elf.« Er musterte mich mit flackerndem Blick.

»So viele? Verlobst du dich so oft?«

»Nein. Aber manchmal trag ich an jedem Finger einen Ring. Das ist kein Verbrechen. Dein Hals ist nackt. Du brauchst ein Collier. Und zwei Armbänder.«

»*Zwei Armbänder?* An einem Sonntag*vormittag*? Das ist zu viel.«

»Unsinn. Dein Kleid ist bescheiden, keine einzige Paillette, keine Perle, nichts. Du *kannst* nicht genug Schmuck dazu tragen.« Er legte mir eine Kette um. Zwei Reihen große Brillanten. Dazu die Armbänder. Sie fühlten sich kalt an auf meiner Haut.

Glitzernd wie ein Christbaum schlüpfte ich dann in meinen roten Samtmantel.

»Ich verstecke den Schmuck. Geh einstweilen zum Wagen.«

Das tat ich. Und stieg sofort ein, denn wie üblich in England regnete es leise, aber stetig vor sich hin.

Weiße Dunstschleier bedeckten das Tal und verbargen die Sicht auf den Fluss. Auch die Zeder war nur halb zu sehen. Ihre Spitze steckte in Nebelschwaden.

Marlon hastete heran, hievte sich stöhnend auf den Fahrersitz. »Wir müssten längst weg sein.«

Sein Atem ging pfeifend, er hustete, schnaufte und keuchte. Die dicken Schafe wackelten heran und sahen vorwurfsvoll zu uns hoch. Marlon ließ das Fenster herab.

»*Bye-bye, darlings*«, rief er affektiert, »*Mummy* ist am Nachmittag wieder da. Dann gibt's Kekse.«

Er wandte sich zu mir: »Ich hab ein Loch im Bauch. Ich hab wahnsinnig Hunger. Gleich wird mir schlecht …« Er verschränkte die Arme vor dem Leib und neigte sich vor, wobei er fürchterlich stöhnte. »Wenn wir zu spät kommen, gibt's einen Riesenkrach …«

»Soll ich fahren?«

»Zu riskant. Wir fahren links in England, das bist du nicht gewohnt.«

»Wo wohnt deine Mutter?«

»In der Nähe von Bath. Wir müssen noch tanken.«

Marlon startete umständlich, legte eine Kassette ein. The Rolling Stones: *Sympathy for the Devil*. Er stellte auf brüllend laut, und wir fuhren los.

Ich mag die Rolling Stones, wippte mit den Füßen im Takt und platzte fast vor Neugier auf diese Mutter. Was für eine Frau war das? Mit solch verheerender Wirkung auf ihren erwachsenen, erfolgreichen Sohn?

»Lebt dein Vater noch?«, frage ich, als die Musik zu Ende war.

»Der hat's überstanden.«

»Was heißt das?«

»Er ist tot. Seit zehn Jahren.«

»Das tut mir Leid. Wie war er?«

»Ein Genie. Hat eine große Firma aufgebaut, aber sie hat ihn nicht geliebt, die Mutter. Sie hat ihn sekkiert bis aufs Blut. Nichts war ihr recht. Zuhause war er nur der Versager. Sie hat ihn beschimpft vor mir, Trottel, Idiot …« Ein Hustenkrampf folgte diesem Redeschwall.

»Hat sie einen Beruf gehabt?«, fragte ich sanft.

»Schauspielerin. Aber ich bin dazwischengekommen, zwischen die Karriere in Hollywood und die Glorie und den Ruhm und die Millionen. Sie hat heiraten *müssen*. Wegen *mir*. Das verzeiht sie mir nie.«

»Hat sie Talent?«

»Großes! Zum Demolieren. Alles macht sie kaputt. Meine Ehe, die Scheidung geht auf ihr Konto, sie hat mir alle Freundinnen vergrämt, jede hat sie zum Weinen gebracht. Fünf Jahre lang hat sie die Dolly bekriegt und vierzehn die Kathy. Seit ich allein bin, ruft sie ununterbrochen an, mischt sich in jedes Detail. Sie will die Einzige sein, die Wichtigste, die Schönste ...«

»Wieso will sie mich dann sehn?«

»*Dich?* Will sie gar nicht. Sie weiß nichts von dir. Ich bring dich mit als Sonntagsüberraschung!«

»Die Arme!«

»*Arm??*« Marlon riss den roten Schal von seinem Hals und schnappte nach Luft. »*Ich* bin arm. Mein *Vater* war arm. *Du* wirst bald arm sein. *Alles* kann passieren. Die Frau ist ein *Drachen*. Vielleicht reißt sie dir die Haare aus ...«

Ich musste lachen. Das war zu komisch.

»Du *lachst?*«, kreischte Marlon. »Was gibt's da zu *lachen??* Bist du genauso verrückt wie sie? Kein Mensch lacht in dem Zusammenhang.«

Ich kicherte in mich hinein. Marlon hörte auf zu toben und starrte mich an.

»Du hast *keine Angst*?«

»Nein. Warum?«

Er seufzte erleichtert auf.

»Blendend. Ich hab gewusst, warum ich dich mitnehme ... vielleicht ... vielleicht wird's auch *ganz* anders. Vielleicht geschieht ein Wunder und sie ist nett zu uns. Nur, ehrlich, wie ich dann reagieren soll, weiß ich nicht.«

»Ganz normal.«

»Normal??« Marlon begann wieder zu husten. »Man *kann* nicht normal sein bei dieser Frau. Sie braucht nur anrufen, und ich krieg Keuchhusten und Durchfall.«

»Wie alt ist sie?«

»Achtzig. Aber eine Energie, die bringt dich um. Und boshaft. Wenn sie mich besucht, muss ich für sie kochen. Dann stochert sie herum, isst keinen Bissen. Ich muss sie einladen ins Pub. Dort isst sie Fleisch mit Fleisch zum Fleisch. Dann kriegt sie einen Gichtanfall, dann alle Zustände von den Medikamenten, und ich bin schuld.«

»War das immer so?«

»Seit ich Vegetarier bin.«

»Und heute?«

»Heute? Sie zieht den langen Nerz an, weil sie weiß, ich bin gegen Pelztierzucht. Und im Restaurant bestellt sie genau das, was ich hasse: Sie kennt die Schafe, seit sie kleine Lämmer waren, sie hat sie aufwachsen sehn. Sie bestellt Lammbraten. Extra.«

»Auch wenn ich dabei bin?«

»Dann erst recht.«

Beim Wort »recht« bekam Marlon einen Erstickungsanfall. Wir mussten halten, bei der nächsten Tankstelle. Marlon sprang aus dem Wagen, rannte zur Toilette und kam halb tot zurück. Sein Atem ging pfeifend, es klang unheimlich, zitternd sank er in den Fahrersitz.

»Wir kehren um«, keuchte er, »ich sterbe.«

»Feigling.«

Marlon reagierte nicht. Er saß nach vorn gebeugt, den Kopf auf dem Lenkrad, unbeweglich, wie ein Toter.

Ich zog ein Röhrchen Globuli aus der Tasche, ein homöopathisches Mittel, das ich mitgebracht hatte aus Paris, schüttete fünf Körnchen in die Kapsel und hielt sie ihm hin.

»Mund auf! Langsam unter der Zunge zergehen lassen. Nicht schlucken. Nicht reden.«

»Was ist das?«, flüsterte Marlon mit letzter Kraft.

»Nux Vomica.«

»Was bewirkt das?«

»Du kriegst sofort wieder Luft.«

Marlon öffnete den Mund. Er hatte mit dem Leben abgeschlossen, ihm war alles egal.

Schweigend saßen wir nebeneinander. Marlon pfiff bei jedem Atemzug wie ein Blasebalg. Aber was geschah? Nach fünf Sekunden? Das Pfeifen hörte auf.

Marlon zuckte zusammen und starrte mich an.

»Hörst du das?«

»Ja.«

»Das Pfeifen ist weg.«

»Logisch.«

»Das gibt's doch nicht«, sagte er dumpf. »Das versteh ich nicht.«

Er atmete ein, er atmete aus, es klang normal. Er atmete schneller, holte ganz tief Luft – kein Blasebalg! Er zog den Bauch ein, atmete ganz flach – kein Geräusch!

»Das ist ein Wunder«, sagte Marlon überwältigt. »Ich hab alles versucht, was die Schulmedizin zu bieten hat. Alle Medikamente probiert, alle Kollegen gefragt, *nichts* hat genützt. Ich bin immer halb tot angekommen bei der Mutter … *unfassbar!* Der Druck ist weg von der Brust. Der Hals ist frei«, er fühlte lange seinen Puls, »alles normal. Das ist mir unerklärlich. Weißt du, wie das wirkt?«

»Es stärkt dein Immunsystem. Du heilst dich selbst. Und es heilt nicht nur den Körper. Es heilt auch den Geist.«

»Was heißt das?«

»Wirst schon sehn. Kannst du wieder fahren?«

»Moment!«

Marlon senkte den Kopf und horchte ewig in sich hinein.

»Weißt du was? Das Durchfallgefühl ist auch weg.«

»Und es kommt nicht wieder.«

»Siehst du, wie *wichtig* du für mich bist?«, rief Marlon befreit und legte den roten Schal wieder um. »Gott sei Dank haben wir uns verlobt. Jetzt wird alles gut. *I love you, sweetheart, darling. Kiss! Kiss! Kiss!*«

»*I love you, too.*«

Marlon startete den Wagen. Und wie zur Belohnung hörte es plötzlich auf zu regnen und die Sonne kam heraus. Der Himmel färbte sich hellblau, die Vögel begannen zu singen, und wir fuhren durch eine liebliche, grüne Landschaft, zart wie ein Aquarell. Wenn die Sonne scheint, ist England unwiderstehlich schön und man genießt es doppelt. Man weiß ja nie, wie lange der Zauber hält.

»Seht ihr euch ähnlich? Deine Mutter und du?«

»Überhaupt nicht. Ich bin ganz mein Vater. Das wirft sie mir auch vor, mein Leben lang. Und immer spielt sie eine Rolle. Wie auf der Bühne. Alles an ihr ist gekünstelt. Nichts ist echt. Und *jedes Mal* will sie *Geld*!«

»Faszinierend.«

Marlon sah mich forschend an. Ich lachte, da lachte er auch und legte seine freie Hand auf meine.

»Du bist unbezahlbar, *darling*. Du hast *wirklich* keine Angst!«

Die Fahrt verlief in schönster Harmonie.

Marlon hustete kein einziges Mal, und in bester Verfassung kamen wir nach Bath. Marlon, der sich sonst immer verfuhr, fand die richtige Abfahrt gleich beim ersten Mal, und ohne Verspätung gelangten wir in den richtigen Vorort, in die richtige Straße und hielten vor einem roten Tor.

Wir standen vor einer Mauer aus altem Stein, oben rund, wie ich es liebe, bewachsen mit Moos. Marlon klingelte.

Lautlos öffnete sich das rote Tor.

Ein Fachwerkhaus wurde sichtbar, fast quadratisch, das Holz schwarz und glänzend, die Mauer dazwischen strahlend weiß. Davor ein Seerosenteich und rechts daneben ein stolzer Monkey Puzzle Tree, der seine Äste in sanfter Eleganz zum Dach herniedersinken ließ, als würde er es beschützen.

Es war ein Bild wie aus einem Märchenbuch.

Wir gingen zum Haus. Standen vor der Tür, doch die Tür blieb zu. Marlon schnaubte durch seine scharfe Nase, richtete sich auf zu voller Größe, streckte die Hand aus und klopfte energisch vier Mal hintereinander, doch es tat sich nichts.

Endlich, nach einer Ewigkeit öffnete man uns.

Doch kein Drachen schoss hervor, um mir die Haare auszurupfen, nein, eine Diva stand vor uns. Eine echte Diva aus den zwanziger Jahren in Hollywood.

Sie war etwas größer als ich, gertenschlank, in einem langen weißen Kleid aus feinster Wolle, an den Schultern gerafft, in der Taille eng. Ein weißer Turban verbarg ihr Haar.

Das Gesicht war rund, die Augen groß und blau, der Mund kirschrot geschminkt und sie starrte vor Schmuck:

Riesige Goldblumen an den Ohren, fünf Reihen Perlen um den Hals, vier goldene Broschen vorne am Kleid, an jedem Finger ein glitzernder Ring, auch an den beiden Daumen. Um die Handgelenke hingen goldene Reifen en masse.

Fasziniert starrte ich sie an. Ich habe viel gesehn in meinem Beruf, aber das war ein Fall für sich.

»Hallo, *mother*!«, sagte Marlon und stand steif wie ein Stock. »Das ist Mimi Tulipan aus Paris. Mimi, das ist meine Mutter. Mutter, wir haben uns verlobt.«

»Gratuliere«, sagte die Diva mit weinerlicher Stimme. Ihre blauen Augen musterten mich kurz, schweiften ab zu ihrem Sohn, blieben lange an seinen Ohrringen haften und senkten sich dann auf seine linke Hand, die meine rechte hielt wie in einem Schraubstock.

»Bist du fertig? Hol deinen Mantel, wir sollten fahren, sonst kommen wir zu spät«, sagte Marlon.

»Ich muss noch packen. Führe deinen Gast in den Salon.«

Aha, dachte ich, wir laden sie nicht nur zum Mittagessen ein, in ein hübsches Country-Hotel, sie bleibt dort über Nacht! Deshalb trägt sie das Abendkleid! Ich trat in den Salon.

Fabelhaft!

Wieder wie in Hollywood. Weiße Spannteppiche, weißes Eisbärenfell vor dem Kamin, zwei weiße Sofas, daneben Goldstühlchen. Weiß-Gold, Weiß-Gold, wohin das Auge sah.

Der Kamin war aus weißem Marmor. Und darüber hing kein Spiegel, sondern eine aufgerollte Leinwand. Ein Projektor stand davor. Der ganze Salon wirkte wie ein Vorführraum. Sah sie den ganzen Tag alte Filme? Jedenfalls passte die Einrichtung genau zu ihrem Kleid.

Vom Salon sah man hinüber in die Küche.

Marlon stand vor dem offenen Kühlschrank und packte Zwiebeln, Speck, Eier, Butter, Brot, Milch und Marmelade in eine goldene Hutschachtel zu seinen Füßen.

Erstaunt sah ich zu.

Hatte er umdisponiert? Machten wir ein Picknick? Aber Marlon aß von alldem nichts, außer dem Brot, den Zwiebeln und der Marmelade, falls sie ohne Gelatine war.

Marlon kam zu mir.

»Frag nichts«, flüsterte er. »Macht's dir was aus, wenn du hinten sitzt?«

»Natürlich nicht.«

Die Diva erschien.

Sie trug einen bodenlangen Pelz. Auf der Nase eine Sonnenbrille in Schmetterlingsform mit falschen Brillanten.

»Hast du gepackt?«, fragte sie hoheitsvoll.

»Ja, Mutter.«

»Moment.« Sie ging in die Küche und kam mit drei Dosen zurück. »Das ist für euch. Rindfleisch konserviert. Corned Beef. War im Sonderangebot. Das hast du geliebt als Kind.«

»Sehr aufmerksam«, sagte Marlon und stellte die Dosen auf den Marmorkamin. »Aber ich esse keine Leichen mehr.«

»Hör auf!!!« Die Diva hielt sich die Ohren zu. »*Das* Wort bringt mich noch um.«

»Du frisst Kadaver. *Das* bringt dich um.«

»Mein Sohn ist ein Ungeheuer«, schluchzte die Diva auf, richtete die blauen Augen gen Himmel und ließ sich theatralisch zu Boden gleiten. Dort lag sie ohnmächtig darnieder.

Marlon bückte sich wortlos nach der Sonnenbrille und schob sie in seine Manteltasche. Dann hob er seine Mutter hoch, legte sie über seine Schulter, wie in Paris den Teppich, schloss das Haus ab, trug sie zum Auto und verstaute sie auf dem Vordersitz, wo sie plötzlich wieder lebendig war.

»Wo ist die Hutschachtel?«, fragte sie weinerlich.

»Im Kofferraum.«

»Meine Sonnenbrille?«

Marlon reichte sie ihr.

»Gut. Wir können fahren …, aber *langsam*. Wenn du rasen willst wie ein Wilder, ermorde mich lieber gleich.«

Die Fahrt verlief in eisigem Schweigen.

Wieder ging es über romantische Straßen, durch kleine Dörfer voll blühender Rosen und Glyzinien, vorbei an grünen Weiden, auf denen Lämmer grasten, und plötzlich bogen wir ab in eine kleine Straße und fuhren durch ein hohes Tor aus Stein, hinein in einen schönen Park und standen vor dem Hotel.

Im Gänsemarsch, Marlon voran, dann die Mutter, dann ich, schritten wir zum Empfang und durch die Halle ins Restaurant. Das Hotel war nicht viel größer als Marlons Haus und der Dining-Room so groß wie sein Salon. Doch er war exquisit möbliert. Die Stühle mit hellem Samt überzogen, die Wände getäfelt in dunkler Eiche, ein Kamin, in dem ein hohes Feuer brannte, geschliffene Spiegel, die Tische weiß gedeckt mit Blumen, Silber und Kristall.

Nur wenige Leute waren da, vielleicht zwanzig, alle sportlich gekleidet in Twin-Sets und Tweed. Umso auffallender waren wir: Ich mit meinen Brillanten, Marlon, Tahiti-Perlen im Ohr, die Diva in Turban und Abendkleid, aber keiner starrte uns an, wir wurden höflich ignoriert. Das gehört in England zum guten Ton.

Wir bekamen den schönsten Tisch, gleich neben dem Kamin, leider, denn wie gesagt, lodernde Flammen ängstigen mich. Die Mutter saß zwischen Marlon und mir.

Sie sah mich lange wortlos an, öffnete ihre silberne Abendtasche, seufzte laut und zog eine schmale schwarz glänzende Zigarettenspitze hervor.

»Was ist *das*?«, rief Marlon alarmiert.

»Eine Zigarettenspitze. Aus Hollywood.«

»Wozu brauchst du die?«

»Zum Rauchen.«

»Du rauchst aber nicht.«

»Doch.«

»Seit wann?«, fragte Marlon ungläubig.

»Seit jetzt!«

Sie kramte eine Packung amerikanischer Zigaretten heraus, ein silbernes Feuerzeug, machte affektiert den ersten Zug und brach über dem Tisch zusammen mit einem Hustenkrampf.

Sofort eilte der Maître d'Hotel herbei.

»*Madam, sorry.* Rauchen nur im Rauchsalon!«

»Sie hört schon auf«, entschuldigte sich Marlon, »nicht wahr, Mutter?«

»Möchten Sie schon etwas zu trinken, Sir?«

»Unbedingt. Heute ist ein großer Tag. Wir feiern unsere Verlobung!« Er griff über den Tisch nach meiner Hand.

»Gratulation, Sir. Vielleicht eine besonders gute Flasche? Von unserem eigenen Lieferanten? Aus Frankreich? Aus der Champagne?«

»Gern.«

»Einen Brandy! Einen *großen*«, rief die Mutter mit halb erstickter Stimme, »*sofort!*«

»*Yes, Madam.* Wissen Sie schon, was Sie essen?«

»Drei Mal das vegetarische Menü«, sagte Marlon.

»Ich will Lammbraten«, keuchte die Mutter, »schön rosa, nicht zu durch, naturbelassen, *Milchlamm*, wenn's das gibt.«

Marlon wurde gelb. »Wenn du das wirklich isst, stehn wir auf und lassen dich allein da sitzen.«

»Wie du willst«, schrie die Diva, sprang wütend auf die Beine und hastete aus dem Saal.

»Hab ich was falsch gemacht, Sir?«, erkundigte sich der Maître d'Hotel und blickte ihr erschrocken nach.

»Nichts. So benimmt sie sich bei *jeder* Verlobung.« Marlon lachte, der Mann lachte höflich mit. »War natürlich ein *Witz*. Also, drei Mal vegetarisch. Die Desserts bestellen wir nachher.«

»Was tun wir, wenn sie nicht wiederkommt?«, flüsterte ich.

»Gemütlich essen. Das ist ein exzellentes Restaurant.«

»Was tut sie jetzt?«

»Sie denkt sich eine Gemeinheit aus.«

Die Mutter kam zurück, ein boshaftes Lächeln um den kirschroten Mund.

Unsere Salate wurden serviert: mit Champignons, Avocados, Nüssen und Kirschtomaten. Für sie kam nichts.

»Ich hab meine Vorspeise abbestellt«, sagte sie anklagend, »lieber hungern, als am Sonntag Gemüse fressen!«

»Wie du meinst, Mutter. Trinkst du auf unser Wohl?«

Die Diva nahm ihren Brandy, kippte ihn in einem Zug hinunter, er war weg, noch ehe ich mein Glas erhoben hatte.

»Nichts zu trinken«, sagte sie und starrte in den lodernden Kamin, »weil mein Sohn sein ganzes Geld für seine Frauen braucht: Aber pssst! Nichts verraten. Familiengeheimnis.«

»Ein Glas Champagner, Mutter?«

»Ich hasse Champagner.« Sie senkte den Blick auf unsere Ringe. »Wie viel hast du dafür bezahlt?«

»Siebentausend Pfund«, sagte Marlon vergnügt.

»Was!!« Die Diva griff sich ans Herz. »Bist du *verrückt*? In deinem Alter. So eine Geldverschwendung. Du wirst nie vernünftig, nie ...«

»Deine Perlen waren viel teurer.«

»Ich bin deine *Mutter*! Siebentausend Pfund für eine Verlobung, die nicht hält!« Sie wandte sich zu mir. »Mein Sohn ist ein Versager, glauben Sie ihm *kein Wort*. Alle Frauen laufen ihm davon. Sie haben was Besseres verdient! Siebentausend Pfund! Das könnte ich mir *nie* leisten. Davon lebe ich ein halbes *Jahr*. Genierst du dich nicht?«

»Ich hab dein Vermögen nicht verschleudert.«

»*Verschleudert?* Ich hab's der *Kunst* geweiht! Der Tag kommt noch, wo du mir die Füße küsst dafür!«

»Wie geht's Eddi?«

Die Diva beruhigte sich sofort.

»Blendend. Hat gewonnen. Im Casino. So viel wie noch nie.«

»Und?«

»Das ehemalige Theater. Am Stadtrand. Ganz billig zu haben. Man *muss* zugreifen, sonst ist es weg.«

»Das *er* finanziert?«

»Er hat genug gewonnen für die Anzahlung.«

»Und der Rest? Wer zahlt den ganzen Kaufpreis?«

Die Diva schwieg und zupfte ihren weißen Turban zurecht.

»Mutter! Wer zahlt den Rest?«

»Wäre deine Pflicht und Schuldigkeit«, sagte sie weinerlich.

»Du hast was *unterschrieben*?« Marlon ließ die Gabel sinken.

»Ich nicht. Eddi.«

»O.K. Dann ist das *sein* Problem.« Marlon begann wieder zu essen.

»Wir können ihn nicht hängen lassen. Der Mann liebt mich. Im Gegensatz zu deinem Vater und dir.«

»Der Mann ist ein Spieler. Noch nie ist irgendetwas gut gegangen, was ihr zwei unternommen habt.«

»Diesmal geht es mehr als gut.«

»Dass ich nicht lache.«

»*Millionen* werden wir verdienen. Dann lachen *wir*!«

Die Hauptspeisen wurden serviert.

»Verzeihung, Sir«, der Maître d'Hotel war rot im Gesicht, »hoffentlich ist es Ihnen recht, Madame war in der Küche und hat umbestellt.«

Er plazierte eine riesige Silberplatte mitten auf den Tisch, darauf ein Fleischkloß. Blut sickerte heraus! Ein grässlicher Anblick, wenn man keine Tiere mehr isst.

Marlon sprang auf.

»Mutter! Das geht zu weit!«

»Das ist kein Lamm, das ist Schwein«, zischte die Diva.

Marlon riss mich von meinem Stuhl.

»Friss dein Schwein allein! Wir essen am Nebentisch.«

Und das taten wir. Ich war froh, vom offenen Feuer weg zu sein, und aß mit Appetit.

Marlon und seiner Muter aber war die Lust vergangen. Sie saßen Rücken an Rücken und stocherten in ihrem Essen herum. Die Zeit verstrich, das Restaurant leerte sich nach und nach. Endlich wurde abserviert.

»Versöhn dich mit ihr«, flüsterte ich und richtete das schwere Brillantcollier an meinem Hals.

»Nein! Sie ist eine Sadistin. Mein Vater hat keinen Käse vertragen. Sie hat immer als Vorspeise Stilton bestellt. Der stinkt am meisten. Er hat keinen Bissen mehr hinuntergebracht, so hat ihm gegraust.«

»Hilfst du Eddi und mir mit dem Theater?«, fragte die Diva über ihre Schulter.

»Natürlich! Sorg dich nicht.« Marlon war plötzlich ganz ruhig.

»Ehrlich?«

»Klar!« Sein Ton war jetzt direkt väterlich.

Die Diva wandte sich um: »Das kenne ich schon von dir, mich in Sicherheit wiegen. Und im letzten Moment sagst du Nein.«

Genau da surrte Marlons Telefon:

»Hellooouuuuu? Was?? Das ist *ernst*! Moment!«

Marlon erhob sich, Telefon am Ohr: »Bin gleich zurück.«

Die Diva sah ihm nach, bis er den Saal verlassen hatte. Dann sprang sie auf und setzte sich zu mir.

»Jetzt erfahren Sie die ganze Wahrheit«, sagte sie atemlos. »Mein Sohn macht unsaubere Geschäfte. Ich will gar nicht wissen, wie er sein Geld verdient. Und Sie können *nichts* von ihm erwarten. Hat er es Ihnen gesagt? Er hat sich *sterilisieren* lassen!«

»Ich weiß.«

»Stört Sie das nicht? Möchten Sie keine Familie?«

»Nein.«

»Warum?«

»Ich hab nie einen Mann getroffen, von dem ich Kinder wollte.«

»Aha! Aber die Ohrringe! Trägt Ohrringe wie eine *Frau*! Das schockiert Sie doch. Oder? Als Nächstes zieht er *Damenwäsche* an. Was … was ist da so komisch?«

»Nichts!« Ich war gleich wieder ernst.

»Sie glauben, ich fantasiere? Wie? Aber im Fernsehen sind dauernd Sendungen, gestern wieder, der Mann hat angefangen mit Ohrringen, wie mein Sohn, jetzt trägt er giftgrüne *Reizwäsche* unterm Hemd!«

»Unterm Hemd?«, fragte ich mitfühlend.

»Genau! So geht er ins Büro. Seine Mutter ist vor allen blamiert, was tu ich, wenn das mir passiert? Mein Sohn kommt ins Asyl, die Behandlung verschlingt das ganze Geld, er kann mich nicht mehr unterstützen … sagen Sie, sind Sie finanziell versorgt?«

»Ich verdiene gut.«

»Verdienen?«, rief sie mit zitternder Stimme. »Verdienen genügt nicht. Man braucht ein *Privateinkommen*. Haben Sie eins?«

»Nein.«

»Schon wieder eine Katastrophe! Immer schleppt er verlotterte Frauen an, jetzt schon vom *Kontinent*. Seit wann sprechen Sie Englisch? Sie haben einen holprigen Akzent.«

»Danke für das Kompliment«, sagte ich heiter.

»Was für ein Kompliment? Wer hat Ihnen ein Kompliment gemacht??«

»Ich bin fünfsprachig aufgewachsen: Englisch, Französisch, Deutsch, Spanisch und Portugiesisch.«

»Aha! Völlig verwildert! Zum Verzweifeln! Die Letzte war genauso unverständlich wie Sie, *schottischer* Dialekt, das frisst in mir, das wühlt mich auf, das macht mich krank! Ihm ist das egal, dem Sohn. Ich war *Schauspielerin*. Ich verstehe was von *Sprache*. Hat er Ihnen das gesagt?«

»Ja.«

»Oxford-English! Keine Einzige kann Oxford-English. Das verursacht mir körperliche Pein. Ich *leide*!!!«

»Wollen Sie wieder spielen? Brauchen Sie deshalb das Theater?«, fragte ich, um abzulenken.

»Was?«

»Wollen Sie wieder auftreten? Öffentlich?«

»Das Theater brauchen wir für *ganz* was anderes«, sagte die Diva herablassend, »eine monumentale Sache, das verstehen Sie nicht. Genauso wenig wie mein Sohn. Aber ich könnte sofort wieder spielen, mit meinem Aussehn und meinem Talent. Ein großes Comeback. Ja … haben Sie das gewusst? Mein Sohn und ich, man hält uns für ein *Ehepaar*. So jung sehe ich aus.«

»Mich hält man für seine *Tochter*.«

»Das ist keine Kunst in Ihrem Alter«, sie lächelte mich boshaft an, »aber warten Sie nur. Im Wechsel bricht alles zusammen. Und seien Sie jetzt nicht böse: Schwarzhaarige wie Sie gehen *völlig* aus dem Leim.«

»Ich nicht.«

»Wieso Sie *nicht*?«

»Ich bin fünfundfünfzig! Den Wechsel hab ich hinter mir.«

»*Was???*« Entgeistert starrte sie mich an. »Sie sind fast so alt wie mein Sohn? Das hätte ich nie …« Blitzschnell neigte sie sich vor, schob mein Haar zur Seite und spähte hinter mein Ohr. »Nicht geliftet! Nicht zu fassen! Wie gibt's das? Wie bleibt man so glatt?«

»Sie sehen auch gut aus«, sagte ich voll Großmut.

»Ich war unterm Messer. Also? Was tun Sie? Wie heißt das Geheimnis?«

»Kein Geheimnis. Wenn die Cremen nicht mehr wirken, muss man Öle nehmen.«

»Welche Öle?«

»Drei Wochen Olivenöl, drei Wochen Jojobaöl, drei Wochen Mandelöl. Drei Wochen Sesamöl. Rein biologisch, kalt gepresst.«

»Und das wirkt?«, fragte die Diva misstrauisch. »Und wieso immer nur drei Wochen?«

»Nach drei Wochen ist die Haut daran gewöhnt. Dann muss man wechseln.«

»Aha. Sonst noch was?«

»Ja. Ich esse keine Tiere und mache jedes Jahr eine Ayurvedakur. Die verjüngt total!«

»Ich gehe lieber zum Chirurgen, trinke meinen Brandy und esse, was mir schmeckt. Andererseits …«

Die Diva setzte ihre Brille auf und musterte mich wie ein Gemälde vor dem Kauf.

»Bei Ihnen wirkt's. Sie sind offensichtlich nicht so blöd wie die andern. Was haben Sie für einen Beruf? Hoffentlich nicht mittellose Fotografin wie Ihre Vorgängerin? Künstlerinnen hängen mir zum Hals heraus.«

»Ich bin auch eine Art Künstlerin.«

Die Diva winkte dem Kellner, bestellte einen doppelten Brandy, nahm einen riesigen Schluck und sagte resigniert:

»*Einmal* möchte ich noch erleben, dass er mir eine zünftige Dentistin bringt, die reich in Pension geht!«

»Ich mache Regie.«

»Was!!!« Das Glas in ihrer Hand begann so stark zu zittern, dass sie es hinstellen musste. »Nicht *wirklich*!«

»*Doch!* Ich bin Regisseurin.«

»Aber nicht für Film!«

»Für Kurz- und Werbefilme. Und Dokumentationen. Spielfilm hab ich noch keinen gemacht.«

»Aber ich!!«, rief die Diva und lachte mich plötzlich an wie die verlorene Tochter. »Den schönsten Film auf dem Planeten. Den *müssen* Sie sehn. Wir machen eine Vorführung bei mir, nach dem Essen, so ein *Glück* …« Sie leerte den Brandy, kramte hektisch in ihrer silbernen Tasche, zog ein rotes Telefon ans Licht und wählte.

»Darling«, stieß sie atemlos hervor, »rate, wer neben mir sitzt. Eine Filmregisseurin! Aus Paris! Regie! Ja! Ja! Ja! Nein. Noch nicht. Aber das wird sie. Ganz *bestimmt*. Wir sind gerettet. Das will ich dir nur sagen. *Adieu! Adieu!*«

Sie winkte dem Kellner, hielt Marlons Glas hoch, ließ sich Champagner einschenken und stieß mit mir an:

»Ich hab gewusst, mein guter Stern verlässt mich nicht! Auf unsere Erfolge!«

Mit Schwung leerte sie das Glas und trank gleich noch ein zweites. Vor meinen Augen verwandelte sie sich von meiner Feindin zur glühenden Verehrerin. Ihre Stirn glättete sich, alles Boshafte, Weinerliche verschwand.

»Ich muss Ihnen etwas schenken!«

Sie nahm eine Goldbrosche von ihrer Brust und steckte sie an mein rotes Samtkleid.

»Kind, der Himmel hat Sie mir geschickt. Sie haben keine Ahnung, welche *unmöglichen*, welche *Gewächse* er angeschleppt hat. Eine lebloser als die andere. Kein Funken Courage im Leib. *Gezittert* haben sie vor mir. Ich hab sie durchschaut auf den *ersten Blick*, alles feige kleine Mäuse wie mein Sohn. *Verzweifelt* war ich. Wenn er mir schon keine *Enkel* schenkt, wenigstens eine Schwiegertochter, die was taugt. Und jetzt … bringt er mir eine Regisseurin aus Paris!«

Sie neigte sich vor, nahm mir die Brosche wieder ab.

»Passt nicht zu Ihren Brillanten … sieht nicht gut aus«, schnell steckte sie sie wieder an ihr weißes Abendkleid. »Sie leben für die Kunst, das seh ich ihnen an. Sie verstehen meinen Film. Ich bin sicher, mein Sohn hört auf Sie. Bitten Sie ihn, dass er das Theater kauft … Und falls Sie mich brauchen für eine Rolle, *ich* mach Ihnen *keine* Schande. Ich habe ein dramatisches Talent, das sehen Sie dann gleich.«

Sie senkte ihre Stimme zu ersterbendem Flüstern.

»Ich kann etwas Einmaliges: Ich bringe das Volk zum Weinen mit einem einzigen Augenaufschlag. Die Leute müssen weinen, sagte mein Eddi, sonst taugt's nichts. Ich kann weinen auf Bestellung. Sehen Sie mich an. Jetzt!«

Sie legte ihre Hände auf das weiße Tischtuch, hob den Kopf,

sah mir tief in die Augen und brach in Tränen aus. Stumme Tränen. Theatralisch flossen sie über ihre Wangen, sie wirkten völlig echt. Ich saß da und staunte.

In dem Moment kam Marlon zurück, erblickte seine Mutter an unserem Tisch und schnappte nach Luft.

»Das geht zu weit.« Er setzte sich neben mich. »Jetzt heulst du auch noch. Warum? Was ist passiert?«

»Freudentränen, mein Sohn!«

Die Diva hörte ebenso abrupt zu weinen auf, wie sie angefangen hatte, tupfte ihre Augen ab mit einem schneeweißen Taschentuch.

»Wann heiratet ihr?«, rief sie strahlend.

»Warum willst du das wissen?« Marlon griff sicherheitshalber nach meiner Hand. »Seit wann interessiert dich das?«

»Ich hab's dir nicht mehr zugetraut … endlich, *endlich* hat's geklappt.«

»Was hat geklappt?«, wiederholte Marlon misstrauisch.

»Die *Schwiegertochter*. Bist du schwer von Begriff? Endlich bringst du mir eine, die ich *will*.«

Marlon entfernte den Lippenstift von seinem Glas, schenkte uns ein und prostete mir zu.

»Wir heiraten im Juni.«

»Herrlich!« Sie wandte sich zu mir. »Gibt's neue Projekte? Wo man mich vielleicht braucht?«

»Vielleicht zwei Filme ab Mitte Mai. Wird fix zugesagt, muss ich nach Südafrika und Kuala Lumpur.«

»Südafrika«, rief die Diva aufgeregt.

»Werbung für eine Luxuslimousine.«

»Ich könnte sehr graziös in diese Luxuslimousine steigen. Welche Farbe hat sie denn?«

»Silber oder Schwarz.«

»Wer macht das Casting?«

»Ich. Wenn's was wird, bin ich bis Mitte Juni unterwegs.«

»Aber Mitte Juni heiraten wir«, rief Marlon empört, »seit wann ist das aktuell?«

»Seit gestern. Du hast die Buchhaltung gemacht. Ich hab meine Post abgefragt. Die Agentur aus Frankfurt hat geschrieben. Fixe Zusage kommt nächste Woche. Außerdem sind noch drei Anfragen für andere Filme da.«

»Kinder, wie aufregend! Marlon, bitte, *zahle*, *schnell*! Ich muss meiner Schwiegertochter den Film zeigen. Sie wird dir sagen, es ist ein Meisterwerk. *Komm!* Steh *auf.* Wir zahlen im Gehen.«

»Winde dich irgendwie heraus«, flüsterte mir Marlon beim Einsteigen zu, »ich will den Film nicht sehn! Auf *keinen Fall*!«

Doch es gelang mir nicht.

Während Marlon die goldene Hutschachtel in die Küche trug und den Inhalt wieder in den Kühlschrank tat, hatte die Diva bereits die Leinwand aufgerollt und den Projektor angestellt.

Und sosehr Marlon auch protestierte, wir saßen fest, einein-halb Stunden lang, und ließen das tränenreichste Melodrama über uns ergehn, das ich je gesehen hatte.

VERSUNKEN IM MEER mit GRETA GOLD.

Die Handlung ist in einem Satz erzählt:

Große Schönheit verliert ihre große Liebe und ihr einziges Kind dazu. Marlons Mutter weinte ständig in Großaufnahme, die Musik war zum Steinerweichen, die Handlung kroch im Schneckentempo von London zur Küste und die Küste entlang nach Cornwall, wo sich die Diva schluchzend über einen Felsen stürzt. Ins Meer!

Der Film war teuer gemacht, zwei berühmte männliche Stars, teure Kostüme, Massenszenen mit Hunderten von Statisten, Soldaten, Panzern, einer Schlacht. Wer hatte das bezahlt? Wer hatte dieses nichts sagende Drehbuch akzeptiert? Und den lahmen Regisseur engagiert?

Ein Verrückter. Der Produzent ist sicher pleite. Einen Misserfolg dieser Größenordnung überlebt man nicht.

Auf der Rückfahrt klärte mich Marlon auf.

»Was hältst du von dem Film?«

»Ehrlich?«

»Ehrlich!«

»So was Schlechtes hab ich noch nie gesehn.«

»Wer, glaubst du, hat ihn finanziert?«

»Keine Ahnung. Ein Wahnsinniger.«

»Richtig! Meine Mutter.«

»Deine *Mutter*? So ein Film kostet über hundert *Millionen*.«

»Alles, was mein Vater hinterlassen hat. Und eine Hypothek auf das Haus. Der Film kam nie in die Kinos. Kein Verleih hat ihn genommen. Heute noch zahle ich ihre Schulden zurück.«

»Jetzt will sie ein Theater?«

»Zum Umbauen in ein Kino. Für ihr Meisterwerk. Dort zeigt sie nichts anderes, nur ihren Film, die Welt wird sie lieben! Das große, tragische Talent. Sie wird sich feiern lassen, Angebote wird es *regnen*, sie wird steinreich und weltberühmt.«

»Wer ist Eddi?«

»Ihr Freund. Er hat Regie geführt. Seither ist er arbeitslos. Lebt von Antidepressiva. Ist vierzig Jahre jünger als sie und ihr völlig verfallen. Der ist so dumm wie mein Vater. Den bringt sie auch noch ins Grab.«

»Seit wann nennt sie sich Greta Gold?«

»Gold war ihr Mädchenname. Das ist das einzig Echte an ihr.«

Ich dachte kurz nach.

»Soll ich dir was sagen? Sie ist kein *tragisches* Talent, sondern ein *komisches*. Wie sie überspitzt die Hände ringt und die Augen rollt und absinkt in die Knie, wenn sie das noch eine Spur übertreibt, bricht man nieder und stirbt vor Lachen.«

»Sag ihr das nie!«

»Warum nicht? Vielleicht macht sie doch noch Karriere.«

»Als komische Alte?«

»Komische Alte sind rar und verdienen exzellent! Vielleicht kann ich sie brauchen für einen Werbefilm.«

»Auf keinen Fall!«

»Versuchen kann sie's doch.«

»Nie! Meine Mutter braucht Tragödien. Alles, nur kein Happy End. Übrigens hast du heute eine Premiere erlebt. Eine Weltpremiere.«

»Wieso?«

»Sie hat mich beim Abschied *umarmt*!«

»Und?«

»Das hat sie noch *nie* getan!«

»Sie hat dich noch *nie umarmt*??«

»Nie.«

»Auch nicht als Kind?«

»Kann mich nicht erinnern. Nur keine Gefühle zeigen! Immer Haltung! Steif wie ein Stock. Du hast das bewirkt, Mimi. Mach das Handschuhfach auf. Nimm die Kekse heraus. Ich hab kaum was gegessen. Jetzt krieg ich endlich Appetit.«

Plötzlich begann es zu regnen. Und zu blitzen. Dann donnerte es stark. Doch es störte uns nicht. Kekse essend fuhren wir durch das Gewitter. Doch es dauerte nicht lang. In zwanzig Minuten war es vorbei und die Sonne kam wieder hervor. Marlon nahm die Ohrringe ab und steckte sie in die Manteltasche.

»Weihst du mich ein?«, fragte ich und biss in einen Keks mit Mandelsplittern.

»In was, *darling*?«

»Das Geheimnis der goldenen Hutschachtel.«

Marlon entfernte ein Krümel von seinem roten Schal.

»Die Hutschachtel ... das ist so: Alles Essbare wird mitgenommen, wenn die Mutter das Haus verlässt.«

»Warum?«

»Die Feinde aus Hollywood kommen und vergiften das Essen.«

»Welche Feinde?«

»Alle, die neidisch sind auf sie.«

»Wer ist das?«

»Greta Garbo, Ava Gardner, Marilyn Monroe, Mae West, die sind nicht tot. Die leben in Bath, versteckt, und quälen sie.«

»Logisch.«

»Sie sind neidisch auf ihr großes Talent!«

»Mit Recht.«

»Sie kommen in der Nacht und reißen dem Eisbären die Haare aus. Am frechsten ist die Monroe. Die hält ihr oft den nackten Hintern hin.«

»Warum?«

»Sie ist wütend! Die Mutter ist schlanker als sie.«

»Wie kommen die Feinde ins Haus?«

»Sie haben Schlüssel und immer sofort Nachschlüssel. Schloss ändern nützt nichts. Manchmal wechseln sie die Leitungen aus. Dann kommt giftiges Wasser heraus. *Zyankali.* Du verstehst?«

»Du kannst nichts dagegen tun? Als Psychiater?«

»Sie hört nicht auf mich. Alles, was ich sage, ist falsch!«

»Das wird sich ändern.«

»Wieso?«

»Nux Vomica.«

»Versteh ich nicht.«

»Fällt dir nichts auf? Du widersprichst ihr, du hast sie allein sitzen lassen …«

»Das kommt von dem Nux?«

»Ihr seid doch immer zu Kreuz gekrochen, dein Vater und du.«

»Immer. Ein Blick von ihr, und wir waren erledigt.«

»Ab jetzt kriecht sie.«

Marlon sah mich fragend an.

»Zum ersten Mal hast du dich nicht gefürchtet vor ihr. Du hast kein einziges Mal gehustet …«

»Ich war auch kein einziges Mal für Gentlemen«, sagte Marlon stolz.

»Das merkt sie natürlich. Wirst sehn, alles wird sich ändern. Sie tyrannisiert dich nicht mehr.«

Marlon lächelte zum ersten Mal richtig unbeschwert an diesem Tag:

»Ich hab dich gesehn in Paris und gewusst, diese Frau nimmt's mit ihr auf. Zu Haus gehn wir gleich ins Bett und feiern den Sieg über Mutter. Sie war *nett* zu dir. Nein. Mehr. *Hochachtung* hat sie gehabt. Das war noch nie da. *Nie!* Das ist ein Triumph! Aber eine Bitte hab ich.«

»Ja?«

»Kein Wort zu Kathy. Sonst denkt sie: Warum war sie nicht nett zu mir? Kein einziges Mal? Und dann hasst sie dich!«

Kapitel VII

Ich kam nicht dazu, Kathy auch nur irgendwas zu sagen, denn ich sollte sie so schnell nicht wiedersehn. Wie so oft in meinem Leben kam plötzlich alles ganz anders:

Marlon nahm mich *nicht* mit nach Bath.

Er fuhr dienstags *allein* nach London, kam abends *nicht* zurück, war im Savoy *nicht* erreichbar, sein Telefon war *abgestellt*!

Erst um Mitternacht rief er an, atemlos:

»Hellloooooouuuuu? Ich bleibe noch einen Tag, ich komme nicht weg.«

»Warum hast du das nicht gleich gesagt?«

»Hat sich heute erst ergeben. Wir arbeiten an der Philosophie von unserer Partei. Am Programm. Ich muss hundert Seiten fertig haben, Ende Mai, das geht dann sofort in Druck …«

»Schreiben kannst du hier besser.«

»Kann ich *nicht*!!«, entgegnete Marlon wütend. »Du weißt nicht, wie das hier läuft. Kaum bin ich weg, krieg ich das Messer ins Kreuz. Ich bin umringt von Verrätern. Mein Cousin ist eine *falsche Schlange*! Beeinflusst alle gegen mich. Wenn ich könnte, würde ich alles in die Luft sprengen!«

»Brauchst du mich? Ich komm nach London, wenn du willst.«

»Auf *keinen Fall*! Rühr dich nicht aus dem Haus. Ich ruf dich morgen wieder an.«

»A propos: Ich kann den Haustorschlüssel nicht finden.«

»Den hab ich mit.«

»Wo ist der Zweitschlüssel?«

»Brauchst du nicht.«

»Du hast mich *eingesperrt*??!«

»Sicher ist sicher. Lass kein Fenster offen in der Nacht. Die unteren sind abgeriegelt, die oberen lässt du zu. Wenn du was brauchst, rufst du Ian an.« Er gab mir seine Nummer.

»Bitte, *was* ist *los*?«

»Das sag ich dir, sowie ich wieder da bin.«

»Deine Mutter hat zwanzigmal angerufen. Sie will dich unbedingt sprechen.«

»Stell sofort den Anrufbeantworter an!«, kreischte Marlon. »Nicht abheben. Ich melde mich bei dir auf *deinem* Telefon.«

»Wie kann ich dich erreichen?«

»Schick mir SMS, aber nur im dringendsten Notfall. Ich muss aufhören. Ich kann nicht länger reden. Adieu.«

Mittwochmittag rief er wieder an:

»Hellooouuuu? Ich komme erst am Sonntag.« Ich verstand ihn kaum, die Verbindung war miserabel.

»Du klingst so weit weg, wo bist du?«

»Auf dem Weg nach Fidji!«

»Was??? Du bist nicht mehr in London?«

»Nein.«

»Was machst du auf Fidji?«

»Erklär ich dir alles daheim. Die Kekse für die Schafe sind in der Küche, in der Truhe bei der Tür zum Wintergarten. Du kannst sie von oben aus dem Fenster werfen. Ruf sie bei ihrem Namen, dann kommen sie.«

»Verfolgt dich ein Patient?«

»Nein.«

»Auf der Flucht bist du nicht.«

»Nein.«

»Was tust du dann …«

Marlon zögerte:

»Ich suche eine Insel für eine große Sache. Hast du die Filme abgesagt?«

»Noch nicht.«

»Noch *immer* nicht?«, schrie Marlon wutentbrannt. »Das ist dein *Bekenntnis* zu mir? Auf das kann ich verzichten! *Das ist eine Beleidigung*. Du benimmst dich wie meine ärgste Feindin! Ich weiß nicht, ob ich dir je verzeihen kann!«

Weg war er.

Kein *I love you*. Das hatte aufgehört, als er erfuhr, dass ich die zwei Filme im Mai tatsächlich zu machen gedachte.

Es hatte einen Riesenkrach gegeben, Sonntagnacht, nach dem Besuch bei der Mutter, er hatte mich vor die Wahl gestellt: meine Arbeit oder er!

Er hatte mich nicht berührt im Bett, nicht geküsst in der

Früh, er war hektisch aus den Federn gesprungen, hatte die bleischwere Fischerjacke umgelegt wie einen Panzer und war nach Bath gefahren, ohne Lebewohl.

Als er zurückkam, spätabends, versteckte er sich hinter seiner Zeitung, dann hinter seinem Block, auf den er ununterbrochen schrieb. Dann telefonierte er stundenlang und ignorierte mich. Doch das genügte nicht:

Er kam im knallroten Damenhemdchen zu Bett, das Gesicht voll fettiger Creme, setzte eine schwarze Schlafmaske auf und drehte mir den Rücken zu.

Dienstagfrüh legte er Ohrringe an: lange Pendel aus Korallen und Gold, dann reiste er ab. Er hätte dringend eine frische Dosis Nux vomica gebraucht, doch das verschmähte er.

Marlon war schwer gekränkt. Nicht nur wegen der Filme.

Er wollte auch mein Geld verwalten, und ich hatte nicht sofort begeistert »JA!« gesagt.

Marlon verlangte, dass ich alle meine Ersparnisse dazu verwenden sollte, den Kredit für die Wohnung zurückzuzahlen. Zinsen sind verlorenes Geld.

Da hat er Recht. Es ginge sich auch haarscharf aus. Doch dann hätte ich eine ausbezahlte Wohnung in Paris und keinen Cent zum Leben. Und keine Möbel und keine Freiheit, dann hinge ich völlig von ihm ab.

Die Million Pfund habe ich noch nicht. Vielleicht kriege ich sie nie. Männer versprechen viel, halten wenig, das ist bekannt. Ja, meine Lieben, ich bin nicht wie andere Frauen, die glauben, was Männer *versprechen*. Ich glaube nur an das, was sie *tun*! Und hab mir viel Ärger damit erspart!

Außerdem, vielleicht hat er gar kein Geld, ist schwer verschuldet und hat's auf meine Wohnung abgesehn? Er ist ein Schauspieler wie seine Mutter. Vielleicht *spielt* er nur den Millionär?

Nein, nein, das ist mir zu riskant. Ich bin doch nicht verrückt und heirate auf gut Glück. Ich brauche mein eigenes Geld. Und wenn er zurückkommt, klären wir das.

Eine Stunde später rief wieder jemand an.

Marlon? Nein. Es war Kathy.

»Marlon lässt ausrichten, er kommt nicht vor Dienstag. Haben Sie genug zu essen?«

»Genug für ein halbes Jahr.«

Kathy kicherte. »Ich weiß. Ich hab's eingekauft.«

»Was tut er *wirklich* auf Fidji?«

»Kann ich nicht sagen. Er fliegt dann noch nach Bali und Sydney. Wenn Sie was brauchen, rufen Sie *mich* an. Bei *mir*! Nicht bei *ihm*.«

»*Er* will das so?«

»Ja.«

Das war's! Zu feig, mit mir zu reden. Schickt Kathy vor. Sperrt mich ein, verbietet mir die Arbeit, schwirrt herum in der Südsee, sagt nicht, wieso, behandelt mich wie eine *Feindin*, und das, genau das ertrag ich *nicht*!

Vielleicht hat man schon bemerkt, ich bin allergisch auf das Wort, denn eine *Feindin* muss man *bestrafen*, und ich bin kein Masochist.

Sado-Maso? Nicht für mich. Ich kenne das Krankheitsbild. Lässt man sich nicht mehr »bestrafen«, folgen Impotenz und ständiger Streit, und am Schluss hört er auf zu essen und behauptet, dass man ihn vergiften will. Dann kommt auch hier bald Zyankaliwasser aus der Wand, wie bei seiner Mutter, und ich bin schuld!

Sado-Maso ist mir ein Graus!

Deshalb hatte ich Marlons Schlafzimmer untersucht, vor der ersten Nacht in diesem Haus.

Und jetzt: BYE-BYE!! Im zweiten Frühling sperrt mich keiner mehr ein. Soll er sich eine Dümmere suchen. Ich verschwinde. Und zwar gleich!

Fragt sich nur, wie. Ich sah lange aus dem Fenster, auf die dicken Schafe, machte ein paar Yoga-Mudras und Asanas. Am Schluss die Königin aller Übungen: Ich stellte mich fünf Minuten lang auf den Kopf. Das half prompt.

Als ich mich wieder erhob, wusste ich die Lösung.

Rick! Rick holt mich hier heraus.

Ich kenne Rick, seit ich denken kann. Erwähnt habe ich ihn noch nie, denn ich habe noch nichts von meiner Kindheit erzählt.

Meine Mutter, wie gesagt, ist eine lebende Legende. Sie ist

jetzt fünfundachtzig, frisch, gesund, voll Kraft und Tatendrang. Sie ist eine Schülerin der berühmten amerikanischen Tänzerin Ruth St. Denis, feierte Triumphe als Primaballerina und reiste mit ihrem Tanz-Theater um die ganze Welt. Derzeit unterrichtet sie Ballett in Monte Carlo und New York.

Mama war heiß umschwärmt, oft verliebt, heiraten aber wollte sie nie. Ich bin das Resultat einer kurzen, wilden Passion mit einem englischen Admiral, der viel älter war als sie. Mit sechzig war er noch ledig.

Zur gleichen Zeit bekam Mamas beste Freundin ein Kind.

Das ist Rick.

Rick ist Frauen eher abgeneigt. Er ist ein Männer-Männermann. Früher war er Arzt für Haut und Geschlecht und hasste seinen Beruf. Jetzt ist er Schönheitschirurg und schwimmt im Geld. Er verjüngt die ganze englische Hautevolee, seine reichen Männer-Männer-Freunde, er steckt voller Ideen, erfindet ständig neue Methoden, ist leicht verrückt, und ich habe bereits einen Film über ihn gedreht, vor zwei Jahren, deshalb die Reise nach England mit Bébé.

Wir mögen einander sehr, telefonieren hin und wieder, doch wir sehen uns selten. Unsere Welten sind zu konträr.

»Mimi-Schatz«, ruft er jedes Mal, wenn er mich sieht, »wie *machst* du das? Wie *bleibst* du so jung? Wann *sagst* du mir endlich dein Geheimnis? Dann steigen wir groß ein ins Geschäft, werden steinreich und weltberühmt, reizt dich das nicht?«

Rick besitzt ein superbes Haus in Bath. Kürzlich kaufte er noch einen Landsitz dazu.

Wo?? In den Cotswolds. Und wenn ich Glück habe, ist er da.

Ich wählte seine Nummer, er antwortete sofort.

»Oh! Mimischatz!« Es klang erfreut. »Auf welchem Erdteil schwirrst du herum?«

»Vereinigtes Königreich.«

»Du bist in England?«

»Ja. Ganz in deiner Nähe. Rick, Alarmstufe zwölf! Ich muss dringend nach Paris. Holst du mich ab und bringst mich zum Flugplatz?«

»Jetzt gleich?«

»Wenn's irgendwie geht.«

»Gib mir die Adresse.«

»Kann ich nicht.«

»Kannst du nicht??«, rief Rick erstaunt. »Du *weißt* nicht, wo du *bist*??«

»Nein. Ich bin in einem wunderschönen Manoir, ein riesiger Park fällt ab zu einem Fluss. Namen kenne ich nicht von dem Fluss. Von der Straße aus sieht man nichts. Es gibt ein Gitter, hinter Büschen versteckt, da ist die Zufahrt. In der Nähe ist ein Dorf, Namen weiß ich auch nicht, dort gibt's ein Pub: ZUM FEURIGEN DRACHEN.«

»Klingt irgendwie bekannt«, sinnierte Rick, »aber *darling*, Mimi, was *machst* du in dem Manoir? Wie heißt der *Besitzer*?«

»Doktor Macdonald.«

»Was??«, schrie Rick. »Der Psychiater? Bin gleich bei dir. Ich weiß genau, wo du bist.«

»Wirklich? Gott sei Dank! Die Adresse ist nämlich streng geheim. Das Haus existiert offiziell nicht. Keiner kennt es.«

»Ich schon.«

»Wieso?«

»Mein Ex war in seiner Behandlung. Wir waren auch mal eingeladen zu einem Fest. Schneewittchen und die fünfzig Zwerge. Es hat uns was vorgetanzt. Er war nämlich das Schneewittchen.«

»Logisch. Wer sonst.«

»Er lebt mit einer grässlichen Frau. Sieht aus wie ein Putzlappen, spricht nie ein Wort. Er war auch schon bei mir. Wollte sich die Nase verkleinern lassen. Wollte wissen, ob ihm eine Stupsnase steht. Hab ihm dringend abgeraten. Mimi, *love*, was *machst* du bei dem? Einen Film über Transvestiten?«

»Ich soll ihn *heiraten*.«

Rick war sprachlos.

»Du sollst ihn *heiraten*?«, sagte er, als er seine Stimme wiederfand. »Aber wieso? Und wo ist der Putzlappen?«

»Hat ihn verlassen.«

»Mimi, Kind, wie *kommst* du zu dem? Woher *kennt* ihr euch? Nein, erzähl's mir später. Ich fahre in fünf Minuten los, in einer halben Stunde bin ich bei dir, mach das Gitter auf.«

132

»Ich warte *vor* dem Gitter. Fahr vorsichtig. Die Straße ist kurvig und eng.«

»Ich kenne die Straße.«

»Hast du wieder ein neues Auto?«

»BMW Coupé. Blau, helles Leder. Wir fahren offen, wir zwei.«

»Aber es ist eiskalt.«

»Du frierst nicht. Jeder Sitz hat eine Heizung.«

»Ach, Rick. Du bist ein Schatz.«

»Bin ich, Mimilein, ta-ta! Auf gleich.«

In Windeseile packte ich meine Tasche, goss die Pflanzen, räumte die Küche auf, schrieb einen saftigen Abschiedsbrief, legte ihn im Schlafzimmer auf die linke Kommode, darauf den Verlobungsring mit den vielen Brillanten, den ich seit Sonntag auf Marlons Wunsch getragen hatte. Dann ging ich sinnend durch das Haus.

Unten kam ich nicht hinaus!

Alle Türen und Fenster waren verrammelt. Doch das störte mich nicht, denn dank Yoga war ich gut in Form. Außerdem ein Stock – das ist nicht *wirklich* hoch. Man könnte auch hinunterspringen. Aber dann fiel mir etwas Besseres ein.

Ich warf den Mantel und die Schuhe aus dem Fenster, zog die Strümpfe aus, ging barfuß auf das Flachdach, Tasche über der Schulter und kletterte geschickt die nächste Dachrinne hinab. Das letzte Stück rutschte ich, doch ich landete aufrecht im Gras. Das Gras war trocken, ausnahmsweise regnete es nicht.

Ich zog Strümpfe, Schuhe und Mantel an und streichelte Miranda, die laut miauend mit aufgestelltem Schwanz herbeigelaufen kam. Verfütterte die letzten Kekse an die Schafe und schritt, begleitet von den braven Tieren, die Auffahrt hinunter, der Straße zu.

Jack, Jill und Tom wackelten gefährlich, doch sie hielten tapfer Schritt, Miranda lief mir geschäftig zwischen die Beine, und dann stand ich vergnügt vor dem Gitter und wartete. Die Tiere standen neugierig hinter dem Gitter und warteten ebenfalls.

Ich hörte den Wagen schon von weitem, das heißt, ich hörte Don Giovanni, dritter Akt, gesungen von mächtigen Stimmen. Rick nämlich liebt Opern, und er hört sie brüllend laut.

Da bog er auch schon um die Kurve, der funkelnagelneue blaue Wagen, unübersehbar, und mit quietschenden Bremsen blieb er vor mir stehn.

»Hallo, Mimi!«

»Hallo, Rick!«

Ich winkte Schafen und Katze Lebewohl und stieg ein.

»Himmlischer Mantel«, meinte Rick, wir hatten uns zwei Jahre nicht gesehn, »und so *jung* siehst du aus, Kind, wie *machst* du das?«

»Dir geht's auch nicht schlecht.«

»Besser als im Vorjahr.«

Rick ist klein, drahtig und elegant. Trägt teure Anzüge, maßgeschneidert mit Stecktuch und Seidenweste, nur der kahle Kopf stört mich. Aber jeder, wie er will.

»Spann mich nicht auf die Folter. Wie kommst du zu dem Psychiater?«

Ich erzählte die ganze Geschichte, nur die Politik ließ ich aus.

»Eine Million ist zu wenig. Das sind nur hunderttausend im Jahr, der Mann ist zu schwierig. Das hältst du nicht durch.«

»Denke ich auch. Und du? Was macht die Liebe? Gibt's was Neues? Seit der Tragödie mit Tosh?«

»Was Junges, Hübsches, Neues. Bobby heißt er.«

»Schwer verliebt?«

»Vielleicht.«

»Wohnt er schon bei dir?«

»Noch nicht. Morgen besucht er mich auf drei Tage, dann sehn wir weiter. Geht alles gut, gibt's bald riesige Neuigkeiten.«

»So?«

»Riesige Neuigkeiten!«, rief Rick begeistert. »Das wird sogar Mutter versöhnen. Du kennst das Problem.«

Ich kannte das Problem seit Jahren. Es hieß KINDER! Ricks Mutter war Opernsängerin gewesen, doch sie sang nicht mehr, hatte Geld und Zeit und wollte Enkel.

Bitte, das ist normal. Doch sie sprach von nichts anderem, Resultat: Rick fuhr kaum mehr nach Hause, rief nur noch selten an, worunter beide litten.

»Sie hat nichts gegen meine Freunde, sie will aber Nachwuchs. Geht alles gut, Mimi, halt die Daumen, kriegt sie ihn.«

»Wie?«

»Bobbys Schwester.«

»Versteh ich nicht.«

»Nora, sie macht uns ein Kind. Falls wir uns wirklich gut vertragen, Bobby und ich. Angeblich ist er ein begabter Koch, liebt Kinder, bleibt gern zu Haus, will eine Familie, nächste Woche weiß ich mehr. Dann kommen meine Spermilein in eine Spritze, dann entsteht ein kleiner Rick ...«

Ich zwang mich zur Ruhe. Waren alle um mich verrückt?

»Wie ist diese Nora?«, fragte ich dann.

»Bildschön. Hat schon zwei Kinder, tadellos gelungen, kerngesund, artig, brav. Sie ist geschieden, braucht Geld. Sie tut, was Bobby ihr sagt.«

»Hoffentlich ist sie auch intelligent, nicht nur schön. Wie ist ihr Charakter?«

»Sanft.«

»Bobby und du. Wie lange kennt ihr euch?«

»Einen Monat, fünf Tage und«, er sah auf seine Pilotenuhr, »zehneinhalb Stunden.«

»Muss Liebe schön sein!« Wir sahen uns an und brachen in Gelächter aus.

»Lang ist das aber nicht, ein Monat«, sagte ich dann.

»Worauf soll ich warten? Ich bin fünfundfünfzig.«

»Kinder wolltest du auch nie.«

»Ich nicht, aber Mutter. Und Bobby.«

»Wer zieht es auf, das Kind?«

»Wir! Im Notfall springt Nora ein. Und Mutter.«

Wahnsinnig wie eh und je, dachte ich und schwieg. Wir waren am Flugplatz angelangt, ich griff nach meiner Tasche.

»Mimi-Schatz, nun – was *sagst* du dazu?«, rief Rick begeistert.

»Überleg's dir gut.«

»Hab ich schon.«

»Dann Hals- und Beinbruch und danke für die Rettung!«

Wir küssten uns auf beide Wangen. Rick öffnete für mich

den Wagenschlag. Wir schworen, uns bald wiederzusehn. Eine Stunde später saß ich im Flugzeug. Am Abend war ich in Paris.

Und da bin ich jetzt, in meiner heiß geliebten Stadt, Mittwoch, den 10. Mai im Drachenjahr. In meiner bildschönen neuen Wohnung, und die Kastanien blühen immer noch. Nur der Mond steht höher als vorhin, als ich mit meiner Geschichte begann. Und ich sitze nicht mehr auf der Terrasse in dieser lauen, blauen Nacht, ich liege auf meinem superben Opiumbett, alle Fenster stehen offen, ich trage meinen bunten Kimono und die Welt ist wieder heil.

Ich habe die Palmen gegossen, die Post durchgesehn, alle Nachrichten abgefragt. Außerdem sind zehn Anrufe auf dem Band: die kleine Mia, meine Mutter, Joel, Romeo Coty und, sieh an, sieh an, Überraschung: Lenny Woolf, der Produzent! Das bedeutet *noch* einen Film, wunderbar, das geht ja wie geschmiert!

Lenny Woolf ist der Chef von Krokodilus Robustus. Ich lernte ihn kennen bei der kleinen Mia. In der Osternacht, zu der die vielen Schweden geladen waren. Dass ich ihm gefiel, sah man gleich.

Er setzte sich an meine Seite und erzählte mir stundenlang vom Essen: seinen Lieblingsrezepten, den Kochkursen, die er absolvierte in Amerika und in Paris. Und als sich die trinkfesten Schweden nach und nach in Schnapsleichen verwandelten, sprach er weiter bis vier Uhr Früh, wie man am besten Fisch filetiert!!

Ein grässliches Thema für jemand, der keine Tiere isst! Doch ich ließ ihn reden, hörte gar nicht hin, denn ich hatte Marlon im Kopf und eine Million Pfund.

»Endlich eine Frau, die zuhören kann«, sagte er zum Abschied und führte mich nach Haus in einem schwarzen Jaguar Coupé, »wir werden bald zusammenarbeiten und viele schöne Filme drehn.«

Ich hatte ihm auf Wunsch meine Musterrolle geschickt, per Boten, am Donnerstag, ehe ich nach England flog. Sie hatte ihm gefallen, er fand sie wunderbar.

»Ruf mich so schnell wie möglich an«, lautete seine Nachricht, »sowie du zurück bist. Ich bin jede Nacht bis zwei Uhr auf. Ich habe dich einem Kunden empfohlen. Melde dich *sofort*, es eilt!«

Ich sehe auf die Uhr: kurz vor elf.

Ich hole das Telefon, lasse mich in die weichen, weißen Kissen sinken und wähle seine Nummer. Nach zwanzig Mal Läuten hebt er endlich ab.

»Hallo! Hier ist Mimi Tulipan.«

»*Wer??*«

»Mimi.«

»*Hi, Sugar!* Wieder in Paris?«

»Ja! Heil und ganz.«

»Du, deine Rolle … die beste überhaupt. Hast du Sonntag Zeit? Großes Essen für Freunde und Kunden.«

»In welchem Restaurant?«

»Kein Restaurant, Baby, bei mir! Hast du vergessen? Ich bin der große Hobby-Koch!«

»Um wie viel Uhr?«

»Wenn es dunkel wird. Ab halb zehn. Da ist dann Open House. Zieh dich luftig an. Es gibt Musik, wir tanzen …«

»Was soll ich mitbringen?«

»Dich, Baby. Es geht um einen ganz genialen Film.«

»Gib mir deine Adresse.«

»Boulevard Latour Maubourg, Ecke Avenue de Tourville.«

»Was!! Die Häuser mit dem Blick auf die goldene Kuppel von Invalides?«

»Exakt!«

»Fantastisch. Um zehn bin ich da. Und für mich kein Fleisch, keinen Fisch, nur Gemüse. Ich bin ein billiger Gast!«

»Weiß ich. Weiß ich. Auf Sonntag, Baby, *Bye-bye*.«

Sehr vergnügt lege ich auf. Kaum bin ich in Paris, gibt's zur Begrüßung gleich ein Fest. Und nicht nur mit Essen und Trinken, nein, es wird getanzt, und ich tanze leidenschaftlich gern und ziemlich gut. Das hab ich von meiner Mutter geerbt. Kaum sehe ich ein weites, leeres Parkett, will ich es mit meinen Schritten füllen. Höre ich gute Musik, *muss* ich aufspringen, da *kann* ich nicht sitzen bleiben – hoffentlich hat Lenny gute Musiker engagiert.

Und er wohnt direkt gegenüber von Invalides. In einem der Prachthäuser aus der Belle Epoque. Ich kenne sie gut, fuhr schon hundertmal daran vorbei. Und immer dachte ich dasselbe:

Wer sind die Glücklichen, die hier leben? Wie sieht so eine Wohnung von innen aus?

Nun, sonntags würde sich das Geheimnis lüften.

Und was immer Lenny offeriert – ich nehme an. Ich mache alle Filme, die er will, zahle die Wohnung ab, kaufe Möbel, studiere fleißig, mache mein Arztexamen, und dann fange ich ein neues Leben an!

Doch jetzt gehe ich ins Bett. Mein Gott, bin ich müde. Als hätte ich nicht fünf Tage England hinter mir, sondern eine lange, anstrengende Wüstenwanderung im Sand. Zwei Kilo hab ich zugenommen von der vielen Schokolade, logisch, denn passe ich nicht auf, werde ich dick wie jeder andere auch. Ich wog *siebzig Kilo* in meiner Ehe, damals aß ich noch Fisch, Fleisch, dazu die Pille, das geballte Anti-Schönheitsprogramm! Ich fraß aus Frust, genau wie in England. Denn von den fünf Nächten, die ich mit Marlon verbrachte, war nur eine einzige halbwegs schön.

Freitag kam Miranda mit der Maus. Vorher war HOPP-HOPP ins Bad und nachher der Dornröschenschreck! Samstag ging. Nach meiner klärenden Ansprache über die Clit. Da hatte ich einen kleinen, flachen Orgasmus, besser als nichts. Aber ehrlich! Allein kriege ich das besser hin.

Sonntags war's dann schon vorbei, wir stritten über meine Filme. Marlon rührte mich nicht mehr an, sprach mit mir kein Wort und machte *Feuer im Kamin*!!!

Man hat es sicher schon bemerkt: Vor Feuer hab ich panische Angst. Deshalb koche ich nur elektrisch. Flambiere nie! Deshalb steht vor jedem offenen Kamin hier bei mir ein seidener Paravent! Deshalb hab ich nie eine Zigarette probiert. Panik vor dem Feuerzeug und der glimmenden Hitze mitten im Gesicht.

Ich drücke mich auch vor romantischen Dîners bei Kerzenschein und feiere nie Geburtstag, wegen der Torte und der vielen brennenden Lichter, die man auszublasen hat.

Es gibt keine einzige Kerze hier bei mir in Paris, keine Streichhölzer, keine Räucherstäbchen, kein Feuerzeug. Marlon aber hat den Kamin angemacht, obwohl ich ihn bat, es nicht zu tun. Wer soll das ertragen? Zehn Jahre lang?? Nur ein Verrückter lässt sich darauf ein! Und jetzt zu Bett. Jetzt gehst du schlafen, Mimi Tulipan, und bleibst liegen, so lang's dich freut.

Resultat: Ich verbringe drei ganze Tage im Bett. Von Mittwochnacht bis Sonntagfrüh. Ich schlafe fast die ganze Zeit, esse kaum, und was entdecke ich? Als ich mich erhebe? Ausgeruht und frisch? Das Übergewicht ist weg. Ich bin zwei Kilo leichter, die Sonne scheint mir ins Gesicht – und was sehe ich?

Keine Miranda, keine Zeder, keine Schafe, dafür aber den Eiffelturm in seiner ganzen Pracht und das weite, grüne, üppig blühende Champ de Mars. Ich schlüpfe in meinen bunten Kimono und trete kurz hinaus auf die Terrasse. Tauben gurren verliebt, die Schwalben fliegen hoch, ein gelber Schmetterling tanzt vorbei, die Kastanien unter mir tragen stolz ihre duftigen roten Kerzen, glückliche Hunde wälzen sich im Gras, begrüßen einander froh und springen dann eifrig bellend ihren Besitzern nach.

Ich aber ziehe mich an, so schnell ich kann: Weißes Kleid, ärmellos, dazu rote Sandalen, denn es ist heiß. Fast dreißig Grad. Ich greife nach einem Einkaufsnetz, nichts Essbares ist mehr im Haus. Ich freue mich auf die guten, frischen Sachen, nach der ewigen Tiefkühlkost in England. Und ich will hinaus auf die Boulevards. Nach drei Tagen im Bett will ich Menschen sehn.

In einem weißen Taxi fahre ich durch die lange Rue Saint Dominique.

Es ist Sonntag, aber alles lebt. Festlich gekleidete Leute strömen in die Eglise St. Pierre du Gros Caillou. Alle Bäcker haben offen, alle Blumenhändler, Restaurants, Cafés. Tische und Stühle stehen am Trottoir. Die Terrassen sind voll, ganz Paris genießt die Sonne.

Wir fahren an Invalides vorbei. Ein Landschloss! Mitten in der Stadt, davor die grünen Kanonen Napoleons.

Noch fünf Minuten, und wir halten am Boulevard Raspail. Ich zahle, steige aus.

Es wimmelt von Menschen: weiße, schwarze, braune, mandeläugige, rothäutige, die ganze Welt trifft man hier. Ich seufze tief vor Glück und werfe mich ins Gewühl.

Auf dem Boulevard ist jeden Sonntag Bio-Markt. Alles voll mit kleinen Ständen: Obst, Gemüse, Blumen, Brot, Kuchen, Krapfen, Honig, Marzipan, Schokolade.

Mhhhhhm, es riecht so gut. Nach frischen Kräutern: Kerbel, Lavendel, Minze, Estragon, Basilikum. Es duftet nach Kaffee aus Äthiopien, Tee aus Indien, Gewürzen aus der Provence.

Es gibt die feinsten Weine und Liköre, frische Milch, Sahne, Rahm, Butterberge, Käsepyramiden, braune Eier in Nestern aus Stroh.

Die Stimmung ist wie im Urlaub. Man kennt einander, kriegt Kostproben, flirtet, handelt, lacht, erzählt Geschichten, geht schnell auf eine Tasse Kaffee. Ich komme schon ewig auf diesen Markt. Er ist Teil meines Lebens. Ich bin hier zu Haus. Und darauf soll ich verzichten? Weil Marlon eine Frau braucht für seine obskure Politik?

Nein! Keine zehn Pferde bringen mich weg aus Paris.

Ich wurde zu viel herumgeschleppt als Kind, von einem Kontinent zum andern, im Gefolge meiner tanzenden Mama. Wo immer sie engagiert war, nahm sie mich mit.

Wir lebten in Brasilien, Argentinien, Australien, den USA. Wir waren monatelang in Brüssel, München, Berlin, Salzburg und Wien. Wir wohnten kurz in San Francisco, Sydney, Mailand, Edinburgh, wir reisten nach Japan, Taiwan, Südkorea, Singapur, Hongkong, Israel, Neuseeland, Südafrika, Holland, Spanien, England, wir gastierten im Libanon, jedenfalls, die Liste wird zu lang, wir flogen unentwegt um die Welt, von einem Hotel zum andern, einer Wohnung zur nächsten, auch in Paris bin ich sechzehn Mal übersiedelt, ehe ich mich niederließ im Schatten des Eiffelturms.

Ehe ich was Eigenes besaß, das mir keiner nehmen kann:

Meine *eigenen* vier Wände, *meine* Wohnungstür, *meine* Fenster, *meine* Fußböden, *meine* Decke, *meine* Türstöcke, *meine* Terrasse, *meine* Küche, *mein* Bad, *meine* Kaminspiegel, selbst die Rohre in der Wand gehören *mir*!

Keiner kann bei mir klingeln: »Tut mir Leid, ich brauche Ihre

Wohnung!«, wie das ständig geschah. Denn in Paris kriegt man nur kurze Mietverträge, oft nur auf ein Jahr. Und dann heißt es wieder suchen und packen und renovieren, für wen? Den Hausherrn. Und zwölf Monate später geht der Zirkus wieder los.

»*Salut,* Mimi Tulipan.«

Ich drehe mich um. Romeo Coty steht vor mir, mittelgroß, schlank, braune Augen, lockiges, dunkles Haar, sympathisches Gesicht. Er ist ein Studienkollege, wir kennen uns von der Homöopathie.

Romeo war lange praktischer Arzt, stellte fest, dass die Schulmedizin ihre Grenzen hat, und studiert jetzt die brillante Lehre Hahnemanns.

Ich kenne ihn seit letztem Winter.

Wir trafen uns auf einem Seminar in Österreich, auf einem Schloss namens Goldegg in den Bergen bei Salzburg, frühstückten zusammen, diskutierten oft die halbe Nacht, dann aber kam seine Freundin, eine Kettenraucherin aus Marseille, und ich zog mich zurück.

»*Salut,* Ro-Ro! Ganz allein?«

»Ganz allein.«

Er küsst mich auf beide Wangen, wie das hier üblich ist.

»Wo ist Ines?«

»Ausgezogen.«

Romeo ist schwer bepackt, zwei Taschen mit Obst und Gemüse, ein voller Rucksack, sechs Stangen Brot unterm Arm. Fleisch hat er nicht gekauft, auch keinen Fisch, er ist Vegetarier wie ich!

»Ich hab den Rauch nicht mehr ertragen«, sagt er dann, »wir sind aber noch befreundet. In meine neue Wohnung darf sie aber nicht. Hast du meine Nachricht gekriegt? Mit der neuen Nummer?«

»Du wohnst nicht mehr bei der Bastille?«

»Nein! Stell dir vor, totales Glück! Mein Onkel eröffnet ein Sanatorium an der Côte d'Azur und überlässt mir sein Appartement! Gleich dort unten, in der Rue du Bac.«

»Fantastisch!«

»Vier große Zimmer! Altes Stadtpalais! Bemalte Balken! Großer Garten, Kastanien, Efeu, Rosen, Amseln, Morgensonne, nette Nachbarn. Heute koche ich für den Onkel und die Familie, nächsten Samstag ist Einstandsfest für die Freunde. Hast du Zeit?«

»Natürlich. Danke! Um wie viel Uhr?«

»Um neun. Code und Hausnummer kannst du gleich aufschreiben. Du gehst durch das runde Tor in den Hof, gleich rechts die schöne alte Treppe hoch in den zweiten Stock. Kommst du allein? Oder mit dem neuen englischen Freund?«

»Ich komm allein. Und du? Hast du die Ines schon ersetzt?«

»So schnell geht das nicht. Ich hab sie zwar eingeladen für Samstag, aber sie sagt, wenn sie nicht rauchen darf, kommt sie nicht. Bevor ich's vergesse: Mein Professor hält ein Seminar in der Sorbonne, Mittwoch und Donnerstag. Mineralien in der Homöopathie. Soll ich dir einen Platz besetzen? Neben mir?«

»Gern! Dann treffen wir uns Mittwoch an der Uni, Samstag bei dir, und nächste Woche koche *ich* dann für *dich*. Kommst du?«

»Mit Vergnügen. Jetzt sind wir Nachbarn, Mimi Tulipan!«

»Ein Bus geht direkt von dir zu mir. Nummer siebenundachtzig.«

»Weiß ich. Hab schon nachgesehn auf dem Plan.«

Zum Abschied küssen wir uns noch einmal. Dann kaufe ich ein, sehr vergnügt, die schönsten, frischesten Sachen, und die ganze Zeit könnte ich schreien vor Glück.

Um nichts zu verschweigen – ich hatte ihn nach Weihnachten einmal besucht, in der alten Wohnung. Romeo hatte mich eingeladen und Curry für mich gekocht. Mit Erbsen und Blumenkohl, umwerfend gut!

Ines war verreist, nach Marseille. Aber vor dem Dessert hörten wir plötzlich den Schlüssel im Schloss. Sie kam zurück. Zwei Tage zu früh! Aber jetzt ist er frei. Und er ist so *nett*. Gar nicht arrogant, hat ausländische Freunde, nicht nur Franzosen, ist wohlwollend, gutherzig, sensibel und sanft. Dabei ein exzellenter Arzt!

Plötzlich stelle ich fest, dass es wirklich heiß geworden ist. Die Sonne brennt auf mein Haar, meine Schultern, meine Arme. Das ist schlecht für die Haut. Ich kaufe schnell noch einen bunten Tulpenstrauß, winke ein Taxi und brause zurück in mein luftiges, grünes Paradies.

Und kaum habe ich alles gut verstaut, setze ich mich auf die Terrasse und rufe Ian an in Bath.

»Ian? Sie müssen Miranda füttern und Kekse bringen für die Schafe.«

»Sind keine mehr da?«

»*Ich* bin nicht mehr da.«

»Eh?????«

»Ich bin in Paris. Dringende Filmgeschichte.«

»Wie ... wie sind Sie herausgekommen? Aus dem Haus?«

»Kein Problem.«

»Steht jetzt ein Fenster offen? Oder eine Tür?«

»Nein! Alles zu.«

»Aber ... aber ist der Doktor informiert?«

»Sagen Sie ihm viele liebe Grüße aus Paris!«

Ich lege auf. Und melde mich bei der kleinen Mia.

»Mia, ich bin wieder da. Bist du frei die nächste Zeit? Oder bist du gebucht?«

»Warum?«

»Vielleicht kriege ich zwei Filme. Einer in Südafrika, einer in Malaysia. Jetzt im Mai.«

»Zwei *Filme*? Mit einer Million Pfund ... du willst noch *arbeiten*?«

»Ich heirate nicht.«

»Nicht???«

»Nein! Falls zugesagt wird. Machst du mir die Kostüme?«

»Klar! Gehst du abends essen? Mit Ingmar und mir?«

»Kann ich nicht. Ich geh zu Lenny Woolf. Er gibt ein Fest für Kunden und Freunde.«

»Ein Fest? Davon weiß ich kein Wort.«

»Er stellt mir einen Kunden vor.«

»Seltsam.«

»Wieso?«

»Weil er so geizig ist. Feste kosten Geld.«

»Er macht alles selbst. Das kommt billiger.«

Die kleine Mia beginnt zu lachen.

»Warum lachst du?«

»Lenny *kocht*?«

»Hat er gesagt.«

»Weißt du was? Iss dich vorher satt.«

»Wieso? Kochen ist sein Hobby.«

Die kleine Mia lacht noch lauter mit ihrer hellen Stimme:

»Weißt du, was er uns gekocht hat? Ingmar und mir? Sardinen aus der Dose und einen Salat aus Zitronenscheiben. Ohne Brot.«

»Im Ernst?«

»Wirklich wahr. Trink wenigstens vorher ein Glas Champagner. Wir essen heute im Casa Bini, Ingmar und ich.«

»Casa Bini?«

»Der gute Italiener. Weißt schon: Rue Grégoir-de-Tours. Beim Panna Cotta mit Himbeeren denken wir an dich.«

Kapitel VIII

Es gibt Männer, die sieht man und denkt sofort: Ahhhhhh! Vielleicht könnte was werden aus uns zwei.

Lenny Woolf gehört nicht dazu. Ich finde ihn nett, er interessiert mich aber nur beruflich. Als Mann ist er nicht mein Fall.

Lenny ist eine kleine, feste, drollige Kugel, was er unter teuren Maßanzügen zu verbergen sucht. Er trägt immer Stecktuch und Krawatte, und noch nie habe ich ihn ohne feine, italienische, maßgemachte Schuhe gesehn.

Die wenigen Haare, die er hat, sind im Nacken kunstvoll zu einem Schwänzchen zusammengerafft. Er hat Pausbacken, große runde, braune Augen, lange Wimpern, eine zarte Nase, einen kleinen rosa Mund, der schmollt, und eine hohe, kahle, glänzende Stirn. Wenn er lacht, meckert er wie eine Geiß!

Er hat auch Muttermale im Gesicht, und ich weiß, woher das kommt: zu viel geimpft. Sagte die Homöopathie.

Doch es gibt exzellente Mittel. Und in der richtigen Potenz verschwinden sie wie durch Zauberhand. Eines davon heißt Thuja. Aber das nur nebenbei.

Lenny ist eine Mischung vieler Nationalitäten.

Wo er zur Welt kam, sagt er nicht. Er verschweigt auch sein Alter, doch ich schätze ihn etwas jünger als mich selbst.

Jedenfalls, er hat Freunde in allen Ländern, Geschäftspartner auf allen Kontinenten.

Er hat viel Geld verdient mit Immobilien in Amerika, hat Grundbesitz in Miami und will jetzt groß ins Filmgeschäft.

Deshalb ist er in Paris.

Fragt sich nur, ob er es schafft. Franzosen lassen keine Fremden zu. Schon gar nicht jemanden, der beim Essen geizt.

A propos Geiz: Falls nur billiger Wein offeriert wird, habe ich vorgesorgt: Eine teure Flasche Champagner steckt in meinem Netzchen aus Gold, das ich über der Schulter trage. In Paris nämlich herrscht folgendes Gesetz:

Alles, was die Gäste bringen, bietet man sofort an! Man behält es nicht für sich wie ein Hamster! Deshalb ist ein guter Start gewiss.

Gegen zehn läutete ich an seiner Tür.

Ich bin zu Fuß durch die warme Nacht spaziert, in einem weißen Kleidchen aus Seidensamt, die Mitte gezogen, der Rücken frei, dazu goldene Sandalen, mit denen man gut tanzen kann! Und die Zehennägel habe ich rot lackiert, in derselben Farbe wie mein Lippenstift. Rouge Pagode! Hübsch sieht das aus.

Es ist nicht weit von Lenny zu mir, eine knappe Viertelstunde, und ich wählte den geraden Weg: Unter blühenden Kastanien zur École Militaire, unter den hohen Platanen der Avenue Tourville bis zu Invalides, und da stehe ich jetzt, vor einem gastfreundlichen Tor, ganz erschöpft von der Pracht dieser Stadt.

Kaum stieg ich Mittwochabend aus dem Flugzeug, war ich wieder bezaubert von Paris. Sofort atmete ich leichter, fühlte mich gleich viel schöner, und wie in Trance kam ich jetzt hierher, ganz berauscht von den glitzernden Lichtern, den wundervollen Häusern, dem beleuchteten Eiffelturm, der wirkt wie aus Spitze. In der ganzen Welt gibt es das kein zweites Mal. In dieser kunstvoll verzierten Stadt leben zu dürfen ist mein ganzes Glück.

Ich klingle vier Mal wie ausgemacht. »*Hi, sunshine!*«, höre ich Lennys Stimme. »Letzter Stock.«

In einem gläsernen Lift schwebe ich hoch. Die Tür steht offen, ich trete ein. SUPERB!!

Ein Appartement, dreimal so groß wie meins, mit Blick direkt auf die goldene Kuppel vom Invalidendom, in dem Napoleon ruht.

Im Entrée aber hängen seltsame Bilder: Fotos von *Boxern*! Sie füllen die ganze linke Wand!

Und rechts hängt ein Riesengemälde: zwei *Sumo-Ringer*, ineinander verkeilt, lebensgroß und so realistisch gemalt, ich höre sie direkt stöhnen.

Lenny ist nirgends zu sehen. Die anderen Gäste sind auch noch nicht da. Auch keine Musiker weit und breit. Oder bin ich zu früh? Hat er elf gesagt, statt zehn? Ich bin extra pünktlich gekommen, denn erstens habe ich Hunger und zweitens will ich den Hobby-Koch nicht warten lassen. Nichts ist schlimmer als ein fertiges Dîner und ein Gast, der nicht erscheint!

»Ich bin in der Küche! Hiiiii-irrrr!«, tönt Lennys Stimme von weither.

Misstrauisch folge ich dem Klang.

Er ist noch in der Küche? Ist ein Rezept missglückt? Und wo ist die Küche, bitte sehr? Normalerweise weiß man das sofort, weil es verlockend daraus duftet vor einem Dîner.

Doch die Wohnung riecht nach nichts. Nur ganz schwach nach Zigarrenrauch.

Dafür sind die Räume eine Pracht.

Zwei Salons, ein Vorführraum, Musikzimmer, Bibliothek, Glastüren, Marmorkamine, hohe Spiegel, Stuck.

Hier ist das Esszimmer. Auch mit Blick auf Invalides. Aber was ist das? Der Tisch ist *nicht gedeckt*!! Und rechts neben dem kahlen Tisch steht ein Bügelbrett. Darauf einsam und allein ein weißer Trainingsanzug, darunter weiße Pantoffeln aus Stoff.

Was ist passiert? Ist das Fest abgesagt? Wenn ja, warum rief er mich nicht an? Nachdenklich gehe ich durch einen langen Gang.

Endlich! Hier ist die Küche.

Oder besser, zwei Küchen, wie es früher in wohlhabenden Häusern üblich war. In der ersten sind alle Wände voll mit Kupferpfannen. In der Mitte thront ein mächtiger, alter, eiserner Herd, schwarz, mit Griffen aus Messing, wie es jetzt im Drachenjahr gerade wieder Mode wird.

In der zweiten prunkt alles Neue:

Gasherd mit acht Flammen, Elektroherd, japanische Bratplatte, Mikrowelle, Pizzaofen, riesiger amerikanischer Kühlschrank mit Flügeltür. Es gibt alle Küchenmaschinen der Welt, es glitzert und blitzt, und der Boden ist nicht verfliest, sondern aus dunklem, glattem, kostbarem Tropenholz.

In dieser Pracht steht Lenny einsam und allein.

An einem mächtigen Tisch aus Holz.

Über ein Brettchen mit Zwiebeln geduckt.

Die Zwiebeln sind noch nicht geschält!

Neben dem Brettchen sechs pockennarbige Kartoffeln, daneben fünf Karotten mit tiefen schwarzen Rillen und davor fünf magere Champignons, bräunlich verfärbt, mit Wurzeln voll Sand.

Sofort sinkt meine Laune auf null.

»Hallo«, sage ich, so froh es geht, »alles im Griff?«

»Alles perfekt«, Lenny richtet sich auf, »die Party ist abgesagt, aber ich koche für dich, ein neues Gericht, ohne Fisch, ohne Fleisch, elegant siehst du aus! Weiß steht dir gut!«

Und er wendet sich wieder seinen Zwiebeln zu.

»Wieso ist die Party abgesagt?«

»Der wichtigste Kunde ist noch auf Hawaii.«

»Hast du mich um zehn erwartet? Oder um elf?«

»Um zehn! Spricht für dich, dass du so pünktlich bist.«

Ich stehe da und staune. Er lädt mich ein für zehn und hat überhaupt noch *nicht gekocht*! Das ist mir in Paris noch nie passiert! Außerdem, ich traue meinen Augen kaum, der sonst so elegante Mann trägt einen schäbigen Trainingsanzug und seine bloßen Füße stecken in schlappen Pantoffeln aus Stoff …

War er laufen? Und hat die Zeit übersehn?

»Kann ich helfen?«, frage ich sanft.

»Nein! Leiste mir Gesellschaft. Gleich ist es so weit.«

Ich setze mich zu den kranken Kartoffeln. Lenny traktiert die armen Zwiebeln.

»Verflucht! Das Messer schneidet nicht.«

Er hüpft in der Küche herum wie ein Gummiball und sucht ein schärferes. Endlich findet er eins.

»Willst du was trinken?«

»Gern!« Ich reiche ihm den Champagner.

»*Oh! Thanks!*« Er nimmt ihn und stellt ihn ins Eis.

»Willst du einen Tee?«

Ich höre sicher schlecht. Ich will ein Glas von meinem Louis Roederer und dazu feine kleine Happen auf einem Silbertablett, wie man das gewöhnt ist, hier in Paris!

»Danke, keinen Tee«, sage ich bestimmt.

»Ein Glas Wasser? Wein? Milch? Orangensaft?«

»Ich hätte gern ein Glas von dem Champagner.«

»Der ist noch zu warm«, sagt Lenny, ohne mich anzusehn.

»O.K. Ich warte.«

Warten??? *Worauf?* Dass diese rohen Wurzeln garen? Das dauert ewig. Wo hat er die Vorspeise versteckt?

Ich sehe mich um. Nichts Essbares in Sicht bis auf einen großen Sack aus braunem Papier. Da ist was drin. Doch was immer es ist, es kommt direkt vom Markt und mit liebevoll zubereiteten Hors d'Œuvres hat es nichts gemein.

Halt! Die Vorspeise steht sicher in dem riesigen Kühlschrank. Und wenn das Gemüse im Rohr ist, wird sie serviert. Ich horche nach unten: Mein Magen knurrt.

»Hilf mir mit den Kartoffeln, *sugar*!«

Lenny wirft mir ein Messer zu. Es ist stumpf. Mit Todesverachtung gehe ich ans Werk und ärgere mich. Die kleine Mia hatte Recht. Das *ist* der größte Geizhals von Paris. Lockt mich unter falschem Vorwand hierher, sperrt den Champagner weg, und anstatt mich mit Gourmet-Kost zu verwöhnen, schäle ich seine räudigen Kartoffeln. Innen haben sie blaugraue Flecken. Hat er sie unten im Hof aus dem Mist gefischt?

Doch den Champagner kriege ich noch.

Lenny hüpft in der Küche herum, reißt alle Türen auf, kommt zurück mit einer Tonform, wirft die geschnittenen Zwiebeln hinein.

Dann nimmt er die Karotten, spült sie kurz ab und schneidet sie in Scheiben. Die schwarzen Stellen schält er nicht heraus. Hoffentlich schneidet er die Wurzeln von den Pilzen. Sonst ist alles voll Sand, knirscht im Mund und man weint vor Wut, weil man nicht weiß, wo man's hinspucken soll!

Endlich ist das Gemüse im Rohr.

»Fehlt noch was?« Der Hobby-Koch dreht sich zu mir.

»Salz?«, schlage ich vor.

»Exzellent! Hätte ich glatt vergessen.«

Lenny holt die Form wieder heraus, salzt und pfeffert, so sparsam es geht. Dann aber wächst er über sich hinaus: Nach langen Blicken auf das kärgliche Gericht holt er Schafskäse aus dem Eis und bröselt ein kleines Stück davon auf die toten Karotten.

»Jetzt noch eine Flüssigkeit«, meint er voll Großmut, »da gart es besser. Was nehmen wir da?«

»Wein?«

Lenny schüttelt den Kopf.

»Sahne? Das schmeckt dann wie Gratin Dauphinois.«

Lenny schweigt vor sich hin. Dann wirft er mir zwei Orangen zu:

»Auspressen, *sunshine*!«

Ich gehorche stumm. Lenny schüttet den Saft in die Form, schiebt sie endgültig ins Rohr.

»Neugierig bin ich, wie das schmeckt«, sagt er stolz, »sicher exzellent. Ich bin bekannt für meine originellen Rezepte. Wer hier einmal isst, vergisst es *nie*!«

Dann macht er eine feierliche Geste und reicht mir die braune Tüte! Sind goldene Nuggets drin? Nein. Erdbeeren. Nichts dagegen zu sagen. Ich wasche sie, schneide sie und verteile sie auf zwei kleine Schalen.

»Verteil sie auf drei«, sagt Lenny.

»Warum?«

»Dann hab ich morgen gleich ein Frühstück.«

Er nimmt die dritte Schale, zählt, wie viel Stück ich hineingetan habe, nimmt eine Erdbeere heraus, schneidet sie in die Hälfte und gibt sie in unsere Schalen zurück.

»*Unsere* Erdbeeren essen wir mit Milch«, meint er gönnerhaft.

»Milch???«

»Also keine Milch. Zucker?«

Wieder hüpft er durch die Küche, kommt zurück mit einem Sack, in dem grober Zucker ist, und streut mit größter Vorsicht ein paar derbe Kristalle herum.

»Fertig«, sagt er sehr zufrieden, »wir könnten schon essen. Oder ist noch was zu tun?«

»Umziehen?«, schlage ich vor. Ich bin gewöhnt, dass man sich fein macht vor einem Dîner mit einem Gast.

»Warum?«, fragt Lenny, echt erstaunt.

»Warst du nicht laufen? Willst du nicht duschen?«

Lenny beginnt zu meckern wie eine Ziege. »*Laufen? Ich?* Das ist mein *Hausanzug*. Laufen macht viel zu *müde*. Sport ist Mord.«

»Du ziehst dich immer so an?«

»Zu Hause. Ja. Was Luftigeres gibt es nicht. Ich hab dir auch einen herausgelegt, einen Anzug ins Esszimmer. Zieh dich um und fühl dich wie daheim.«

»Stört dich mein Kleid?«

»Der Anzug ist bequemer.«

»Das Kleid ist eleganter. Aber nett, dass du dran gedacht hast.«

Langer Rede kurzer Sinn: Wir essen um Mitternacht. Nachdem ich Teller gewaschen, Gläser poliert und den Tisch gedeckt habe. Lenny zwängt sich zwar in helle Seidenhosen und ein weißes Seidenhemd, doch es gibt keinen Aperitif, keine Vorspeise, kein Brot, keinen Salat, nicht einmal Butter kommt auf den Tisch, geschweige denn Servietten.

Es gibt geschnittenes Abfallgemüse, oben angeschwärzt, unten blass. Doch der Saft, wenn man Glück hat und zwei Krümel Käse erwischt, ist gut. Und knirscht nur ganz zart.

»Lenny, gehst du zum Psychiater?«

»Klar. Seit der Scheidung. Warum?«

»Zieht der heimlich Frauenkleider an?«

Lenny lässt die Gabel sinken: »Doktor Schwartz?? Du fantasierst.«

»Auf den ersten Blick sieht man das nicht. Es gibt Büstenhalter, ganz flach, das merkst du kaum unterm Hemd.«

»Dr. Schwartz? Mit BH? Me-he-he-he-he. *Honey*, du hast Humor!«

»Könnte ja sein.«

»Der ist nicht chi-chi! Der putzt nicht einmal ordentlich seine Nägel. Bist du fertig? Dann serviere ich ab.«

Lenny steht auf, holt einen Sack mit altem Brot und tunkt aus der Tonform die Sauce heraus. Es schmeckt ihm hörbar, er ist ganz in seinem Element.

»Hast du Erfahrung mit Transvestiten?«, frage ich, als er fertig ist. Lenny nickt. »Ganze Menge. Von einem Film.«

»Wie sind die?«

»Nett. Aber anstrengend. Sofort gekränkt. Man muss sich jedes Wort überlegen. Sie fühlen sich immer attackiert. Und eitler als jede Frau. So ein Gekeife in der Maske hab ich noch nie erlebt.«

»Triffst du die manchmal noch?«

»Einen. Ja. Sportlich am Tag, Glitzer-Glitzer in der Nacht. Aber guter Geschäftsmann. Verdient viel Geld.«

Ich überlege eine Weile.

»Der heißt aber nicht zufällig Macdonald? Der, den du kennst«, frage ich dann.

»Macdonald? Nein. Heißt er nicht.«

»Legt sich das mit den Jahren? Diese Vorliebe für …«

»Glaub ich nicht. Baby, jetzt kommt das Dessert.«

Lenny holt die Erdbeeren.

Auf seine gießt er entrahmte H-Milch.

Ich seufze. Soll ich eine Rede halten? Über kulinarische Unterschiede zwischen hier und Übersee?

Wenn ich nur daran denke. Die liebevollen Dîners der Franzosen. Frisches, weiches, weißes Brot. Drei Vorspeisen Minimum. Jedes Salatblatt perfekt. Die Tomaten sind immer geschält, die Gurken ebenfalls.

Gibt es Obstsalat, sind die Orangen enthäutet, die Trauben halbiert, enthäutet *und entkernt*! Das hab ich von den Franzosen gelernt. Sie kochen mit LIEBE!

Und nur über ihre Leichen gibt es Karotten mit schwarzen Rillen, Kartoffeln mit blauen Flecken und Pilze mit Sand!

Doch was tut man nicht alles für einen Film?

Neugierig bin ich, was mir Lenny offeriert. Während des Essens macht er ständig Andeutungen: was Wichtiges, Einmaliges, Sensationelles und *ganz* exklusiv! Hoffentlich stimmt's. Die ewigen Weichspüler und Badeöle langweilen mich schon krank! Trotzdem war das Essen eine Schweinerei!

Lenny erhebt sich voll Stolz: »Wie war dein erstes *Fressi* hier bei mir?«, fragt er mit Kinderstimme.

»Unvergesslich!«

»Hat was gefehlt?«

»Liebe«, sage ich tonlos. Doch er hat's gehört.

»Das holen wir nach, Mimi Tulipan«, ruft er beglückt, »hab mich schon gefragt, ob du daran denkst.«

»Ich meine Liebe beim *Kochen*!«

»Me-he-he-he-he-he-he«, meckert Lenny los, »beim *Kochen*?

Tut man das in Paris? Hätten wir ... du und ich ... vielleicht *vor* dem Dessert? Dann hätten wir keine Erdbeeren mehr gebraucht, was?«

»Lenny, das war ein Witz.«

»Wieso? Der Tisch ist groß genug! Das merke ich mir fürs nächste Mal. Komm! *Schnell*, wir räumen ab! Und dann ...«

Wir hatten in der Küche gegessen, was ich hasse, aber Lenny meinte, dass es »schneller geht«! Ich räume die Maschine voll, er löscht das große Licht, kramt in einer Lade und zieht zwei rote Kerzen hervor. Aha, der Übergang zum romantischen Teil.

»Lenny!! Keine Kerzen!«, bitte ich.

»O.K.«, sagt er, froh, dass er die zwei Kerzen spart. »Magst du was zum Schnupfen?«

»Was?«

»Na was schon«, er grinst mich an, »beste Qualität!«

»Danke, nein.«

»Tut dir aber gut, lockert dich auf.«

»Sicher nicht!«

»O.K., O.K. Bin gleich wieder da.«

Er entschwindet in Richtung Bad. Soll er nur. Soll er sich sein Hirn ruinieren mit dem Zeug. Ich brauche einen klaren Kopf für mein Studium und meine Filme. Ich bin doch nicht verrückt, nehme Drogen und schädige mein größtes Kapital!

Lenny tanzt wieder herein, seine Augen glitzern, er schlägt mit der Faust auf den Tisch: »Baby, aber jetzt!«

Er packt mich bei den Schultern, drängt mich an die Tischplatte, presst seinen prallen Bauch an meine Hüfte. Er ist so fest und rund, dieser Bauch, wie ein dickes Kissen steckt er zwischen ihm und mir, Resultat: Seine Männlichkeit ist zu weit weg, ich spüre sie nicht. Will ich auch gar nicht.

Ja, meine Lieben, was tut man da??

Doch ich bin nicht von gestern und ich weiß: Am schnellsten entschärft man die Lage, indem man *lacht*!

»Hör sofort auf«, sage ich und beginne zu kichern.

»Was ist da so lustig?«, fragt Lenny perplex.

»Du!«, lache ich.

»Ich? Lustig? Willst du mich beleidigen? Pass auf, ich zeig dir was.«

»Was?«

»Zieh dein Kleid aus, *Honey.*«

»Nein.«

»Dann zieh *ich* mich aus.« Er lässt mich los, zieht das seidene Hemd über seinen Kopf. Ich staune. Er ist über und über behaart. Keine Kräuselwolle wie bei Marlon, sondern lange, glatte Haare, auf der Brust, dem Bauch, den Unterarmen, den Oberarmen.

Bis zum Hals reicht der helle Pelz.

»Fass an«, Lenny ballt die rechte Faust, winkelt den Arm an und lässt die Muskeln spielen, »steinhart!«

Er ballt die andere Faust und stellt sich in Positur: »Kein Fitnessstudio, kein Sport ... alles *Natur.* Gute Veranlagung!«

»Gratuliere!«

»Das *bleibt* so. Ich brauche *nichts* dafür tun. Das ist *immer* hart. Genau wie ... du weißt schon was ... weiter *unten*, he-he-he-he.«

Er drückt mich wieder an sich, seine Hände sind auf meinem nackten Rücken, er ist der Produzent! Wer für ihn arbeiten will, muss sich das gefallen lassen. Denkt er.

Ich aber nicht. Das Essen hat gereicht.

»Lenny! *Gnade!* Ich hab grad eine schlechte Erfahrung hinter mir.«

Er lässt mich los. »Mit einem Transvestiten?«

»Mhm.«

»Dann brauchst du jetzt einen anständigen Mann. Hier ist er! Er steht vor dir.«

»Ist noch zu früh.«

»Dafür ist es *nie* zu früh!« Lenny nimmt mein Gesicht in beide Hände. »Gibst du mir einen Kuss?«

»Aber nur freundschaftlich.«

»Nein, *richtig*! Dann vergisst du den Typ *sofort*!«

Schon ist sein Schmollmund auf meinen Lippen.

»Oh, Baby«, stöhnt er auf, »komm ins Bett.« Er versucht mich hochzuheben und ins Schlafzimmer zu tragen. Ich aber wehre mich geschickt. Minutenlang ringen wir über dem Küchentisch.

»Du willst *wirklich* nicht? Hat dir die kleine Mia nichts gesagt?« Er kann es nicht fassen.

»Was?«

Lenny sinkt auf einen Stuhl. Ich setze mich ihm gegenüber. Zwischen uns ist der breite Tisch.

»Ich bin frisch geschieden. Ganz allein! Ich bin *unglücklich*. Ich suche *verzweifelt* eine Frau …«

»Du bist *allein*??? Produzenten sind *immer* umschwärmt. Du hast sicher zwei reizende Sekretärinnen.«

»Drei«, sagt Lenny mürrisch und zieht sein Hemd wieder an, »sie sind aber viel zu jung. Haben alle einen Freund.«

»Lade sie ein.«

»Wohin?«

»Zuerst ins Restaurant, dann zu dir.«

»Aber nicht im Ernst.«

»Doch!«

»Willst du mich *ruinieren*?«, ruft Lenny empört. »Weißt du, wie *teuer* das ist? Sekretärinnen kommen und gehen. Wenn ich die alle einladen muss, bin ich *bankrott*!«

»Leisten könntest du es dir.«

Lenny starrt mich an: »Weißt du, was mich stört? An euch Europäerinnen? Ihr seid zu *kapriziös*! Ständig die Restaurants, und immer muss man sagen ICH LIEBE DICH, bis endlich eine mitgeht ins Bett.«

»Frauen hören das gern.«

»So eine Zeitverschwendung.«

»Kostet aber nichts.«

Lenny denkt nach. »Stimmt«, sagt er erfreut, »daran hab ich noch gar nicht gedacht. ICH LIEBE DICH, Mimi, Baby«, er greift über den breiten Tisch nach meiner Hand, »ich hab dich beobachtet bei den Schweden. Du bist soooooo süüüüß! Und vom Alter her grade recht! Die Hässlichste bist du auch nicht. ICH LIEBE DICH. Was kann ich … he-he-he-he-he … für dich tun?«

»Ein Glas Champagner, bitte.«

»Noch zu warm«, sagt Lenny streng.

Ich muss wieder lachen: »Sei nicht so geizig. Er war stundenlang im Eis! Brauchst du ihn für den nächsten Gast?«

Lenny merkt, dass er zu weit gegangen ist.

Seufzend erhebt er sich, bringt zwei Gläser und öffnet die kostbare Flasche.

»Auf dich! Auf mich. Auf unsere Erfolge in Paris!«

Wir trinken. Endlich. Das ist das Erste, was mir schmeckt in diesem Haus.

»Zufrieden?«

Ich nicke. »Erzählst du mir von dem geheimnisvollen Film?«

In dem Moment trillert das Telefon, das neben ihm auf dem Tisch liegt.

»Japp!«, bellt Lenny hinein. »*Oh, hellooo!* Nein, du störst nicht, das ist *Telepathie!* Ja, *ja!* Sie sitzt mir *gegenüber!* Nein, *nein.* Alles bestens! *Bestens!* Könnte nicht besser sein. Gut! Sag ich! Erklär ich! O.K.«

»Wer war das?«

»Der Kunde.«

»Aus Hawaii?«

Lenny nickt. »Ich brauche einen erstklassigen Dokumentarfilm.«

»Mach ich dir.«

»Da verdienst du aber weniger als in der Werbung.«

»Ja und nein. Unter mein Minimum geh ich nicht.«

»Was ist dein Minimum?«

Ich verrate die Summe. Lenny schweigt. Überlegt lange.

»Bist du frei ab Ende Juni?«, fragt er dann.

»Vielleicht. Was ist das für eine Doku? Über wen?«

»Einen Guru«, sagt Lenny verheißungsvoll.

»Ein Inder?«

»Engländer.«

»Noch nie von einem englischen Guru gehört.«

»Super-Guru … der beste auf der Welt.«

Ich halte Lenny mein leeres Glas hin. Widerstrebend schenkt er nach.

»Was kann er?«

»Macht Mut. Zeigt, wie man hinauswächst über sich selbst.«

»Das tun alle Gurus.«

»Dieser kann's besonders gut.«

»Sag mir ein Beispiel.«

»O.K.« Lenny wird ganz aufgeregt. »Weißt du, was ein FIRE-WALK ist?«

FIREWALK?? Schon fühle ich einen Stich im Bauch! Ein FIREWALK ist schuld an meiner Feuer-Phobie!

»Was ist los?«, fragt Lenny. »Baby, du bist ganz bleich!«

»Ich *hasse* Firewalks!«, sage ich schwach.

»So? Warum?«

Darum! Meine Mutter nahm mich einmal mit zu einem Urwaldfest. Wir lebten in Südamerika, ich war genau drei Jahre alt, und mit eigenen Augen sah ich, wie Frauen über glühende Kohlen tanzten. Wie das ging, war mir schleierhaft. Doch es hat mir rasend imponiert. Die Flammen, die Trommeln, die tropische Nacht, und dann kam ein Funke geflogen, wie ein kleiner Komet, und entzückt fing ich ihn auf!

Das war's. Ein stechender Schmerz. Empörung, Panik ... Seither fürchte ich das Feuer. Der Brandfleck ist heute noch sichtbar auf der Innenseite meiner rechten Hand. Darauf blicke ich jetzt und erzähle Lenny, was damals geschah.

»Siehst du«, sagt er erfreut, »das erklärt alles! Das ist die Angst, die dich *hemmt*. Wo ist dein Spielfilm? Dein Welterfolg? Bei deinem Talent! Was hast du dir aufgebaut? Ich habe Häuser in Miami und einen Wolkenkratzer in L.A. Und du? Eine leere Wohnung in Paris, nicht einmal abbezahlt ...«

»Weil ich das *Feuer* fürchte? Du fantasierst!«

»Du fürchtest dich nicht vor dem *Feuer*, Baby, du zitterst schon vor einer *Kerze*. Wahrscheinlich rennst du vor jedem *Streichholz* davon! Das ist nicht *normal*! Was du brauchst, ist ein fester Tritt in dein hübsches Hinterteil. Ein Gang über glühende Kohlen. Dann verkaufst du dich teurer, verhandelst härter um dein Honorar, fürchtest dich vor nichts mehr auf der Welt ...«

»War ich zu billig?«

»Ja.«

»Dann zahl mir mehr.«

»Zu spät. Hast du's nie versucht, dass du sie loswirst, die Angst?«

Doch! Hatte ich. Mehrmals sogar. Das letzte Mal in der Schweiz bei einem internationalen Seminar, und was geschah?

Kaum stand ich vor dem Feuerbeet, begann ich am ganzen Leib zu zittern und schlich zurück ins Hotel.

»Es geht nicht.«

»Wieso?«

Ich seufze: »Lenny, du kennst mich nicht. Normalerweise fürchte ich mich vor nichts! Aber es gibt *Urängste*, weißt du? Das hat man mir erklärt. Dagegen kannst du nichts tun, die wirst du nicht los.«

Lenny winkt ab: »Wie war die Vorbereitung? Habt ihr meditiert?«

»Nein. Stundenlang getanzt. Rock 'n' Roll zu brüllender Musik. Bis zur totalen Erschöpfung. Man weiß dann angeblich nicht mehr, was man tut, geht über glühende Kohlen und merkt's nicht einmal.«

»Stimmt.«

»Bei den andern war's so, bei mir nicht. Ich hab gedacht, gleich zischt's und dann sticht's entsetzlich …«

»Das war der falsche Guru, Baby, mit zu wenig Kraft.«

»Nein, das war *meine* Schuld.«

»Bei *meinem* Guru traut sich jeder. Der macht das anders.«

Lenny greift zur Flasche und schenkt freiwillig unsere Gläser voll.

»Wie anders?«

»Er versetzt dich in Trance«, sagt Lenny feierlich, »und in Trance kannst du alles. Du redest Latein und Griechisch, auch wenn du's *nie* gelernt hast. Du kannst die Hieroglyphen lesen, du kannst seiltanzen, schwimmen, fechten, jonglieren, alles, was du wach nicht schaffst!«

»Im Ernst?«

»In Trance haben sich schon Leute aus dem Fenster gestürzt, aus dem zwanzigsten Stock. Nichts ist passiert.«

»Du schwörst?«

»Selbst gesehn. Mein Guru schickt tausend Leute über ein Feuerbeet, barfuß, keine einzige Brandblase, nichts!«

»Das glaub ich nicht.«

»Ich war dabei, *honey*«, sagt Lenny väterlich, »ich war einer davon.«

»Es hat nicht wehgetan?«

»Überhaupt nicht.«

»Und die Fußsohlen?«

»Rosa Haut. Nichts verbrannt. Nicht die kleinste Spur. Und nachher hast du Glück.«

»Wieso?«

»Geschenk vom Himmel. Frag mich nicht. Aber es stimmt.«

»Wie heißt der Mann?«

»Drachentöter.«

»Nein. Wie heißt er wirklich?«

»Lawrence Gold. Er hat *Dragon Seminars* gegründet.«

Was??? DRACHEN-SEMINARE?? Wenn das kein Zufall ist!

Romeo hat so ein Seminar besucht, mit Ines, seiner Kettenraucherin.

Aber seltsam, seltsam:

Im April geht er durchs Feuer, im Mai schenkt ihm sein Onkel ein Appartement in Paris. Im teuersten Viertel!

Jetzt ist er Millionär, denn die Wohnungspreise steigen grad ins Unendliche! Nie hätte er sich leisten können, hier was zu kaufen. Ob das wirklich stimmt?

»Ein Studienkollege hat so ein Seminar gemacht.«

»Wo?«

»In Kalifornien.«

»Und?«

»Ging gut. Glück gehabt hat er auch. Aber es war *unverschämt* teuer.«

»Der Mensch schätzt nichts Billiges«, belehrt mich Lenny, »das ist eine alte Weisheit. Im Juni gibt's ein Seminar in England.«

»Mit dem Drachentöter.«

»D.T.«, erklärt Lenny, »alle nennen ihn D.T. Du bist eingeladen, siehst dir alles an, als *Teilnehmer*! Die *Stimmung*, verstehst du? Auf die Stimmung kommt's ihm an. Auf die Begeisterung. Du sitzt unten im Publikum und machst alles mit, das ganze Wochenende, von Freitag, den 30., bis Montag, 3. Juli. Dann fliegst du nach Hawaii mit D.T. und drehst.«

»Anschließend ist *noch* ein Seminar?«

»Eine ganze Woche lang. Willst du?«

»Nur wenn mich keiner zwingt! Über das Feuerbeet gehe ich *nicht*.«

»Du gehst freiwillig! Dann hast du vor *nichts* mehr Angst!«

»Sag, *dass* ich nicht *muss*.«

»Du musst nicht, *sunshine*! Schlaf drüber. Morgen telefonieren wir. Was ist los? Was hast du? Hörst du mir überhaupt zu?«

»Ich höre«, sage ich und lasse Feuer Feuer sein, denn die ganze Zeit über ruht mein Auge schon auf etwas Wundervollem, das mir das grässliche Essen versüßt hat:

Ich habe es noch nicht erwähnt, doch im Eck, neben der Kaminwand mit dem riesigen Pizzaofen, steht eine funkelnde, rote, chromblitzende Music-Box, eine Wurlitzer, ein echtes Sammlerstück, wie man es noch ab und zu bei exzentrischen Millionären sieht, und wenn mich nicht alles täuscht, ist sie gut in Schuss!

»Lenny! Die Wurlitzer. Ist das nur Zierde? Oder funktioniert sie vielleicht?«

»Braucht man nur einstecken. Willst du?«

Schon stehe ich davor, lese die Titel, die Namen der Sänger und Gruppen, Jackson Five, Roxy Music, Elvis, Lulu, Bill Haley! Ich drücke auf die Taste:

One, two, three o'clock, four o'clock Rock …

»Lenny! Komm! Tanzen!«

Er springt auf, tänzelt herbei im Rhythmus, streckt den Arm nach mir aus – der erste Schritt! Und jetzt kommt die größte Überraschung: ER KANN'S!

Lenny tanzt Rock 'n' Roll wie man ihn tanzte, als man ihn erfand! Ich drehe mich wie ein Wirbelwind, er fängt mich sicher auf, dreht sich selbst blitzschnell, hat mich schon wieder im Arm. Er führt mit der linken Hand, wie es sich gehört, wir tanzen exakte Schritte, er kann alle Figuren, auch die, die man nur lernt von echten Meistern!

»Hast du Turnier getanzt?«, frage ich.

»Früher«, antwortet er, »wie ich noch schlanker war.«

Wir tanzen, als hätten wir seit der Kindheit zusammen getanzt. Ich fühle mich sicher mit ihm, er führt hervorragend, es ist ein reines Vergnügen, seit Jahren habe ich mich nicht mehr so gut amüsiert.

Wir tanzen drei ganze Stunden, ohne eine Sekunde Pause. Wir tanzen das ganze Repertoire der Music-Box durch. Wir haben die Jalousien geschlossen, die Fenstertüren verrammelt, um die Nachbarn nicht zu stören, denn die holen in Paris *sofort* die Polizei. Lärm darf man nur machen, wenn man vorher alle Parteien um Erlaubnis gebeten hat.

Santana: *Black Magic Woman*. Spencer Davis Group: *Gimme some lovin'*. Marvin Gay: *Sexual Healing*. Donna Summer: *Hot Stuff*!

Wir haben den schweren Küchentisch an die Wand gerückt, ich tanze mir den ganzen Frust mit Marlon vom Leib. Jawohl, das ist die beste Therapie: drei Tage schlafen, drei Stunden tanzen, und die Welt ist wieder heil.

»Das kannst du *wirklich*, *sweetie*«, sagt Lenny, als wir völlig erhitzt wieder auf unseren Sesseln sitzen. »Das können sonst nur Leute, die so alt sind wie ich. Wo hast du das gelernt?«

»Meine Mutter ist Tänzerin. Sehr bekannt.«

»Ja?« Er horcht auf. »Aber nicht die berühmte Zaza Tulipan?« Er öffnet sein verschwitztes Seidenhemd, holte eine Flasche Mineralwasser und trinkt sie leer in einem Zug.

»Doch!«, sage ich froh.

»Zaza Tulipan ist *deine Mutter*? Vom Tulipan-Tanz-Theater? Die stellst du mir vor, wenn sie nächstes Mal kommt.«

»Gern. Du tanzt aber auch wie ein Gott!«

»Danke! Das hört man gern.«

»Ist das *deine* Music-Box?«

Lenny erklärt, dass sie dem Besitzer der Wohnung gehört. Einem Kubaner. Der Gute arrangiert Boxkämpfe, ist nicht oft in Paris, reist ständig um die Welt, derzeit ist er in Miami, in Lennys neuem Haus.

Plötzlich bin ich müde. Ich strecke mich und gähne.

»Schön war's, Lenny, danke!« Ich stehe auf.

»Du lässt mich wirklich *ganz allein*?« Lenny spitzt die Lippen, sein Schmollmund wirkt so drollig, ich muss wieder lachen.

»He-he-he-he-he!«, stimmt er ein. »Wenn du dableibst, kriegst du morgen das Frühstück ans Bett.«

»Lieb von dir. Aber geht leider nicht.«

Lenny begleitet mich zur Tür. Ehe er aufschließt, zieht er mich wieder an sich: »Küss mich!«

Ich wende den Kopf ab.

»Nein! Ich lass dich nicht weg!« Er umarmt mich fest, ich aber reiße mich los, pralle an die Wand mit den vielen Boxern, und zwei Bilder fallen herab. Das bringt ihn zur Vernunft.

»Lenny, das tut man nicht in Paris. Wenn eine Frau *Nein* sagt, lässt man sie *gehn*!«

»O.K., O.K., O.K. Vielleicht ruf ich dich später noch an.«

Ich steige in den Lift. Ein letzter Blick auf die dicken Sumo-Ringer. Kein Wunder, dass man hier so schnell handgreiflich wird.

»Ich *liebe* dich!!!«, ruft mir Lenny nach.

Da bin ich aber schon unten. Und trete hinaus in die warme Nacht. Glücklich erschöpft wandere ich heim.

Ja, die neue Zeit ist da. Vor zehn Jahren noch war alles anders. Kein reicher Mann suchte damals verzweifelt eine Frau. Jeder mit Geld hatte ein Eheweib. Und NIE hätte ich gedacht, dass Lenny so gut tanzen kann. Und ein Guru. Auf Hawaii! Der Wermutstropfen ist das Feuerbeet. Ob ich absagen soll?

Liebespaare kommen mir entgegen. Und ein bekannter Schauspieler mit einem schneeweißen Afghan. Er wohnt in meinem Haus. Wir begrüßen einander, ich streichle Praline, den Hund. Zusammen spazieren wir zurück. Und was steht vor meiner Wohnungstür??

Ein gigantischer Blumenstrauß, fünfmal so groß wie der, den ich kaufte am Boulevard Raspail. Wunderbar! Blumen sind immer willkommen. Doch wo kommt der her? Wer brachte ihn? Um diese Zeit?

Ich schließe auf, höre das Telefon. Die kleine Mia ist am Apparat.

»Und«, fragt sie. »Wer ist der Kunde?«

»Ein Guru namens Drachentöter auf Hawaii. Genannt D.T.«

»Was! Von Dragon Seminars!«

»Kennst du den? Wieso?«

»Ingmar war bei ihm. Ist über glühende Kohlen marschiert.«

»Hat er Glück gehabt?«

»Wir haben uns kennen gelernt, kurz danach. – Was hast du gespeist?«

»Wurzelgemüse mit Sand. Aber dann war's lustig. Wir haben getanzt. Stundenlang.«

»Hat er sich geworfen auf dich?«

»Er hat's versucht. Aber ich kann mich wehren.«

»Die Blumen hast du gefunden.«

»Sind die von dir?«

»Dein Doktor hat angerufen, aus Bali, total verstört.«

»Marlon??? Was hat er gesagt?«

»Er wollte Tulpen schicken mit Fleurop, aber die antworten nicht. Er sagt, du brauchst ein mörderisches Bukett, *sofort*!«

»Du bist extra hergefahren? In der Nacht?«

»Der Blumenmarkt war noch offen. Angeblich überweist er mir morgen das Geld. Von Bali aus. Geht das?«

»Wenn nicht, kriegst du's von mir. Hat er sonst noch was gesagt?«

»Es war ein Missverständnis. Er liebt dich, und bald gibt's eine riesige Überraschung.«

»Auf die verzichte ich!«

»Du sollst nichts unternehmen, keine Reise, keinen Film, bis er mit dir gesprochen hat. Ich platze vor Neugier. Erzählst du mir morgen, was los war? Treffen wir uns auf einen Kaffee? Chez Fouquet's? Um fünf?«

»O.K. Um fünf! Und danke für den Strauß!«

Ich setze mich, Hörer in der Hand. Seltsam, seltsam! Woher hat Marlon Mias Nummer??! Von mir nicht. Von der Auskunft? Oder hat er alle meine Nummern kopiert? Samstagvormittag, in seinem Haus, als ich noch schlief?

Ich lege auf und sehe, es sind noch Nachrichten auf dem Band:

»Mimi«, höre ich Marlons gehetzte Stimme, »*wo bist du?* Bist du in Paris? *Lebst* du, *sweetheart*? Sag, dass du lebst! Bitte, *nimm ab*! Sag was, *darling*! Ich muss deine liebe Stimme hören …«

163

»Mimi, *lovey*«, beginnt die nächste Nachricht, »wir machen alles so, wie du willst. England ist nichts für dich! Für mich auch nicht. Jetzt kommt die *Überraschung*! Ich übersiedle nach Paris. Ich kaufe ein fürstliches Appartement, da gehen wir uns nicht auf die Nerven. Du kriegst dein eigenes Bad, dein eigenes Schlafzimmer, wenn du willst, du kannst auch filmen, wenn wir verheiratet sind …«

Bei der letzten Nachricht weint er bereits.

»Mimi, *please*!«

Schluchzen erstickt seine Stimme.

»Mimi … du wirst mich nie los, *nie*!! Nächsten Freitag bin ich bei dir, vor deiner Tür, da bleib ich, bis du aufmachst, hörst du? Bist du *aufmachst*, ich geh nicht weg, nie, nie mehr …«

Ich stelle den Ton ab.

Die ganze restliche Elektronik ist bereits ausgesteckt. Friede!

Aber was hat er gesagt? Schnell gehe ich in die Küche, setze mich unter meine Palme und lege die Beine hoch. Er kommt nach Paris?? Schon fühle ich einen Kloß im Hals und ringe nach Luft.

Das Kleid ist plötzlich zu eng. Ich ziehe es über den Kopf. Die Sandalen drücken, ich streife sie ab. Die Wäsche stört mich. Schon bin ich nackt. Und grüble.

Wenn er wirklich kommt, gibt's nur eins: die Flucht nach vorn. Dann brauche ich einen neuen Mann!! *Sofort!*

Im Laufe meiner fünfundfünfzig Jahre habe ich nämlich Folgendes gelernt:

Männer akzeptieren nie: Ich will nicht mehr, ich kann nicht mehr, wir passen nicht zusammen, du machst mich krank! Das geht bei einem Ohr hinein und beim andern gleich wieder hinaus. Und warum? Weil sie nämlich selbst viel zu viel reden, und *nichts* davon meinen sie ernst!

Männer aber akzeptieren eins: einen Nachfolger!

Wenn ein anderer das Feld beherrscht und das Bett, wissen sie: Jetzt ist es *wirklich* aus!

Ein Mann muss her. Aber wer?

Soll ich Romeo bitten? Zu mir? Am Mittwoch? Nach dem Seminar? Und nochmals am Freitag, direkt ins Opiumbett? Nur –

Romeo im Schlafzimmer, Marlon wutentbrannt vor der Tür, hysterisch kreischend – keine gute Idee.

Romeo ist zu nett. Das tu ich ihm nicht an.

Soll ich lügen? Sagen, ich bin frisch verliebt und nicht mehr frei? Nein, lügen kann ich nicht. Man sieht mir jede Regung an, im Gesicht, jede Enttäuschung, jede Freude, das war schon so als Kind.

Ich stehe auf, betrachte mich nackt im Spiegel. Von vorne O.K. Von der Seite auch, sieh an! Gott sei Dank war das Essen so schlecht, mein Bauch ist flach. Und zwei Stunden tanzen haben den Champagner wettgemacht. Sonst nehme ich immer prompt ein Kilo zu, wenn ich zum Abendessen Alkohol trinke.

Schnell sammle ich Kleid und Wäsche auf und gehe ins Bad. Heute ist erst Sonntag. Bis Freitag sind noch fünf Tage Zeit. Und bis dahin, wie ich mich kenne, fällt mir schon was ein!

Kapitel IX

Meine Arbeit rettet mich.

Die Produktion in Hamburg meldet sich, der Autofilm in Südafrika ist fix.

Ich bin fleißig wie eine Biene, vierundzwanzig Stunden am Tag. Ein schnelles Casting in Paris, Treffen mit dem Kunden in Frankfurt am Main, und am Donnerstag sitzen wir im Flugzeug nach Kapstadt. Zwei Talente (so heißen die Schauspieler in der Werbung), Harry für Make-up and Hair, drei Leute von der Agentur, vier Leute vom Kunden, ein Produzent mit seiner Assistentin aus Hamburg und die kleine Mia mit sechzig Kilo Kleidern im Gepäck, je dreißig Kilo pro Talent.

Marlon kann ruhig nach Paris kommen. Er kann zelten vor meiner Tür, wunderbar, ich bin am andern Ende der Welt.

Ich versäume Romeos Einstandsfest, ebenso das Seminar, doch ich entschuldige mich per Telefon, wir sehen einander, wenn ich zurück bin in Paris.

Doch das Beste: Das brave Schicksal hat vorgesorgt. Der rettende Mann ist da. Wer sitzt neben mir und hält verstohlen meine Hand? Mein treuer Kameramann, Joel.

Joel ist Belgier. Er lebt in Brüssel, und wir kennen uns schon lang. Er macht hervorragendes Licht, und er weiß, was Frauen brauchen, nicht nur *vor* der Kamera. Er ist mein Bonbon, wie man in Frankreich sagt.

Er bereichert ab und zu mein Leben und ich seins. Als LABS (Lebens-Abschnitts-Gefährte) kommt er nicht in Frage. Man weiß nie: Hat er Zeit? Oder nicht? Es gab Jahre ohne einen einzigen Kuss. Dann sahen wir uns wieder jeden Monat mindestens drei Mal.

Als Bonbon aber ist er fabelhaft: zärtlich, ausdauernd, bedächtig, rücksichtsvoll, gut gebaut, mit samtiger, goldschimmernder Haut. Alles an Joel ist Gold: seine Augen, seine Wimpern, seine Brauen, sein dicht gelocktes Haar. Und er ist groß, breit und schwer. Irgendwie erinnert er mich an einen Bären.

Man glaubt es kaum, doch sein Großvater war schwarz. Ein

Arzt aus dem belgischen Kongo. Seine Großmutter war eine weiße Lehrerin aus Flandern. Die Ehe hielt nicht lang. Doch Joel hat von beiden das Beste geerbt: die Sinnlichkeit von Afrika. Von Europa die Disziplin im Beruf. Und er ist so *normal*:

Kein Verfolgungswahn, kein Gekreische, kein Getue, keine Hast, keine Damenhemdchen, Büstenhalter, Mieder, reinste Erholung nach Marlon und seinem »Bazaar« – wie man in Frankreich sagt.

Er ist der einzige Mann, den ich kenne, dem man keinen Orgasmus vorspielen kann. Er sorgt dafür, dass man *wirklich* einen kriegt!

Die schönsten Nächte habe ich mit ihm erlebt. Bleibende Souvenirs: das seidene Himmelbett in Bali, die letzte Reise nach Japan – ob das je wieder so wird?

Nur zwei Stunden sind es von Brüssel nach Paris mit dem extraschnellen Zug. Man könnte sich täglich sehn. Doch er hat Familie. Das hab ich immer respektiert.

Und ich nehme andern Frauen nicht die Männer weg. Ich will ja nicht mehr heiraten. Das wäre nicht fair.

Unsere letzte Nacht war im Dezember.

Dann wurde es plötzlich still!

Deshalb ließ ich mich mit Marlon ein, im April!

Jetzt aber will er mich. Und er will mich sofort! Noch vor dem Start ist klar, wir essen abends nicht mit den andern, wir treffen uns gleich in meinem Zimmer im Hotel.

Wir müssen zwar früh auf am nächsten Tag, doch es gibt keinen Jetlag, Kapstadt und Paris liegen auf demselben Längengrad.

Ich bin zehn Jahre älter als Joel, doch ich sehe sehr viel jünger aus als er. Ich wirke mädchenhaft neben seiner Fülle, was er liebt, denn seine Irmi wiegt hundert Kilo. Und jedes Jahr werden es mehr.

Es wird ein aufschlussreicher Flug.

Zum ersten Mal, seit ich ihn kenne, erzählt er von zu Haus, ohne dass ich ihn frage, und das hat einen Grund:

»Irmi schläft nicht mehr mit mir«, sagt er knapp.

»Warum?«

»Nachher tut ihr alles weh. Behauptet sie.«

»Seit wann?«

»Schon länger ... die Kinder sind groß, sie will anders leben, sie hat die Scheidung eingereicht!«

»Aber nicht wegen mir!«

»Deshalb hab ich mich so lang nicht gemeldet ... Alles geht drunter und drüber, ich bin an allem schuld, wegen mir ist sie so dick, wegen mir hat sie alles versäumt, rate, wo sie jetzt ist?«

»Keine Ahnung.«

»In Burma. Mit einer Gruppe *Archäologen*.«

Ich schweige. Wenn die Frau die Scheidung einreicht, ist die Geliebte die Erste, die es erfährt. *Mich* hat er *nicht* informiert. Ich erfahre es heute, ganz nebenbei.

»Wer ist die Glückliche?«, frage ich sanft.

»Was?«

»Wegen der sich die Irmi scheiden lässt.«

Joel nimmt die Brille ab, putzt sie, reibt seine Augen und setzt die Brille wieder auf.

»Deine psychologische Ader ... amüsiert mich«, stellt er fest, »was hast du gemacht? Von Dezember bis jetzt?«

Ich erzähle von Marlon Macdonald. Jetzt schweigt er. Wir bekommen zu essen, ich *Asian vegetarian*, es schmeckt erstaunlich gut.

»Was machst du nach Südafrika?«, fragt Joel, als wir fertig sind. »Gibt's was Interessantes? Brauchst du mich?«

»Bist du frei? Anfang Juli?«

»Warum?«

Ich erzähle von D.T., dem Feuerbeet und Hawaii.

»Ich bin mir aber nicht ganz sicher«, sage ich zum Schluss, »Feuer, weißt du ... schwierig. Soll ich, soll ich nicht ...«

»Du *sollst*!«, ruft Joel, ohne eine Sekunde zu zögern. »Mimi, das machst du *unbedingt*! Und zwar mit *mir*! Weißt du was? Ich fahr mit dir nach Wembley, zum ersten Seminar. Ich hole dich ab in Paris, wir nehmen den Eurostar. Du sagst *sofort* zu. Gleich nach der Landung. O.K.?«

»Das ist dir so wichtig? Warum?«

Joel klappt die Lehne seines Sitzes zurück und meine gleich mit:

»Das interessiert mich seit Jahren! Wir waren nämlich auf der Ile de la Réunion, Irmi und ich. Da gibt es viele Inder. Wir haben idyllisch gewohnt, gleich bei einem Tempel. Für Ganesh. Weißt du, wer das ist?«

»Der Elefantengott.«

»Genau.«

»Wann war das?«

»In dem Jahr haben wir uns kennen gelernt, du und ich.«

»Interessant.«

»Rund um den Tempel ein paradiesischer Garten, Palmen, Orchideen und eines Abends, plötzlich, ein Feuerbeet.«

»Bist du da drüber …«

»Ich nicht. Aber die Inder. Und unser Koch. Er hat gelobt: Wenn die Großmutter gesund wird, geht er fünf Mal über die glühenden Kohlen. Der Großmutter ging's dann besser, er hat das Gelübde gehalten …«

»Er ist fünf Mal … ist ihm was passiert?«

»Nichts! Aber er hat sich vorbereitet. Hat gebetet, gefastet, nicht gelogen, er hat nichts getötet, nicht einmal eine Mücke. Und kein Sex. Getrennte Betten.«

»Auch kein Kuss?«

»Kein Kuss.« Joel drückt meine Hand. »Froh bin ich, wir zwei müssen morgen nicht durchs Feuer.« Dann sieht er mich lange an.

»Jetzt kommen ein paar schwere Monate. Mit der Scheidung. Aber dann bin ich frei. Dann gründen wir eine Firma, du ziehst zu mir, wir machen die besten Filme überhaupt, werden steinreich und kaufen ein Schloss.« Er streckt die Hand aus, dreht meinen Kopf nach links, nach rechts. »Warum lässt du dir die Haare nicht wachsen?«

»Willst du das?«

»Ja.« Er zieht die Reisedecke bis zum Kinn. »Das will ich. Das steht dir sicher exzellent. Schlafen wir jetzt? Ich war die ganze letzte Nacht wach.«

»Süße Träume«, sage ich leise und drehe mich zu ihm. Er dreht sich zu mir: »Ich freu mich soooo auf später«, flüstert er. Händchen haltend schlafen wir ein.

In Kapstadt erwartet uns der Rest der Mannschaft: Fahrer, Regie-Assistent, Art-Direktor, Location-Manager, Produktions-Manager, Kamera-Assistent, Material-Assistent, Grip, acht Männer für die Beleuchtung, zwei deutsche Mechaniker, die mit den beiden Autos eingeflogen sind, Helfer, Statisten, und im Hotel, in der großen, luftigen Halle unübersehbar, mich trifft fast der Schlag: Doktor Macdonald in voller Montur!

Ich bin so entsetzt, ich bringe keinen Ton hervor.

Sekundenlang starren wir uns an.

»Hi, Mimi Tulipan«, Marlon legt besitzergreifend den Arm um meine Schulter, »ich habe dich gewarnt. Du wirst mich nicht los!«

Ich habe ganz vergessen, was für ein Riese er ist. Einen halben Kopf größer als Joel. Die kleine Mia wirkt neben ihm wie ein Kind.

»Wie hast du mich gefunden«, stottere ich und reiße mich von ihm los – während die Crew interessiert daneben steht.

»Kein Problem, *darling*. Du hast den Namen der Produktion erwähnt, der Rest …« Er zeigt auf seine Stirn und lacht. »Kathy hat die Flüge arrangiert und das Hotel. Ich bleibe da, bis du fertig bist mit dem Film, dann fliegen wir zusammen zurück nach Paris und kaufen einen königlichen Wohnsitz. Geld spielt keine Rolle. Stellst du mich bitte vor? Deinen netten Leuten?«

Das tue ich. Und sehe leider, leider, Joel hat sich entfernt. Marlon lädt alle ein an die Bar. Aber nicht zum Dîner, denn für Tiermord zahlt er nicht. Über eine Stunde sitzen wir zusammen. Joel lässt sich nicht mehr blicken. Das ist wieder typisch! Er kämpft nicht um mich. Bitte! Wie er will.

Die Produktion hat teure Zimmer für uns reserviert, mit Aussicht aufs Meer. Aber Marlon mietete die Hochzeits-Suite im letzten Stock mit Panoramablick, umwerfend schön. Und ich will keinen Skandal:

Ich ziehe hinauf mit ihm in den größten Luxus, und aufgeheizt von Joel und der Vorfreude auf eine leidenschaftliche Nacht, schlafe ich sogar mit ihm.

Doch es gibt noch einen anderen Grund dafür:

Marlon hat tiefe Furchen zwischen den Brauen, er sieht blass aus und verhärmt, die Lippen verkniffen, den Zug kenne ich noch nicht an ihm. Seine scharfen Augen sind tränenumflort, und es rührt mich prompt!

»*Darling*«, sagt er, als wir alleine sind, »das war die ärgste Woche *überhaupt*! Sieh mir ins Gesicht: um Jahre gealtert. Ich kann nichts mehr essen. Ich lebe von Salzmandeln und Tomatensaft. Die Haare fallen mir aus, wahrscheinlich bin ich impotent ... Komm ins Bett und lauf *nie wieder weg*!«

Marlon war alles andere als impotent, doch darüber später mehr. Das Liebesleben ist jetzt nicht wichtig. Nur die Arbeit zählt. Jeder Tag kostet Millionen, alles muss laufen mit höchster Präzision.

Dreißig Leute am Set – und ich verantwortlich für alle. Dieser Dreh ist wie ein Fiebertraum. Dass der Film gelingt, verdanke ich nur jahrzehntelanger Erfahrung und eiserner Disziplin, die ich lernte, von meiner Mama.

Der erste Tag ist der schwerste.

Chaos am Drehort und ein vor Eifersucht geifernder Mann im Bett. Tagsüber souverän wie ein General, Krankenschwester in der Nacht, wenn mich Marlon plagt mit eingebildeten Leiden – Kopfweh, Asthma, Colitis, Bronchitis. Nux vomica hätte ich gebraucht, doch das habe ich nicht mit.

Ich streike nach der ersten Nacht.

Entweder er lässt mich schlafen oder ich ziehe hinunter zur Crew und lasse ihn allein. Es wirkt.

Der Drehort ist fünfzig Kilometer von der Stadt entfernt. Meine Leute stehen um drei Uhr auf, fahren weg vom Hotel um vier Uhr früh. Ich schlafe eine Stunde länger, denn Marlon fliegt mich mit dem Helikopter ein. Er hat einen Hubschrauber gemietet, samt Piloten in Uniform. Aus Liebe zu mir. Wir beginnen so früh, um das sanfte Morgenlicht zu nutzen. Um neun geht die Sonne auf wie ein wilder Feuerball, dann ist es zu hell. Also proben wir von fünf bis sechs, und von sechs bis neun wird gedreht.

Marlon ist in seinem Element. Lädt immer alle ein. Er hat mich zurückerobert, denkt er, das will gefeiert sein. Er trägt einen weißen Tropenanzug, darunter die Fischerjacke, einen weißen Tropenhelm, er ist unübersehbar, da er alle überragt.

Keine Sekunde lässt er mich allein, läuft mir nach auf Schritt und Tritt, und ich spiele mit, denn die Stimmung macht der Regisseur! *Ein* gereizter Satz von *mir*, schon fühlt sich jeder bedroht. Die Talente vergessen den Text, Produzent und Kunde zittern um ihr Geld. Die Welt der Werbung ist gefährlich. Ein verpfuschter Film, und mein Ruf ist für immer dahin.

Gott sei Dank habe ich Joel!

Es fällt zwar kein privates Wort, doch er weiß, was ich will, seine Arbeit ist perfekt. Nach Drehschluss aber verschwindet er – Gott weiß, wohin. Ich sehe ihn erst wieder am nächsten Tag. So geht das bis zum letzten Abend vor dem Abflug. Dann aber taucht er plötzlich auf, stellt sich kurz neben mich vor dem Essen, während Marlon mit der kleinen Mia spricht.

»Es tut mir Leid«, sage ich leise, »so war das nicht geplant!«

»Wir sehn uns«, flüstert Joel und bewegt kaum die Lippen dabei, »wenn wir wieder drüben sind. Zu Hause.«

Marlon aber hat plötzlich sehr viel Zeit!

Kaum gelandet in Europa, fliegt er mit mir nach Hamburg zur Post-Production. Das heißt Schnitt und Ton.

Er sitzt neben mir im Studio, beim Schneiden, lässt sich alles erklären, begreift sofort.

Er geht mit mir von Geschäft zu Geschäft und sucht mit mir die Musik aus. Dabei schreibt er unentwegt auf seinen Block oder tippt in seinen winzigen, neuen Taschencomputer. Wieso er sich plötzlich so brennend für Filme interessiert, sagt er aber nicht.

Doch es gibt einen wichtigen Grund, deutet er an, den wird er mir erklären, wenn die Zeit reif ist dafür.

Er fliegt sogar mit nach Frankfurt zum Kunden. Ist bei der Abnahme dabei, das ist der gefürchtete Tag, wo der Auftraggeber den fertigen Film sieht und sagt, was er davon hält.

Aber alles geht gut. Mit Kompliment und großem Lob und nach einem pompösen Mittagessen (vegetarisch, exzellent) fliegen wir zurück nach Paris. Wir fahren sofort nach Haus und sinken in mein Opiumbett.

»Das ist kein Leben für dich«, sagt Marlon, ausgestreckt auf meinen seidenen Kissen, »das ist Schwerstarbeit. Die vielen Leute, *du* verantwortlich für *alle*, dagegen ist die Politik ein Kinderspiel.«

Er greift nach seiner Fischerjacke, zieht ein Stück Papier aus einer Tasche: »Das hab ich für dich gekauft. In Kapstadt.« Sorgsam faltet er es auseinander, drin ist ein prachtvoller Brillant, eckig geschliffen, riesengroß: »Das ist dein neues Verlobungsgeschenk. Fassen lassen wir ihn hier in Paris. Gefällt er dir?«

Er legt den Stein in meine Hand.

Er ist schwer. Das ist verdächtig. Ich führe ihn schnell an die Lippen, als ob ich ihn küsste. Ist er warm? Oder kalt? Kalt ist er nicht. Das heißt, er ist falsch. Doch ich sage nichts.

»Wunderschön«, hauche ich und bedanke mich mit einem Kuss.

»Schon gut, schon gut«, sagt Marlon und steckt den Stein wieder ein, »wenn wir Verlobung feiern, offiziell, hier in Paris, darfst du ihn tragen. Aber jetzt, *do-do, sweetie*, lass uns schlafen, ich bin völlig kaputt. Deine Filmleute machen mich fertig – alle schwer verrückt! Schnupfen ständig Koks. Hast du das nicht bemerkt? Die gehören samt und sonders in Behandlung! Nur deine kleine Mia ist normal und der Bär mit der Kamera. Musst du noch ins Bad?«

»Kurz.«

»Dann beeil dich, *darling*, ja? Ich sag's dir lieber gleich, ich bin sicher impotent. Wahrscheinlich kann ich nie wieder, sicher schlafe ich schon, bis zu kommst.«

Das tut er aber nicht.

Im Gegenteil. Er ist hellwach. Und als ich zu ihm unter die Decke schlüpfe, nimmt er meine Hand und legt sie auf sein geheiligtes Stück. Zustand: *extrahart!*

»Pricki wartet schon auf dich.« Er wälzt sich auf mich. Ich seufze schwer. Ich bin reif für eine Woche Erholung. Noch *nie* waren wir so lange zusammen gewesen, Marlon und ich, und wann immer ich es zuließ, hat er mich wie ein Ertrinkender geliebt. Ohne Orgasmus weit und breit. Er ist zu grob. Er lernt es nie! HILFE!!! Ich bin eine leidenschaftliche Frau, aber das ist zu viel!

Marlon liegt auf mir, den Mund geöffnet, die Augen zu, er röchelt und stöhnt, das Opiumbett schwankt, und plötzlich denke ich entsetzt: Gleich brechen die Seitenteile weg! Der schwere Himmel landet dann auf uns und erschlägt uns glatt.

»Marlon! Halt!!«, rufe ich in Panik.

»Was … was??« Er hält inne und wischt sich den Schweiß von der Stirn.

»Hör auf, ich kann nicht mehr.«

»Unsinn! Je länger … desto besser wird's. Mach die Augen zu und lass mich machen.«

»Besser wird's nicht mehr.«

»Du hast genug?«

»Längst.«

»Ich nicht.« Marlon zieht sich aus mir zurück. »Nimm mich in die Hand, *darling*, ja?«

Den Gefallen tu ich ihm. Ich bin zwar furchtbar müde, doch ich wende meine berühmte Spezialtechnik an, die ich selbst erfand, die in kürzester Zeit zu einem Mega-Orgasmus führt (rhythmisches Drücken und abwechselnd Streicheln.)

»Mhmmmm … guuuuuuut«, stöhnt Marlon, »das hast du noch nie gemacht, *ohhhhhh*, das kannst du … *jaaaaaaa*!!!« Schon ist er am Ziel. Dann aber will er noch einmal.

»Pricki ist lieber in dir«, stellt er fest, »ist schon wieder hart.«

»Mir tut alles weh.«

Marlon setzt sich auf:

»Ich versteh dich nicht«, ruft er empört, »ich kauf dir einen Felsen, zwölf Karat, lupenrein, und dir tut alles *weh*?«

»So ist es.«

»Gott sei Dank sind nicht alle Frauen so!«

»Was heißt das?«

»Nichts.« Marlon legt sich wieder neben mich. »Ich kann nicht *schlafen*. Du regst mich zu sehr auf, das ist nicht *fair*. Du machst mich ganz *wild*, und dann *willst* du nicht!«

»Es *schmerzt*!«

»Das kann auch schön sein«, sagt Marlon böse.

»Für Masochisten. Nicht für mich.«

Marlon dreht sich wütend um, nimmt die Sache selbst in Angriff mit Erfolg, doch da schlafe ich bereits.

Am nächsten Morgen will er wieder, doch ich kriege sofort Blähungen, als er mich berührt.

»Marlon, Schonzeit. Bitte!«

»Kommt nicht in Frage.«

»Wieso?«

»In England hab ich dich geschont, nach dem Besuch bei der Mutter. Resultat: Du hast mich *verlassen*!«

»Nicht deshalb. Du hast mich eingesperrt, zur Feindin erklärt …«

»Hör *auf*!!!« Marlon hält sich die Ohren zu. »Ich verstehe dich nicht. Du hast gesagt, wenn du mit einem Mann im Bett liegst, *willst* du was von ihm!«

»Aber nicht ununterbrochen! Sagt der Verstand.«

»Darf Pricki noch einmal zu dir? Er will dir guten Morgen sagen. *Good morning*, Mimi, good mooo-aaaa-*ning*!«

»Nein!«

Marlon springt auf, rennt beleidigt ins Bad, kommt aber gefasst zurück und setzt sich nackt zu mir ans Bett. Kaum sitzt er, steht das Ding wieder senkrecht in die Höh!

»Was gedenkst du die nächsten Tage zu tun?«, fragt er kühl.

»Ausschlafen, mich erholen, im Bett bleiben, einfach nur *sein*. Wie immer nach einem anstrengenden Film.«

»Du erholst dich am besten allein?«

Ich nicke stumm.

»Gut. Dann fliege ich heute Abend schon nach England und arrangiere alles, bis du kommst.«

»Was arrangierst du, bis ich komme?«, frage ich voller Argwohn.

Marlon antwortet nicht. Sieht an sich hinunter.

»Schade um die schöne Erektion«, sagt er, ehe er in die Unterhose schlüpft, eine normale Männerunterhose aus Baumwolle. Dann kramt er seinen Taschencomputer aus der voll gestopften Fischerjacke:

»Sag mir schnell deine Daten. Geburtsdatum, erste Ehe, Scheidung, Daten deiner Eltern, Nummer vom Reisepass …«

»Wofür?«

»Wir heiraten am 22. Juli in Bath.«

»*Was?????*«

»Ich hab's dir doch *gesagt*«, ruft er wütend, »hast du alles vergessen? In Südafrika?«

»Wann hast du mir das gesagt?«

»*Hundertmal!*«, schreit Marlon voll Ungeduld. »Es ist höchste Zeit! Willst du keine Million Pfund?«

Ich sehe ihm stumm in die Augen. Marlon senkt den Blick. Dann springt er auf, rennt zur Terrassentür, kommt wieder zurück.

»Wir heiraten im Rathaus in Bath, am Samstag, den 22. Juli«, sagt er, »finde dich damit ab.«

»Ich hab noch nicht JA gesagt.«

»Ich hab dich noch nicht gefragt. Auf Knien!«

»Marlon, ich *will* nicht.«

»Dann *tu* so, als ob du willst!«, schreit Marlon und stampft auf mit dem Fuß. »Sagst du halt *NEIN* im letzten Moment auf dem Standesamt. Aber *ich will Hochzeitspläne* machen. Das *amüsiert* mich!«

Ich seufze.

»Wir machen eine Riesenhochzeit. Für den Empfang miete ich die antike Trinkhalle. Die ist 18. Jahrhundert pur.«

»Den Pump-Room?«

»Exakt!«

»Der ist wunderschön.«

»Eben. Ein Märchenfest. Ich lade alle ein: alle meine Patienten, alle Bekannten aus meinem Club in London. Alle Journalisten in Bristol und Bath. Presseleute von der Fleet Street. Die wichtigsten Kollegen …«

»Zu einer Hochzeit, die nichts wird?«

Marlon ändert den Ton, sieht mich bittend an:

»Zehn Jahre sind schnell vorbei. Merkst du nicht, wie die Zeit verfliegt?«

»Ab und zu … aber wenn man unglücklich ist, zieht sich jeder Tag wie eine Ewigkeit.«

Marlon überhört das gekonnt:

»Man muss was riskieren. Nur wer wagt, gewinnt! Die Dolly wird fotografieren. Ich will, dass sie Geld verdient. Außer, es stört dich.«

»Mich nicht. Vielleicht stört es sie?«

»Die Dolly? Die tut, was ich will. Wie heißt der Kameramann, der mit in Kapstadt war. Sieht aus wie ein Bär?«

»Joel.«

»Frag ihn, was er verlangt. Ich will einen Film über die Hochzeit, den man überall zeigen kann, im TV, im Kino, als DVD, sobald als möglich, ehe das kleinste Wort fällt über Politik. Fragst du ihn heute noch?«

»Wenn du willst.«

»Kathy macht die Gästeliste. Wen willst du einladen? Schreib alle Namen auf plus Adresse und schick sie ins Büro. Aber beeile dich, wir sind schon über dreihundert.«

»Das ist verrückt! Weißt du, wie man das nennt? Hier in Paris? Was du tust? Schlösser bauen in Spanien.«

»Wenn's mich amüsiert? Frag die kleine Mia, ob sie deine Trauzeugin sein will. Meiner ist Ian. Der schmettert jeden an die Wand, der uns bedroht. Jeden, der durchdreht, schlägt er K.O.!«

»Wer soll durchdrehn?«

»Mein Cousin. Aus Neid.«

»Warum?«

»Er findet keine zum Heiraten. Alle Frauen laufen ihm davon.«

»Der Cousin, der Unterrichtsminister werden will?«

»Genau.«

»Das spricht aber nicht für ihn.«

Marlon runzelt die Stirn. »Du kennst die Vorgeschichte nicht. Er ist ziemlich normal, bis auf eine kleine Marotte, aber das führt zu weit. Manchmal streiten wir auf Mord und Brand. Er ist mein ärgster Konkurrent.«

»Mit *dem* willst du in die Politik?«

»In der Politik streitet man *immer* auf Mord und Brand. Das ist *normal*. Wir brauchen ein Thema für die Hochzeit. Irgendwas Außergewöhnliches. Das bringt uns in die Medien.«

»Schneeweißchen und Rosenrot?«

»Mach keine Witze. Das schadet mir.«

»Schön wäre, passend zum Pump-Room, alle 18. Jahrhundert. Du als Ludwig XV., ich die Pompadour, alle Herren im Gehrock, die Damen Krinoline und Federhut. Das gibt hübsche Bilder. Das kaufen die Illustrierten. Das Fernsehn auch. *Falls* wir heiraten *sollten*!«

Marlon denkt kurz nach:

»Gute Idee. Könnte die kleine Mia die Kostüme besorgen?«

»Du musst sie buchen.«

»Dann buch sie für mich.«

»Wenn du willst. Aber das ist viel Arbeit. Das kostet Geld.«

»Die ganze Hochzeit kostet Geld. Das ist aber keine Verschwendung. Das ist ein Investment in meine politische Zukunft. Wie lange brauchst du zum Erholen?«

»Eine Woche. Wieso?«

»Wenn du erholt bist, kannst du anfangen, eine Wohnung suchen. Was fürstlich Großes, bis zu zwei Millionen Pfund, wo wir uns nicht auf die Nerven gehen.«

»Du übersiedelst wirklich nach Paris?«

»Nicht ganz. Aber halb.«

»Und meine Wohnung?«

»Vermieten wir.«

»Und dein schönes Manoir am Land?«

»Behalte ich. Wegen der Schafe ... und ... dort findet mich keiner. Ich will ein Appartement im letzten Stock. Niemand über mir. Und kein Hausmeister. Ich komme und gehe, und keiner soll wissen, ob ich da bin oder nicht.«

»Wo soll die Wohnung sein?«

»Hier. Bei dir. Je näher, desto besser!«

»Jedes elegante Haus hat eine Concierge, und hier ist die feinste Gegend von Paris.«

»Versuch's. Ich hab immer Glück.«

Ich seufze. »Abgesehen davon, ob ich Ja sage oder nicht, dreihundert Leute in der kurzen Zeit, in Kostümen ...«

»Das geht sich aus«, unterbricht mich Marlon, »wann stellst du mich *endlich* deiner berühmten *Mutter* vor?«

»Sie ist noch in New York und unterrichtet bis Ende Juni.«

»Ruf sie heute noch an und lade sie herzlichst zur Hochzeit ein.«

»Warum willst du unbedingt im Sommer heiraten? Es gibt so

viel Arbeit für mich. Der Film in Malaysia ist zugesagt. Und noch ein zweiter Anfang Juli auf Hawaii. Und zehn neue Anfragen sind da …«

»Hawaii?«, ruft Marlon voll Misstrauen. »Was filmst du auf Hawaii?«

»Darf ich nicht sagen. Privater Auftrag. Streng geheim. Ich muss auch noch lernen für eine Prüfung vor den Ferien, Homöopathie …«

»Verlobte haben keine Geheimnisse. *Wer* will was von dir auf *Hawaii?*«

»Kann man die Hochzeit nicht verschieben auf den Herbst?«

»Nein!!!«, brüllt Marlon los und schlägt mit der Faust auf das Bett. »Halt mich nicht immer hin!! Mein ganzes Leben hab ich umgekrempelt für dich, meine Kleider, meine Wäsche, meinen Schmuck, ich trage *Baumwollunterhosen*! *Ich!* Sogar die *Schlange* ist weg. Und das ist der Dank!«

Sofort fühle ich mich schuldbewusst.

Marlon hat Recht. In Kapstadt hatte er das Fußkettchen abgenommen, schwer seufzend, und nicht nur das. Ich hatte sein Gepäck durchsucht: kein einziges Stück Reizwäsche, kein Spitzenhemdchen, keine versteckten Ohrringe, kein Lidschatten, kein Lippenstift. Nur das ominöse Buch: WIE GRÜNDE ICH MEINEN EIGENEN STAAT? Sonst war alles wie bei einem ganz normalen Mann.

Langer Rede kurzer Sinn: Ich überspringe ein paar unmögliche Tage und muss zu meiner Schande gestehn, Marlon brachte mich dazu, den Film in Malaysia abzusagen und eine Wohnung zu suchen in Paris.

Und er hatte Glück!

Obwohl ich nur sehr widerwillig suchte, nämlich überhaupt *nicht*, wurde im Haus gegenüber plötzlich eine Wohnung frei, riesengroß, im letzten Stock, und die ehemaligen Dienstbotenzimmer, in das Dach gebaut, gehörten mit dazu.

Die Concierge wohnt außerdem im Haus *daneben*. Das Tor ist unbewacht, wie Marlon sich das wünscht. Und die Wohnung ist möbliert. Besser geht es nicht.

Ich habe es schon erwähnt: Anfangs dachte ich, Marlon spielt nur den Millionär. Jetzt aber beweist er, dass er wirklich Geld besitzt, denn der Preis ist astronomisch hoch und er zahlt *bar*!

Außerdem verspricht man uns sofort die Schlüssel, wieder ein Wunder, denn in Paris dauert es drei Monate vom Vorvertrag bis zum Kaufvertrag. Da Marlon aber keinen Kredit braucht von der Bank und ein erster Interessent zurücktrat vom Kauf, ist der ganze Amtskram schon erledigt.

Marlon überweist das Geld, und Mitte Juni ist die Wohnung sein.

Am Dienstag nach Pfingsten halte ich tatsächlich die Schlüssel in der Hand.

Am Mittwoch kommt Marlon und kauft sofort ein Fax. Am Abend werden schon die ersten Sachen geliefert, darunter Kisten voll mit Büchern und Ordner mit Unterlagen aus seinem Büro in Bath.

Marlon schwebt im siebten Himmel!

Und nimmt es als gutes Omen dafür, dass ich JA sagen werde auf dem Standesamt.

Dabei ist die Stimmung zwischen uns gespannt. Es war zu schön ohne ihn in Paris, ohne seine Hektik, den Verfolgungswahn, die ewige Streiterei, den Jähzorn, es war wie Ferien! Außerdem – er hat mir was angetan. Was, erzähle ich später. Resultat: getrennte Betten. Er schläft heute in der neuen Wohnung. Ich hier zu Haus bei mir!

Vorher aber streiten wir die halbe Nacht, denn morgen feiern wir Verlobung. Marlon hat das arrangiert, einfach so! Er hat Lenny eingeladen und Joel, die kleine Mia und Lawry, seinen Cousin, der mich unbedingt kennen lernen will.

Wir sitzen in meiner Bambusküche, unter uns das Lichtermeer von Paris, und ich fasse es nicht.

»Du hättest mich zumindest vorher *fragen* können«, beschwere ich mich, »du machst Sachen, das ist *verrückt*!!«

»Was?? Ich?? *Verrückt??*«, tobt Marlon. »Was *willst* du eigentlich? Einen *Schoßhund*? Ich bin ein *Mann*. Klar mach ich Sachen. Aus nichts wird nichts. Du kriegst Geld. Du kriegst Brillanten. Dafür kannst du bitte einen Tag lang die glückliche Verlobte spielen?«

»Schrei nicht so. Du weckst die Nachbarn auf.«

»Ich schreie, wann ich will!«

Marlon fummelt herum in der Innenseite seiner Fischerjacke, zieht ein bauchiges weißes Kuvert heraus und wirft es mir hin.

»Da! Nimm.«

»Was ist das?«

»Dein Honorar. Für den Film, den du abgesagt hast wegen mir. Ich will nicht, dass du Verluste hast. Kannst du mir dafür morgen bitte zwei Mal zulächeln und laut sagen: Ich liebe dich?«

»Wenn du unbedingt willst.«

»Ich will!«

Ich denke kurz nach.

»Wozu … brauchst du Joel?«, frage ich dann voll Argwohn.

»Wir besprechen den Film. Unseren Hochzeitsfilm. Das Konzept ist fertig, ich will wissen, was er dazu sagt.«

»Das Konzept hast *du* gemacht?? *Du* bist der Regisseur?«

»Jawohl! Ich habe was gelernt von deinem Autofilm. Ich bin ein guter Schüler. Und mach dich morgen so schön wie möglich. Ich will, dass Lawry vor Neid *zerspringt*.«

Ich stehe auf und hole mir ein Glas Wasser.

»Was macht er beruflich, dein Cousin?«, frage ich dann so ruhig ich kann.

»Scheffelt Geld.«

»Hat er auch eine Goldgrube entdeckt wie du?«

»Hat er. Der Glückspilz! Er hat ein Jahrhundert-Talent! Das Geld fliegt ihm zu.«

»Was für ein Talent?«

»Erfährst du, wenn wir verheiratet sind.«

»Glaubst du, wir mögen uns? Er und ich?«

»Ich fürchte, ja«, sagte Marlon düster.

»Wieso *fürchtest* du das?«

»Der Mann ist unberechenbar. Dass du mir ja nicht flirtest mit dem, der ist imstand und spannt dich mir aus.«

»Wieso? Dem laufen doch alle Frauen weg!«

»Aber nicht *gleich*! Nach ein paar Monaten erst.«

»Was hat er denn für eine Marotte?«

»Unwichtig«, sagte Marlon irritiert, »Hauptsache, du sprichst nicht mit ihm. Außerdem, morgen werde ich Ohrringe tragen.«

»Zu unserer Verlobung?«

»Wahrscheinlich findest du mich morgen irgendwie … seltsam. Das hat seinen Grund. Benimm dich wie eine verliebte Braut, *du* spielst *deine* Rolle und ich *meine*. Stell dir einfach vor, du stehst mit mir auf der Bühne in einem Verlobungsstück …«

»Theater hab ich noch nie gespielt. Vielleicht bist du enttäuscht?«

»Du als Regisseurin? Das kriegst du hin.«

»Lass dich überraschen.«

»Nein«, sagt Marlon und steht auf, »ich will mich *verlassen* auf dich. Keine *Überraschungen*! O.K.? Ich weiß, ich hab dich noch immer nicht so weit, dass du meine Frau werden willst. Aber ich hab immer Glück. Und ich gebe nie auf. Willst du wirklich, dass ich drüben schlafe und nicht hier?«

»Ich will.«

»Dann geh ich jetzt. Ins Exil. Weil Madame es befehlen. Aber das bleibt unter uns, kein Wort morgen zu irgendwem. Soll ich dir sagen, was ich glaube?«

»Sprich.«

»Auf dem Standesamt in Bath wirst du eine Entdeckung machen.«

»Welche?«

»Dass du nicht mehr leben kannst ohne mich. Vergiss nicht, *I love you, I need you, I want you.* England braucht mich. Und dich! Man muss Opfer bringen für die Politik! Hast du dir das je überlegt? Nein? Dann denk dran. In deinem Opiumbett. *Good night, Mimi Tulipan, good night.*«

Kapitel X

Wir feiern Verlobung im besten Restaurant im *Bois de Boulogne*. Das ist ein riesiger Park, im Westen von Paris, mit Schlösschen und Seen, Booten, Enten, Föhren, prächtigen Alleen, einem berühmten Rosengarten namens *Bagatelle* und blühendem Handel mit käuflicher Liebe, sowie es dunkel wird. Von Letzterem aber ist jetzt noch nichts zu sehen. Die Sonne scheint, der Himmel ist tiefblau, es hat dreißig Grad, und wir treffen uns Punkt eins im »Goldenen Wasserfall«.

Das Restaurant ist berühmt für seinen Garten. In dem sitzen wir jetzt, unter edlen Sonnenschirmen aus weißem Leinen, rund um uns blühende Sträucher, Rosenbäumchen, dahinter mächtige Kastanien, Vogelgezwitscher, Blumenduft.

Das Lokal ist voll bis auf den letzten Platz. Bekannte Gesichter fast an jedem Tisch aus Fernseh-, Film-, Verlags- und Modewelt ... elegante Anzüge, schöne Kleider.

Wir aber fallen am meisten auf.

Wir tragen nämlich alle Weiß!

Das war so ausgemacht.

Ich, die strahlende Braut, sitze zur Rechten Marlons, in einem kurzen Kleid aus weißem *Piqué*, weiße Rosen im schwarzen Haar, das ich seit Kapstadt wachsen lasse, rote Tasche, rote Schuhe, roter Lippenstift, Rubine in den Ohren.

Am Ringfinger meiner linken Hand strotzt der riesige, falsche Brillant, frisch gefasst in Platin, und trifft ihn ein Sonnenstrahl, sprüht er Funken, dass es gefährlich blitzt.

Ich habe gestern brav gefastet und finde mich bildhübsch. Doch ich habe mich nicht für Marlon schön gemacht. Die Blumen im Haar sind für Joel.

Der Arme tut mir ehrlich Leid.

Ich rief ihn an, heute früh, da saß er schon im Zug von Brüssel nach Paris. Ich habe ihn gewarnt: Alles, was du siehst, ist nur Theater. Nimm's nicht ernst. Doch ich bin nicht sicher, ob er es auch wirklich glaubt.

Er fühlt sich sichtlich fehl am Platz!

Blinzelt in die Sonne, nimmt ständig seine Brille ab, putzt sie ewig lang und setzt sie seufzend wieder auf. Dann fixiert er mich durch die Gläser mit traurigen Augen, wenn er denkt, dass es keiner merkt.

Wie sich doch alles rächt im Leben.

Jahrelang habe ich gelitten wegen ihm, als er sich nicht bekannte zu mir. Jetzt vergeht kein Tag mehr ohne Kontakt. Seit wir zurück sind in Europa, hat er mir die größten Versprechungen gemacht. Stundenlang rief er an aus Malaysia, wo er drehte mit dem deutschen Regisseur, der meinen Film übernahm.

Orchideen hat er mir geschickt, aus Kuala Lumpur, und ein goldenes Armband, auf dem steht *FIREWALK*.

Er will nämlich für mich durchs Feuer gehn. Auf Hawaii!

Als Beweis, dass er mich wirklich liebt.

Wir sitzen an einem runden Tisch. Marlon zwischen der kleinen Mia und mir, ich zwischen ihm und Joel. Ingmar ist auch da. Und Lenny mit Peggy Shoo. Der Platz mir gegenüber ist frei. Der wartet auf Lawry, den Cousin, der nicht und nicht kommt.

Ich habe es noch nicht erwähnt: Peggy Shoo war Lennys Jugendliebe. Dann fand er sie wieder – via Internet, auf seiner akribischen Suche nach einer neuen Frau. Seither sekkiert er mich nicht mehr am Telefon mitten in der Nacht, wenn er weiß, Marlon ist verreist. Auch die kleine Mia lässt er in Ruh!

Dankbar sehe ich auf die dralle Blondine mit dem hoch aufgetürmten Lockenberg. Sie kam gestern erst nach Paris. Aus dem Libanon. Ob es diesmal was wird? Zwischen Lenny und ihr?

Marlon klopft an sein Glas.

Er ist ganz der strahlende Bräutigam. Weißer Anzug, graue Fischerjacke, darunter ein Hemd aus weißer Seide. Ein Ring, rundum Brillanten, ziert seine linke Hand, die auf dem Tischtuch liegt. Daneben Bleistift und Block, auf den er zwischendurch fleißig schreibt.

Er hat auch eine neue Frisur. So kurz, dass man die großen Ohren sieht. Mit den spitzen Läppchen. Und was steckt drin? Herzen aus Brillanten! Zirka vier Karat. Er legt ständig den Arm um mich, nennt mich LOVE OF MY LIFE! Und sagt jede Viertelstunde: *I love you!* Liebst du mich auch?

Jetzt aber hält er eine Rede. Es gab Champagner als Aperitif, alle sind bereits in fröhlichster Laune, außer Joel und mir, doch *mir* merkt man es nicht an.

»Die große Neuigkeit habt ihr schon erraten«, beginnt Marlon und greift nach meiner Hand, »wir sind verlobt! Was ihr noch nicht wisst: Wir heiraten im Juli. Am Samstag, den zweiundzwanzigsten. Im Rathaus. In Bath. Alle hier sind herzlich eingeladen. Und ich hoffe, ihr kommt. Wir heiraten nämlich aus echter Liebe. Keine Berechnung, keine Hintergedanken. Wir waren beide schon einmal unglücklich vermählt. Wir wissen, es ist ein wichtiger Schritt, aber diesmal haben sich die Richtigen gefunden.«

Er hebt sein Glas:

»*I love you, Mimi!* Auf die Liebe! Auf das Leben! Auf das Glück!«

Wir trinken, gefolgt von stürmischem Applaus.

Sogar Joel klatscht mit. Doch bei der Sache ist er nicht. Er wirkt so unglücklich, ich schlüpfe aus meinem rechten Schuh und streiche sanft über seinen Fuß. Er zuckt zusammen. Dann lächelt er mir verstohlen zu mit seinen goldenen Augen. Niemand hat es bemerkt.

In dem Moment raschelt es in der hohen Kastanie hinter mir. Eine prächtige schwarz-weiße Elster saust im Sturzflug herab, direkt auf unseren Tisch, und stiehlt ein Stück Butter. Aus der gläsernen Schale, die vor Marlon steht!

Im nächsten Moment ist sie wieder oben, auf dem Baum, Beute stolz im Schnabel, und ein Hagel kleiner, grüner, stacheliger Kastanien prasselt auf uns herab.

Alles bricht in Gelächter aus, auch die feinen Gäste an den Tischen neben uns. Diesmal lacht auch Joel aus vollem Hals. Nur Marlon verzieht das Gesicht.

Doch er fasst sich schnell.

»Mehr Champagner«, ruft er dem Kellner zu und wendet sich wieder zu uns.

»Jetzt kommt der Clou«, verkündet er laut, »wir heiraten in historischen Kostümen. Kostüme auch für die Gäste. Das passt zur fabelhaften Trinkhalle, dort ist der Empfang.«

Marlon ist nämlich ganz besessen von meiner Idee: Louis XV. und die Pompadour. Er will Ludwig den Fünfzehnten spielen in seiner ganzen Pracht.

Er will weiße Seidenstrümpfe, silberne Strumpfbänder, silberne Pumphosen, Stöckelschuhe mit weißen Schleifen, ein Oberkleid aus Gold, einen Überwurf aus blauem Samt, bestickt mit den goldenen Lilien der Bourbonen.

»Und einen mörderischen Fächer«, verkündet er zum Schluss, »so mörderisch, dass alles vor Neid zerspringt!«

»Die Herren trugen damals Fächer?«, fragt die kleine Mia überrascht.

»Trugen sie nicht«, sagt Marlon mit Schmollmund, »ich will aber trotzdem einen haben, weiße Straußenfedern, gemischt mit zauberhaftem Blau, ich will, dass Lawry spuckt vor Wut!« Er klingt jetzt richtig tuntig.

»Wer ist Lawry?«, fragt Joel. Es ist das Erste, was er sagt.

»Mein Exzentriker von Cousin, der jetzt hier sein sollte, aber nicht ist. Ich werde es ihm zeigen. Ich will, dass er wirkt wie der *Hofnarr*, verglichen mit mir!«

Strahlend lächelt er mich an und zupft affektiert eine kleine Kastanie aus meinem Haar. »Die Mimi versteht das«, säuselt er, »mit einem Fächer kann man flirten, dass allen die *Luft* wegbleibt.«

»Und das willst du?«, frage ich erstaunt. »Bei deiner Hochzeit?«

»Genau. Mit dir, mein Schatz! Wem sonst?«

»Gibt es ein Bild von Ludwig dem Fünfzehnten, wo er *flirtet*? Mia? Kennst du eins?«, frage ich amüsiert.

»Keins! Nie gesehn! Ich kenne welche mit Krone, Schwert, Zepter, Federhut …«

»Ich *zahle*«, ruft Marlon spitz, »wer *zahlt*, bestimmt. Blauweißer Fächer. O.K.? So groß als möglich. Und, Mia, schärfster Kontrast zwischen der paradiesischen Hochzeit und dem Leben zu Haus. Du machst uns doch die Kostüme? Können wir rechnen mit dir?«

»Gern. Wenn das Budget stimmt, ist das kein Problem. Ich muss nur wissen, wie viel Geld …«

»Geld spielt keine Rolle«, ruft Marlon voller Großmut, »du suchst das Beste aus, ich bin nur der, der zahlt.«

Mias schräge Augen leuchten auf.

Ich habe es noch nicht erwähnt, ihr Vater stammt aus Kambodscha. Mia ist halbe Asiatin, doch das sieht man erst auf den zweiten Blick.

»Joel!«, ruft Marlon. »Haben Sie das gehört? Das betrifft jetzt den Film. Ich will, dass er zu Hause beginnt und zu Haus endet. Happy End nach dem Motto: Trautes Heim, Glück allein. Die Kleidung zu Haus: herb-männlich-unsentimental. Die Zuschauer müssen fühlen, hier ist ein solider Ehemann, kein Candy-Darling, Sugar-Boy, nein, eine Säule der Gesellschaft, auf die man bauen kann.«

»Wo ist die Wohnung?«, fragt Joel.

»Hier in Paris. Aber das ist das Problem. Es darf nicht wirken wie Paris. Das Publikum soll denken, wir leben in England, in London.«

»Warum?«

»Weil ich das so will.«

»O.K. Wie viel Zimmer sind vorhanden?«

Marlon beginnt zu zählen: »Dreizehn? Oder mehr?«

Joel verfällt.

»Bei so viel Auswahl wird schon was Passendes dabei sein«, meint er dann und schweigt wieder vor sich hin.

Ich weiß, was er denkt. Mit so viel Geld kann er nicht konkurrieren. Das war schon das Problem in Kapstadt! Deshalb kämpfte er nicht um mich, hat er mir erklärt. Und jetzt verliert er wieder den Mut! Ich muss was tun!! Aber was? Ohne dass Marlon es merkt?

»Meine liebe Mia«, sagt Marlon gerade, »du wirst die richtige Garderobe für mich finden? Kann ich dir vertraun?«

Da stoße ich gekonnt die rote Tasche von meinem Stuhl. Joel und ich bücken uns gleichzeitig danach.

»Das ist alles nur *Theater*!!«, zische ich ihm ins Ohr. »Nimm das ja nicht *ernst*.«

»Schon gut«, flüstert Joel, reicht mir die Tasche, und wir richten uns wieder auf. Den Bruchteil einer Sekunde haben sich unsere Hände berührt.

»Was ist los?« Marlon sieht misstrauisch unter den Tisch. »Interessiert euch das nicht? Die Garderobe für den Hochzeitsfilm? Wir werden auch drehn in meiner Praxis in Bath, dafür brauche ich wieder *ganz* andere Kleider …« Er verstummt. Sein Mund klappt auf. Entsetzt starrt er über Lennys Schulter, und wer nähert sich? Ganz in Weiß? Fröhlich winkend, sichtlich vergnügt?

Die Diva! Seine Mama!

Alle Köpfe wenden sich ihr zu. Peggy und ich winken zurück. Marlon springt auf, hat sich blitzschnell gefasst, alles Weibische ist weg. »Hallo, *mother*«, ruft er streng, »was tust du in *Paris*?«

»Verlobung mitfeiern. Lawry schickt mich als Vertretung, er kann nicht kommen, dringende Sache. Er besucht euch nächste Woche, Montag oder Dienstag.«

Sie setzt sich auf den freien Platz zwischen Ingmar und Lenny, genau gegenüber von mir, und lächelt in die Runde:

»Hallo, allerseits. Ich bin die Mutter … ohhh, der Herr Produzent. Sehr erfreut. Und die Stylistin … und der Kameramann – da bin ich ganz … *ganz* richtig. Marlon: Hast du deinen reizenden Leuten von meinem Film erzählt, *Versunken im Meer*? Ich bin nämlich Schauspielerin, müssen Sie wissen, hast du das erwähnt?«

»Noch nicht«, sagte Marlon mit eisiger Miene. »Hat er dich hergeflogen? Lawry?«

»Ja. Eddi und mich. Wir wohnen in einem Hotel, das er vielleicht kauft. Sehr schöne Zimmer. Aber das Beste weißt du noch nicht. Rate!«

»Ich rate nie«, sagt Marlon patzig, »also, was gibt's?«

Die Diva lacht auf:

»Er hat mir das *Theater* geschenkt. In *Bath*!!« Sie winkt dem Kellner, bestellt einen doppelten Cognac, lässt ihre goldenen Armreifen klimpern und sieht siegessicher auf ihren Sohn. Sie trägt fließende, lange Hosen, ein Oberteil aus Spitze, einen glänzenden weißen Turban. Sie starrt vor Schmuck. Joel kann den Blick nicht abwenden von ihr.

»Die hätte ich gern vor der Kamera«, flüstert er mir zu.

»Vielleicht kriege ich sie für einen Film«, sage ich und plaziere meinen rechten Arm geschickt neben sein Gedeck, damit er sieht, ich trage sein Armband mit dem *FIREWALK*. Er bemerkt es sofort. Nimmt verlegen lächelnd die Brille ab und putzt sie mit Genuss.

»Flüstern ist unhöflich!« Marlon legt besitzergreifend den Arm um meine Schulter. »Worum geht's?«

»Wir hätten gern deine Mutter für einen Film.«

»Mit Freuden, *jederzeit*!«, sagt die Diva, die es gehört hat. »Aber weiht mich bitte ein: Wann ist die Hochzeit?«

»Im Juli. In Bath. Der Empfang ist im Pump-Room.«

»Ohhhh, elegant, *elegant*! Mein Sohn gibt Geld aus. Marlon, was ziehst du an? *Morning suit*?«

»Stöckelschuhe, silberne Pumphosen, blaues Cape mit goldenen Lilien bestickt.«

»Du … *waaaas*??« Der Diva bleibt der Mund offen stehn. »Bist du völlig, völlig … *ganz* übergeschnappt??« Sie starrt auf ihren Sohn, auf seine Ohrringe aus Brillanten und ein schrecklicher Verdacht keimt sichtbar in ihr auf.

»Wir heiraten im Kostüm«, beruhige ich sie, »Ludwig der Fünfzehnte ist Marlon, ich bin seine Mätresse, Madame Pompadour.«

»Oh«, seufzt sie erleichtert auf, »jetzt hat er mich erschreckt. Aber das klingt gut. Was trägt die Königin-Mutter?« Sie wendet sich an Mia: »Sie sind die Stylistin. Können Sie mir Vorschläge machen?«

»Gern. Ich bringe Ihnen Bilder, Madame, Sie wählen aus, und wir probieren, was am besten passt.«

»Nichts Auffallendes«, bestimmt Marlon.

»Da irrst du dich!« Die Diva zupft ihren weißen Turban zurecht. »Je extravaganter, desto besser passt es mir. Ein weißes Glitzerkleid, mit Brillanten übersät …«

»*Wenn* einer glitzert, dann der König«, verkündet Marlon, »das ist *mein* Film.«

»Film? Was für Film?«

»Die Hochzeit wird gefilmt, ich mache Regie, Joel die Kamera … oh! Da kommt das Essen. Höchste Zeit!«

Die Diva seufzt schmerzlich auf:

»Ich vermute, es gibt wieder nur Gemüse?«

»Genau!« Marlon legt fürsorglich eine große weiße Serviette auf meinen Schoß. »Ein festes Menü, Mutter, umbestellen kann man es nicht.«

»Essen Sie das auch?«, wendet sie sich Hilfe suchend an die kleine Mia.

»Sehr gern, Madame. Da bleibt man schlank.«

Ein sechsgängiges Menü wird serviert, rein vegan, das heißt, nichts vom Tier. Kathy hat das ausgeheckt, hat von Bath aus lang mit dem Koch konferiert, hat das Essen richtig inszeniert. Es ist ein Gaumen- und *Augenschmaus.* Die Farben sind frappant:

Lila Artischocken in rosa Vinaigrette. Grüne Avocados in schwarzer Miso-Sesamsauce. Blutrote Suppe aus Tomaten in zarten Schalen aus Glas. Basmati-Reis, safrangelb, mit grünen Erbsen, hellem Blumenkohl, dunklen Korinthen, orangen, karamelisierten Baby-Karotten, und am Schluss rosa Linsen, Fenchel, geschmort, mit frischem grünem Kerbel und eine Pastete aus Topinambour, mit Senfsamen, der wirkt wie schwarzer Kaviar.

»Wie hat's geschmeckt?«, fragt Marlon seine Mutter, die tapfer alles gekostet hat.

»Nicht schlecht. Nur … man hat nichts im Magen. Man denkt, dass man nichts gegessen hat.«

»Das ist die leichte Kost. Man kann essen, so viel man will, und ist nachher voll Energie. Keiner von uns wird müde sein, wenn wir aufstehn von dieser Tafel, und keiner braucht einen Verdauungsschlaf.«

»Davon nimmt man wirklich nicht zu?«, fragt Peggy Shoo.

»Kein Gramm. Man nimmt ab! Und wenn man krank ist, wird man gesund. Ich spreche als Arzt. Interessiert Sie das?«

»Sehr.«

»Dann kriegen Sie ein Kochbuch von mir.«

Der Küchenchef persönlich kommt an den Tisch.

»Waren Monsieur zufrieden?«, erkundigt er sich.

»Über alle Maßen«, nickt Marlon, »war vielleicht nicht leicht für Sie? Ohne Fleisch, ohne Fisch, ohne Eier, ohne Crème fraiche, nur Gemüse und Kräuter …«

»Eine Herausforderung«, sagt der Küchenchef, »aber ich habe was gelernt. Jetzt kommt noch ein Dessert. Eine Weltpremiere. Das hab ich erfunden. Extra für Ihre Gäste und für Sie!«

»Wie heißt das Dessert?«

»Symphonie in Grau.«

»Dann danken wir im Vorhinein für Ihre Mühe.«

Acht Garçons marschieren auf, stellen vor jeden einen goldenen Teller, darauf eine kleine Schale aus Glas mit silbernem Deckel.

»Jetzt bin ich wirklich neugierig«, sagt Lenny und ist wieder ganz der Hobby-Koch.

In dem Moment nehmen die acht Kellner die silbernen Deckel weg. Wir greifen nach unseren Löffeln.

Seltsamer Geschmack. Irgendwie nach Apotheke.

Joel stupst mich an und grinst:

»Schmeckt nach Medizin. Hustensaft. Oder?«

»Tolle Sache«, ruft Lenny aufgeregt, »noch *nie, niemals* habe ich so was gegessen.«

»Peinlich«, sagt Peggy Shoo, »den *Zucker* hat man vergessen. Dürfte nicht sein, in so einem teuren Restaurant.«

»Nicht vergessen«, sagt Lenny, »das ist Absicht. Gestern stand im Gourmet der Neuen Welt: Desserts ohne Zucker sind die Zukunft der Gastronomie.«

Wie? Ist Lenny verrückt? Ich starre auf das graue Eis und den blaugrünen Schaum, in dem es schwimmt. Ich esse schon so bescheiden, kein Tier aus Wasser, Luft oder Land, doch ich will einen süßen Nachtisch. Süß wie die *Sünde*. Sonst freut mich das Leben nicht mehr.

»Komischer Pudding«, Marlon stochert missmutig in dem grauen Eis herum, »das Essen war exzellent. Aber das hier deprimiert mich.«

»Was ist das?«, fragt die Diva.

»Thymian-Sorbet in Pfefferminzschaum.«

»Schmeckt dir das, Peggy?«, fragt Lenny erwartungsvoll.

»Deine Erdbeeren in Milch sind *viel* besser.«

»Die sind aber nicht *Haute Cuisine*. Vergiss nicht, du bist jetzt in Paris. Soll ich in die Küche gehn? Und bitten um das Rezept?«

»Auf keinen Fall«, ruft Peggy entsetzt und schiebt den goldenen Teller weg.

»Der Chef hat sich lustig gemacht über uns«, behauptet Marlon. »He, *Garçon*! *Mousse au Chocolat* für alle.«

»Sofort, Monsieur. Hat das Sorbet nicht geschmeckt?«

»Nein. Sagen Sie Ihrem Boss, wir danken von Herzen, doch wir sind nicht *krank*. Wir essen keine Tiere aus *moralischen* Gründen. Dieser Pudding gehört in ein *Spital*.«

»Sehr wohl, Monsieur.«

»Marlon, das war nicht höflich«, sage ich, »man ist nicht so direkt in Paris. Das hättest du netter formulieren können.«

»Paris hat mich enttäuscht«, beschwert sich Marlon, »nicht einmal in *England* kriegt man so ein lebloses Dessert.«

Dann isst er zwei Portionen *Mousse au Chocolat*, genau wie Lenny und Peggy und Joel.

»In dem Mousse ist vielleicht Sahne oder Ei«, warne ich, »das magst du nicht.«

»Heute schon! Ich will was Süßes. Mhmmmmmm. Ist das guuuuuut!«

»Sie sagen es!« Peggy Shoo strahlt in die Runde, streckt dann genießerisch ihre vollen Arme aus, entfernt ein paar Haarnadeln, schüttelt den Kopf, und eine Kaskade prachtvoller blonder Locken fällt auf ihr weißes Kostüm, umhüllt ihre Schultern, es ist spektakulär.

Lenny bleibt die Sprache weg. Er sitzt starr vor Bewunderung, dann nimmt er ihre Hand und sie tauschen einen langen, stummen Blick. Ich finde das fabelhaft! Ja, die neue Zeit ist da:

Das Alter ist heutzutage nicht mehr relevant. Ich weiß nämlich, dass Peggy über sechzig ist. Hoffentlich bleibt sie in Europa. Dann drehe ich eine Folge mit ihr für den FRÖHLICHEN WECHSEL. Sie ist der lebende Beweis dafür, dass sechzig heute ist, was früher vierzig war! Sie ist so lebendig, optimistisch, appetitlich, frisch! Und Lenny soooooo verliebt!

In fünf Jahren bin ich auch so weit. Und welcher Schatz wird dann an *meiner* Seite sein?

Doktor Macdonald sicher nicht. Vielleicht Joel. Mit etwas Glück. Plötzlich aber sehe ich Bébé vor mir. So deutlich, dass es mich erschreckt! Seine großen, verträumten Augen, seinen kindlichen Mund, sein trauriges Gesicht, als wir uns trennten. Es gibt mir einen Stich ins Herz.

Er hat mich nicht verlassen. Ich habe ihn weggeschickt, weil seine Mutter gegen die Verbindung war.

»Mimi«, sagte Monique damals, »ich bitte dich, lass mein Kind in Ruh!«

Das tat ich auch. Seit letzten September. Ich habe mich nicht mehr gerührt. Er schon. Doch das erzähle ich ein andermal.

Marlon bestellt Kaffee, grüne Chartreuse als Digestif, dann nimmt er meine Hand und sieht verliebt auf den funkelnden Brillanten:

»Noch zwei Fragen, bevor wir gehn. Mia, willst du Trauzeugin sein? Für meine Mimi? *The love of my life?*«

»Gern«, ruft die kleine Mia geschmeichelt.

»Meiner ist Ian.«

»Wer ist das?«, fragt Lenny.

»Mein Leibwächter. Zweite Frage: Lenny, ich brauche einen Produzenten für einen außergewöhnlichen Film.«

»Mit einer großen Rolle für mich?«, ruft die Diva erwartungsvoll.

»Kein Spielfilm.«

»Sondern?«

»Dreißig Minuten Doku über eine grandiose Sache. Zu drehen in der Südsee.«

»Südsee?«, fragt Joel mit einem schnellen Blick auf mich. »Wann?«

»Anfang Juli«, antwortet Marlon stolz, »ich führe die Regie.«

»*Wer* führt Regie?«, will Lenny wissen. »Nicht die Mimi?«

»*Ich!!* Hab ich gesagt.«

»O.K.«, Lenny zuckt die Achseln. »Worum geht's?«

»*Streng geheim! Niemand* darf auch nur ein Wort erfahren. Kann ich mich verlassen? Auf euch?« Er blickt lange in die Runde. »Also. Das Thema ist fantastisch. Ein Film über hochsensible Menschen, für ein hochbegabtes Publikum, für Leute, die mehr wollen im Leben als nur schlafen, arbeiten, essen, die etwas lernen wollen, etwas *Außergewöhnliches* ...«

»Was?«, fragt Peggy interessiert.

»Sie wollen lernen, wie man Wunder wirkt.«

»Was für Wunder?«, fragt die kleine Mia atemlos.

»Wie man Naturgesetze bezwingt«, sagt Marlon feierlich, »sie lernen, was sonst nur die Götter können.«

Keiner sagt was. Wir starren gebannt auf Marlon und warten, dass er weiterspricht. Doch er lässt sich Zeit.

Endlich neigt sich Lenny vor und fragt:

»Wo genau wird gedreht?«

»Auf Hawaii.«

»Hat aber nichts mit einem Gang durchs Feuer zu tun. Oder?«

»Doch!« Marlon durchbohrt ihn mit seinen scharfen, grünen Augen. »Hat es.«

»Dragon Seminars? Vielleicht?«

Marlon lässt sich zurückfallen auf seinen Stuhl: »Kannst du hellsehen? Wie kommst du darauf?«

»Ich kann mir schon denken, woher er das weiß«, sagt die Diva, »und ich rate dir, lass die Finger von dem Film.«

»Mutter, halt dich bitte da heraus. Lenny, interessiert dich das?«

»Doch. Aber zusagen kann ich nicht.«

»Warum nicht?«

»Ich bin schon gebucht.«

»Was?? Von wem!«

Lenny schweigt.

»Vielleicht von dem allgewaltigen, göttlichen heiligen Drachentöter in Person??«

»Genau. Wir fliegen Anfang Juli nach Hawaii, Joel, Mimi und ich, Budget ist akzeptiert, Honorare fix ausgehandelt ...«

Marlon wendet sich empört zu mir: »Und du hast nichts gesagt?«

Ich schweige. Eine wilde Vermutung beschäftigt mich. Ich habe mir den Namen gemerkt von dem Drachentöter. Er heißt Lawrence Gold. Lawry ist die Kurzform von Lawrence, oder nicht? Und Gold war der Mädchenname von Marlons Mutter. Und falls sie einen Bruder hat – ist D.T. Tarlons Cousin!

Superb!

Und dieser weltberühmte Guru, der Tausende durchs Feuer schickt, unbeschadet, wäre heute mit mir an diesem Tisch gesessen. Um ein Haar!

»Ist D.T. mit dir verwandt?«, frage ich laut.

»Die zwei sind Vettern«, sagt die Diva stolz. »Lawry ist der genial begabte Sohn meines Bruders Tim.«

»Und stur wie ein Kamel«, ruft Marlon böse, »er weiß, ich befasse mich jetzt auch mit Film, er weiß von Kapstadt, er weiß, ich war mit in Hamburg, in Frankfurt, er weiß, ich *verstehe* jetzt was davon, aber nein, er muss alles bestimmen. Immer er. Immer *er*!!« Er greift nach dem Stift und kritzelt wütend auf den Block.

»Hör sofort auf!!!«, schreit die Diva. »Das geht mir auf die Nerven! Diese ewige Kritzelei! *Krankhaft* ist das schon!«

»Das verstehst du nicht«, schreit Marlon zurück, »das gehört zu meinem *Beruf*!«

Ingmar hebt die Hand.

»Ich war bei ihm«, ruft er schnell, »ich hab mich getraut! Ich bin über die glühenden Kohlen ... *tausend* Grad, nein, *mehr*! ... drübermarschiert!«

»Und?«, fragt Marlon unwirsch und verstaut Block und Stift in seiner Fischerjacke.

»Nichts passiert! Heil und ganz drüben an ... angekommen.«

Man hört, dass er nicht mehr nüchtern ist.

»Genau wie bei mir«, sagt Lenny, »nicht der kleinste Brandfleck. Nichts!«

»Du hast das *gemacht*?«, ruft Peggy erstaunt. »Ehrlich, du bist ein *Held*!«

»Wie erklärt man sich, dass nichts verbrennt?«, frage ich.

»Gar nicht«, sagt Marlon, »es ist ein Wunder!«

»Bist du auch durchs Feuer gelaufen?«

»Bin doch nicht verrückt!« Marlon tippt sich auf die Stirn.

»Er ist zu feig«, teilt uns die Diva mit, »dabei hat man nachher sehr viel Glück.«

»Glück hab ich sowieso. Wieso gehst *du* nicht? Mutter? Vielleicht wird VERSUNKEN IM MEER der größte Hit des Jahrhunderts? In deinem Theaterkino in Bath?«

»Ich geh auf jeden Fall«, sagt Joel.

»Warum?«, fragt Lenny.

»Aus Liebe.«

»Sie brauchen Glück? Für die Liebe?«, fragte die Diva interessiert und sieht ihn zum ersten Mal aufmerksam an.

»Nicht für die Liebe. Glück brauch ich für die Scheidung.«

»Scheidung?«, wiederholt Marlon misstrauisch. »Sie leben in Scheidung? Seit wann?«

»Seit … ach was! Ich will nicht darüber reden.«

Marlon schweigt, trommelt auf das Tischtuch, verlangt dann die Rechnung, zahlt bar und steht auf:

»Nächster Programmpunkt: Besichtigung der königlichen Residenz.«

Fürsorglich hilft er mir hoch und küsst mich theatralisch auf die Stirn.

»Ich muss zurück nach Brüssel«, sagt Joel.

»Jetzt nicht«, befiehlt Marlon, »ich zeige euch die neue Wohnung, und wir suchen die Zimmer aus, die englisch wirken. Für den Film. O.K.?« Sein Blick heftet sich auf Ingmar, der leicht schwankend neben der kleinen Mia steht, die Augen halb geschlossen. Glasig grinst er vor sich hin.

»Ingmar«, sagt Marlon, »sollen wir dich nach Hause bringen?«

»Wieso?« Ingmar rafft sich auf. »Ich bin völlig O.K.«

Er greift nach Mias winziger Hand und folgt ihr nach mit steifem Schritt dem Ausgang zu.

Draußen wartet eine Limousine auf uns, lang wie ein Bus, mit getönten Scheiben, silbergrau. Wir steigen ein.

»Alle da?«, fragt Marlon und setzt mich auf seinen Schoß. »Jetzt kommt der Clou. Davon träumt ihr heute Nacht. Ich wette um mein Vermögen, so eine Wohnung habt ihr noch *nie im Leben gesehn*!«

»Mein Sohn übertreibt wie immer«, sagt die Diva laut, »es wird schon nichts Besonderes sein.«

Doch da irrt sie sich.

Kapitel XI

Die Wohnung, die ich für Marlon fand, hat eine Geschichte. Neun Monate lang war sie Gesprächsthema Nummer eins in der ganzen Nachbarschaft:

Ein arabischer Prinz hatte sie gekauft und ließ sie umbauen nach seinem Geschmack.

Endlich war sie fertig! Stolz bestieg der Prinz den Lift, und – Gott weiß warum – zwischen dem vierten und dem fünften Stock blieb er stecken. Das Licht ging aus. Kein Strom!

Der Arme schrie sich heiser. Nach einer Stunde erst wurde er befreit, wutschnaubend, rot im Gesicht, und das war's! Die Wohnung kam auf den Markt, er wollte nichts mehr von ihr wissen, kein Stück der Einrichtung mehr sehen – und das war Marlons Glück.

Er braucht nämlich nichts zu kaufen. Alles gibt's im Überfluss:

Gläser, Silber, Bettwäsche, Porzellan, Badetücher, Handtücher, Kochgeschirr. Die Hausbar ist bis zum Rand gefüllt mit teuren Spirituosen – für Gäste, klar, denn brave Muslime trinken nicht.

Die beiden Küchen sind voll mit allem, was das Herz begehrt: Reis, Teigwaren, Tee, Kaffee, Gewürze, Konserven, Dosen voll Kaviar, die Marlon gleich entsorgte, denn ihr Anblick empörte ihn, jedenfalls, so leer meine eigene Wohnung ist, diese hier birst vor Überfluss.

Ich habe viel gesehn in meinem geliebten Paris, auf Motivsuche für meine Filme: Stadtpalais, Künstlerateliers, vornehme Appartements, Lofts mit riesigen Dachterrassen, Duplexe, Triplexe, die über zwei, ja sogar drei Stockwerke gehn, nichts, dachte ich, könnte mich in Paris noch überraschen.

Diese Wohnung aber überraschte mich doch.

Und nicht nur mich:

Der Diva bleibt der Mund offen stehn, als Marlon die hohe geschnitzte Eichentür aufschließt zu seiner neuen Residenz.

»Schöööön«, ruft die kleine Mia und bewundert die hohen Spiegel im Entrée, die Blüten- und Blätterranken, die dazwischen gemalt sind bis hinauf über die ganze Decke. Kein Zenti-meter nackte Wand!

Der Teppich zu unseren Füßen ist üppig grün. Ein Teppich zum Barfußgehn. Und wie auf Kommando ziehen wir alle die Schuhe aus! Auf Zehenspitzen folgen wir Marlon in einen brei-ten, hell erleuchteten Korridor. Hier ist kein einziger Spiegel, da-für sind wir jetzt in einem anderen Land. In Italien, genauer ge-sagt, in Venedig:

Der Teppich ist jetzt wasserblau, mit Schaumkronen und klei-nen Wellen. Wir stehen mitten im *Canal Grande,* rechts und links, exaktest gemalt, die berühmten Paläste, davor Gondeln, mit Blumen geschmückt, lebensgroß!

»Jetzt wird es Nacht!« Marlon dreht an einem Knopf, und plötzlich ist es schummrig dunkel, die Fenster der Palazzi begin-nen zu leuchten und über uns, von der dunkelblauen Decke, strahlen Hunderte kleine Sterne auf uns herab.

»Kann man das filmen?« Marlon wendet sich an Joel.

»Man kann. Aber wie London wirkt es nicht.«

»Logisch! Wir filmen aber trotzdem und behalten es für uns, privat. Aus der offiziellen Version schneiden wir's heraus.«

Marlon führt uns weiter:

In den blauen Salon, der über zwei Etagen geht. In das rote Speisezimmer mit verspiegeltem Plafond. In den weißen Salon, in den Videoraum als Bibliothek getarnt, ohne ein einziges Buch, dafür aber bunte Büchertapeten überall, in die Winterküche, in die Sommerküche, in etliche Schlafzimmer, Badezimmer, An-kleidezimmer und überall üppige Sofas und Fauteuils, mit schwellenden Kissen in Samt und Brokat, in die man versinkt, um nie mehr aufzustehen.

Alle Fenster zum Hof sind aus Bleiglas, bunt und lebensfroh. Die andern, zur Straße, sind verhüllt mit schweren, gerüschten Stores. Kein Sonnenstrahl dringt hier herein, es ist eine Welt für sich.

Aber nicht mehr lang.

Angelita war schon da und hat begonnen, die weißen Stores abzunehmen. Marlon will was sehen von Paris. Und die Sonne genießen, die in England so selten scheint.

»Die Stores kommen *alle* weg«, sagt er zu Joel, »dann ist mehr Licht zum Drehn.«

Joel seufzt. »Das Licht ist nicht das Problem.«

»Sondern?«

»Das hier ist reiner Orient. Gold, Glitzer, Neureich … Englische Möbel müsste man hereinstellen, ein paar Antiquitäten …«

»*Das* musst du filmen«, unterbricht Ingmar, »schau dir das an!«

Er zeigt auf den Türgriff eines Schlafzimmers, und was stellt er dar? Einen Frauenkörper, vergoldet, nackt, üppige Hüften und Brüste, und die Spitzen der Brüste sowie das Dreieck unten sind aus rotem Email.

Ingmar streicht mit der Hand darüber. Die Tür geht auf in ein weißes Schlafgemach, mit vergoldeten Säulen, verspiegelten Nischen, weißem Teppich. Am Plafond blauer Nachthimmel mit Halbmond und Sternen, in der Mitte ein riesiges rundes Bett, mit Silberbrokat bedeckt.

»Das ist privat!« Marlon macht die Tür wieder zu. »Da schlafe *ich*. Und daneben, da … da zieht die Mimi ein.«

»Was … *da* hinein?«

Ingmar starrt sprachlos in das rosa Boudoir, das sich auftut vor seinem ungläubigen Blick.

»Wild«, sagt die kleine Mia.

Das Bett nämlich ist ein riesiges, rosa Herz und darüber, an der Decke, ein ebenso riesiger, herzförmiger Spiegel!

»Da wohnt die Lieblingsfrau«, kichert Lenny und legt sein dickes Händchen auf Peggys runden Po, »Baby, das wird immer *besser*!«

»Wie viel Quadratmeter sind das?«, fragt Joel und dreht dem Bett den Rücken.

»Keine Ahnung … Kommt, wir gehn in die Bar.«

Wieder wildes Staunen!

Die Bar nämlich wirkt wie eine Grottenbahn: Farbiges Bleiglas an allen Wänden. Von der Decke hängen Eiszapfen aus Kristall, die sogar leuchten: gelb, rot, orange. Die Theke ist verspiegelt, davor hohe Hocker, tapeziert in rotem Samt. Und verstreut auf dem dicken, roten Teppich gemütliche Polstersessel, niedrige Tischchen und Canapés.

»He!!« Ingmar zieht die widerstrebende kleine Mia an sich. »Hier bleiben wir! Gibt's einen Schnaps?«

»Gibt's«, sagt Marlon, »aber hast du nicht schon genug?«

»Nein! Ich will anstoßen auf euer junges Glück.«

»Dann bediene dich.«

Marlon drückt auf einen Knopf. Und schon sieht man nicht mehr das bunte Glas, sondern das, was dahinter ist. Nämlich zwei Wände voller Spirituosen, Flasche an teurer Flasche, vom Boden bis hinauf zum Plafond.

»Du tippst ein, was du willst, also sagen wir: Schnaps!« Marlon gibt die sieben Buchstaben ein.

Und plötzlich setzen sich die vielen Flaschen in Bewegung, gleiten nach rechts, nach links, nach unten, nach vor und halten erst an, als das Gewünschte vor uns steht.

Dann summt es kurz in der Theke, eine Spiegeltür tut sich auf, und das passende Glas gleitet heraus.

»Allerhand!«, ruft die Diva. »Einen Brandy für mich.«

»Mehehehehehehe«, meckert Lenny, »Peggy, was wünschst du dir?«

»Kirschlikör.«

Alle stehen fasziniert um Marlon herum, nur Joel nicht. Und ich. Ich sitze am anderen Ende der Bar auf einem roten Hocker, und Joel steht so nahe bei mir, ich rieche den Duft seiner Haut. Ich hätte mich fast an ihn geschmiegt, er ist mir so vertraut.

»Das ist nicht mehr zu ertragen«, flüstert er. »Ich ergreife die Flucht.«

»Joel!!«, ruft Marlon, der alle überragt. »Was willst du?«

»Danke, nichts. Ich muss zurück nach Brüssel.«

»Dann gute Reise.«

Plötzlich herrscht Aufbruchstimmung. Alle wollen weg.

»Wir zwei müssen dringend ins Büro«, Lenny sieht auf seine Uhr, »was, Peggy? Höchste Zeit.«

Peggy kichert und nickt.

»Wir gehn auch«, verkündet die kleine Mia mit metallischer Schärfe.

»Und mein Schnaps?«, ruft Ingmar in Panik.

»Ich schenk dir die Flasche«, sagt Marlon, »es sind noch zwei andere da.«

»Die Flasche bleibt *hier*«, ruft die kleine Mia sofort, »er hat genug. Aber danke für das Angebot und danke für den exquisiten Lunch, vielleicht werde ich jetzt auch so gesund essen wie ihr.«

»Ah, Mia«, Marlon neigt sich zu ihr hinab und küsst sie auf beide Wangen, »bin *ich* froh, dass die Mimi dich zur Freundin hat.«

Die Diva trinkt ihr Glas leer und gähnt. »Ich verabschiede mich ebenfalls. Ich halte einen Schönheitsschlaf. Im Blauen Salon.«

Marlon geleitet unsere Gäste hinaus. Ich bin allein. Ich habe es noch nicht erwähnt – *ein* Zimmer gibt es, das mir hier gefällt: Marlons Büro.

Es ist ganz aus hellem Holz, elegant getäfelt, mit Kassettendecke, Teppichen aus blauer Seide, großem ovalem Konferenztisch. Dorthin gehe ich jetzt.

Es ist noch leicht chaotisch. Schachteln und Bücherkisten stehen überall herum und sind noch nicht ausgepackt.

Dafür war der Elektriker schon da, hat das Fax angeschlossen. Stolz thront es auf dem ovalen Tisch und würgt vor sich hin, ein Blatt nach dem andern – die lange Liste unserer Hochzeitsgäste kommt durch, gesendet von Kathy aus Bath.

Ich öffne die drei bodenlangen Fenster.

Ahhhh, frische Luft! Doch es ist schwül geworden und der Himmel hat sich verzogen. Schwarze Wolken stehen über dem *Champ de Mars*. Heute kommt noch ein Gewitter.

Das erste im Drachenjahr.

Die Tür geht auf. Marlon tritt herein. Weg ist das freundliche Gesicht, das er unseren Gästen zeigte. Er tippt hektisch in seinen kleinen Computer, zieht das weiße Sakko aus, hängt es wortlos über einen Stuhl. Auch die schwere Fischerjacke legt er ab, dann geht er zum Fax.

»Die Mutter schläft?«, frage ich, um irgendwas zu sagen.

»Ja.« Er nimmt ein Blatt zur Hand, sieht die Namen durch und zeigt mir den Rücken. Plötzlich aber dreht er sich um:

»Wie kommt Lenny zu meinem Verräter von Cousin?«

»Er hat ein Seminar besucht, war begeistert und hat ihm einen Film vorgeschlagen.

»So?«, sagt Marlon zweifelnd. »Wann war das?«

»Schon vor längerer Zeit. Sie verhandeln seit Monaten.«

»Du wirst *absagen*!«

»Warum?«

»Ich ersetz dir den Verlust … ich bin *empört* bis ins *Mark,* dass du mich nicht eingeweiht hast.«

»Schweigepflicht! Und ich hatte keine Ahnung von eurer Verwandtschaft, dass dein Cousin der Auftraggeber ist.«

»Hawaii kannst du vergessen, hörst du? Und was den Hochzeitsfilm betrifft: der Bär mit der Kamera! Den nehme ich *nicht*!«

»Warum?«

»Der sieht dich zu gern.«

»*Wie* bitte???«

Marlon starrt mich böse an: »Hast du was mit dem?«

Ich sinke auf die nächste Bücherkiste. Überlege den Bruchteil einer Sekunde. Früher hätte ich geleugnet. Jetzt, in den stolzen Jahren nach dem Wechsel, ist mir das zu dumm.

»Ich habe was mit ihm gehabt«, sage ich ganz ruhig.

»Wann?«

»Vor Weihnachten.«

Marlon durchbohrt mich mit einem scharfen grünen Blick:

»Er ist noch wild auf dich. Und du auf ihn. Hältst du mich für blind? Der ist ständig um dich herum – wie ein Bär um den Honigtopf. Das Getuschel unter dem Tisch …«

»Völlig harmlos.«

»So? Ist das harmlos? Aus *Liebe* geht er durchs *Feuer*! Aus Liebe zu *wem*?«

»Keine Ahnung!«

»Zu *dir*!! Und das sagt er noch, wo *ich daneben sitze*! Das ist eine Kriegserklärung an mich! Haltet ihr mich für blöd?!«

»Schrei nicht so!«

»Bei unserer Verlobung!«

»*Scheinverlobung!*«

»Was???«

»Wir haben *Theater* gespielt. *Dein* Vorschlag. Oder nicht?«

Marlons Gesicht färbt sich langsam rot. »Für mich ist das *ernst*! Mit wie viel Männern hast du geschlafen? Seit wir uns kennen?«

»Nur mit dir!«

»Du *lügst*!«, schreit Marlon, und ich sehe, dass das Blatt in seiner Hand zu zittern beginnt. »Ich bin nicht umsonst Psychiater! Ein Blick, und ich hab gewusst, du bist genau wie ich! *Ein* falsches Wort, HOPP-HOPP! Schon liegst du mit dem *Nächsten* im Bett!«

»Wirklich nicht.«

»Er lässt sich auch noch *scheiden*!«

»Aber nicht wegen mir.«

»Natürlich wegen dir! Wenn ich nicht gekommen wäre nach Kapstadt … mit dem arbeitest du *nie* wieder! *Nie* wieder buchst du den!«

»Er ist der Beste. Macht hervorragendes Licht.«

»Andere Männer sind auch gut«, kreischt Marlon, rot im Gesicht, »wahrscheinlich ist er hervorragend im *Bett*!! Besser wie *ich*!!«

»Im Bett ist er zu empfehlen«, sage ich schlicht.

»Im Unterschied zu mir, wie?«, tobt Marlon. »Er ist besser im Bett und sicher auch besser bestückt …«

»Doppelt so groß!«

Marlon schnappt nach Luft. »Das sagst du mir ins *Gesicht*? Das ist das *Ende*!!« Er greift sich ans Herz.

»*Hör auf!* Du mit deinem *Harem*. Die Kathy arbeitet für dich *und* die Dolly, nie hab ich ein Wort gesagt! Ich will auch nicht wissen, mit wem du herumgekugelt bist im Bett auf Bali und Fidji und in Sidney …«

»Ich???«, brüllt Marlon wie ein wilder Stier. »Ich bin absolut *treu*!! Und ich höre *nicht* auf. Ich buhle nicht um deine Gunst mit einem *Kameraträger*. Er oder ich. Ist das klar?«

Er zerrt an seiner weißen Smokingmasche, stranguliert sich fast dabei, kriegt sie endlich los und wirft sie auf den blauen Teppich aus Seide.

Aber was ist das??

Plötzlich wird es stockdunkel. Starker Wind kommt auf, wird zum Sturm, schüttelt die Kronen der Kastanien unter uns in der Avenue Emile Deschanel! Ich laufe zu den Fenstern, schließe sie schnell, kaum sind sie zu, donnert es schon.

»Was ist das für ein Krach?«, schreit Marlon.

»Ein Gewitter kommt.«

»Neiiiiiin! Ich *hasse* Gewitter! Mach die Vorhänge vor!«

Doch ich komme nicht dazu. Seinen Worten folgt ein Blitz, so nahe, dass es uns reißt, dann böllernder Donner, laut wie eine Explosion.

Marlon hält sich die Ohren zu. »Die Vorhänge! Die Vorhänge«, kreischt er, doch es ist zu spät.

Ein furchtbarer Knall direkt über uns.

Der Blitz hat eingeschlagen!

Das Fax steht still. Die Liste unserer Hochzeitsgäste steckt, das Blatt bewegt sich nicht mehr.

Marlon lässt die Hände sinken. »Was war das??« Er blickt wild um sich.

»Der Blitz hat eingeschlagen!«

Marlon rüttelt an der Maschine. »Das Fax ist kaputt!«, brüllt er mich an. »Wie stellst du dir das vor, Mimi Tulipan? *Du* suchst diese Wohnung aus, und jetzt schlägt der *Blitz* ein?«

»Ich kann nichts dafür!«

»Doch!« Marlon schlägt mit der Faust auf den Tisch. »Das ist deine Schuld!«

Wieder ein Blitz und Donner, so laut, dass die Fenster klirren.

»Ich *hasse* Paris«, schreit Marlon, rot vor Wut, »im Pudding ist kein Zucker, der *Blitz* schlägt ein, und ich muss mich herumschlagen mit einem *Kameramann*. Noch *nie* bin ich so tief gesunken! Ich bin *Psychiater*! Ich gehöre in meine *Praxis*. Ich will nach *England*! Nach *Haus*!«

Er reißt sich das Seidenhemd vom Leib, schleudert es von sich. Dann hält er sich wieder die Ohren zu. Der Sturm pfeift immer noch! Aber plötzlich … Totenstille!

Dann folgt ein Wolkenbruch, wie ich ihn noch nie erlebt hab hier in Paris.

Tosende Wasserfluten schlagen gegen die Fenster, es prasselt und kracht. Man sieht nichts mehr. Das Haus gegenüber, in dem meine Wohnung liegt, ist verdeckt von einer Wasserwand.

Marlon starrt zitternd hinaus in den Weltuntergang, fühlt seinen Puls, verdreht die Augen, dass man das Weiße sieht, und bricht schreiend vor mir nieder.

»Das ist zu viel!! *Milli-ooonen* gibt man aus für eine Wohnung, und dann *das*!!!«

»Wegen mir hättest du sie nicht kaufen brauchen.«

»*Wieso??* Du willst nicht in England sein! Hast du mir geschrieben in deinem Abschiedsbrief. Oooooohhhhh … jetzt … jetzt … das ist ein *Herzinfarkt*!!«

»Steh! Auf!«

»Bist du verrückt?«, brüllt Marlon voll Zorn. »Ich hab keinen *Puls*! Keinen *Herzschlag*! Ich bin *tot*! Siehst du das nicht?«

»Baby, du lebst!«

Doch er hört mich nicht! Er zuckt und tobt und schreit, und ich stehe da und denke:

Das ist der *echte* Doktor Macdonald! Nicht der Millionär, der Arzt, der Psychiater, das ist nur der Verputz! Die Wahrheit ist das kreischende Bündel Elend hier vor mir.

Die kleine Mia fällt mir ein. Was sagte sie über Ehemann Nummer drei? Außen sieht er aus wie ein starker Kerl. Aber innen drin steckt ein zehnjähriges Kind.

Marlon aber ist innen gar nicht vorhanden! Nur ein rohes Bündel Nerven. Da tut er mir wieder Leid. Ich knie mich zu ihm, streiche über seinen nackten Arm.

Er stößt mich weg, dreht sich auf den Bauch, schlägt mit den Füßen nach hinten aus, trommelt vorn mit den Fäusten aufs Parkett.

»Du willst mich *ermorden*! Dann heiratest du deinen Kameramann!«

Ich stehe wieder auf. Was zum Teufel soll ich tun? Nux vomica hätte er gebraucht, doch das nimmt er nicht mehr.

Da öffnet sich die Tür.

Die Diva späht herein, lässt den Blick wortlos auf ihren Sohn sinken, der sich zu meinen Füßen krümmt wie ein Wurm, zieht die Brauen hoch und sagt seelenruhig:

»Daran musst du dich gewöhnen. Ich geh jetzt. Zu Eddi ins Hotel. Mir ist es hier zu laut.«

Die Tür fällt zu.

Und ich habe einen Genieblitz:

Schnell klatsche ich in die Hände. Marlon horcht auf.

»Rote Lackschuhe«, sage ich verheißungsvoll, »in deiner Größe. Im Marais. Zwölf Zentimeter hohe Stöckel.«

»Was?« Er hebt den Kopf.

»Kirschroter Lack und mörderische Stilettos. Gold!«

»In meiner Größe? Hast du gesehn?«

Ich nicke stumm.

»Darf ich sie tragen? Zu Haus?«

»Tag und Nacht. Auch im Bett.«

Marlon springt hoch, bürstet mit den Händen seine weiße Hose ab, zieht das weiße Seidenhemd an, legt die schwere Fischerjacke um.

»Wir fahren sofort hin«, sagt er mit ganz normaler Stimme, »sind sie in der Auslage?«

»Ganz vorn. Nicht zu übersehen.«

»Dann sind sie vielleicht schon weg?« Neue Hysterie im Tonfall.

»In deiner Größe? Sicher nicht.«

»Wir fahren mit der Metro. Das ist billiger. Ich hab heute schon genug Geld ausgegeben.«

»Wir fahren mit dem Taxi. Das geht schneller.«

Es hat plötzlich zu regnen aufgehört. Das Gewitter ist vorbei. Wir ziehen unsere Schuhe an, im Entrée, Marlon nimmt meine Hand, schließt die Tür ab, geht mit mir zum Lift. Alles ist so, als wäre nichts geschehn.

Doch es gibt ein Problem: Ich habe keine Schuhe gesehn! Ich hab sie frei erfunden, damit er aufhört mit der Schreierei. Deshalb bestand ich auf dem Taxi, damit wir zum Schuhgeschäft brausen können und dann gleich wieder weg, ehe der Wutanfall kommt, in eine Herrenboutique, wo er zum Trost was anderes erstehen kann, einen netten BH aus Tüll oder ein Höschen, vorn und hinten offen, mit Pelz verbrämt, das ihn wieder mit dem Schicksal versöhnt.

Und mit mir.

Denn ich habe fast schon ein schlechtes Gewissen. Da kauft er eine Wohnung um Millionen, und dann schlägt sofort der Blitz ein. Wirklich gemein! Denn gewöhnlich trifft der Blitz den Eiffelturm, der alles überragt! Noch nie hab ich gehört, dass es in unserem Viertel irgendwo eingeschlagen hat …

Nun gut! Ich habe Glück. Das Schuhgeschäft im Marais hat zu. Marlon kann nicht behaupten, ich hätte gelogen.

Leider ist auch die Herrenboutique geschlossen. »Zum süßen Gerard« heißt sie. Marlons Laune sinkt sofort auf null. Er fühlt schon wieder seinen Puls.

Genau da wendet sich das Blatt:

Zwei Häuser weiter, in der *Rue des Francs-Bourgeois,* ist ein offenes Schuhgeschäft. Und was steht im Fenster? Ganz vorn? Träume ich? Oder was?? Kirschrote Lackschuhe in Marlons Größe, mit goldenen Stöckeln. Genau wie ich sie sah in meiner Fantasie!

»Halt!!«, ruft Marlon dem Taxifahrer zu. »Stehen bleiben! Hier!!« Er springt auf die Straße, die noch nass ist vom Wolkenbruch.

Ein Sprint ins Geschäft – strahlend kommt er zurück, die elegant verpackten Schuhe in der Hand.

»Mimi, das musst du sehn! Das ist superb!«

Wir fahren zurück in den Sultanspalast.

»Die Mutter ist weg?«

»Ja. Zu Eddi ins Hotel!«

»Yippeeeee! Komm!«

Er läuft durch das dunkle Venedig (kein Strom) in sein Schlafzimmer, zieht sich splitternackt aus und macht eine Vorführung nur für mich.

Er stolziert mit den hohen, roten Schuhen auf und ab vor dem runden Bett, macht kleine, scharfe Schritte, den Mund hat er gespitzt.

»Was sagst du?«

»Perfekt!«

»Macht schöne Waden.«

»Genau!«

»Und zarte Knöchel.« Verliebt blickt er seine langen Beine

entlang, erst links, dann rechts, wo früher das Fußkettchen war. Ich weiß, was er denkt.

»Hast du sie noch?«

»Was?«

»Die Schlange.«

Marlon nickt voll Wehmut.

»Trag sie ruhig.«

Marlons Kopf schnellt hoch: »Im Ernst?« Seine schmalen, grünen Augen werden ganz sanft.

»Sie hat dir gut gestanden.«

Marlon rennt in sein Bad. Es ist fast so groß wie das Schlafzimmer, über und über mit Mosaiken geschmückt in Rot, Grün und Gold, die Wanne hat acht Ecken und ist so groß, dass man sie im ersten Moment für einen Springbrunnen hält. Marlon schmettert die Tür zu. Ich sinke auf das runde Bett und sehe hinauf in den Sternenhimmel. Ich höre Wasser rauschen. Aha, jetzt wird rasiert.

Marlon kommt zurück mit glatten Waden. Gold glänzt am rechten Bein, er strahlt über das ganze Gesicht, dreht sich, wendet sich, trippelt vor mir auf und ab.

»Super, super sexy«, haucht er dann und lehnt sich kokett an eine goldene Säule, »aber ...«, er seufzt laut auf, »die Haare auf der Brust passen nicht dazu.«

»Rasier sie ab!«

»Ja??« Zweifelnd blickt er auf mich herab.

»Nur zu. Nur zu!«

Marlon denkt kurz nach. »Für die Hochzeit muss ich mich sowieso rasieren. Für das Kostüm.«

»Eben. Ein paar Wochen früher oder später macht auch nichts mehr aus.«

»Das sind meine Hochzeitsschuhe, *darling*.«

»Mhmm.«

»Die Stöckel sind rasend hoch. Ich muss sie jeden Tag tragen zu Hause, ich muss mich dran gewöhnen im Schlaf, sonst könnte ich stolpern am Standesamt.«

»Absolut.«

Marlon trippelt singend zurück ins Bad, wo er froh herumhantiert.

»Rasierst du mir den Rücken?«, ruft er heraus.

»Gern.«

Marlon steht in einer verspiegelten Nische vor dem Waschtisch neben einer braunen Bank aus Samt. Ich stelle mich hinter ihn. Vorsichtig schabe ich die graue Wolle von seinen Schultern. In Kürze ist sein ganzer Körper wie ein frisch rasierter Bart. Stört mich nicht. Ich schlafe sowieso nie wieder mit ihm.

»Reibst du mir den Rücken ein? Mit Rosenöl? Auf die Beine klatschen wir After Shave.«

»Wie du willst!«

»Mhmmmm, das kannst du *gut*«, stöhnt Marlon, »und was tun wir mit der schönen Erektion?«

Er wendet sich um und zeigt, was er parat hat. Dann beginnt er zu kichern. »Die Erektion müssten wir verstecken. Ich wüsste auch wo … und wuuuuummmmpf! Ist sie weg! Und verwandelt sich in einen nassen Fleck!«

»Marlon, halt den Mund.«

»Doppelt so groß«, sagt er und mustert sich genau, »das war ein Witz, oder? Doppelt so groß. Das wäre *abnormal*! Wie oft kann er? Pro Nacht? Der Kameramann?«

»Hab ich vergessen.«

»Zwei Mal?«

»Hör auf!« Ich setze mich auf die braune Bank.

»Also öfter. Stimmt's? Aber nicht so oft wie ich. Nicht so oft wie Doktor Macdonald-Sexaholic-Superman! Wart's nur ab: Ich lege dich über jede Kante hier im Haus, über jede Wanne, jeden Tisch, jede Kommode, jedes Bett, bald ist wieder alles in Ordnung und wir schlafen wieder zusammen, dann stellen wir ein paar Rekorde auf!«

»Aber sicher.«

»Jawohl! Wir fangen an auf dem braunen Sofa da. Erinnerst du dich an Kapstadt? Wir haben Tag und Nacht göttlich ge … uns geliebt. Das erhöht das *Testosteron*. Noch NIE hab ich mit einer Frau so oft und so lang und so wild … man fühlt sich plötzlich ganz als Mann! Komm! Ich zeig dir was.«

Er nimmt mich bei der Hand und führt mich ins Schlafzimmer.

»Leg dich auf das Bett. Pass auf. Das Bett dreht sich und hebt und senkt sich und *vibriert*! *Jetzt!!*«

Er drückt auf einen goldenen Knopf, aber nichts passiert.

»Wieso geht das nicht??«, ruft er empört.

»Wir haben keinen Strom.«

»Was???« Marlon hämmert auf die Schalttafel. »Ich hab genug von Paris. Man zahlt sich krank für ein Appartement, ein einziger Blitz, und alles ist hin?«

Ich stehe auf: »Moment! Bin gleich wieder da.«

»Wo gehst du hin?«

»Nachsehn.«

Ich weiß nämlich, wo der Schaltkasten ist. Ich gehe in den Gang, der zum Büro führt, öffne eine versteckte Tür in der Wand, *voilà*! Der Blitz hat nur die Sicherungen herausgedrängt. Ich drücke sie wieder hinein.

Schon beginnen die Kühlschränke in den beiden Küchen wieder zu surren. Licht geht an in den Gängen, in Venedig strahlen die Sterne vom dunkelblauen Firmament, und das Fax beginnt wieder zu würgen und spuckt die Liste weiter aus für unsere Hochzeit, die stattfinden wird ohne mich.

Ich sehe kurz ins Büro. Ist alles in Ordnung?

Mein Blick fällt auf die vielen Bücherkisten. Eine ist offen. Automatisch greife ich hinein und ziehe einen Band heraus.

Also, was haben wir da? *Interessant!*

Ich starre auf den Titel, auf den Namen des Autors – stecke schnell das Buch zurück und wende mich ab!

Bitte, das ist eine Überraschung! Aber nicht die einzige. Unter dem ovalen Tisch stehen die Ordner von den Prozessen, die er führt, und daneben, das sehe ich erst jetzt: eins, zwei, drei … *sieben* Hutschachteln!! SIEBEN HUTSCHACHTELN!

Wieso hat Marlon so viele Hüte mitgebracht? Das ist doch gar nicht Mode in Paris?

Ich knie nieder. Soll ich, oder soll ich nicht? Ach was! Schon öffne ich die erste. Sie ist blau mit goldenen Borten – und drinnen ist kein Hut, sondern eine Perücke. Wallende Locken. Platinblond!

Das ist wieder typisch!

Die nächste Perücke ist kurz, rot, hochtoupiert. Die dritte rabenschwarz, mit Knoten im Nacken. Die vierte aschblond, mit vielen Zöpfen, afrikanisch inspiriert. Die fünfte wieder schwarz, nach japanischer Geisha-Art. Da höre ich ein Geräusch – Marlon steht hinter mir.

Es ist mir gar nicht peinlich. Ich stehe auf, Geisha-Perücke in der Hand:

»Wildes Stück!«

»Exquisit!« Marlon hat ein rotes Badetuch um die Hüften geschlungen. Block, Stift und Telefon stecken drin. Er trägt immer noch die roten Stöckelschuhe, und seine grünen Augen fixieren meine Hand, die die Perücke hält.

»Hast du die getragen?«

Marlon nickt.

»Die anderen auch?«

»Alle.« Er nimmt mir die Perücke aus der Hand. »Ich muss dir was erklären, was du nicht verstehst.«

Er setzt sich auf den Tisch, kreuzt gekonnt die Beine, sieht kurz auf die goldene Schlange und wippt mit seinen roten Schuhen.

»Du bist eine hübsche Frau. Ich bin ein hässlicher Mann. Als Kind schon habe ich nie in einen Spiegel gesehn. Du weißt nicht, wie das ist, wenn man sich nicht leiden kann. Keine ruhige Minute gönnt man sich, sonst denkt man sofort: Ich *hasse* mich! Ich *hasse* die Mutter. Ich bring mich um! Man muss sich ununterbrochen beschäftigen, damit man überlebt.«

»Anstrengend!«

»Hat aber auch was Gutes. Man wird zum Workaholic, ist fleißiger als die andern und bringt's zu was.«

»Hässlich bist du nicht.«

»Ich hasse meine Nase.«

»Andere Nasen sind viel größer. Stört doch keinen!«

»Das verstehst du nicht. Ich bin ein hässlicher Mann. Aber ein hässlicher Mann kann schön sein als Frau!«

Er zeigt auf die platinblonden Locken:

»Mit der wirkt die Nase viel kleiner. Mit der andern, mit den Zöpfen fällt sie *überhaupt* nicht mehr auf. Die schwarze mit dem Knoten ist zu glatt. Die braucht zwei mörderische Blumen hinter jedem Ohr. Aber dann, Vorsicht! Dann bin ich eine heiße Nummer!«

»Und die japanische?«

»Die Geisha?« Marlon streicht wehmütig über das schwarze glänzende Haar. »Die ist für romantische Stunden. Wenn man verliebt ist …« Er steht auf, kniet nieder, legt die Perücke vorsichtig in die Hutschachtel zurück, streichelt sie noch einmal zärtlich, ehe er sie schließt:

»Das ist Vergangenheit.«

»Wieso sind sie dann da?«

»Die sind für meinen Cousin.«

»Für den großen Guru?«, frage ich ungläubig.

»Genau.«

»Wozu braucht er sie?«

»Geheimnis. Er holt sie, wenn er nächste Woche kommt.«

»Und schleppt sie nach England zurück?«

»Er lebt nicht in England.«

»Wo lebt er denn?«

»Erfährst du alles, wenn wir verheiratet sind.«

Er zieht den Block aus dem Badetuch und macht schnell ein paar Notizen. Zum ersten Mal sehe ich zu wie gebannt. Jetzt weiß ich, warum er ununterbrochen schreibt:

Beschäftigungstherapie. Damit er sich nicht erschießt, aus Verzweiflung darüber, dass er nicht schöner ist.

Seit zehn Minuten weiß ich aber auch, *was* er schreibt! Siebzig Bücher hat er publiziert, sagte er bei unserem ersten Rendezvous. Jetzt sind es sicher schon mehr. Sie stecken in den Kisten zu meinen Füßen. Sehr erfolgreiche Bücher. Ein Vermögen bringen sie ein. Mit Psychiatrie aber haben sie nichts zu tun!

Marlon steckt den Block zurück.

»Bye-bye, sweetie.« Er stöckelt zur Tür.

»Wo gehst du hin?«

»Fernsehn. In den weißen Salon. Golf der Senioren. Spielen besser als die Jungen und kriegen viel mehr Geld. Das sind brillante Sportler, sie haben ein herrliches Leben: verdienen Millionen, reisen von einem Luxusclub zum nächsten, in den schönsten Ländern der Welt … à propos Welt«, er dreht sich um, Klinke in der Hand, »ich hab's beim Mittagessen nicht erwähnt, hat sich heute Früh erst ergeben, ich muss noch einmal verreisen.«

»Wohin?«

»Weit weg. Ein fantastisches Geschäft. Wenn's wahr wird.«

»Suchst du wieder eine Insel?«

»Genau.«

»Wann kommst du zurück?«

»Nächsten Freitag. Bis dahin kannst du in Ruhe übersiedeln. Wenn ich wieder da bin, vermieten wir deine Wohnung. Mit der Million von mir zahlst du sie ab, dann bringt sie Geld. Gibst du mir den Brillant, *darling*? Ich lege ihn in den Safe, damit nichts passiert.«

Ich ziehe den Ring vom Finger! Marlon hebt ihn ins Licht und bewundert ihn von allen Seiten.

»Das war ein guter Kauf«, sagt er stolz, »übrigens, heute streichen wir das Abendessen. Ich hab einen Druck im Bauch. Von dem Thymian-Eis. Kennst du dich aus in der Sommerküche?«

»Ja.«

»Bringst du mir eine Tasse Tee?«

In dem Moment surrt sein Telefon.

»Ahh, Mia«, sagt er, »wunderbar. *Absolut*! Kauf ihn *sofort*! Morgen geht nicht. Ich fliege in aller Früh … gut! *Kostümprobe*. Wenn ich zurück bin. Freu mich schon. Also, dann!«

»Marlon, ich heirate nicht! Es ist *aus*!!«

»Kostümprobe in zehn Tagen. Und sie hat meinen Fächer. Das ist ein süßes kleines Ding, die Mia. Findet *tatsächlich* den Fächer, den ich will …« Er spitzt die Lippen, zieht die Augenbrauen hoch und stöckelt hinaus in den Gang.

Kapitel XII

Vielleicht hat man sich gefragt: Warum getrennte Schlafzimmer? Nun, das hat einen guten Grund: Ich habe mir von Marlon »was geholt«!

Er hat mich angesteckt mit einem Pilz!

Nicht lebensbedrohend, aber immerhin! Ein lästiges Luder, das tatkräftig davon überzeugt werden will, dass es *nicht* erwünscht ist im Leib, nein, dass es *verschwinden* soll, am besten ins *All*, wo es hergekommen ist!

Bitte, heutzutage gehört ein Pilz schon fast zum guten Ton. Und es gibt drei Arten, wie man ihn bekriegt: eine plumpe und zwei elegante.

Die plumpe dauert drei Wochen: Antibiotika, plus Salben, plus Zäpfchen und die ganze Zeit hindurch geht's einem schlecht.

Die eleganten heißen Homöopathie und Aromatherapie. Ich entschied mich für Letztere. Ich hatte die Öle zu Hause, Teebaum und Lavendel, schnell auf den Finger und direkt hinein mehrmals am Tag, dorthin, wo's brennt.

Und *sofort* war das wahnsinnig machende Jucken weg und ich fühlte mich wieder als Mensch.

Ein paar Tage später ging ich dann ins Labor. Resultat: Kein Pilz. Alles geheilt!

Was ich Marlon tunlichst verschwieg.

Er glaubt, ich bin noch lange außer Gefecht, genau wie er.

Und das ist mir recht.

Marlon hat sich nicht entschuldigt für den Pilz.

Er behauptet, dass er ganz spontan entstand.

Was ich bezweifle. Er nimmt ja nie Antibiotika. Hält er mich für blöd? Der treue Mann? Der beim ersten falschen Wort HOPP-HOPP ins Bett hüpft? Mit wem andern? Wie? Heute der Pilz, morgen Lues, Aids, Hepatitis B! Das ist das Problem! Die ewige Angst, dass Marlon auch mit *Männern* ... in einem *Dark-Room* ... und da holt man sich Allerlei, wie jeder Arzt weiß!

Ach, das ist ein Krampf!

Man sagt sich zwar zehnmal am Tag: Es gibt nicht den kleinsten Beweis, dass er es macht.

Doch ein einziges Wort genügt, und ein Abgrund tut sich auf.

Wie sagte Marlon, ehe er zu Pfingsten kam?

»Überraschung, *darling*. Ich war beim Unisex-Coiffeur. Ich habe eine scharfe, neue Kurzfrisur!«

UNISEX-COIFFEUR??

Schon sah ich eine schwule Orgie vor mir, in einem knalligen Londoner Frisiersalon, Marlon am Boden, ein Mann auf ihn draufgespießt!

Und das neue Album, das er kaufte von AC/DC, das er stundenlang brüllend laut hört. Es überlief mich siedend heiß, denn AC/DC, erklärte er mir, heißt sowohl mit Frauen als auch mit *Männern*!

Und die Perücken!

Wie sagte er zur japanischen?

»Das ist was Romantisches. Wenn man sich verliebt.«

Verliebt in wen?? Unvorstellbar, dass er eine *Frau* erobern will mit turmhohen Geisha-Locken auf dem Haupt!

Und der schwule Phallus-Kult:

Sogar der Obstkorb dient dem Zweck. Er greift sich zwei Pfirsiche, legt eine Banane dazu und kichert:

»Hübsches Stillleben. *Prick with balls!*«

Aber nicht nur jede Banane, jede Rübe, Karotte, jeder Spargel, nein, auch der *Staubsauger* erotisiert den Mann.

»Gute Saugkraft! Saugt dich aus!«

Nach dem Motto: Keine Frau im Haus? Ein guter Staubsauger tut's auch!

Und die Bücher drüben in seinem Büro:

GESCHICHTEN AUS DOKTOR HARDCORES PRAXIS.

Eine dümmliche Pornoreihe, die sich millionenfach verkauft, die übersetzt wurde ins Italienische und Französische, wie heißt der wohl, der das verbrochen hat?

MARYUS FLAMM!

Ach, Flamm? Man vertausche ein paar Buchstaben, schon wird aus Maryus Flamm … Marilyn Flimm! Alias Doktor Macdonald. Deshalb hat er so viel Geld.

Ich habe mich gezwungen, einen Band zu lesen. Kein Zweifel, dass er aus Marlons Feder stammt. Jetzt weiß ich, warum ihm das so leicht von den Lippen kam: »Sklavin! *Ask for it!*«, als er zum ersten Mal mit mir schlief.

Das Buch nämlich strotzt vor geilen Weibern, die kreischend um den Stößel des Herrn Doktors flehn ... worauf sich der Gott in Weiß herablässt, sie in akrobatischen Positionen zu beglücken.

Ohren zuhalten mit den Zehen ist auch dabei. Und dann gibt es noch den jungen Assistenten, hübsch und zart, der nach dem starken Onkel Doktor giert!

Das ist mir doch zu homophil!

Also, wo hat er mich betrogen? In der Praxis? Einem Männer-Männer-Club? Einem Transvestiten-Fest??

Erfahren werde ich es nie. Er lügt wie gedruckt.

Es ist mir aber ganz egal. Denn diesmal ist es wirklich aus. Ich werde nicht wieder schwach, wie in Kapstadt, ich bin stärker als Kathy und Dolly, die ihm hörig sind.

Sicher, die Prinzen-Residenz hat er gekauft wegen mir. Doch das ist ein feines Investment. Immobilien steigen *immer* in Paris. Und was die Politik betrifft: Das ist für mich ein Witz!

Nie gewinnt der Mann eine Wahl. Ich erspare ihm ein Vermögen durch meinen Rückzug! Ja, irgendwann einmal wird er mir dafür dankbar sein.

Und jetzt ist er auch noch Regisseur!

Der wird sich wundern, wie schwer das ist. Mit Filmen geht man fast so schnell pleite wie mit Politik.

Müsste er eigentlich wissen. Nach VERSUNKEN IM MEER!

Nein, nein, ich will endlich wieder ruhig schlafen. Es gibt ja noch die wilde Geheimnistuerei, den Verfolgungswahn, die plötzlichen Reisen, Gott weiß wohin, die falschen Führerscheine in der Fischerjacke, die falschen Pässe, das Fluchtgeld, das Haus ohne Adresse, die vielen, vielen Prozesse, die er führt, mit Marlon lebt man auf einer Zeitbombe! Das ist mir zu riskant! Und immer sucht er irgendwelche Inseln ...

Mein Entschluss ist gefasst: Ich übersiedle nicht. Ich bleibe hier bei mir, in meiner hübschen Wohnung, und beobachte den Zirkus drüben aus sicherer Distanz!

Wenn er will, können wir Freunde sein. Mehr nicht.

Und die Million Pfund, die er mir versprach? Die kommt bestimmt aus einem anderen Eck. Wenn das Schicksal will.

Ich strecke mich lang, voll Genuss!

Ich fühle mich fabelhaft.

Erstens kam ein langer süßer Brief von Bébé. Er liebt mich immer noch und kommt bald nach Paris. Zweitens sind gestern alle abgereist, Marlon, Eddi, die Diva, keiner sekkiert mich, himmlischer Frieden, ich habe eine Stunde Joga hinter mir und wieder einmal freudigst festgestellt, dass man einen straffen, gesunden, schönen, neuen Körper kriegen kann nach dem Wechsel – mit nur etwas Disziplin!

Heute ist Samstag. Ich stand früh auf, es ist erst neun, und ein herrlicher Tag liegt vor mir. Die Sonne scheint, ich öffne alle Fenster, dann mache ich Kaffee. Da balzt mein Telefon, ein witziger Laut, der mich immer wieder amüsiert. Es ist Joel.

»Du hast angerufen?«

»Ja. Was machst du grad?«

»Drehn. In Budapest. Bis Mittwoch.«

»Kommst du dann zu mir? Marlon ist weg.«

»Bis wann?«

»Bis Freitag. Er sucht wieder einmal eine Insel.«

Joel lacht. Dann zögert er kurz: »Hast du ihm alles gesagt«, fragt er dann, »dass es *aus* ist? Endgültig? *Vorbei??*«

»Ich hab's versucht, er nimmt's nur nicht zur Kenntnis.«

»Du warst nicht *streng* genug«, sagte Joel enttäuscht, »auf den *Ton* kommt es an, mit dem man so was sagt.«

»Marlon glaubt, dass er immer gewinnt.«

»Logisch, bei dem Vermögen ... bis jetzt hat er jede Frau *gekauft*. Geld erotisiert.«

»Mich nicht. Ich schlaf schon wochenlang nicht mehr mit ihm. Das weißt du aber längst.«

»Ich hör's trotzdem gern.«

»Ist die Irmi schon zurück?«

Joel seufzt. »Noch nicht. Das Haus ist leer.«

»Dann komm und bleib übers Wochenende. Oder hast du Angst? Vor Marlon?«

»Ich?« Joel beginnt sanft zu lachen. »Wirklich nicht! Kennst mich doch. Ich hab früher geboxt ... Mittwochnacht bin ich bei dir. Flugzeit sag ich dir noch.«

»Du hast mein Opiumbett noch nicht gesehn.«

»Stimmt. Letztes Mal war da nur eine Matratze. War aber trotzdem fabelhaft. Wie immer mit dir. Mimi, du fehlst mir.«

»Du mir auch.«

»Wie lang bist du heute Abend auf?«

»Sicher bis zwei Uhr früh.«

»O.K. Ich melde mich später noch. *Bisou – bisou, ma chérie, je t'aime.*«

Kaum habe ich aufgelegt, balzt es wieder. Romeo Coty ist dran.

»Mimi, du hast nicht vergessen?«

»Nein, nein, bin schon auf dem Weg.«

»O.K. Ich besetz dir neben mir einen Platz.«

Schnell trinke ich den Kaffee, und beim Anziehen summe ich vergnügt vor mich hin, denn drei glückliche Tage kommen auf mich zu: Ein weltberühmter Arzt hält ein Seminar in Paris: Blumen als Heilmittel in der Homöopathie. Eine halbe Stunde später sitze ich im Hörsaal neben Romeo und lausche gebannt.

Ich vergesse alles: Marlon, meine Filme, den Guru auf Hawaii, ja sogar Joel. Todmüde, aber glücklich komme ich abends heim, den Kopf voll mit Lilium Tigrinum, Bellis perennis, Zyklamen, Drosera, Pulsatilla, Arnica Montana und den fabelhaften Heilungen tödlicher Krankheiten, die mit diesen Geschenken Gottes gelangen.

Beruhigt schlafe ich ein, denn wieder einmal wurde bewiesen, sollte mir, oder denen, die ich liebe, irgendwas geschehn, wird es ohne Operation gehn, denn für jede Krankheit wächst ein Kraut und man kann es finden, dank Hahnemann und seiner sanften Medizin.

Wir studieren klassische Homöopathie, wie ihr Gründer sie lehrte. Wir machen uns die Mühe und suchen *ein* Mittel, das *Einzige. Richtige.*

Wir halten uns fern von der Moderne, die jede Menge Arzneien durcheinander mischt, in der Hoffnung, *eine* wirksame wird wohl drunter sein.

Wir repertorisieren nach Kent. Brauchen dazu nur ein einziges Buch, suchen ein einziges Medikament und wissen: Es heilt!

Das Seminar ist Montagnachmittag zu Ende.

Anschließend habe ich ein Rendezvous. Nicht mit Romeo. Mit Lenny Woolf. Er rief drei Mal an, muss mich unbedingt sehn. Es geht um Hawaii!

Romeo kann ich vergessen. Er saß zwar neben mir. Aber neben ihm, Schulter an Schulter, hockte Ines aus Marseille. In einem langen, neuen, schwarz-weiß gestreiften Kleid, Kaugummi kauend, dicker und nervös – das Luder hat zu rauchen aufgehört. Und obwohl ich nichts will von Romeo, denn ich freue mich auf Joel, es irritiert mich doch.

Harmlos plaudernd verlassen wir den Saal und stehen dann noch kurz auf dem Boulevard.

»Kommst du mit ins Kino?«, fragt Romeo am Schluss. »Doku über Charlie Parker.«

»Kann nicht. Leider. Ich muss nach St. Germain ins Deux Magots.«

»Zu deinem englischen Freund?«

»Nein. Ein Produzent. Wir besprechen einen Film, den ich drehn soll, auf Hawaii. Rate, worüber!«

»Worüber?«

»Dragon Seminars. *FIREWALK!*«

»Auf Hawaii?«, ruft Romeo begeistert. »Wenn du einen Assistenten brauchst, denk an mich. Ich bin feuerfest.«

»Ich auch«, sagt Ines, »und du?«

»Ich nicht. Ich mache nur Regie.«

»Dann Adieu«, sagt Ines barsch, hängt sich ein bei Romeo und zieht ihn fort.

Er dreht sich noch einmal um, macht ein Zeichen, das heißt, wir telefonieren! Dann verschwinden die beiden in der nächsten Metrostation.

Ich nehme den Bus.

Ich trage rote Hosen aus Leinen, rote Sandalen, eine leichte weiße Bluse mit Lochstickerei und über der Schulter ein buntes Netz, in dem die Skripten stecken. Es ist heiß wie an der Riviera, einunddreißig Grad im Schatten! Alle Fenster stehen offen, der Fahrtwind kühlt.

Ich weiß nicht, warum, aber heute lächeln mir alle Leute zu. Der Fahrer, alle Männer, die Kinder, ja, sogar Frauen. Und ich lächle zurück!

Was nicht heißt, dass man etwas voneinander will. In Paris ist das unverbindlich. Und bedeutet nur spontane Sympathie. Ja, ja, ein simples Lächeln, schon fühlt man sich umringt von Liebe und Glück und geborgen in dieser verrückten Welt.

Kurz vor fünf bin ich im Deux Magots.

Lenny ist noch nicht da. Und plötzlich habe ich das Gefühl, dass heute noch etwas Fantastisches passiert, hier in meinem Lieblingscafé. Nur weiß ich nicht, was.

Voll Vorfreude setze ich mich auf die blumengeschmückte Terrasse, vor die grüne Wand aus Thuja. Hinter mir ist die gotische Kirche von St. Germain des Prés, rechts blühende Linden und über mir die berühmten kleinen Spatzen von Paris, die mit unglaublicher Grazie heruntersegeln auf die Tische und Brot picken, direkt aus der Hand.

Ich sitze unter einem weißen Sonnenschirm, vor mir ein Glas Saft, Grapefruit, frisch gepresst, mit Eis, mhmmm, das kühlt.

Erwartungsvoll blicke ich in die Runde. Hier sieht man nämlich die interessantesten Gesichter von Paris, aber heute ist alles anders. Und was entdecke ich? Nur Kranke!! Wie gibt's das?? Hat man ein Spital entleert? Es ist nicht ganz so arg wie in Lourdes, doch der Herr links von mir ist eindeutig nicht gesund!

Er hat gefärbtes braunes Haar, graue Haut, schwarze Schatten um die Augen, seine Augäpfel sind gelb, das Gesicht voll brauner Flecken. Der hat ein Leberleiden. Zweifellos!

Und sein Freund? Mit dem er ernsthaft spricht? Kettenraucher. Die Finger dunkelbraun, er zieht an einem Stummel, als wär's die letzte Zigarette auf der Welt, er ist hager, blass, nervös, der hat ein Magengeschwür. An die arme Lunge will ich gar nicht denken.

Weiter weg sitzt ein Herr allein.

Groß, breite Schultern, volles, weißes Haar, doch sein Gesicht ist rot, mit dicken Tränensäcken, schmalen, bläulichen Lippen, er ist kurzatmig, unruhig – Herzschaden. Einwandfrei!

Also, wer außer mir ist hier gesund?

Monsieur gegenüber ist zu dick. Hat was Verkniffenes. Einen winzigen Mund. Als er vorbeikam, schnaufte er schwer, und sein Atem roch ganz fürchterlich. Der hat was mit dem Darm.

Und der neue Kellner? Krebsrot im Gesicht. Beginnender Lupus. Kann das sein? Und die Kuchenfee: kurzes Kleid, weiße Schürze, dünn wie ein Strich. Ihr Bauch wölbt sich nach *innen*. Gleich fällt ihr das schwere Tablett aus der Hand. Ihre Wangen sind genauso hohl wie ihre Mitte – akute Anorexie!

Jetzt steht das Bürschchen auf, vom Ecktisch, rechts von mir, er wirkt ganz bleich. Hat er Würmer?? *Mon Dieu!*

Also, der Leber verschreibe ich Chelidonium Majus, nach Doktor Clarke. Das Magengeschwür kriegt Podophyllum. Das Herz Bryonia und bei Schlaganfall, hier im Café, sofort Opium 1000, nach Doktor Shepherd, das bringt ihn wieder zu sich.

Der Darm kriegt Colocynthis, bleiben der Lupus, die Würmer, die Anorexie.

Halt! Die Dame neben dem Darm. Schwer depressiv. Aurum braucht sie. Gold. Oder besser: Hyoscyamus! Das bringt die Libido in Schwung, und nichts vertreibt Depressionen schneller als eine heiße, weiße Nacht.

Woher ich das weiß?

Vom eigenen Leib. Ich probiere nämlich immer alles aus, und nach einer Gabe Bilsenkraut (lateinisch *hyoscyamus*) dachte ich nur noch eins: *WER* geht jetzt *SOFORT* MIT MIR INS *BETT*??

Ich dachte es im Bad, in der Küche, in der Vorlesung, in der Mensa, in der Bibliothek, den ganzen Tag hindurch, nein, länger, *achtundvierzig* Stunden lang!

Zum Glück war damals Bébé noch in Paris und half mir aus. Es war ein lobenswerter Selbstversuch, wir gingen beide höchst erquickt daraus hervor, und ich empfehle es jedem weiter.

Hier kommt Lenny.

Wie immer – wenn er außer Haus ist – hochelegant. Heller Anzug, aus leichter Rohseide, bildschönes Hemd, maßgemachte Schuhe, gelbes Stecktuch, gelbe Krawatte, die runde Figur dezent verpackt, das Schwänzchen im Nacken getrimmt mit einem schwarzen Band.

Jetzt sieht er mich, winkt, zwängt sich zwischen den voll besetzten Tischen durch, nicht leicht mit seinem Kugelbauch, und plötzlich bin ich sicher, dass er Gallensteine hat.

Dann kriegt er Berberis vulgaris. Zu bestellen in der Apotheke, gleich dort vorn, in der Rue Bonaparte.

»Hi, Baby. Grässliche Hitze!« Stöhnend sinkt er auf den freien Stuhl neben mir.

»Hi, Lenny. Was macht die Galle?«

»Die *was*??« Verständnislos sieht er mich an.

»Galle!«

»Wieso Galle? Ich schwitze. Mir ist zu heiß. Am liebsten würde ich das Hemd ausziehen. Ich weiß gar nicht, wo die Galle ist.«

»Da«, sage ich und stupse mit dem Finger auf seinen Bauch, »alles o.k. da drin?«

»*You bet*«, Lenny beginnt breit zu grinsen, »mehr als O.K. *Total* O.K. ... So O.K. wie noch *nie,* hä-hä-hä-hä-hä!«

»Keine Gallensteine.«

»Nein!« Lenny runzelt die Stirn, sieht mich zweifelnd an: »Fehlt dir was? Du bist so medizinisch unterwegs ...«

»Ich komm grad aus einem Seminar. Soll ich dir erklären, wie Sauerdorn die Galle heilt?«

»Gott verhüte!« Er winkt dem Kellner mit dem roten Gesicht.

»*Qui, Monsieur?*«

»Ein Eis. Zwei Kugeln Haselnuss, eine Kugel Café. Und eine große Flasche Evian. Also, Baby, es funktioniert«, er grinst mich an, »dumm bist du nicht.«

»Was funktioniert?«

Lenny lehnt sich zu mir und singt mir ins Ohr: »*I loooooove you!* Mit Peggy Shoo. Es wirkt.«

»War's eine schöne Nacht?«

»Eine?« Lenny wischt sich den Schweiß von seinen Hamsterbacken, »wir kommen kaum mehr aus dem Bett seit deiner Verlobung. Und weißt du was?«

»Was?«

»Rate!«

»Du hast *doch* Gallensteine!«

»Hör auf mit den *Gallensteinen, bloody hell*! Du sollst raten, was los ist zwischen Peggy und mir.«

»Heiße Liebe?«

Lenny reißt seine großen, runden, braunen Augen auf und nickt bedeutungsschwer.

»Seit *dreißig* Jahren ist mir das nicht mehr passiert. Es ist genau wie früher. Sie ist total verliebt in mich, und ich bin verliebt in sie.«

»Und deine jungen Gazellen in der Produktion?«

»Mühsam. Haben immer Geburtstag und wollen ein Geschenk. Reden immer dasselbe: Soll ich das rosa Kleid anziehn? Oder das blaue? Und *nie* wollen sie was von mir im Bett.«

»Peggy will?«

»Wenn *ich* will, will *sie*. Wenn *sie* will, will *ich*. Weißt du, wie *angenehm* das ist? Und ich kann reden mit ihr. Über *alles*. Jetzt kommt die Überraschung: Sie wird die nächste Missis Woolf!«

»Gratuliere! Wann?

»Wenn wir beide fünfzehn Kilo leichter sind.«

Der Kellner bringt das Eis. Es sieht köstlich aus. Lenny folgt meinem Blick und bezwingt seinen Geiz:

»Willst du auch eins?«

»Gern.«

»Noch einmal dasselbe für die Dame.«

»*Oui, Monsieur.*«

Lenny lehnt sich zurück. »Das vegetarische Gericht, das ich erfunden habe für dich, wir essen es seit Tagen und sind schon ein Kilo leichter. Das heißt, wir heiraten in vierzehn Wochen. Im September. Übrigens, du hast Recht, ich *habe* Gallensteine. Tut aber nicht dort weh, wo du hingezeigt hast, sondern *da*.« Er legt die Hand rechts über den Nabel.

»Bei Galle spürt man's immer in der Leber.«

»Da ist die Leber?«

Ich nicke. »Du kriegst von mir ein Medikament, das nimmst du, wenn der nächste Anfall kommt.«

»Sauerdorn?«, fragt Lenny misstrauisch.

»Genau. Berberis vulgaris. Dann geht's dir gleich wieder gut.«

»Wenn das so wirkt wie dein ICH LIEBE DICH, *Honey,* wirst du mein Hausarzt. Da kommt dein Eis. Ich schlage vor, wir essen jetzt, dann reden wir vom Geschäft.«

Der Kellner hat auch das Wasser gebracht und füllt unsere Gläser voll.

»Auf dich und Peggy«, sage ich. Wir stoßen an und lachen.

»Seltsam, das Leben«, Lenny schüttelt den Kopf, »jahrelang rennt man herum und sucht und sucht und findet *nichts!* Und plötzlich ist wer da und *alles* ist *perfekt!*«

Das Haselnusseis schmeckt wundervoll. Mit kleinen Stücken zum Kauen drin, wir essen schweigend, voll Genuss, die zarten Gavottes kriegen die Spatzen.

»Jetzt zum Ernst des Lebens«, seufzt Lenny, als wir fertig sind, »der große Guru aus Hawaii ist in Paris. Und will dich sehn.«

»Wann?«

»Jetzt dann. Er kommt vorbei. Gegen sieben.«

»Und? Wie ist er?«

»Schwierig. Verträgt keinen Widerspruch. Am besten, du lässt ihn reden, sagst kein Wort, magst du noch Wasser?«

»Danke, nein.«

Lenny schenkt sein Glas voll und trinkt es leer in einem Zug. Dann gleich noch ein zweites. Sein Telefon beginnt zu trillern. Er starrt auf die Nummer, die angezeigt wird.

»Muss das sein?«, bellt er hinein. »Um *acht* haben wir gesagt. Jetzt ist es halb *sechs! Wo* bist du? Aber nur ganz kurz. Zehn Minuten.«

Er steht auf: »Kommst du allein zurecht? Eine Viertelstunde?«

»Klar.«

»Bestell dir noch ein Wasser. Du trinkst nicht genug.«

»Ich hab noch dén Saft.«

»*Wasser* musst du trinken. Das ist gesund. Das liest man *überall!*«

Lenny geht. Ich sage nichts. Ich mag kein Wasser. Ich bin doch nicht verrückt, schlempere mich voll und trinke mich in einen frühen Tod, nur weil's gerade Mode ist! Zu viel Wasser geht auf Venen, Nieren, Herz, macht schwere Beine, behindert die

Verdauung, laugt die Haut aus, man kriegt Falten, ohne mich! Der brave Körper weiß schon, wann er Wasser braucht, und meldet sich durch Durst. Trinken ohne Durst macht krank!

Ich hole meine Skripten aus dem bunten Netz, beginne zu lesen, doch ich komme nicht weit.

Denn plötzlich drehen sich alle Köpfe nach links, und was stöckelt daher? Eine wilde Kreatur. Und setzt sich unter den Sonnenschirm, an den Ecktisch, direkt neben mir, wo das bleiche Bürschchen mit den Würmern saß.

Also, so was sieht man gern, vor allem, wenn man Filme macht.

Frau oder Mann? Könnte beides sein. Groß, sportlich, lange Beine, ein Gesicht wie ein Luchs. Falsche Wimpern, blassrosa Mund, lange, braune Locken, hautenge schwarze Hosen, weiße Bluse mit hohem Kragen, schwarzer Gürtel mit mächtiger eckiger Schnalle aus Strass.

Strass gleißt an allen Fingern, auch am Daumen. Ein glitzerndes Schachbrettmuster weiß-schwarz ziert die langen künstlichen Nägel. Sie trägt Sandalen aus Strass mit hohen Silberstöckeln, und etwas Wildes, Ungezähmtes geht von ihr aus.

Gott segne Lenny, der mich heute hierher geschleppt hat. Ich verstecke mich hinter meinen Skripten und beobachte sie, so gut es geht.

Was bestellt sie? »*Café noaaar.*« Dann kramt sie Telefon und Zigaretten aus ihrer auffallend bauchigen, großen, schwarzen Tasche und beginnt ein lautes Gespräch auf Englisch, den Kopf stolz erhoben. Die neugierigen Blicke ist sie gewöhnt.

»Hi, Goldie hier«, sagt sie mit dunkler Stimme, »bin schon in Paris. War schon in der Wohnung … was? Gut! Ganz nett! Wie? Wie lang weiß ich noch nicht. Nein, nein, erzähl mir das später. Jetzt brauch ich erst mal einen Stummel … Was? Logisch *du* nicht. Aber *ich*! Jedem Tierchen sein Pläsierchen.«

Abrupt beendet sie das Gespräch, zündet eine rosa Zigarette an, schlägt die langen Beine übereinander und starrt vor sich hin.

Ich lass die Skripten sinken.

Ist sie ein operierter Mann? Nein. Der hätte seine Brust vergrößern lassen. Sie aber ist flach wie ein Brett. Dafür sind Hände und Füße fast zu groß für eine Frau. Wer und was ist sie? Jedenfalls hat sie Geld, denn kein Gehaltsempfänger tritt so auf.

Leitet sie ein Bordell? Einen Tanz-Club? Einen Salon für kreative Verhässlichung? Sie kommt aus Zypern, erfahre ich durch ein zweites Gespräch, und die Geschäfte gehen exzellent:

»Das Gold wird klimpern, *old boy*! Völlig ausverkauft! Ja, da staunst du, was? *Nein!!* Du irrst dich. *Ich* bestimme das! *Nie!!* Halt den Mund! Sieh zu, dass *du* endlich was auf die Reihe kriegst. Ich warte und *warte*. Billiger werden die Dinger *nicht*!«

Wütend tippt sie auf ihrem Telefon herum. Dann steht sie auf.

»Wo ist *la Toalääääääät*?«, fragt sie in grässlichem Französisch.

»Mir nach, Madame«, der Kellner mit dem roten Gesicht geht voran.

»*Mrrrrrsssssiii*«, gurrt sie zum Dank und stöckelt von der Terrasse. Alles starrt ihr nach. Ich ebenfalls.

Schade, dass Lenny das nicht sah! Wo bleibt er so lang? Vielleicht kommt sie gar nicht wieder. Vielleicht zahlt sie drinnen, im Café, und ist weg?

Aber seltsam, seltsam!

Ihre Stimme kenne ich. Dieses dunkle, erotische Timbre, wo habe ich das schon gehört?

Sie kommt tatsächlich nicht zurück.

Ein Mann setzt sich an ihren Platz. Braun gebrannt, schwarze Rasta-Locken, schwarze Hose, schwarzes Hemd, die Ärmel aufgerollt, dass man die muskulösen Arme sieht.

Und er trägt Handschuhe. Trotz der Hitze, schwarz, aus Leder, wie man sie zum Autofahren trägt. Eine große rote Tasche aus Ballonseite hängt über seine Schulter, dran baumelt ein Motorradhelm.

Er setzt eine Brille auf und beginnt zu lesen in einem Buch. Als der Kellner kommt, bestellt er Perrier. Dann liest er weiter. Keiner beachtet ihn.

Aber ich bin außer mir:

BRAVO! Das ist Perfektion! Hohe Schule. Hundertmal geübt. Es ist dieselbe Tasche. Nur umgedreht und nicht so bauchig wie zuvor, als der Helm noch drinnen war. Auch die Hose ist die gleiche. Der Aschenfleck von vorhin ist noch drauf.

Und die Handschuhe? Verstecken die falschen Nägel. Der Helm ist nur Beiwerk zur Täuschung, und die ist brillant.

Deshalb hatte die weiße Bluse lange Ärmel. Damit man die starken Arme nicht sieht. Und der hohe Kragen verhüllte den Hals. Mit Adamsapfel. Den man jetzt in seiner ganzen Pracht bewundern kann.

Ein echter Kerl sitzt da, Motorradfahrer, der Bücher liest.

Nichts erinnert mehr an die glitzernde Strassfrau von vorhin. Er raucht auch keine rosa Zigaretten, schlägt die Beine nicht übereinander, nein, er sitzt da, mit gespreizten Knien, wie ungehobelte Männer sitzen!

Auch von Trippeln keine Spur.

Schwungvoll kam er auf die Terrasse, wippende Rasta-Locken über der Stirn. Zielstrebig marschierte er ins Eck, unter den weißen Sonnenschirm.

Und da sitzt er jetzt, und ich kann ihn betrachten von ganz nah, ohne dass er weiß, wer ich bin.

Ich dagegen bin im Bild!

Ich habe mich nämlich erinnert, woher ich die Stimme kenne: Sie war am Telefon, in England, in Marlons Haus, am ersten Abend, und hat nach dem Rotkäppchen gegurrt.

Grüßte nicht, kein Hallo, nur ein barsches »Gib ihn mir!« Ebenso rüde wie die Glitzerfrau vorhin. Verlangte, dass Marlon sie zurückruft in London, dienstags brauche man ihn. Er fuhr auch hin und kam nie wieder. Wurde auf Inselsuche geschickt, in die Südsee, nach Fidji, Bali, Hawaii. Hier sitzt Marlons Cousin! Sein größer Konkurrent, der zerspringen soll vor Neid, weil Marlon den größeren Fächer hat, der jede Frau verliert, wegen seiner »Marotte«! Das ist Lawrence Gold in Fleisch und Blut, der Drachentöter! Der genial begabte Mann mit dem Jahrhundert-Talent, der Geld scheffelt. Womit wohl?

Mit DRAGON SEMINARS!

Ja, das ist die wahre Goldgrube, die sündhaft teuren *FIREWALKS* in den schönsten Ländern der Welt.

Warum eigentlich fiel mir das in England nicht schon auf?

Der goldene Drachen, groß wie ein Hund auf Ians Schreibtisch in Bath. Und Kathy. Was stand auf ihrem Oberteil?

DRAGON!! Aus goldenen Pailletten gestickt.

Sie arbeiten alle für D.T.

Marlon und er sind Partner! Deshalb streiten sie so viel.

Aber eins verstehe ich nicht: Dieser harmlos lesende Mann soll der große Guru sein? Der Tausende durchs Feuer schickt, ohne dass das Geringste passiert?

Und wie, bitte, kommt die Politik dazu?

Er war auch schon in der neuen Wohnung. Und ich frage mich: Wie verwöhnt *kann* man sein, dass man die Prinzen-Residenz mit »ganz nett« beschreibt? Ich halte die Skripten höher und beobachte ihn aus den Augenwinkeln, so gut es geht. Auch die Rasta-Locken sind falsch. Genau wie das lange braune Haar der Glitzerfrau. Und was liest er da?

Ohhhhhhhhh, kennen wir schon!

WIE GRÜNDE ICH MEINEN EIGENEN STAAT.

Aber … Was tut er jetzt? Er klappt das Buch zu, nimmt die Brille ab (Fensterglas) und sieht mir direkt in die Augen.

Dieser Blick! Durchdringend! Schwarz! Wild! Die Augen der Raubtierfrau waren blau. Blaue Haftschalen. Das gibt's!

Ich lasse die Skripten sinken, starre zurück und plötzlich geschieht etwas Unerwartetes:

D.T. lächelt mich an und fragt:

»*Do you speak English?*«

»*Yes indeed.*«

Ein prüfender Blick, und er weiß, dass ich weiß. Stört ihn aber nicht.

»Das war ein Glanzstück, vorhin«, sage ich voll Bewunderung.

»Kleinigkeit«, meint er geschmeichelt, »kommen Sie an meinen Tisch? Möchten Sie etwas trinken? Warten Sie auf wen?«

»Ja«, sage ich und setze mich zu ihm, »ich warte auf Sie … und auf Lenny Woolf. Ich soll den Film drehn auf Hawaii.«

Jetzt ist er doch perplex. Versteckt es aber sofort hinter einem strahlenden Lächeln.

»Damit Sie nichts Falsches denken, ich bin *kein* Transvestit!

Goldie ist reine Fantasie. Die gibt's nicht wirklich. Das mach ich nur zum …«

»Entspannen?«

»Genau«, ruft er überrascht, »woher wissen Sie das?«

»Intuition«, ich lächle wie die Sphinx.

»Sie sind die erste Frau, die das versteht«, es klingt ehrlich entzückt, »alle anderen fürchten sich, rennen davon, dabei ist es so *normal*!«

»Logisch. Man ist ein anderer Mensch als Frau. Die Probleme, die man hat als Mann, berühren einen nicht mehr.« D.T. starrt mich an, sekundenlang.

»Trittst du manchmal auf als *Mann*?«, fragt er dann.

»Nie.«

»Wieso weißt du dann …«

»Die Menschen sind Bestien. Bauen Atombomben, vergiften den Planeten, das ist völlig akzeptiert. Aber kaum trägt ein Mann ein Kleidchen, drehn sie durch.«

D.T. nickt erfreut:

»Besser könnte ich es auch nicht sagen. Ich hab's aber gewusst.«

»Was?«

»Dass Lenny mir die richtigen Leute bringt. Wo ist er denn? Sonst ist er immer pünktlicher als ich.«

»Er war schon da und kommt gleich wieder.« Ich zeige auf sein Buch. »Kann man das? Einen Staat gründen? Einfach so?«

»Klar.«

»Wie?«

»Gar nicht so schwer.«

»Wollen Sie das?«

D.T. nickt und verstaut das Buch in seiner roten Tasche.

»Warum?«

»Ich will mich nicht mehr regieren lassen.«

»Aha.«

»Ich weiß mehr über Menschen als die meisten Politiker. Wozu erziehen sie das Volk? Zu Parasiten. Feig, schwach, keine Zivilcourage. Bei *mir* wachsen die Leute über sich hinaus. Ich hole das *Letzte* heraus, das *Beste*! Ich zeige ihnen, wie man die

Natur bezwingt. *Wunder* wirken lernen sie bei mir. Sind Sie schon durchs Feuer gelaufen?«

Ich schüttle verneinend den Kopf.

»Noch keine Feuertaufe«, stellt er fest.

»Ich bin zu feig.«

D.T. lacht mich an: »Aber nicht mehr lang. In Wembley reden wir weiter.«

Plötzlich hört er zu lachen auf: »Wie heißt du?«

»Mimi Tulipan.«

»Mimi Tulipan. Mimi *Tulipan* … klar! Du bist Marlons Verlobte!! Das erklärt *alles*.«

»Freundin«, korrigiere ich.

»Wieso? Heiratet ihr nicht? In einem Monat? In Bath?«

»Ich nicht.«

»Was???« D.T. lehnt sich zurück und grinst. »Interessant.«

»Tut mir Leid wegen eurer Partei und dem Wahlkampf.«

D.T. grinst noch immer:

»Mach dir keine Sorgen! Die Sache ist abgesagt. Nur Marlon ist so stur und glaubt noch dran.«

»Er glaubt auch noch an die Hochzeit, ich kann sagen, was ich will, er akzeptiert es nicht.«

»So war er immer. Er denkt, wenn er lang genug dahinter ist, setzt er seinen Willen durch. Ich hab England vergessen. Ich gründe meinen eigenen Staat.«

»Wo?«

»Im Paradies.«

»In einem *irdischen* Paradies?«

»Sicher«, D.T. lacht, »dann besuchst du mich.«

»Auch wenn ich nicht mehr mit Marlon bin?«

»Dann erst recht.«

Plötzlich steht Lenny vor uns. Wir haben ihn gar nicht kommen sehn.

»Wie gibt's das?«, will er wissen und setzt sich neben mich. »Wie habt ihr euch erkannt?«

»Jaaaaa, das ist die Frage«, sagt D.T. süffisant, »Instinkt nennt man das.«

»Und?«, fragt Lenny besorgt. »Versteht ihr euch?«

D.T. klopft ihm beruhigend auf die Schulter:

»Ausgezeichnet, *old boy*.« Er lacht kurz auf.

Dann bestellt er für uns Kaffee: »Bevor wir zum Film kommen, gleich die Neuigkeit: Ich eröffne ein Büro in Paris.«

»In einem Hotel?«, fragt Lenny.

»In der neuen Wohnung beim Eiffelturm. Die ist groß genug. Wembley ist ausverkauft, Hawaii ist ausverkauft, die Sache in Südfrankreich war gut, muss aber noch besser werden. Dazu brauche ich Leute in Paris.«

»Ich kann dir welche schicken. Ich kenn mich hier schon aus«, sagt Lenny diensteifrig.

»Später. Zuerst kommt Dolly Macintosh. Die liebt Paris. Französisch kann sie auch.«

»Welche Dolly?«, fragt Lenny misstrauisch.

»Meine Vorgängerin«, erkläre ich, »Fotografin aus Schottland.«

»Kann aber auch gut organisieren«, sagte D.T., »hat schon viel für mich gemacht. War immer zufrieden. Und jetzt erzähle ich euch von Hawaii.«

Ich höre zu, gebannt, und beobachte ihn dabei.

Was hat er mit Marlon gemein?

Höchstens den Mund. Der ist auch hungrig, groß, voll starker weißer Zähne. Das Kinn ist stärker als Marlons Kinn, das Gesicht ist kantiger, die Augen größer, die Ohren sind nicht gestochen.

Seine scharfe Nase fällt nicht extra auf wie Marlons Adlernase. Er dürfte auch etwas jünger sein. Ist auch kleiner. Dafür aber sehnig und völlig durchtrainiert.

Marlons Farben sind hell:

Grüne Augen, graues Haar, weiße Haut. D.T. ist gebräunt, als käme er gerade von einer Weltumseglung zurück.

Während er uns erzählt von Hawaii, dem Prachthotel, wo das Seminar stattfindet, dem paradiesischen Park, den Vorbereitungen, den Helfern, liegt ein fanatischer Zug in seinem Gesicht. Die schwarzen Augen funkeln, Kraft hat er! Das ist klar.

»Ihr filmt schon auf der Reise«, sagte er, »im Flughafen, im Flugzeug, ihr fliegt mit einer Gruppe Inder. Nette Leute, Freunde von mir. Ich stelle sie euch vor in Wembley. Sie kommen auch nach Fidji. Ja, Fidji ist auch schon ausverkauft. Nur Europa hinkt noch nach. Im Herbst wird das hoffentlich besser. Mit dem neuen Büro in Paris.«

Während er spricht, sieht er ständig zu mir. Manchmal lächelt er mich an. Ja, er fragt mich sogar zwei Mal um meine Meinung und hört mir aufmerksam zu.

Ob er mich wirklich dazu bringt, durchs Feuer zu gehen? Da müsste ein Wunder geschehn.

Spätabends, als ich wieder zu Hause bin, balzt das Telefon. Ich erwarte einen Anruf von Joel, doch es ist Lenny.

»Mimi, *honey*, Kompliment. Wenn ich nicht wüsste, wie er veranlagt ist, würde ich sagen, D.T. ist verliebt in dich. Singt dein Loblied, du bist sensibel, intelligent, einfühlsam, schön, was hast du mit ihm gemacht? Bevor ich gekommen bin?«

»Geheimnis!«

»Ehrlich! So kenne ich ihn überhaupt *nicht*. Er ist sanft wie ein Lamm, geht auf alles ein, das Budget ist akzeptiert, auch dein Honorar, stell dir vor, ich hab *mehr* ausgehandelt für dich, und es ist sanktioniert.«

»Danke! Dafür kaufe ich ein paar schöne Möbel. Habt ihr über Marlon gesprochen?«

»Kein Wort. Außer … weißt du, was er sagt? D.T.? Er hat die Wohnung bezahlt. Von *seinem* Geld!«

»Stimmt vielleicht. Ich glaub nur mehr die Hälfte von dem, was Doktor Macdonald erzählt.«

»Wie gefällt er dir?«, fragt Lenny nach einer kurzen Pause.

»Wer? D.T.?«

»Ja.«

»Gut.«

»Me-he-he-he-he«, lacht Lenny los, »das hab ich *gewusst*. Nach deiner Musterrolle. So! Baby!! Bin ich ein guter Produzent?«

»Der Beste. Ich freu mich auf den Film.«

»Ich mich auch.«

»Bist du noch im Büro?«

»Ich bin zu Hause. In der Küche. Vor der Music-Box.«

»Und Peggy?«

»Im Bett. Du, wir fahren *beide* mit nach Wembley! Peggy ist ganz wild, die traut sich, ehrlich.«

»Du lässt sie über glühende Kohlen gehn?«

»Ich *lass* sie nicht, sie *will*! O.K., *honey*, Peggy ruft. Wir sprechen morgen. Gute Nacht.«

»Gute Nacht. *And sweeeeeet dreams*.«

Ich lasse mich zurückfallen in die seidenen Kissen. Das war ein interessanter Tag. Jetzt kenne ich einen weltberühmten Guru, der mir noch dazu sympathisch ist. Nur, wenn das so weitergeht, werde ich noch *Expertin* für *Transvestiten*. *Nie* hätte ich das gedacht!

In dem Moment ruft Marlon an: Er meldet sich täglich und tut, als wäre alles in Butter. Jetzt aber klingt er besorgt.

»Du hast meinen Cousin getroffen?«

»Habe ich.«

»Und wie war's?«

»Aufregend.«

»*Aufregend?*«, wiederholt Marlon irritiert. »Das fängt schon gut an! Was immer er sagt über mich, glaub ihm *kein Wort*!«

»Von wo rufst du an?«

»Brasilien.«

»Hast du die Insel gefunden? Für euren Staat?«

»Staat?«, fragt Marlon mit belegter Stimme. »Was für einen Staat?«

»Den ihr gründen wollt. Ihr zwei.«

»Woher weißt du das?«

»Von Lawry.«

»Das hat er *gesagt*?«

»Das hab ich erraten.«

»Aber … das ist streng *geheim*. Das darf keiner wissen. O.K. Das besprechen wir, wenn ich wieder da bin. Und triff ihn *nicht allein* – du, ich hab mir ein Kleid gekauft. Passt zu den roten Stöckelschuhn! Auf morgen, *darling, kiss-kiss*!«

Ich springe auf und trete ans Fenster.

Es ist Nacht geworden und immer noch so heiß wie am Tag. Alle Türen zur Terrasse sind weit offen.

Ich stehe im Dunkeln.

Auch drüben, in der Prinzen-Residenz brennt kein Licht. Die Wohnung liegt mir genau gegenüber. Ich sehe direkt in drei von Marlons Schlafzimmern, in das Büro und in den Blauen Salon. Nirgends ein Lichtschimmer. Wo ist D.T.? Wohnt er im Hotel? Oder ist er wieder weggeflogen? Mit seinem Privatflugzeug? Und den sieben Perücken? In sein irdisches Paradies?

Ich trete auf die Terrasse.

So! Jetzt kommt das, worauf ich gewartet habe. Es ist Punkt dreiundzwanzig Uhr. Und wie zu jeder vollen Stunde seit der Jahrtausendwende beginnt der Eiffelturm zu glitzern wie ein Christbaum, der von oben bis unten voll Wunderkerzen steckt.

Fast eine Million Glühbirnen hat man angebracht, vor Silvester! Das weiß ich aus den Nachrichten. Zehn Minuten dauert das Schauspiel, und es passt genau ins Drachenjahr.

Der Eiffelturm glitzert und funkelt und gleißt!

Als es vorbei ist, ruft Joel an, mit seiner dunklen, langsamen, erotischen Stimme. Und sagt mir die süßesten Worte. Übermorgen ist er bei mir. Übermorgen um diese Zeit liege ich in seinen starken Armen, geborgen, entspannt …

Ich seufze laut auf!

Dann tue ich was, das habe ich noch nie getan. Ich knie mich auf das Podest mit dem Opiumbett, falte die Hände und danke meinem Schöpfer aus voller Brust, dass es auch noch *normale* Männer gibt, die Frauen wirklich *lieben*. Männer wie Joel … talentiert für alles Schöne, sinnlich, zärtlich, sanft. Dann sinke ich in die Kissen. Und lächelnd, in der Vorfreude auf Mittwoch, schlafe ich ein.

Kapitel XIII

Ich koche!

Ab und zu freut mich das.

Ich koche für Joel. Er rief an, aus Budapest, um acht Uhr abends ist er da.

Die Zeit nach dem Homöopathie-Seminar verging wie im Flug. Heute ist Mittwoch, der 21. Juni. Der längste Tag und die kürzeste Nacht im Drachenjahr. Außerdem ist in Paris Fest der Musik. Vor vielen Stadtpalais, Schulen, Kirchen, auf den wichtigsten Plätzen in St. Germain, am Montmartre, auf den Champs Elysées wird konzertiert. Auch vor Invalides. Und hinter mir, an der École Militaire, und drüben, in der süßen, kleinen Rue Augereau.

Wo aber ist die schönste Bühne aufgebaut?

Direkt vor uns, im Champ de Mars, zu Füßen des Eiffelturms.

Man hört aber nicht nur bekannte Orchester. Alle Amateure wurden gebeten, zu zeigen, was sie können. Und von Klassik über Big-Band, Rock, Pop, Funk, Hip-Hop, Rap bis zum dröhnenden Techno ist alles da.

Natürlich auch Salsa. Und Jazz. Und Blues. Ja, sogar Country and Western hört man in dieser kurzen, heißen Nacht der Sommer-Sonnenwende beim Fest der Musik in Paris.

Gespielt wird erst ab dreiundzwanzig Uhr, wenn es dunkel wird. Denn heute ist es hell bis halb elf! Um acht aber ist schon alles chaotisch, die Straßen gesperrt, halb Paris zu Fuß unterwegs, viel Polizei, Cafés und Restaurants zum Bersten voll.

Doch bis acht sind noch zwei Stunden Zeit. Jetzt ist es erst sechs. Und ich koche für Joel.

Ich habe schon gebadet, Haare frisch gewaschen, mich mit Sesamöl am ganzen Leib massiert, die Haut ist seidenweich und strahlt, und jetzt mache ich Peperonata. Aus roten und gelben Paprika, die ich liebevoll schäle, denn nur so ist sie wirklich gut.

Gestern habe ich den ganzen Tag brav gefastet.

Mein Bauch ist erfreulich flach, und ich trage nur einen weißen Bikini, denn das Wetter ist wie an der Riviera. Ich bin fast fertig, da läutet es an der Tür. Wer ist das? Die kleine Mia steht vor mir.

»Darf ich herein?«, fragt sie mit ihrer hellen Kinderstimme.

»Jederzeit.«

Mia trägt schwarze Hosen, rote Schuhe und ein silbernes Mieder, das ihre Brust und die schönen Schultern betont. In der Hand hält sie einen riesigen, weißen Sack.

»Du kochst?«

»Später kommt Besuch«, sage ich vergnügt.

»Joel aus Budapest, stimmt's? Dass du dich das *traust*!«

Sie stellt den Sack unter die große Palme.

»Wieso? Mit Marlon ist es aus!«

»*Er* sieht das aber anders.« Sie setzt sich zu mir an den Bambustisch. »Brauchst du Hilfe?«

»Danke, nein. Alles unter Kontrolle. Gibt's was Neues?«

Mia holt tief Luft. »Du kannst mir gratulieren«, sagt sie dann.

»Gern. Wozu?«

»Seit gestern bin ich Freifrau.«

Ich lasse das scharfe Messer sinken: »Ingmar ... hat ... dich *verlassen*?«

»Leider nicht. Aber seit gestern Nachmittag bin ich glücklich geschieden.« Sie beginnt zu kichern und hört nicht mehr auf.

»Du machst Witze. Stimmt's?«

Mia schüttelt den Kopf und kichert weiter.

»Scheidungen dauern Jahre!«

Die kleine Mia nickt. »Lach jetzt nicht, Mimi. Zwei Wochen nach der Hochzeit hab ich sie schon eingereicht.«

»Die Scheidung? Wieso?«

»Damit er sich schreckt und aufhört mit der Sauferei. Hat aber nichts genützt.«

»Und jetzt?«

»Ist er beleidigt. Liegt im Bett und redet nicht und isst nichts und wäscht sich nicht und trinkt Schnaps. Den ich zahlen muss.«

»Wieso ... musst *du* zahlen?«

»Er verdient nichts. Hat nie was verdient, hat überhaupt kein Geld.«

»Das weiß ich gar nicht.«

»Ich hab's niemandem erzählt. Kann ich bei dir übernachten?«

»Normalerweise schon. Nur heute nicht. Oder – weißt du was? Du schläfst drüben. In der Prinzen-Residenz.«

»Glaubst du, das geht?«

»Sicher. Wenn Marlon anruft, frag ich ihn.«

»Wenn er nicht anruft?«

»Er mag dich. Ist ihm sicher recht. Was hast du eigentlich in dem Sack?«

»Eine Überraschung. Für die Kostümprobe. Übermorgen. Marlon hat gesagt, er ist Freitag wieder da. Stimmt's? Ich will, dass du ihm das gibst. Gleich wenn er kommt.«

Mia holt den Sack und zieht ein prachtvolles Federgebilde hervor, blaue und weiße duftigste Plümme, über einen halben Meter lang, die bei der kleinsten Bewegung zittern und sich wiegen mit einer Grazie, dass mir die Luft wegbleibt.

»Der Fächer!«, sagt sie stolz.

»Ist *der* schön!«

»Warte nur, bis du dein Kleid siehst. Fast so schön wie auf dem Bild von Maurice Quentin de la Tour. Helle Seide, Volants bis zum Saum, bestickt mit Gold und Blau, und für mich als Trauzeugin dasselbe in Rosa. Rosa und Gold.«

»Mia, du bist die Beste von ganz Paris! Aber ich heirate nicht. Das weißt du genau!«

»Auch nicht zum Spaß?«

»Nein!«

»Bitte! Sonst verdiene ich nichts. Marlon hat mir einen Vorschuss bezahlt, den müsste ich zurückgeben. Kannst dich ja gleich wieder scheiden lassen.«

»Fällt mir nicht im Traum ein! Ich mag ihn nicht mehr.«

Mia nimmt den Fächer, öffnet ihn und tanzt damit in der Küche herum. Plötzlich ist sie übermütig wie ein Kind.

»So ein reicher Mann. So was kriegst du nie wieder.«

»Stimmt.«

»Und großzügig. Und frei! Nicht verheiratet. Weißt du, wie selten das ist?« Sie bleibt vor mir stehn.

»Du hast Recht.«

»Und die prächtige Wohnung!«

»Meine ist mir lieber.«

»Der Riesenbrillant.«

»Leider falsch.«

»Das glaub ich nicht. Und die Million Pfund?«

»Krieg ich *nie*! Das ist nur ein Köder.«

Die kleine Mia hält den Fächer über ihren Kopf und macht mir eine Reverenz:

»Ich verlass mich auf dich. *Du* machst die *Regie,* dir wird schon was einfallen.«

»Was?«

»Wo jeder von uns auf seine Rechnung kommt.«

Sie schließt den Fächer und steckt ihn vorsichtig in den weißen Sack zurück.

Ich denke kurz nach.

»O.K. Ich fahre zur Hochzeit nach Bath. Und am Standesamt sage ich NEIN!, und *du* sagst JA!«

Das war als Scherz gemeint. Doch die kleine Mia nimmt es ernst. Sie starrt mich an mit offenem Mund.

»Du willst ihn *wirklich* nicht?«

»Nein. Und du?«

»Ich schon. Der fasziniert mich, der Mann.«

»Er ruft dich schon die ganze Zeit an. Gib's zu.«

Die kleine Mia wird rot: »Aber nur *beruflich*. Wir sprechen *nur* über *Kleider* für den *Film*.«

»Und dass du mich überreden sollst! Zum Heiraten. Nützt aber nichts. Ich will ihn nicht als Verlobten und nicht als Mann. Und als Liebhaber schon *überhaupt* nicht! Du kannst ihn haben. Aber ich warne dich: Leicht ist es nicht mit ihm. Du weißt, wie er sich aufführt im Bett, das hab ich dir erzählt. Außerdem schreibt er Pornobücher unter Pseudonym, und ich bin mir nicht sicher, ob er nicht ab und zu mit einem Mann … weißt schon was …«

»Aber das viele *Geld*!«

»Nimm ihn, wenn du willst. Ich hab ihn lang genug gehabt.«

»Ich überleg's mir«, sagt die kleine Mia nach einer längeren Pause und fängt wieder an zu kichern. »Glaubst du *wirklich,* dass er mich mag?«

»Ganz sicher. Du warst ihm sympathisch vom ersten Tag an. Gib mir deine Daten. Ich schicke ein Fax an das Standesamt in Bath, wir ändern das Aufgebot auf dich.« Wir sehen uns an und brechen gleichzeitig in lautes Lachen aus.

»Wenn das funktioniert, schenk ich dir das Kleid von der Pompadour.«

»Danke. Musst du aber nicht.«

»Doch!« Die kleine Mia sieht mich dankbar an. »Weißt du, ich bin *gern* verheiratet. Ich hab mich schon gefragt, wen ich als Nächsten ... aber dass es soooo schnell geht. Und so eine gute Partie ... Wann kommt Joel?«

»Um acht.«

»Was machst du, wenn Marlon früher zurück ist?«

»Nichts. Dann kennt er sich gleich aus.«

»Kann ich in dem rosa Herz schlafen?«

»Aber gern. Gewöhn dich nur dran. Je früher, desto besser.«

Die kleine Mia sieht auf die Uhr: »Ich muss noch ein paar Sachen kaufen.«

»Dann geb ich dir den Schlüssel mit, aber verliere ihn nicht.«

»Keine Angst. Falls Ingmar anruft, du weißt nicht, wo ich bin. Ich geh erst wieder nach Haus, wenn er ausgezogen ist.«

»Weiß er das?«

»Ja. Nur, er will nicht weg. Er sagt, verheiratet oder nicht, wir können trotzdem zusammen sein ... aber du, ich kann ihn nicht mehr *riechen*. Und wenn ich eine Flasche sehe, mit Schnaps, wird mir schlecht.«

»Soll ich reden mit ihm?«

»Nein ... außer du kennst eine reiche Frau mit großer Wohnung, die einen schönen Schweden sucht, der säuft.«

»Was sagt deine Mutter dazu?«

»Er tut ihr Leid. Sie mag ihn. Logisch, dass ihr das Trinken nicht passt. Ja, liebe Grüße an dich. Ich komm grad von ihr, die Falten sind fast weg, die Haut ist praktisch wieder normal. Sie ist dir *ewig* dankbar! Du kriegst ein Geschenk. Ich soll dich fragen, was du dir wünschst.«

»Ihren berühmten Mohnkuchen, den sie gemacht hat. Für die Osternacht. *Und* das *Rezept*!«

243

»Das wird sie freuen. Mehr willst du nicht?«

»Danke. Das genügt.«

Als Mia geht, ist es kurz nach sieben.

Eine Stunde Zeit, um alles auf Glanz zu richten, wie es sich schickt für einen hochwillkommenen Gast.

Manche Männer können nicht essen vor einer Liebesnacht. Joel kann nicht lieben, ohne zu essen.

Er braucht ein üppiges, sinnliches Dîner, ehe er eine Frau in die Arme nimmt. Doch dann ist er in Hochform, wenn's sein muss, die ganze Nacht. Also, womit warten wir auf? Außer mit gegrillten, liebevoll geschälten roten und gelben Paprika? Kalte Spinatsuppe mit Gewürzen, Taboulé mit frischer Minze. Tomaten, gefüllt mit Mandeln und Oliven, Linsen-Curry mit Kokosmilch, Ladyfingers in scharfer Sauce, frischer grüner Spargel und Christophine, ein würziges Püree aus Brotfrucht, gratiniert. Dazu Lassi mit Salz, frisches Brot, und zum Nachtisch einen Fruchtsalat aus Pfirsichen, Erdbeeren, Mangos und Ananas.

Ich habe alles selbst gemacht, es ging mir flott von der Hand, ja, ja, LIEBE liegt in der Luft, da macht das Kochen Spaß.

Ich decke den Bambustisch mit meinem schönsten Porzellan, Schlaggenwald, 1837, dazu das englische Silber und die schweren geschliffenen Gläser (Geschenk meiner Mama). Als alles fertig ist, setze ich mich auf den bequemen Korbstuhl unter der großen Palme. Und seufze. Und lege die Beine hoch. Und lackiere schnell die Nägel auf den Zehen nach. Anziehen werde ich mich nicht. Es ist zu heiß, der Bikini genügt, und ich trage Joels Goldarmband mit dem *FIREWALK*. Joel, Joel … langsam werde ich aufgeregt. Mein Herz klopft stärker, es flirrt im Bauch, meine Wangen sind rot, ich atme schneller, der Hunger ist wie weggeblasen, ich muss unentwegt seufzen vor Glück, denn Marlon ist weit weg. Heute stört er uns nicht!

Plötzlich aber kriege ich Angst: Marlon! Klimakterium! Ich habe in letzter Zeit zu viel Negatives gelesen über den Wechsel. Was ist, wenn die Propaganda stimmt und es nicht Marlons Schuld war, dass es so schmerzte im Bett, sondern ich? Weil mein Leib nicht mehr zur Liebe taugt?

Ich habe es noch nicht erwähnt, doch die erste Nacht in Kapstadt war ich starr verkrampft, vom Kopf bis hinab ins gelobte Land. Nur mit sehr viel Vaseline und grimmiger Entschlossenheit gelangte er endlich zu mir. Es war eine zweite Entjungferung. Es tat weh. Und wurde nie mehr wie es früher war!

Was, wenn das heute wieder so wird? Ist der Wechsel schuld? Unsinn, Mimi Tulipan! Das schreibt man nur, damit wir Frauen in Panik Hormone kaufen. Angst ist das beste Geschäft! Außerdem, von Hormonen wird man *dick* und *krank*. Und Kranke sind erwünscht! An Gesunden verdient man nichts! Sagt der Verstand!

Ich trete hinaus auf die Terrasse.

Unter mir ist ein Wirbel wie im Karneval. Unzählige Menschen drängen sich bereits auf dem Champ de Mars. Fast vierhunderttausend sollen es werden bis dreiundzwanzig Uhr, wenn das Konzert beginnt.

Die Bühne ist fertig aufgebaut, die Scheinwerfer sind montiert, die Lautsprecher werden jetzt getestet mit schrecklichem Krach, es pfeift und dröhnt um mich herum – trotzdem höre ich das Telefon. Es ist Joel!

»Mimi, Chérie, ich bin vor der Tür. Wie heißt der Code?«

»0002D. Zweitausend verkehrt und D für Drachenjahr.«

»Letzter Stock? O.K. Bin gleich bei dir!«

Und dann steht er vor mir, mit einem großen, schwarzen Seesack, was mich überrascht. Joel reist nämlich immer nur mit kleinen Taschen um die ganze Welt. Was mag wohl in dem Seesack sein? Doch ich vergesse es sofort: Joel nimmt die Brille ab, sieht mich lange an mit seinen schönen, goldenen Augen und lächelt stumm.

Ich lächle zurück und schweige ebenfalls, und dann fallen wir uns in die Arme und halten uns fest und wiegen uns hin und her, und ich denke: Ja! So! *So* fühlt sich das an, wenn alles stimmt.

Ein echter Mann drückt mich an sich, der mich nicht heimlich beneidet um meine kleinen Hände und Füße, den Hals ohne Adamsapfel, die zarte Haut ohne Bart, die echte Brust ohne Silikon, nein, er *liebt* mich dafür!

Und er hasst mich nicht im tiefsten Innern, weil ich hohe Stöckel tragen kann in der Öffentlichkeit und hübsche Kleider und

Schmuck und Lippenstift, nein, er findet das *wunderbar*! Und das Beste: Er gönnt mir mein Talent. Im Unterschied zu Marlon, der jetzt auch der Regisseur sein will!

Joel macht perfekte Kamera. Mehr will er nicht. Den Rest überlässt er mir.

»Ahh, *ma chérie*«, sagt er, »*endlich*. Das war lang!«

»Sechs Monate.«

»Das tun wir nie wieder.«

»Absolut.«

Er hält mich von sich: »Hübscher Bikini. Extra für mich?«

»Nur für dich.«

»Und deine Haare sind gewachsen. Steht dir gut, *mon ange*.«

Wir schmiegen uns wieder aneinander. Und küssen uns. Es ist so aufregend, als wäre es das erste Mal, denn zwischen uns stimmt die Chemie. Kaum berührt er mich, will ich ihn. Das war schon immer so.

Joel ist frisch rasiert, aber, Gott sei gelobt, nur im Gesicht. Und dann stehen wir in meiner hohen, hellen, festlichen Bambusküche, mit dem extra gekauften, riesigen, roten Tulpenstrauß. Die letzten Sonnenstrahlen vergolden die Palmen und den Tisch, der sich vor Köstlichkeiten biegt.

Joel reißt die Augen auf:

»Das ist *nur* für uns *zwei*?«

»Genau.«

»Du verwöhnst mich, *ma Chérie*. Und die schönen bunten Teller. Das ist ein echtes Festbankett. Was feiern wir?«

»Wiedervereinigung. Nach einem halben Jahr. Setz dich. Nimm Platz. Bist du nicht furchtbar müde?«

»*So* müde auch wieder nicht.« Er grinst mich an.

»Was heißt das?«, frage ich voll Unschuld.

»Wirst du schon noch erraten, *mon enfant*. Ahhhh, *schön* ist es bei dir.«

Wir setzen uns auf die breite Bank aus Bambus, die vor den hohen, geschwungenen Fenstern steht.

Davor der festlich gedeckte Tisch.

»Gut sieht das aus«, nickt Joel und senkt sein geschultes Auge auf die Möbel. Wir haben sie nämlich gemeinsam ausgesucht, in

Bali, wo wir drehten vor einem Jahr, »hübsch mit den Palmen. Und man sitzt so bequem.«

»Die Kissen sind aus Paris. Passen aber gut dazu. Darf ich dir auftragen? Reich mir den Teller. Was willst du zuerst?«

Wir beginnen mit der kalten Suppe. Gefolgt von Spargel, Curry und Christophine.

Ich habe meinen silbernen Champagnerkübel bereitgestellt, und drin, im Eis, steht der Krug mit dem Lassi. Joel trinkt gerade keinen Alkohol. Es gibt auch Mineralwasser, frische Kokosmilch und Mangosaft.

»Schmeckt's?«, frage ich neugierig, denn Joel isst zu Haus am liebsten Fleisch.

»Wunderbar«, er lässt die Gabel sinken, »ganz exzellent. Du hast das alles allein gemacht?«

»Mhm.«

»Ich hab nicht gewusst, dass du so gut kochen kannst. Merkst du was?« Joel beginnt sanft zu lachen.

»Was?«

»Das ist das erste Mal, dass du mich zum Essen bittest. Zu dir.«

»Früher war nie Zeit.«

»Das hat sich geändert, Gott sei Dank.« Er legt das Besteck weg, nimmt meine Hand, sieht mich lange an. »Ist dir klar, dass ich heute bei dir bleiben kann? Ich muss *nicht* nach Brüssel mit dem letzten Zug? Ich kann bleiben, so lang ich *will*?«

Ich nicke froh.

»Ich muss mich auch nicht entschuldigen, nicht anrufen, nicht lügen, nie hätt ich gedacht, dass das noch kommt.«

»Weißt du, was meine Mutter immer sagt?«

»Was?«

»Man muss es nur erwarten können.«

»Deine Mutter hat Recht.«

»Und sorg dich nicht wegen der Scheidung. Es geht sicher alles gut.«

Joel führt meine Hand an seine vollen, weichen Lippen und küsst sie schnell: »Hoffentlich hast du Recht.«

»Du musst dran glauben. Dann trifft es ein.«

Wir essen weiter und trinken und lachen und reden über D.T., Hawaii, die kleine Mia, die Hochzeit in Bath, nur über Doktor Macdonald reden wir nicht. Keine einzige Frage hat mir Joel bis jetzt gestellt … dabei platzt er vor Neugier. Das seh ich ihm an. Aber heute fragt er noch, wetten? Ich hab ein Gefühl dafür.

»Freitag in einer Woche sind wir in Wembley«, sagt Joel und sieht auf mein Armband mit dem *FIREWALK*, »da wirst du stolz sein auf mich.«

»Bin ich sowieso.« Ich stehe auf.

»Bleib sitzen. Was willst du? Ich hol's dir.«

»Den Obstsalat. Er ist im Kühlschrank.«

Schon bringt er die schöne eckige Schüssel aus kostbarem, altem Porzellan, teilt aus, kostet und verdreht die Augen vor Genuss.

»Ahh! Mangos! Erdbeeren. Ananas … und noch was. Aber was?«

»Pfirsich.«

»*Deshalb* schmeckt es so fein!«

Dann wird er still. Aha! Jetzt kommt die Fragestunde über Marlon. Wenn mich nicht alles täuscht.

»Darf ich dich was fragen, *ma Chérie*?«, beginnt er sanft.

»Gern.«

»Auch was Indiskretes?«

»Frag, was du willst.«

»Also, wie … ist das, mit … mit einem Transvestiten?«

»Anfangs interessant. Unmöglich am Schluss.«

»Wieso?«

»Man verliert das Selbstbewusstsein als Frau.«

»Warum?«

»*Er* will glänzen. *Er* will die Bewunderung. *Er* will der Schönste sein. Nie ein Lob für *dich*. Für ein Kleid, ja. Aber nie für dich *selbst*. Weißt du, ich kenne die Frau, mit der er vor mir zusammen war.«

»Ja? Und wie ist sie?«

»Alt, grau, ungepflegt, wie durch den Sumpf geschleift. Bemüht sich nicht mehr. Warum auch? Es bringt nichts. Machst du dich hübsch, bist du nur die böse Konkurrenz.«

»Und wie ist er im Bett?« Joel grinst.

»Ahhh, *das* willst du wissen?«

»Unbedingt! Da lernt man was.«

»Kompliziert«, sage ich. Und denke: Gleich fragt er mich, wie Marlon gebaut ist. Typisch Mann.

»Wie ist er denn gebaut?«, kommt es wie aus der Pistole geschossen.

»Kein Vergleich mit dir!«

Joel nimmt es befriedigt zur Kenntnis. »Kann er?«, fragt er dann.

»Ununterbrochen.«

»Was??«, ruft Joel entsetzt. »*Ununterbrochen?* Ein *Transvestit?*«

»Er nimmt aber keine Rücksicht. Er ist zu grob. Willst du wissen, was er gesagt hat? Das erste Mal?«

»Ich will! Nur drauflos!«

»Er hat gesagt: *Bitte* mich, *Sklavin! Ask for it!* Kennst du dich aus?«

»Ahhh, aus *dem* Eck. Arme Mimi.«

»Ich hab aber nicht mitgespielt. Weißt du was? Reden wir von was anderem. Zu empfehlen ist er jedenfalls nicht. Im Unterschied zu dir.«

»Sooooo? Im Unterschied zu *mir*?«, lacht Joel und reißt seine goldenen Augen auf. »Danke für die Blumen. Ist das wahr, *ma Chérie*?«

»Dass du zu empfehlen bist? Du bist der Wunschtraum jeder Frau.«

Joel umarmt mich fest. Dann springt er hoch:

»Komm! Wir räumen ab!«

»Warum so schnell?«, frage ich, als wüsste ich es nicht haargenau.

»Kein Kommentar! Du nimmst die Gläser, ich wasche die Teller. Dann sind wir gleich so weit.«

Ehe ich beginne, mache ich aber noch die Vorhänge zu. Ich kenne Joel. Gleich zieht er sich aus.

Er läuft nämlich privat am liebsten nackt herum.

»Du gestattest?« Joel öffnet sein Hemd. »Mir ist viel zu heiß!«

Blitzschnell entkleidet er sich, so schnell, dass ich lachen muss.

Aber dann lache ich nicht mehr. Ich stehe nur da, Gläser in der Hand, und staune über den Unterschied zwischen angezogen und nackt.

Bekleidet wirkt Joel wie ein Bär. Nackt ist er der schönste Mann, den man sich vorstellen kann. Starke Muskeln, flacher Bauch, goldschimmernde Haut, schöne Hände und Füße, starkes, festes, dicht gelocktes blondes Haar.

Goldene Löckchen auch auf der Brust, bis hinab zum Nabel und dann noch weiter, wo sie sich spielerisch kräuseln um den schönsten Phallus von Paris, der mir bis jetzt nur Freude bereitet hat. Ob das heute wieder so wird? Gute Frage! Doch ich fürchte mich nicht mehr. Was kommt, das kommt.

Joel hat meinen Blick bemerkt.

»Entschuldige«, sagt er und lacht, denn sein Schmuck steht kerzengerade in die Luft. »Das ist *deine* Schuld, *ma petite*, ich kann nichts dafür.«

»Kein Problem, das bin ich von dir gewöhnt.«

Und es stimmt. Seit ich ihn kenne, NIE hab ich je an ihm was hängen gesehn. Nicht einmal die Mundwinkel. Interessanter Gedanke. Gibt's da vielleicht einen Zusammenhang?

Joel legt schmunzelnd seine Sachen auf den Korbstuhl unter der Palme. Seine Wäsche, weiß, ohne Rüschen, Spitzen oder Plissés, seine Jeans, sein Hemd, sein Jackett.

»Darf ich duschen?«, fragt er dann.

»So lang du willst … Seife liegt bereit, frische Handtücher auch. Sag noch schnell: Gefällt dir Budapest?«

»Bildschöne Stadt. Prachtvolle Bauten, perfekte Kulisse für einen Spielfilm. Vielleicht machst du das einmal.«

»Was Romantisches?«

»Aber nur! *L'amour, l'amour!* Bin gleich zurück, *mon trésor*, dann zeigst du mir dein Opiumbett.«

»Ich warte auf dich im Schlafzimmer«, sage ich und gehe voraus. Und stelle fest: Mein Herz klopft bis zum Hals. Das hat sich auch nicht geändert, seit dem Wechsel, eine leidenschaftliche Frau fühlt immer gleich. Nur eins will man nicht mehr, sich auf Dauer verstellen. Und einen ungeliebten Mann an sich herumfummeln lassen. So blöd ist man nur in der Jugend. Oder wenn ein Rückschlag kommt. Wie Doktor Macdonald. Aber bitte, wer ist schon perfekt auf dieser Welt?

Jedenfalls, ich ziehe mich nicht aus. Ich werde mich entkleiden *lassen*. Joel tut das immer mit Genuss.

Kinder, ist das Leben schön!

Ich steige auf das grüne Podest, schlage die leichte Decke zurück und lege mich in mein verziertes Bett unter den prächtigen geschnitzten Himmel aus dunklem Holz.

Mit klopfendem Herzen blicke ich hinauf. Und entdecke gleich was Neues, im Eck zur rechten Seitenwand: einen bildhübschen Drachen mit Blume im Maul und einem Jungen neben sich. Nie vorher hab ich den bemerkt. Doch ich weiß, was die Blume heißt: Das Kind ist über das Schlimmste hinaus. Die Drachenfrau sucht wieder ein Mann.

Das passt!

»Mimi, dein *Bett*!!« Joel steht vor mir, frisch geschrubbt, splitternackt, die Haare nass, zu allem bereit, sanft beginnt er zu lachen. »So was sieht man auch nur bei dir. Das ist superb!«

»Nicht enttäuscht?«

»Ah, *ma Chérie*, das war die Reise wert. Und erst das, was *drinnen* ist.«

Er kniet sich zu mir: »Darf ich?«

Bedächtig kleidet er mich aus, sieht mich lange an: »Du veränderst dich nicht, *mon amour*, seit wir uns kennen, bist du immer gleich schön.«

Er küsst mich zart auf die Nase, dann legt er seinen lieben Kopf auf meinen Bauch, horcht – und beginnt sanft zu lachen.

»Warum lachst du?«

»Gluuu-gluuuu«, imitiert er, was er hört, »gluu-glu-glu. Viel los da drin.«

»Weil du mich so aufregst. Nur deshalb.«

»Das ist der grüne Spargel!«

»Nein! Du!«

»Ich?? So eine Wirkung hab ich auf dich?«

»Komm hoch. Verführer. Küss mich.«

»Also, ich küsse dich jetzt, *chérie*. Auf den Mund?«

»Ich bitte darum.«

Joel robbt hoch und legt seine vollen, weichen Lippen auf meine. Ich habe es noch nicht erwähnt, er hat eine unwiderstehliche kleine spitze Zunge, die man nie vermuten würde an dem großen, starken, goldenen Mann. Damit küsst er mich jetzt, nicht fordernd und wild, sondern zärtlich, voll Gefühl.

Wilde Schauer jagen über meinen Rücken, ich klammere mich an ihn, nie hat mich Marlon so geküsst!

Schwer atmend sinkt Joel dann zu mir auf das Opiumbett. Lange halten wir uns schweigend umschlungen. Keine Eile. Wir haben eine lange, heiße, weiße Nacht vor uns!

Unsere erste Nacht in Paris!

Es ist kurz nach dreiundzwanzig Uhr, als wir zusammenkommen. Draußen ist es dunkel geworden. Das Konzert auf der großen Bühne hat begonnen.

Sänger, Tänzer, Posaunisten, Gitarristen, Musik voll Schwung. Nach jedem Lied wilde Schreie der Begeisterung aus dem Publikum, das dicht gedrängt das Champ de Mars bedeckt. Dann tosender Applaus.

Doch wie aus weiter Ferne dringt er zu uns herauf.

Joel und ich. Wir hören nichts. Wir haben Wichtigeres zu tun. Wir müssen wieder zueinander finden, nach der langen Pause. Und beglückt stellen wir fest: Wir verstehen uns immer noch ohne Worte, wir brauchen nichts zu sagen, wir wissen instinktiv, was der andere will!

Joels liebe Hand ist zwischen meinen Beinen. Er ist kein Sexualberater, hat kein Buch verfasst über die Clit.

Doch er weiß, wozu Gott sie geschaffen hat, und ich brauche ihn nicht zu bitten, er streichelt mich dort von selbst. Und nicht zu fest! Und nicht mit trockenen Fingern. Jede Berührung schickt Wonneschauer über meinen ganzen Leib!

Und er lässt sich Zeit. Er liebkost mich *ewig*, wenn ich will. Doch ich brauche gar nicht lange. Ich sehne mich schon so nach ihm.

»Darf ich zu dir?«, flüstert Joel, dem das nicht verborgen bleibt.

»Komm!« Ich nehme seine Hand weg, küsse sie und drehe mich um. Joel versteht, legt sich seitlich hinter mich, weil er weiß, dass ich das mag.

Da liegt man nämlich ganz bequem, wird nicht müde, hält ewig durch, eng aneinander geschmiegt. Man ist eins.

Aber was, wenn es diesmal schmerzt? Wie mit Marlon? Joel ist doppelt so groß gebaut. Ach was, dann tut es eben weh.

Halb bewusstlos fühle ich, wie er sich Zoll um Zoll in meinen Körper drängt, bedächtig, ohne Hektik, ganz, ganz sacht. Und was geschieht? Es tut *nicht* weh! Halleluja!!

Im *Gegenteil*! Es tut so gut, mir entschlüpft ein kleiner Wonneschrei!

Joel hält sofort still: »War ich zu grob?«

»Nein! Es ist so *schön*!«

»Ahh, *ma chérie*, das *soll* es sein!«

Jetzt! Jetzt ist er ganz in mir, füllt mich völlig aus. Das hab ich fast vergessen. Er ist so *groß*! Ich kann mich nicht mehr rühren mit diesem riesigen Phallus in meinem Schoß.

Will ich auch nicht. Selig liege ich da und weiß: Gleich bricht das Glück über mich herein, in voller Wucht.

»Mhmmmmmmm«, brummt Joel, tief wie ein Bär, was mich halb wahnsinnig macht. Seine Brust vibriert dabei auf meinem Rücken, sein heißer Atem zittert in mein Ohr.

Dann beginnt er sich zu bewegen, wie nur er es kann. Nicht zu langsam, nicht zu schnell und tief! Intensiv!

Vor und zurück! Es brennt nicht, wetzt nicht, schabt nicht, sticht nicht, es ist unbeschreiblich gut. Und nicht nur für mich!

Joel stöhnt auf: »Mimi!! Halt *still*!«

Er ist so weit. Kein Wunder, nach der langen Abstinenz! Doch er hat sich im Griff. Rührt sich nicht. Nur sein Glied pulsiert in mir so stark, als hätte ich ein zweites Herz im Leib. Langsam beruhigt er sich. Und ich weiß: *Jetzt* gehört er *mir*. Jetzt kann er, solang ich ihn brauche. *So lange* ich *will*. Das weiß ich aus Erfahrung. Das war immer so.

»*Ahhh, mon amour*«, er lacht leise auf, »das war knapp!«

Er küsst mich auf den Hals mit seiner heißen, spitzen Zunge. Bebend vor Erregung liege ich in seinen Armen und warte, dass es weitergeht.

Joel legt seine Hände auf meine Brust. Schmiegt sich noch enger an mich und beginnt, mich wieder zu lieben. Bedächtig.

Ohne Hast. Das Blut dröhnt in meinen Ohren. Joel und ich! Diesmal ist es überirdisch schön!

Die Vorfreude war nicht umsonst. *LONG AND SLOW!* Stundenlange zärtliche Liebe. Marlon hat es versprochen. Joel löst es ein!

»*C'est bon?*«, flüstert er in mein Ohr.

»Mhm!« Sprechen kann ich nicht. Ich bin nicht mehr im Kopf. Ich bin überall dort, wo Joel mich berührt. Es singt in mir, es trommelt und pocht. Der innere Tanz hat begonnen, dreht mich wie ein Wirbelwind, fegt mich weg aus dieser Welt!

Ich bin ein zitternder Stern im Kosmos, ich strahle wie die Sonne, leuchte wie der Mond! Ich schwirre und flirre, bin überall zugleich, ganz hoch oben und ganz unten, dort, wo Joel und ich verbunden sind.

»*Oh, mon Dieu!*« Joel drückt mich fest an sich, und ich lass es geschehen, gebe mich völlig hin, denn ich weiß, er will mich nicht beißen, kratzen, schlagen, bestrafen, nein, er will mir Gutes tun!

Ich kann mich völlig öffnen. Denn mit Joel ist alles echt: Keine Trennung von Liebe und Sexualität, nein, Wolllust *und* Gefühl, Leidenschaft *und* Zärtlichkeit, beides vereint, und nichts auf der ganzen weiten Welt kann schöner sein.

Joel und ich! Wir brauchen kein Lehrbuch, keine Stellungen und Positionen, keine Verrenkungen, kein Pflaumenmus, wir liegen, wie es uns beliebt.

SCHMIEGSAM ist das Losungswort! Nicht Biegen und Brechen! Nicht Fi … (pardon) und Stechen. Diese grässlichen Worte, nur Stümper benutzen sie. Nie, seit ich ihn kenne, hat Joel einen ordinären Satz gesagt.

Obszön sein heißt *verachten*!

Keine Frau will das! Und kein Mann, der im Bett was kann!

Ach, das Warten hat sich gelohnt!

Es ist eine herrliche Nacht. Fest der Liebe – Fest der Musik!

Keine Schrecksekunde wie früher:

Was??? Schon so *spät*??? Muss er jetzt gleich weg? Zum Zug? Nein! Wir haben Zeit.

Vier ganze Tage. Vier kostbare Nächte. Nur auf Reisen waren wir bisher so lange zusammen. Und da hieß es immer VORSICHT! Damit keiner etwas merkt.

Das ist unsere erste, freie, unbeschwerte Zeit.

Joel ist in mir, über mir, um mich herum. Vor und zurück. Wir sind in einem wilden Rausch. Gleich sterbe ich vor Glück.

Wir haben keine Lampen angemacht. Es ist dunkel in meinem prächtigen Opiumbett. Wir lieben uns. Doch keiner kann uns sehn!

Die großen Fenstertüren stehen weit offen.

Starke Scheinwerfer bestrahlen die Bühne und die Bäume. Rote, weiße, grüne, blaue Lichtpfeile durchschneiden die warme Nacht. Man singt und springt unter uns und tanzt zur Musik. Immer noch bedeckt ein Menschenmeer das Champ de Mars. Immer wieder brausender Applaus.

Und zu jeder vollen Stunde glitzert der Eiffelturm.

»*Chérie*, kannst du kommen?«, höre ich Joels Stimme nach einer Ewigkeit.

»Wenn du willst«, stammle ich, kaum bei Sinnen.

»Lass dir Zeit. Ich halte aus, solang du brauchst.«

Um nichts zu verschweigen, Orgasmen waren lange Jahre nicht mein Fall. Mit den meisten Männern kam ich nie. Vor dreißig überhaupt nicht, nach vierzig ab und zu, erst jetzt, ab fünfzig, mit Joel fast jedes Mal.

Denn nicht nur ist er perfekt im Bett, ich kenne, wie erwähnt, inzwischen einen Zauberspruch, der Orgasmen bringt, und zwar *sofort*!

Ein einziger, genialer Satz aus der Schatztruhe des autogenen Trainings. Wie er heißt?

DAS BECKEN IST STRÖMEND WARM.

Nur fünf Worte, die man wie ein Mantra wiederholt, wenn man *jetzt* kommen will, *jetzt*! Zusammen mit dem geliebten Mann. Ein Nobelpreis gebührt dem Genie, der das erfand!

Wir liegen seitlich. Joel hat eine Hand frei. Damit liebkost er jetzt den kostbaren Punkt. Zum ersten Mal im Leben aber bräuchte ich das gar nicht mehr. Ich bin erregt wie nie zuvor! Ich bin ganz oben. War es schon von Anfang an!

DAS BECKEN IST STRÖMEND WARM! DAS BECKEN IST *STRÖMEND WARM*! Es wirkt!

Plötzlich habe ich eine Vision!

Zwar höre ich Joels verhaltenes Stöhnen an meinem Ohr, ich aber bin tief in meinem Innersten, in einer Höhle voll Glut. Blaurote Blitze zucken wonnevoll um mich herum, mein ganzes ICH besteht nur noch aus LUST!

Und jetzt! Jetzt, jetzt …

Die dunkle Höhle öffnet sich. Mit jedem Stoß ein bisschen mehr. Gleißendes Licht umhüllt mich ganz. Ich fliege hinein in das perfekte Glück, ruckartig zuerst, kurz hoch, dann *ewig* lange *ganz* hinauf.

Es singt in meinen Ohren, es klingt im Kopf.

Mein Herzschlag stockt!

Heiße Schauer rieseln von meiner Mitte aus über meinen ganzen Leib. Ich bäume mich auf! Ich bin im siebenten Himmel, viele, viele prickelnde Sekunden lang.

Und dann die Erlösung! Ohhhhh, ich *vergehe* vor Genuss!

»Komm! *Mon entfant, mon amour*! Jaaa! Sooooo!«

Joel löst sich von mir, dreht mich auf den Rücken, dringt wieder in mich ein. Küsst mich voll Leidenschaft und denkt zum ersten Mal in dieser Nacht an sich.

Er bewegt sich schneller, anders, so wie es für *ihn* am besten ist. Und das ist das Schönste auch für mich.

Ich öffne die Augen. Ich will ihn sehn, diesen großen, starken Mann, kurz vor dem Orgasmus! Ich erkenne ihn nur schemenhaft.

Nur wenn ein bunter Lichtstrahl die Terrasse trifft.

»*Je t'aime … je t'aime … je t'aime*«, keucht Joel im selben Rhythmus, wie er sich in mich drängt! Dann ein wildes Brummen, dass das Bett vibriert. Ein geballter, tiefer Stoß, der mich erschüttert bis ins Mark! Ein zweiter, dritter, vierter … *Jetzt*! Jetzt ist er am Ziel.

»*Mimi!!!*«, schreit er auf und beginnt in mir zu zucken, drückt mich, herzt und küsst mich, seufzt tief auf, und lässt sich neben mich auf das weiße Laken fallen.

Sofort sucht er meine Hand. Unsere Finger schlingen sich ineinander. Er legt den Arm beschützend um mich. Ja, das liebe ich an Joel! Er ist nachher fast noch zärtlicher als zuvor!

»Das war schöner als in Japan, schöner als in Bali«, flüstert er in mein Ohr, »*ma chérie*, so schön wie jetzt war's noch *nie*!«

Nach einer Weile steht er auf, geht ins Bad, entfernt den Schutz, den er anstandslos getragen hat. Kommt zurück und sinkt wieder neben mich hin. Schon liegen wir uns wieder in den Armen.

»Weißt du, was du bist?«, murmelt er dicht an meinem Ohr.
»Was?«

»Eine Mischung aus Madame Pompadour und Eva im Paradies.« Dann schmiegt er seinen Kopf an meine Brust.

»Mhhmmm, deine schöne, weiche Haut«, seine Stimme wird immer leiser. Eng umschlungen schlafen wir ein. Wie zwei Kletten hängen wir aneinander, den Rest der Nacht. Keiner kann uns trennen. Wir sind jetzt eins!

Draußen ist es still geworden. Der fröhliche Rummel unter uns ist vorbei. Wir haben das Feuerwerk versäumt, ja, wir hörten es nicht einmal! Doch das stört mich nicht. Ich bin innen und außen, oben und unten, körperlich, geistig und seelisch vollkommen glücklich und befreit!

Ja, denke ich noch frohlockend, ehe ich ganz hinübergleite in seligen Schlaf, wieder einmal eine Lüge widerlegt. Nach dem Wechsel ist alles aus?

Man vertrocknet? Kann nicht mehr genießen? Hat keine starken Orgasmen? Begehrt keinen Mann mehr? Libido ade??

So einen Höhepunkt wie jetzt hab ich überhaupt noch nie gehabt! Weder mit zwanzig noch mit dreißig, nicht allein und nicht zu zweit! Den schönsten Orgasmus meines Lebens hatte ich jetzt im zweiten Frühling! In den Armen von Joel. Ja, meine Lieben, wehrt euch! Lacht über die dumme Propaganda! Tatsache ist, man bleibt *immer* eine Frau. Egal ob sechzig, siebzig, achtzig, neunzig oder mehr. Lust hat mit dem Alter nichts zu tun. Merkt euch, ehe ihr in Depression versinkt: Man braucht keine Hormone, keine Gleitmittel, keine giftigen Cremen nach dem Wechsel, o nein!

DAS BESTE GLEITMITTEL HEISST: *BEGEHREN!*

Begehrt man einen Mann, fließen alle Brünnlein von allein.

Begehrt man ihn nicht, hat man nichts versäumt.

Dann schlafe ich ein. Glücklich an Joel geschmiegt. Wir haben dieselbe weiche Haut, seidig, trocken, keiner von uns schwitzt. Die Nacht ist warm, doch die Temperatur stimmt haargenau.

Und stimmt die Temperatur zwischen zwei Menschen, stimmt auch das Gefühl.

Um sechs Uhr wache ich kurz auf. Irgendetwas tut sich draußen. Aber was?

Lautlos trete ich an die Terrassentür, und was sehe ich? Eine ganze Brigade Männer in grüner Uniform schwärmt aus über das Champ de Mars. Auf ihrem Rücken steht in weißen Lettern SAUBERKEIT VON PARIS.

Alles, was nicht hergehört, jede Dose, jede Flasche, jedes Stück Papier entfernen sie in kürzester Zeit. Und hinten nach kommen die Gärtner, graben die zertretenen Blumen aus und setzen frische an ihren Platz.

Hut ab! Das können die Franzosen *à la perfection*! In Windeseile ist der Park wiederhergestellt, und zwar schöner als er vorher war.

Nie würde man vermuten, dass hier vor ein paar Stunden eine halbe Million Menschen zusammenkam. Zum Freiluftkonzert. Bei der *Fête de la Musique*.

»Wo bist du, *chérie*?«, beschwert sich Joel und streckt die Arme nach mir aus.

Schnell laufe ich zu ihm, küsse ihn, schmiege mich an ihn.

»Schön ist das«, sagt er und gähnt, »aufwachen mit dir in Paris.«

»Und morgen wieder. Und übermorgen. Und über-übermorgen auch.«

»Du sagst es, *mon amour*. Vom Schicksal verwöhnt.«

Heute wird wieder ein strahlender Tag.

Der Himmel ist schon blau. Doch ich sehe nicht hinaus. Ich schlage die leichte Decke zurück und bewundere Joel. Seine langen Wimpern, die goldschimmernde Haut, die langen Beine, die starke Brust, seinen Nabel, seine Hüften und, unübersehbar, seine lebensfrohe Männlichkeit, die schon wieder zeigt, was sie kann.

»Nimmersatt«, sage ich und lache.

»Du hättest nicht lieber einen reichen Psychiater mit Mieder im Bett?«

»Hör auf!« Ich lege mich auf ihn, auf seinen schönen, starken Leib und schmiege mein Gesicht an seinen Hals, küsse sein Ohr, seine Wange, seinen Mund, seine Schulter, die Spitzen seiner Brust und weiter unten etwas Heißgeliebtes, Schönes, das mich von dem wochenlangen Albtraum befreit hat, keine ganze Frau mehr zu sein. Eine Horrorvision, die mich seit Kapstadt gefangen gehalten hat!

»Mhhhmmmm, *c'est bon*«, brummt Joel und drängt sich an mich.

Und dann ... aber das ist ein Kapitel für sich.

Kapitel XIV

Wie man sich denken kann, schlafen wir nicht wieder ein. Wir lieben uns, an diesem ersten Tag im Sommer. Und dann noch einmal und dann wieder. Bis drei Uhr nachmittags.

Dann stehen wir auf, mit frischem Appetit, doch diesmal nach Frühstück und Kaffee, wie man sich denken kann.

In Windeseile machen wir in der Küche Essen zurecht: Ich röste Brot, backe Croissants auf im Rohr, lege Butter, Honig, Käse zurecht, vegetarische Pasteten, den Rest vom Obstsalat. Es gibt auch Ingwer-Gelee, für das Joel ein Faible hat. Dazu den besten Kaffee von Paris. Ich kaufe ihn am Bio-Markt am Boulevard Raspail. Er kommt aus Mexiko. Sein Duft allein bringt die Sinne in Schwung.

Zwei volle Tabletts tragen wir dann ins Schlafzimmer, stellen sie auf das grüne Podest und speisen fein in meinem Opiumbett, mit Blick auf den Eiffelturm.

Die Sonne scheint, es ist ein strahlender Tag. Wir sitzen eng beisammen, Kissen im Rücken, beide splitternackt, es ist das schönste Frühstück seit einem halben Jahr.

»Also, was war wirklich los«, will ich wissen, als der erste Hunger gestillt ist, »warum hast du dich *so lange* nicht gerührt?«

»Die Irmi hat alles erfahren über Japan. Und der Besuch bei dir vor Weihnachten. Noch ein einziger Anruf nach Paris, hat sie gedroht, und sie reicht die Scheidung ein.«

Ich seufze.

»Drei Monate hat sie mich überwacht, ich war musterhaft brav. Weißt du, was dann passiert?«

»Was?«

»Sie verliebt sich in ihren Professor!!«

»Was für einen Professor?«

»Archäologe.«

»Die Irmi studiert Archäologie? Seit wann?«

»Seit einem Jahr!«

»Und der Professor ist nicht verheiratet?«

»Frisch geschieden. Es ist wie im Film. Sie verliebt sich in ihn. Er verliebt sich in sie. Jetzt graben sie zusammen in Burma. Aber das hab ich dir schon erzählt. Magst du noch Kaffee?«

»Gern. Mit recht viel Milch.«

Wir trinken und schweigen eine Weile.

»Bist du sehr verletzt?«, frage ich dann.

»Schon!« Er seufzt tief auf. »Verletzte Eitelkeit. Du weißt, die Ehe war nicht gut. Wir haben zwar das schöne Haus, aber jeder war einsam. Die Kinder studieren, leben ihr Leben, und eigentlich ist es nur gerecht. Ich hab dich, *ma chérie*, jetzt hat sie auch jemand, den sie liebt.«

Plötzlich muss ich kichern. »Weißt du, was mir gefällt? Die Irmi ist fünfzig, wiegt über hundert Kilo und kriegt einen Universitätsprofessor.«

»Millionen Männer lieben dicke Frauen, denk an Afrika.« Joel steckt mir ein Stück Croissant in den Mund, mit Butter und Ingwer-Gelee, »iss, *mon enfant*, damit was wird aus dir.«

Dann nimmt er mein Bein, legt es über seins und streichelt es sacht. Plötzlich aber hört er auf, legt einen Finger an die Lippen, streckt den Kopf vor und horcht.

Ich horche auch.

Was ist das??? Das ist … das ist … jemand macht sich zu schaffen an meiner Wohnungstür!

Großer Gott! Gleich wird mir schlecht. Ich vergaß total, Marlon hat noch meine Schlüssel!!

»Wer ist das?«, flüstert Joel, stellt die Tasse weg, kreuzt die Beine, spannt seine muskulösen Arme an. »Einbrecher? Soll ich ihn vernichten?«

»Psssst! Das ist Marlon.«

»Im Ernst??!«

Ich nicke. Klettere aus dem Bett, schlüpfe in den bunten Kimono, küsse ihn schnell auf den Mund: »Ich mach das schon. O.K.?«

»Bist du sicher?« Joel setzt die Brille auf.

»Ganz sicher.«

»Wenn du Hilfe brauchst, schrei!«

»Mach ich!«

Auf Zehenspitzen husche ich hinaus ins Entrée. Jetzt ist es so weit: Marlon kehrt zurück, und ein anderer liegt in meinem Bett! Plötzlich zittern mir die Knie und ich kann nichts dagegen tun! Dabei habe ich mir das gewünscht! Klare Fronten! Also, frisch voran, Mimi Tulipan! Tapfer sein! Gleich ist es vorbei.

Marlon ist nirgends zu sehn. Wo ist er? Im Klo? Nein, in der Küche. Trägt einen neuen, hellen Anzug, Hut mit breiter Krempe, große Perlen in den Ohren, rote Reisetasche in der Hand. Er steht völlig bewegungslos da und starrt auf den Tisch.

Darauf steht der silberne Champagnerkübel. Davor, auf dem Boden, Joels Schuhe und Socken. Auf dem Korbstuhl unter der Palme seine Wäsche, seine Hose, sein Jackett! Es herrscht zwar Halbdunkel in der Küche, die Vorhänge sind noch vor, Marlon aber ist sofort im Bild. Die rote Tasche fällt ihm aus der Hand.

»Hallo«, sage ich und warte sicherheitshalber an der Tür.

Marlon dreht sich um und weicht vor mir zurück.

»Komm mir nicht in die Nähe«, zischt er, »geh *weg*!«

»Wie du willst.«

»Du bist nicht *allein*!«

»Nein.«

»Der *Kameramann*!«

Ich nicke stumm.

Marlon schleudert wütend seinen Hut zu Boden, sinkt auf den nächsten Stuhl und sagt in ätzendem Ton:

»Genau das hab ich mir gedacht: Ich komme einen Tag zu früh und der Bär ist los!«

Ich schweige.

»Was hab ich immer gesagt? HOPP-HOPP! Mit dem Nächsten ins Bett.«

»Und das willst du dir ansehn. Mit eigenen Augen.«

»Bist du *verrückt*? Will ich *nicht*!«, schreit er auf.

»Wieso bist du dann da?«

»Weil du meine *Schlüssel* hast. Ich hab sie dir *gelassen*!«

»Du hast den zweiten Bund.«

»Den hat mein *Cousin*!«

»Wieso hast du nicht angerufen, dass du früher kommst?«

»Hab ich. Ununterbrochen! Dein Telefon geht nicht.«

Da hat er Recht. Seit Joel im Haus ist, wollte ich keinen Kontakt mehr mit der Außenwelt.

»*I need a cup of tea.*« Marlon beginnt zu weinen.

»Kriegst du, kriegst du.«

Ich eile zum Herd. Stecke die Wasserkanne an. Und danke allen Göttern, dass er nicht schreiend niederbricht zu meinen Füßen und sich windet wie ein Wurm.

»Mit Zitrone, wie immer?«

Marlon antwortet nicht. Sein Kopf ist auf seiner Brust. Ich stelle die volle Tasse vor ihn auf den Tisch, ziehe die Vorhänge zurück und setze mich ihm gegenüber auf die Bambusbank.

Schweigend beginnt er zu trinken.

»Wir werden trotzdem heiraten«, sagt er dann, ohne mich anzusehen, »erinnerst du dich? Ich hab dir gesagt, von Anfang an, wenn du nicht mehr schlafen willst mit mir, wird das akzeptiert.«

»Marlon, das geht nicht«, sage ich sanft.

»Wieso???«, schreit er auf. »Wieso geht das nicht? Hast du alles vergessen? Wir in England trennen Liebe von Sexualität! Ich liebe dich. Ich will dich heiraten! Wo liegt das Problem?«

»In meinem Opiumbett.«

»In deinem … was??« Er versteht nicht gleich. »Ach, *Opiumbett*! Der Teddybär! Doppelt so groß wie ich! Wie? Man muss aber auch Opfer bringen für die Heimat. Kennst du kein Pflichtgefühl??«

»Welche Heimat?«

»England! Denk an deinen Vater. Du bist geboren in England«, seine Stimme wird immer lauter. Joel hört sicher jedes Wort.

»Ich hab nie in England gelebt. Ich bin aufgewachsen in der ganzen Welt. Ich bin ein Weltenbürger.«

»Das ist mir *egal*!«, brüllt Marlon auf. »Ich zahl dir eine Million Pfund! Das ist er nicht wert, der Bär im Bett!«

»Oh, doch!«, sage ich bestimmt.

»Bist du *verrückt*?«, kreischt Marlon. »Wo bleibt dein *Verstand*? Du redest wie ein schwachsinniges *Kind*!«

»Marlon, wir passen nicht zusammen! Gib's doch zu! Und du brauchst mich jetzt nicht mehr. Es ist aus mit der Politik, hat Lawry gesagt.«

»Der *Verräter*!!«, tobt Marlon. »Hab ich mir *gedacht*, dass er dahinter steckt. Das ist eine *Verschwörung* gegen mich! Er weiß genau, allein *kann* ich es nicht.«

»Zu zweit wär's auch nicht gegangen! Niemals!«

»Red keinen *Unsinn*!! Wer Tausende durchs Feuer schickt, hypnotisiert auch ein ganzes Land! Ein paar Auftritte im TV, und alles frisst ihm aus der Hand!« Wütend springt er auf und rennt in der Küche hin und her.

»Wie waren die Geschäfte?«, frage ich, damit er sich beruhigt. »Erfolgreich?«

»Das geht dich nichts mehr an.«

Plötzlich bleibt er stehn. Sieht hinaus, auf das Haus gegenüber, wo seine Wohnung liegt, und wird ganz bleich.

»Wieso sind die *Fenster* offen??« In Panik greift er nach der roten Tasche. »Ich muss *sofort* hin! Ich trete die *Tür* ein! Ich rufe die *Polizei*!!«

»Marlon!«

Doch er rennt schon los, ich laufe ihm nach, Hut in der Hand.

»Marlon, warte, die kleine Mia ist bei dir.«

Sofort bleibt er stehn. »Was??«

»Sie hat sich scheiden lassen. Sie hat Probleme mit Ingmar, sie kann nicht zurück in ihre Wohnung. Sie hat gebeten, ob sie ein paar Nächte drüben schlafen darf. Ist dir das recht?«

»Aha.«

»Sie hat deinen Fächer. Ich hab ihn gesehn. *Himmlisches* Stück. Das wird dich freun.«

»Ohhh, *jaaaaa*??«, sofort verwandelt sich Marlon vom wilden Rächer zur süßen Marilyn Flimm. »Das ist die erste gute Nachricht an diesem grässlichen Tag.« Er setzt den Hut auf. »Ist das dein letztes Wort?« Er zeigt zur Schlafzimmertür.

Ich nicke stumm.

»Dann ist es aus?«

»Aus ist es schon lang.«

»O.K.«, sagt er plötzlich in geschäftlichem Ton, »da hast du deine Schlüssel! Danke vielmals für den Tee.« Mit hoch erhobenem Kopf schreitet er zur Tür, dreht sich aber noch einmal blitzschnell um: »Eins garantiere ich dir«, zischt er, »den Film auf Hawaii machst *du nicht*!!«

Kaum ist er weg, fallen wir uns in die Arme, Joel und ich. Wir lachen laut auf vor Erleichterung und lassen uns nicht mehr los. Eng aneinander geschmiegt liegen wir dann in meinem Opiumbett und beginnen uns zärtlich zu küssen.

»Jetzt ist endlich alles geklärt«, sagt Joel.

»Du hast alles gehört?«, frage ich nach dem dritten Kuss.

»Jedes Wort. Schreit der immer so?«

»Immer. Er verliert sofort die Nerven. Im Unterschied zu dir.«

»Und zu dir! *Gut* hast du das gemacht, *chérie*, ich bin *stolz* auf dich. Weißt du was? Wir machen noch Kaffee und frühstücken weiter. Jetzt krieg ich erst richtig Appetit!«

Genau das tun wir. Und lassen uns Zeit, bis es dunkel wird.

»Glaubst du, er lässt uns in Ruh?«, fragt Joel, als wir endlich fertig sind.

»Sicher. Er ist ewig beleidigt. Er hat genug.«

Und ich behalte Recht.

Die ganzen drei Tage, die Joel noch bei mir ist, hören wir nichts von Marlon. Auch die kleine Mia ist wie vom Erdboden verschluckt. Kein Anruf, nichts!

Dafür sehen wir Licht, drüben in der Prinzen-Residenz. Am ersten Abend im Zimmer der Lieblingsfrau *und* in Marlons Schlafgemach. Dann aber wendet sich das Blatt: Es ist *nur* noch hell im Zimmer mit dem rosa Herz!! Doktor Macdonalds Fenster bleiben dunkel!

Zwei Turteltäubchen haben sich gefunden! Bravo, Mia! Aber dass es so schnell geht, hätte ich nie gedacht!

Der große Marlon und die winzige Mia? Joel und ich finden das rasend amüsant. Doch bald vergessen wir das, was sich tut, gegenüber, in dem eleganten Haus. Wir sind zu sehr miteinander beschäftigt, und die Zeit vergeht viel zu schnell. Plötzlich ist auch der Sonntag vorbei und Joel muss wieder weg. Reisefertig steht er im Entrée.

»Was hast du eigentlich in dem Seesack?«, frage ich. Das ganze Wochenende hat mich schon die Neugier geplagt.

»Gut, dass du mich erinnerst!« Joel bückt sich, öffnet die dicke

Schnur. »Hätt ich fast vergessen. Vor lauter Liebe ...« Er zieht eine große Schachtel hervor:

»Das ist für dich, *ma chérie*.«

»Für mich?«

»Kleines Geschenk. Aus Budapest.«

»Was ist das?«

»Das errätst du nie. Mach auf.«

Die Schachtel ist mit Goldpapier beklebt und drinnen ist – ein goldener Drache. Wie eine Katze so groß.

»Ist *der* schön!«, rufe ich beglückt und mustere ihn von allen Seiten. »So fein gearbeitet. Danke! Ich freu mich.«

Joel sagt nichts. Sieht mich aber forschend an, mit einem Blick, den kenne ich schon.

»Was ist?«, frage ich misstrauisch. »Stimmt was nicht?«

»Schau genau hin.«

Das tue ich. Und entdecke etwas Schreckliches: Einen DOCHT! Der Drache ist aus Wachs! Ich halte eine *Kerze* in der Hand. Sofort sehe ich rot:

»Die nimmst du wieder mit!«, sagte ich schnell. »Pack sie gleich wieder ein.«

»Nein«, sagt Joel bestimmt, »die bleibt da!«

»Ich will aber keine Kerze in der Wohnung. Du nimmst sie mit zu dir, die passt exzellent in dein Haus.«

»Mimi, reiß dich zusammen: Du musst Wembley überstehn, du musst den Film drehn auf Hawaii.«

»Wird schon irgendwie gehn.«

»Ich hab den Drachen gesehn, ich hab gedacht, das ist ein gutes Omen für den *FIREWALK*! Zünde ihn nicht an, stell ihn einfach als Kunstwerk auf den Kamin.«

»Bitte, bitte verschone mich.«

Joel lässt den Seesack fallen. Mühelos hebt er mich hoch, wiegt mich liebevoll in den Armen, als wäre ich ein Kind.

»Der Drache macht fantastisches Licht«, flüstert er zärtlich in mein Ohr, »der schimmert ganz golden, wenn er brennt. Jetzt stell dir vor, du machst Regie, zwei Verliebte in Paris, in einem Opiumbett, Sommer, warm, dunkle Nacht und keine Lampe, nur der Drache, der leuchtet wie ein goldener Lampion ...«

»Sadist!«

»Liebst du mich?«

»Jetzt gerade nicht.«

Joel stellt mich wieder zu Boden. »Gut! Dann nehm ich ihn mit heim.« Er tut den Drachen wieder in die Schachtel.

Aber plötzlich kommt etwas über mich.

Ich strecke die Hand aus:

»Gib wieder her.«

»Ja?«, fragt Joel ungläubig.

»Stell ihn auf den Kamin.«

»Im Salon?«

»Im Schlafzimmer.«

»Ahh, *ma chérie*, das wirst du nicht bereun! Ich will dich nicht quälen, Mimi. In Budapest hab ich mich verliebt in den Drachen, ich hab ihn kaufen *müssen*.« Er zieht die Schuhe aus, bleibt nur ganz kurz weg und lächelt glücklich, als er wiederkommt.

»Wie sieht's aus?«, frage ich zögernd.

»Bildschön. Wie gemacht für deinen Kamin.«

»Übers Feuer geh ich aber nicht!«

»Brauchst du nicht. Das tu ich für dich. *Je t'aime, chèrie.*«

Wir fallen uns in die Arme: »*Je t'aime aussi!*«

Dann küssen wir uns zum Abschied, ewig lang. Und zum ersten Mal sind wir nicht traurig. Am Donnerstag schon werden wir uns wiedersehn. Wembley, Hawaii, wir werden fast zwei Wochen zusammen sein!

Joel fährt nach Brüssel, und ich bleibe den ganzen Montag im Bett, von Glück erfüllt.

Die Lust der letzten Nächte ist noch in mir, um mich herum. Ich sehe mich im Spiegel, im Bad:

Nichts zerbissen, nichts zerkratzt, kein blauer Fleck, ich brauche kein Arnika, nein, ich bin wie neugeboren! Die Augen groß, dunkel und strahlend, die Wangen rot, dito die Lippen, sie wurden auch genug geküsst, und das Seltsame ist: Der Drache stört mich nicht!

Ich begreife das nicht. Früher konnte ich nicht schlafen, wenn eine Kerze im Zimmer stand. Das Erste, was ich tat, im Restaurant, ich ließ die Kerzen abservieren vom Tisch. Jetzt thront der Drache auf dem Kamin, blickt direkt zu mir herein in mein Opiumbett! Und ich ergreife nicht die Flucht!

Ich sitze da und grüble:

Vielleicht ist es das Gold? Gold ist für mich Joel.

Menschen haben nämlich für mich Farben.

Mein Ehemann war elektrisch-blau. Marlon giftgrün. Bébé silber-weiß. Und Joel ist pures Gold. Seine Haut, seine Haare, seine Augen, seine Wimpern, seine liebe Art, doch was rede ich. Das hab ich alles längst erzählt.

Noch etwas Seltsames passiert:

Kaum ist Joel in Brüssel, ruft mich Marlon wieder täglich an.

Ich sitze gerade an meinem antiken Schreibtisch (Geschenk meiner Mama) und führe Tagebuch, damit nichts verloren geht von der letzten schönen Zeit.

Tagebuch führe ich, seit ich achtzehn bin. Meine kluge Mutter hielt mich dazu an: Schreib dir alles auf!, schärfte sie mir ein. Jeden Tag! Sonst vergisst du *morgen*, was *gestern* war!

Jedenfalls, ich schwitze gerade mitten im Satz, bin wieder mittendrin in der heißen Sonnwendnacht, atme schwer (man errät, warum), da balzt mein Telefon. Marlon ist am Apparat.

»Oh, halloooouuuu«, sagt er affektiert, »bist du allein?«

»Ja. Wie geht's?«

»Exzellent! Seit *Jahren* ging's mir nicht mehr so gut.«

»Das freut mich. Was gibt's?«

Marlon hüstelt. »Ahhh, Lawry will, dass ich dir sage, wir treffen uns alle in Wembley, in seinem Hotel.«

»Wann?«

»Vor dem Seminar. Freitag, siebzehn Uhr. Er hat den ganzen letzten Stock reserviert. Arbeitssitzung in seiner Suite.«

»O.K., ich bin dort.«

Marlon hüstelt wieder: »Dein Tier und du …«

»Welches Tier?«

»Stell dich nicht dümmer, als du bist. Du und der Teddybär. Lawry braucht nichts zu wissen von euch zwei. Kein Händchenhalten, wenn ich bitten darf. Kein Tütü-Tata! Diese Peinlichkeiten ersparst du mir!«

»Aber du nimmst die kleine Mia mit.«

»Ihr habt auch getrennte Zimmer.«

Ich schweige.

»Hast du mich gehört?«, schreit Marlon ins Telefon. »Ihr schlaft nicht zusammen.«

»Marlon, wir sind *erwachsen*!«

»Eben. Ich hoffe, dass ihr euch wie Erwachsene benehmt!«

»Wie geht's dir mit der kleinen Mia?«, frage ich nach einer Weile.

Pause am anderen Ende.

»Ist sie noch in deiner Wohnung?«

»Wer?«, fragt Marlon barsch.

»Die *Mia*. Kennst du nicht? Nie gehört? O.K. Andere Frage: Was zieht man an für den *FIREWALK*?«

»Hosen, die man aufrollen kann übers Knie. Wieso willst du das wissen?«

»Das interessiert mich.«

»Du fragst doch hoffentlich nicht wegen dir.«

»Sicher nicht.«

Marlon lacht kurz auf: »Denkst du, ich hab nichts bemerkt? In England? Nur kein Feuer im Kamin. Großer Bogen um den Gasherd. Todesangst vor der offenen Flamme. Ich bin nicht umsonst Psychiater. Ich kann dir sagen, was passiert, falls du es versuchen solltest.«

»Was?«

»Du machst einen Schritt auf den glühenden Koks, stürzt und bist fürs Leben entstellt.«

»Aha.«

»Warum glaubst du, gehe *ich* nicht? Nicht aus *Feigheit*! Ich kenne die *Gefahr*.«

»Danke für die Warnung.«

»Jetzt zum Film … Lawry besteht darauf, dass du den machst. Aber wenn du das Feuer siehst, eintausendsiebenhundert Grad!! Das versengt dir das Gesicht, auch wenn du nur daneben stehst. Am besten ist, du rufst an …«

»Wen?«

»Lawry. Und übergibst *mir* die Regie!«

»Marlon, wir sind fix gebucht. Das ganze Team. Das kommt nicht in Frage. Das ist unprofessionell.«

»Du weißt es noch nicht«, sagte Marlon böse, »es gibt nicht nur *ein* Feuerbeet! Es gibt *neunzehn*!!! Dicht nebeneinander! Der ganze Platz hinter der Arena ist eine *einzige höllische Feuersbrunst*!«

Höllische Feuersbrunst? Gut, dass ich sitze. Und gut, dass ich Yoga kann. Da lernt man nämlich, wie man seinen Atem kontrolliert. Deshalb schnaufe ich jetzt nicht in Panik ins Telefon, sondern sage ganz kühl:

»Das seh ich mir an.«

»Als Regisseur musst du da *mitten hinein* …«

»Ich habe noch Zeit bis Hawaii! In Wembley drehen wir nicht.«

»Auf Hawaii sind die Feuer noch viel *höher*!! Das *lodert* …«

Irgendwas in mir schnappt plötzlich um. Ich hole tief Luft:

»Du als Psychiater«, sage ich ganz ruhig, »merkst du nichts?«

»Was?«

»Du bewirkst das Gegenteil. Bei deinem Gerede kriegt man richtig *Lust*.«

»Worauf?«

»Auf das Feuerbeet.«

»Dazu bist du zu *alt*«, schreit Marlon, »ich spreche als *Arzt*.«

»Ach ja?«

»Das macht man in der *Jugend*! Keine Frau im Klimakterium *kann* das.«

»So einen Unsinn hab ich noch nie gehört.«

»Dazu braucht man *Nerven*!«, schreit Marlon weiter, als hätte ich nichts gesagt.

»Reife Menschen haben stärkere Nerven als die Jungen. Jeder Fachmann sagt dir das!«

»Du rufst *sofort* an und sagst den Film ab! Schreib dir Lawrys Nummer auf …«

»Nein! Nicht im *Traum*!«

»Dann lauf in dein *Verderben*«, kreischt Marlon, »viel *Glück*!«

Weg ist er!

Ich aber lehne mich zurück, kreuze die Hände im Nacken und begreife es nicht. *Was* habe ich eben gesagt? Da kriegt man direkt *Lust* auf die *Glut*?? Ich muss verrückt geworden sein. Nein, Mimi

Tulipan, nicht verrückt. Das ist der gesunde Widerspruchsgeist. Aber *neunzehn Feuerbeete*! Davon hat mir Lenny nichts gesagt. Ich stehe auf und stelle mich fünf Minuten auf den Kopf. Wie immer hilft es prompt!

Als ich mich wieder erhebe, erfrischt und entspannt, ist der Schreck vorbei! Was kommt, das kommt. Ich fahre nach Wembley, sehe mir in Ruhe die Sache an, und wie ich mich kenne, mache ich dann schon das Beste draus!

Die Tage, bis Joel mich holen kommt, vergehen wie im Flug. Das letzte Wochenende gehörte der Lust!

Montag, Dienstag, Mittwoch gehören dem Geist!

Ich bin fleißig, dass es eine Freude ist.

Drei Anfragen für neue Filme kommen herein. Ich entwerfe die Konzepte *(Director's Treatment)* und schicke sie gleich weg. Dann studiere ich für die nächste Prüfung. Homöopathie.

Begeistert lese ich Dr. Dorothy Shepherds weltberühmtes Buch: *MAGIC OF THE MINIMUM DOSE*. Und merke mir, was sie im Klimakterium verschreibt:

Sulfur, Crocus, Cimicifuga, Lachesis, Nux vomica, Sepia, Calcarea carbonica und Pulsatilla.

Und täglich, vor dem Einschlafen, gemütlich im Bett, wiederhole ich die Hauptmerkmale eines Arzneimittelbildes. Mit halblauter Stimme, bis ich sie auswendig kann. Ein berühmter Arzt gab mir diesen Tipp. Was man so spät liest, bleibt nämlich über Nacht im Kopf, und hat man Glück, vergisst man es nie mehr.

Zwischendurch arbeite ich am FRÖHLICHEN WECHSEL! Wichtige Folge über die Haut.

Also, warum ist meine Haut mit fünfundfünfzig strahlend schön, hell, ohne Flecken, seidig und glatt? Weil ich sie nicht vergifte mit schädlichen Kosmetika!

Früher kaufte ich die teuersten Cremen, vertat ein Vermögen. Resultat: Die Haut wurde müde, trocken, unglücklich, alt! Ohne es zu merken, ließ ich sie fast verhungern ... was sie *wirklich* brauchte, gab ich ihr *nicht*.

Erst nach Jahren begriff ich: Die Haut braucht *echte Nahrung*. Genau wie der *Magen*. Man darf ihr nur geben, was man auch *essen* kann!

Die Haut ist keine Tapete, die zufällig am Körper klebt! Sie ist die Tür zu unserem Innersten. Alles, was man draufgibt, schwirrt bald herum im Blut, von Zelle zu Zelle, baut auf und verjüngt oder vergiftet und macht krank!

Schönheit ist auch eine Frage von Verstand!

Seit dem Wechsel nehme ich nur noch delikate Sachen, die man in der Küche hat: Honig und Sahne, Milch und Ghee, reife Avocados, feinste Mayonnaisen (selbst gemacht!) und die besten frischen Öle, biologisch, kalt gepresst, nämlich Sesam- oder Oliven- oder Mandelöl, im Dreiwochenrhythmus, wie gesagt.

Nur Vaseline isst man nicht. Trotzdem tupfe ich sie ab und zu um die Augen, wenn sie müde sind, zum Beispiel wenn ich las die ganze Nacht.

Damit aber wird es fertig, mein Immunsystem, das brave, das belastet uns nicht.

Ja, meine Lieben, vertraut auf die Natur! Dann steht ihr schon nach einer Woche glücklich vor dem Spiegel, denn die Haut beginnt zu strahlen und mit jedem Tag glättet sie sich mehr. Alle Unreinheiten gehen weg! Der Unterschied zu früher ist frappant!

Ich erinnere mich genau: Tupfte ich sie ab, die Haut, nach Einwirken der gekauften Cremen, glänzte sie speckig und wirkte nicht gesund. Ich musste sie verstecken unter Puder und Make-up.

Nach einer Honigmaske aber – oder Sesam-, Oliven- oder Mandelöl – ist sie matt, feinporig und glatt. Resultat:

Ich brauche keine Schminke mehr.

Fragt sich nur, wie setze ich es um? Im Film?

Ich denke kurz nach. Einfach erzählen. Direkt in die Kamera. In meiner Bambusküche. Unter den Palmen. Und dann vorzeigen, wie man es macht. Das Einfachste ist das Beste. Das war schon immer so.

Ja, das Leben ist voll Überraschungen:

Nie hätte ich gedacht, dass meine Haut sich nach dem Wechsel so erholt. Nie hätte ich gedacht, dass ich verreisen kann mit zwei kleinen Fläschchen im Gepäck, statt schwerer Toilettentasche, mit teuren Cremen und Lotionen voll gestopft.

Was brauche ich für Wembley? Und Hawaii?

Sesamöl zum Abschminken. Und zur Pflege Sesam- und Olivenöl halb-halb. Sonst nichts!

Und wie *teuer* war das alles, was uns hässlich macht und krank. Jetzt spare ich ein Vermögen. Und bin gesund. Teuer ist nur die Ayurvedakur. Doch die ist ein *Muss*, einmal im Jahr, denn da verjüngt man sich rasant. Darüber aber schreibe ich eine eigene Folge. Nach Wembley. Falls ich noch lebe, nach dem Feuerbeet.

Wie gesagt: Ich bin so fleißig, ich merke kaum, wie die Zeit verstreicht. Schon ist Donnerstag. Und Joel ist wieder da! Er hat inzwischen in Mailand gedreht. Er braucht Geld für die Scheidung und nimmt, was kommt.

Wir fallen uns in die Arme. Zwischen uns ist alles klar. Joel hat die letzten Tage gefastet, meditiert, nichts getötet, auch keine Mücke, das ist seine Vorbereitung auf morgen, auf den großen Tag!

Joel hat nichts gegessen. Deshalb wird es keine heiße, weiße, sondern eine zärtliche Nacht. Nur Küssen, Halten, Schmiegen, glückliches Wiederbeisammensein.

Ich begehre ihn zwar sehr, doch man muss nicht ständig rammeln wie die Hasen. Abstinenz ab und zu ist auch recht nett.

Und die Vorfreude auf Samstag.

Wenn das Feuer gut überstanden ist und man sich wieder lieben darf.

Wir stellen den Wecker auf sechs Uhr früh.

Wie wird es werden? Eine Katastrophe? Ein Triumph?

Ach was! Nur nicht zu viel grübeln.

Was kommt, das kommt!

Und eng an Joel geschmiegt, an seinen schönen, starken Leib, schlafe ich ein.

Kapitel XV

Wir sitzen im EUROSTAR!

Dem Stolz von Europa, dem Luxus-Zug, der furchtlos durchbraust unter dem Meer. Der Frankreich und England verbindet, als gäbe es keinen Ärmelkanal. Der sie zu engen Nachbarn macht, die sich gegenseitig besuchen könnten, am Nachmittag zum Tee. Und das könnte man wirklich: zweieinhalb Stunden hin, zweieinhalb zurück. Vom Eiffelturm zum Sacré-Cœur im Stau dauert es auch so lang!

Wir sind zu viert: Lenny, Peggy Shoo, Joel und ich.

Marlon und die kleine Mia sind gestern schon abgereist. Ich habe für mich Drillich-Hosen gekauft! Und eine duftige, weiße Bluse, die man vorne knoten kann. Knotet man sie hoch, lässt sie den Nabel frei. Doch davon sehe ich ab. Die Klimaanlage ist zu kalt.

Wir haben kaum Gepäck, Joel und ich, das sind wir gewohnt. Wir sind schon oft mit halb leeren Taschen quer durch die ganze Welt gereist. Und immer im Flugzeug. Deshalb genießen wir jetzt den Zug.

Das Wetter ist schön. Wir gleiten durch eine blaugrüne, verträumte Landschaft bis zur Küste. Dann eine Viertelstunde Dunkelheit tief unter dem Meer, und schon wird's wieder Tag, wir sind am andern Ufer angelangt, und kurze Zeit später rollen wir durch London und halten in Waterloo.

Und dort, o Wunder, regnet es *nicht*!

Wir steigen in ein Taxi, der Himmel ist tiefblau, und im schönsten Sonnenschein durchqueren wir die Stadt. Über eine Stunde dauert die Fahrt nach Wembley, kostet vierzig Pfund, doch das zahlt alles Lawry. Uns belastet das nicht.

Wir kriegen sogar Spesen, Tagespauschale und ein Geschenk. Lenny hat das ausgehandelt. Es ist ziemlich viel Geld, was die Laune hebt und die andern ablenkt vom *FIREWALK*. Aber mich nicht:

Tief drin in meinem Kopf ist ein loderndes Inferno, und eine sanfte Stimme sagt: Mein liebes Kind, da *musst* du durch. Warum aber sollte ich? Es gelang mir nicht mit dreißig, nicht mit vierzig, nicht mit fünfzig, warum soll ich jetzt, mit fünfundfünfzig so ein Risiko eingehen?

Damit du es in deiner Serie verwenden kannst, Mimi Tulipan, damit Marlon stirbt vor Wut und Joel sich freut.

Damit du vor deinem schönen Kamin sitzen kannst, in Paris, und die knisternden Flammen bewunderst, so wie jeder normale Mensch das kann. Damit du kochen lernst mit Gas, was schneller geht. Damit du Streichhölzer anzünden und Geburtstagstorten ausblasen kannst. Damit Joel dich in die Arme nehmen kann, nach Hawaii, in einer dunklen Sommernacht im Opiumbett bei keinem andern Licht als dem des goldenen Drachens …

Außerdem predigst du doch ständig, dass man nach dem Wechsel stärker wird! Und tapferer! Und besser!

Das ist die Gelegenheit!

Beweise es jetzt!

»Ganz schweigsam?«, fragt Joel und legt beschützend den Arm um mich, »Mimi, *chérie*, gleich sind wir da!«

»Und nicht vergessen«, warnt Lenny, »was ich euch gesagt hab. Schlechte Laune im Hauptquartier, der große Guru ist missgestimmt. Am besten zuhören, nichts reden, kein Widerspruch.«

Wir betreten das Hotel.

Es ist seelenlos modern, doch in der Halle vergisst man das sofort. Sie ist nämlich voll gestopft mit Menschen, fiebernd vor Erwartung, fast nur Männer, und die Stimmung ist wie im Karneval.

Man sieht kein ernstes Gesicht!

Alles lacht, redet voll Überschwang, es wird wild gestikuliert, man klopft sich auf die Schultern und schreit herum in allen Sprachen der Welt.

Von Südafrika sind Leute da, von Amerika, Australien, Kanada, Neuseeland, von Indien, Sri Lanka, Brasilien, Japan und natürlich von sämtlichen Staaten Europas, was zu erwarten war.

Besonders auffallend sind die Inder. Elegant im Maßanzug, schwere Goldketten um Handgelenk und Hals. Glühende schwarze Augen, strahlend weiße Zähne und etwas Liebenswertes, Sanftes, trotz der Aufregung, die sie umgibt.

Als ich erscheine, mitten in dem Männergewühl, wenden sich mir viele erfreute Gesichter zu:

Endlich ein Weib!

Auch Peggy ist sofort umringt, wir werden gefragt, woher wir kommen, ob wir durchs Feuer gehn, haben wir das schon einmal gemacht? Sind wir das erste Mal im Seminar? Haben wir ihn schon einmal gesehn, den großen Guru, den heiligen D.T.? Marlon kommt uns entgegen. Ein Wunder, dass er uns findet in dem Gewühl. Er ist völlig aufgelöst, küsst sogar Joel und mich auf beide Wangen und … sein *Haar* ist gefärbt!« *Kohlschwarz*! In den Ohren trägt er kleine goldene Drachen! Wild sieht er aus!

Er steckt uns leuchtend rote Schildchen an. Das heißt: Wir gehören zu den Erwählten. Wir dürfen hinauf ins innere Sanktum, mit dem Lift in den letzten Stock, wo er thront, der allgewaltige Drachentöter, der Herr von Dragon Seminars.

Joel und ich haben uns zum letzten Mal im Taxi geküsst. Jetzt stehen wir nebeneinander, wie zwei Fremde, wie es Marlon wünscht.

»Wie viel sind gekommen?«, fragte Lenny neugierig.

»Dreitausend!«, flüstert Marlon in höchster Aufregung. »Dreitausend bezahlte Plätze! Alles völlig ausverkauft. In der ganzen Arena kein Platz mehr frei.«

Dreitausend Leute? Bei dem Preis? Ich weiß nämlich, was die Teilnehmer zahlen. Da kommen mehrere *Millionen Pfund* herein! In zwei kurzen Tagen, die D.T. kaum was kosten. Außer der Miete für den Saal.

Lenny hat es mir geflüstert: sämtliche Helfer, Platzanweiser, Tänzer sind *Freiwillige*! Manche *zahlen* sogar dafür, dass sie arbeiten dürfen für Dragon Seminars, dass sie dabei sein können bei diesem Massenansturm, der das Blut aufputscht! Das sind alles Leute, die einen Führer suchen, dem sie blind vertrauen können, die wollen alle brav gehorchen – im Unterschied zu mir. Aber ehrlich! *Das* ist ein Geschäft! Eine echte Goldgrube. Marlon hat nicht gelogen. Das ist einmalig auf der Welt!

Dicht gedrängt im Lift schweben wir hinauf.

Oben, im letzten Stock, warten Leibwächter auf uns. Vier an der Zahl. Zwei bullige Schwarze, ein Weißer, über und über farbig tätowiert, und Ian in Person. Er trägt einen hellen Kampfanzug, wie ihn Aikido-Meister tragen, und ist, o Wunder, frisch rasiert!

»Hi, Ian«, lächle ich, »lang nicht gesehn.«

»*Yes, Lady*«, er wühlt in meiner Tasche herum, »*long time no see.*« Dann führt er uns zu unseren Zimmern. Wir schlafen alle im selben Gang. Neben mir wohnt die kleine Mia, daneben schläft Marlon in einer Suite, dann kommen Peggy und Lenny und ganz am Ende Joel. Die Zimmer sind kalt und riechen nach Beton. Angeblich wird hier alles abgerissen und neu gebaut, auch die Arena, in der das Seminar stattfindet, deshalb wurde schon länger nichts mehr renoviert. Ich putze meine Zähne, obwohl ich im Zug nichts aß. Ich habe aber seit gestern mit Joel gefastet, und das Zahnpulver – Bio, mit Pfefferminz-Geschmack – macht einen frischen Mund.

Ich ziehe die schwere Drillich-Hose an, dazu ein helles Oberteil und eine leichte Jacke aus Kaschmir in Himbeerrot. Dann gehe ich ins Zimmer zu Joel, der mich sofort erfreut in die Arme nimmt.

»Hab schon gewartet auf dich«, er küsst mich auf die Stirn, »keine Panik, Mimi, nicht fürchten. Ich bin bei dir, wir schaffen das spielend, wir zwei.«

»Hast du Angst? Vor abends?«

Er nickt: »Das gehört dazu. Ich tu's aber trotzdem. Wegen *dir*, und ich will *mir* beweisen, dass ich es *kann*.«

»Glaubst du, ich kann das auch?«, frage ich nach einer Weile.

Joel hält mich überrascht von sich, lacht mich an:

»Das wäre die Krönung. Sicher kannst du es, wenn du wirklich willst! Mimi, *chérie*, würdest du es mir zuliebe tun?«

Ich nicke. Mein Herz klopft bis zum Hals.

»Das würdest du *wirklich* tun?« Er nimmt mein Gesicht in seine lieben Hände und küsst mich lange auf den Mund. Sofort begehre ich ihn wie rasend. Aber das ist heute noch tabu! Erst morgen wieder. Wenn das Schicksal will!

Joel seufzt in mein Ohr. Er weiß, was ich fühle. Es geht ihm genau wie mir.

»Morgen holen wir alles nach«, sagt er zärtlich, »Lieben, Essen, ganz egal, was heute noch passiert. O.K.? Und jetzt versprich mir was.«

»Was?«

»Zwing dich zu *nichts*! Das geht nämlich nicht gut.«

»O.K. Versprochen.«

»Tu's nur, wenn du *wirklich willst*! Und wenn du *wirklich* willst, helf ich dir dabei.«

Dann halten wir uns lange fest. Und ich entdecke, meine Angst ist weg. Und plötzlich durchzuckt es mich wie der Blitz. Plötzlich weiß ich, dass ich es *kann*! Nicht als blinde Mitläuferin von Goldie-D.T., sondern aus eigener Kraft. Was ich aber nicht sage. Ich kenne die menschliche Natur. Wer weiß! Vielleicht denke ich wieder *ganz* anders, heut Abend um acht!

Kurz vor fünf treffen wir uns alle vor Lawrys Suite. Peggy, Lenny und die kleine Mia ganz in Weiß.

»Hallo, Mia«, ich küsse sie auf beide Wangen, »wie geht's?«

»Ich kann nicht viel mit dir reden«, flüstert sie, »Marlon will das nicht.«

»Aber alles O.K.?«

»*Bestens!* Wir heiraten im Juli in Bath.«

»Gratuliere! Braves Mädchen. Gut gemacht!«

»War nicht schwer«, kichert sie, »ich bin dir *ewig* dankbar. Das vergess ich dir *nie*!«

»Gehst du durchs Feuer?«

»Vielleicht. Wenn Marlon geht, geh ich auch. Wenn nicht, nicht.«

»Wo ist er denn?« Ich sehe mich um. Kein Marlon weit und breit.

»Wechselt die Wäsche.«

»Reizhöschen?«, flüstere ich. »Glitzer-glitzer, Zinnoberrot?«

»Höchstwahrscheinlich«, kichert Mia, »er muss sich innerlich stärken für seinen Cousin. Stört mich aber nicht.«

Ein schwarzer Leibwächter joggt herbei.

»*Ladies and Gentlemen*, es ist siebzehn Uhr!« Er öffnet die Doppeltür mit einer Geste, als würde die Königin von England drinnen warten auf uns. Ich kriege schon wieder Herzklopfen. Der Mut von vorhin ist dahin.

»Bitte, treten Sie ein. Der Meister wartet auf Sie.«

Wir stehen in einem großen, gelben Salon. Fenster an drei Seiten. Alle Möbel sind zur Wand gerückt, und auf einem edlen hellen chinesischen Teppich in der Mitte thront Lawry im Lotussitz, einsam und allein.

Als er uns hört, hebt er den Kopf, winkt, und wir setzen uns auf den Boden vor ihn hin.

Ich staune. Lawry sieht schon wieder anders aus. Wie ein Indianer! Er hat plötzlich langes, glattes, schwarzes Haar, von einem Stirnband gehalten, rot, mit winzigen weißen Perlen bestickt. Er trägt einen hellen Indianer-Anzug mit Fransen, zwei lange Ketten aus dicken Türkisen, keine Schuhe, und die Nägel seiner gepflegten Zehen sind silbern lackiert.

»Hi«, sagt er zur Begrüßung, »einer fehlt!«

Da trippelt auch schon Marlon herbei, wie die kleine Mia ganz in Weiß, auf Schuhen aus falschem Schlangenleder mit hohem Absatz, und lässt sich theatralisch auf den Teppich sinken.

»Wie immer zu spät«, kommentiert Lawry strafend.

»Höchstens zwei Sekunden!«, flötet Marlon tuntig. »Wichtiges Telefonat …«

»Du weißt genau, ich darf mich nicht aufregen vor einem Seminar«, unterbricht ihn Lawry wütend.

»Dann reg dich nicht auf, *darling*! Bleib cool!«

»Bist du *verrückt*?«, tobt Lawry. »Du *provozierst* mich noch? Ich brauche meine ganze Kraft für den *FIREWALK* und du reizt mich bis aufs Blut? Das ist *Sabotage*! Entschuldige dich!«

Marlon schweigt verbissen vor sich hin.

»Wir sind heute *dreitausend*«, tobt der große Drachentöter, »begreift ihr, was das heißt?? Ein Meer von Angst. Ich allein auf der Bühne, von allen Seiten steigt die Panik hoch. Ich muss diese Angst *vernichten*! Habt ihr eine Ahnung, wie viel Kraft man dazu braucht?«

Marlon sieht Hilfe suchend auf die kleine Mia, keiner spricht ein Wort.

Lawry schließt die Augen. Beißt die Zähne zusammen, was man an den zuckenden Wangenmuskeln merkt.

»Jetzt zum Film«, sagt er plötzlich ganz ruhig zu mir und lächelt mich an, »Mimi, du suchst dir interessante Gesichter, vier oder fünf in deiner Nähe. Du beobachtest sie haarscharf. Was denkst du, wofür?«

»Für ein Vorher und Nachher?«

Lawry lächelt ein zweites Mal:

»Stimmt. Du merkst dir *jeden* Unterschied, auch den kleinsten. Gesichtsausdruck, Körpersprache, was sie sagen, ob sie weinen, lachen, schreien, schweigen, verstehst du mich?«

»Männer oder Frauen?«

»Zu mir kommen achtzig Prozent Männer. Aber schau, dass du auch zwei Frauen kriegst.«

»Gut. Mach ich!«

»Da muss sie aber hinaus zum Feuer«, wirft Marlon hämisch ein, »das wird nicht gehn, *old boy*.«

»Warum nicht?«, fragt D.T.

»Die Mimi hat eine *Phobie*! Die bricht schon nieder vor einem *leeren* Kamin, auch wenn *gar* nichts drin brennt.«

»*Why? Why? Why?*«, schreit Lawry zurück. »Erklärt mir in *einem* Wort, warum!«

»Feigheit!«, sagt Marlon mit Genuss und streicht über sein frisch gefärbtes, schwarzes Haar.

»Nein«, rufe ich, »keine Feigheit. Ein Handicap!« Und ich erzähle die Geschichte von Brasilien, so knapp ich kann.

Lawry hört ungerührt zu.

»Na und?«, fragt er, als ich fertig bin.

»Verstehst du nicht?«, sagt Marlon in hämischem Ton. »Sie sagt dir durch die Blume, dass sie nicht *kann*!«

»Mimi«, sagt Lawry, »kennst du meinen berühmten Spruch?«

»Welchen Spruch?«

»Wenn man glaubt, dass man was nicht *kann*?«

»Nein. Kenne ich nicht.«

»WAS ICH NICHT *KANN, MUSS* ICH TUN.« Er sieht mich durchdringend an mit seinen schwarzen Augen und grinst.

»Starker Satz«, sage ich höflich.

»Stammt von mir. Du wirst noch viele starke Sätze hören, heute Nacht. Schreib alle auf, die müssen in den Film!«

»*Ich* mach dir den Film«, unterbricht ihn Marlon, »auf *mich* kannst du dich *verlassen*. Auf sie *nicht*!«

»Nein!«, donnert D.T. »Das ist nichts für dich.«

»Warum nicht?«

»Das ist *ihr* Beruf, nicht deiner.«

Marlon schlägt mit der Faust auf den Teppich: »Es gibt nichts, was ein Psychiater nicht kann! Ich will …«

»Was du willst, interessiert mich nicht«, sagt D.T. beißend, »passt jetzt alle auf. Es gibt neunzehn Feuerbeete. Ihr alle, Marlon ausgenommen, der ist zu feig, geht über Beet Nummer zehn. Ihr stellt euch hinten an, mit meinen Indern, die lernt ihr gleich kennen, beim Essen, und du, Mimi, gehst am Schluss.«

»Wie sind die Beete angeordnet?«, frage ich schnell.

»Eins neben dem andern. Warum?«

Ich seufze erleichtert auf. Gott sei Dank nicht im Kreis. Das hätte mich nämlich am meisten entsetzt, eingeschlossen sein, von lodernden Flammen.

»O.K.?«, fragt der große Guru.

Ich nicke.

»Nichts ist O.K.«, schreit Marlon und blickt wild um sich, »begreift denn keiner, wie *ernst* das ist? Du schickst sie in den Tod!«

»Wieso?«, fragt D.T. gelangweilt.

»Sie stolpert, und dann …«

»Sie stolpert *nicht*«, Lawry schiebt drohend sein kantiges Kinn nach vorn, »und du verschonst uns sofort mit deiner … deiner … blöden … mir fehlt das Wort, deiner feigen Schwarzmalerei! Ich schicke Hunderttausende durchs Feuer, auch die Allerschwächsten durch *meine Kraft*! Glaubst du im Ernst, *sie* krieg ich *nicht*?«

»Wie du willst, *darling*«, Marlon spitzt beleidigt die Lippen, »ich prophezei dir nur, sie lässt dich *hängen* im letzten Moment.«

»*Tust du das?*« D.T. wendet sich an mich.

»Vielleicht«, ich zucke die Achseln, »keine Ahnung. Ich weiß es nicht.«

»Siehst du. Sie gibt es zu!«

»Du lässt mich *nicht* hängen!« D.T. durchbohrt mich mit einem scharfen Blick. »Sprich mir nach: Ich *darf* durchs Feuer gehn. Ich freu mich so!«

»Ich darf durchs Feuer gehn. Ich freu mich so.«

»Überzeugender, *sweety*, das glaubt man noch nicht.«

»Ich darf durchs Feuer gehn, ich *freu* mich so.«

»Schon besser. Und jetzt *zeigst* du uns deine Freude. Du vibrierst vor Freude. Jeder Blutstropfen ist voll Freude. Alles in dir schreit vor Freude. Du bist voll Freude vom Kopf bis zu den Zehen. Endlich darfst du durchs Feuer gehn. Du freust dich so.«

Wir üben eine Weile. D.T. ist zufrieden.

»Das sagst du dir vor bis sieben Uhr. In dem Moment, wo du aus dem Hotel gehst zum Seminar, *vergisst* du den Satz.«

»Warum?«, frage ich erstaunt.

»Das ist *ganz wichtig*! Was wirst du tun?«

»In dem Moment, wo ich zum Seminar gehe, vergesse ich den Satz. Aber warum?«

»Weil wir ganz was anderes sagen, wenn wir *wirklich* durchs Feuer gehn! Was tust du bis zum Seminar?«

»Ich darf durchs Feuer gehn! Ich freu mich so.«

»Und dann?«

»In dem Moment, wo ich das Hotel verlasse, hör ich damit auf.«

»Also«, sagt D.T. und starrt auf Marlon, »*wo* ist das *Problem*?«

»Du glaubst doch nicht im Ernst, das genügt?«

»Fünfzehn Jahre Erfahrung, *old boy*! Vielleicht traust du dich jetzt endlich auch? Sag mir nach: Ich darf durchs Feuer gehn! Ich freu mich so!«

»Du *kannst* mich!«, schreit Marlon, rot vor Wut, springt auf, stöckelt aus der Suite und knallt die Tür hinter sich zu.

Wir treffen uns um sieben zu einem leichten Abendessen. Das Seminar beginnt um acht. Das heißt, die anderen speisen, Joel und ich sehen zu.

Wir sind aber gar nicht hungrig, mir ist nicht einmal kalt, wie sonst an manchen Fastentagen. Im Gegenteil! Vor Aufregung ist mir direkt heiß! Ich werde es also *tatsächlich* versuchen! *Nie* hätte ich das gedacht! Ich darf durchs Feuer gehn, ich freu mich so. Ich werde die Angst vertreiben, die mich ein Leben lang gequält hat, das heißt, ich *hoffe* es. Keine Ahnung, ob es wirklich gelingt! Wie der Abend heute ausgeht, ist mir schleierhaft.

Marlon hat sich wieder gefasst. Trägt normale Schuhe, alles Tuntige ist weg, jetzt stellt er uns die Inder vor, die mitfliegen werden nach Hawaii. Ich starre ihn an. Er wirkt so *fremd*. Die scharfen grünen Augen zu dem schwarzen Haar ... Doch die Inder sind nett, lachen viel, es sind erfolgreiche Geschäftsleute, die noch erfolgreicher werden wollen. Und alle hatten Glückssträhnen nach dem *FIREWALK*!

Wir sitzen im letzten Stock, im blauen Restaurant, das D.T. für uns gemietet hat. Ich sehe mich um:

Seine ganze Familie ist da und sein Personal: sein Arzt, sein Koch, sein Hubschrauber-Pilot, sein Friseur, sein Masseur, sein Yoga-Meister, sein Psychiater, sein Butler, sein Home-Maker, sein Make-up-Berater, sein Schneider, sein Video-Filmer, sein Bühnenbildner, sein Ton-Ingenieur, sein Tour-Manager, seine Leibwächter. Dann verliere ich den Überblick!

Dafür lerne ich Lawrys Mutter kennen: eine kleine, blasse Frau. Sein Vater ist hager, groß und still. Ich begrüße die Diva, die noch keine Ahnung hat, dass nun Mia ihre Schwiegertochter wird statt mir! Ich lerne Eddi kennen, ihren Freund, klein, sympathisch, ruhig.

Ich spreche kurz mit Kathy, die bereits *alles* weiß und viel weniger freundlich ist zu mir. Ich sehe Dolly, die, wenn möglich, *noch* verhärmter wirkt, dafür aber fleißig fotografiert.

Alle sind gleich gekleidet: schwarze Hosen, die überm Knie enden. Schwarzes Top. DRAGON steht drauf, in goldenen Pailletten, in schwungvoller Schrift gestickt. Wie gesagt, alle sind da, nur der große Guru fehlt.

Er ist für niemanden zu sprechen. Er isst nie vor einem *FIREWALK*. Er braucht Ruhe vor dem Sturm.

Und dann ist es so weit.

Wir verlassen das Hotel und gehen hinunter zur Arena. Ein schöner Rundbau, doch, wie erwähnt, seine Tage sind gezählt. Dies ist vielleicht die letzte Veranstaltung hier. Ein historisches Ereignis? Für mich sicherlich!

Ich sage gehn, in Wahrheit aber springen wir. Das heißt, Lenny hüpft herum wie ein Gummiball. Er ist so aufgeregt, er weiß kaum noch, was er tut. Von allen Seiten strömen Menschen herbei, in Feststimmung, ausgelassen wie Kinder, jeder grüßt jeden, Wildfremde lachen einander zu.

Nur ganz wenige sind bleich und still, wie ich, nämlich die, die zum ersten Mal übers Feuer gehn.

In der Arena ist die Hölle los. Unmengen Menschen drängen sich am Empfang. Das bleibt uns aber erspart. Ian führt uns hinein, legt jedem von uns ein Armband um, rosa Plastik, *VIP* ist draufgestanzt. Dann kommt noch ein zweites Schild auf die Brust. Darauf unser Name und drunter in Großbuchstaben: *PRIORITY SEAT.* Das ist die Karte zur geheiligten Enklave, direkt vor der Bühne, nur spezielle Gäste dürfen da hinein.

»Vergesst *alles*«, befiehlt Lenny, als wir durch die letzte Sperre gehen, »vergesst, wie ihr heißt, vergesst, wer ihr seid, vergesst, was ihr macht, vergesst den Film, lasst euch einfach nur treiben …« Dann öffnet er für uns die Schwingtür in den riesigen, runden Saal.

Und schon geht's los:

Wildeste, beste Popmusik dröhnt uns entgegen.

Aber so laut, dass der Boden vibriert!

Einen kurzen Moment lang denke ich, mein Herz bleibt stehn. Der Bass ist so stark, die tiefen Töne hämmern wie Fäuste auf meine Brust! Erste Reaktion: umdrehn, weglaufen, hinaus in die frische Luft.

Doch ich fasse mich schnell: Yoga-Atmung! Langsam – tief! Nach vier Zügen geht's mir wieder gut.

Wir setzen uns in die erste Reihe.

Rechts und links von uns Inder und Italiener. Wir sind nur vier: Lenny, Peggy, Joel und ich. Alle andern, inklusive Marlon und die kleine Mia, sind bei Lawry hinter der Bühne.

Dreitausend Leute fasst die Arena. Sie ist tatsächlich völlig ausverkauft. Der Riesensaal ist schwarz vor Menschen, auch auf den Tribünen ist kein Sitz mehr frei!

Über der Bühne steht in riesigen goldenen Lettern:

DRAGON SEMINARS.

Darunter, auf Stoff, ein unendlich langer goldener Drache, wie man ihn sonst nur bei chinesischen Festparaden sieht.

»Aufgeregt?«, fragt Joel, der die ganze Zeit meine Hand gehalten hat.

Ich nicke. Ich verstehe ihn kaum bei dem Lärm.

Die Musik wird immer besser. Der Rhythmus reißt mit. Am liebsten würde ich aufspringen und herumhüpfen! Lenny geht's genauso, er kann kaum noch still sitzen, wiegt im Takt den Kopf.

»*Dancers on stage!*«, höre ich Lawrys Stimme über einen Lautsprecher, und schon öffnen sich die Seitentüren – zweihundert Tänzer laufen herein, springen auf die Bühne, wirbeln herum zur Musik.

Fasziniert sehe ich ihnen zu. Die Männer tragen enge goldene Hosen, Oberkörper nackt, die Frauen kurze goldene Kleidchen, schulterfrei. Dazu lange goldene Perücken. Die Bühne strotzt vor Gold, und jetzt kommt der große Moment:

Die Tänzer teilen sich, lassen einen Weg in der Mitte frei, bilden Spalier, und wer tanzt herein von hinten ganz zu uns nach vorn? Lawrence Gold! Der Drachentöter.

Vom Indianer ist nichts mehr zu sehn!

Lawry trägt schwarze Kampfhosen, ein schwarzes Hemd aus Seide, seine Haare sind jetzt kurz und schwarz, seine Schuhe sind chinesisch, aus Stoff, jetzt springt er ganz vorn an die Rampe und brüllt ins Mikrofon:

»*Get up! Shake your body!*«

Das lässt sich keiner zweimal sagen! Aufgeheizt durch die wilde Musik geht ein Schrei durch den Saal. Dreitausend Leute springen auf die Beine und hüpfen zwischen den Sitzen hin und her. Es wogt auf den Tribünen, dass man direkt Schwindel kriegt. Lawry selbst ist ständig in Bewegung, wirbelt mit den Tänzern herum, hebt sie hoch, stellt sie wieder hin, springt in die Luft, lässt sich auf die Bühne fallen und landet im *Spagat*!!! Der kann tanzen! Er stellt alle in den Schatten, zieht alle Blicke auf sich. Man sieht nur noch ihn!

Das ist Bühnenpräsenz!

Ich vergesse sogar das Feuer für einen kurzen Moment.

Plötzlich hebt er die Hand.

Abrupt stoppt die Musik.

Die Tänzer hüpfen von der Bühne. Wir setzen uns. Lawry steht im Scheinwerferlicht. Ein schöner Mann. Lange Gliedmaßen, kantiges Gesicht, eine Ausstrahlung wie ein Feldherr!

Minutenlang steht er nur da und sieht in den Saal. Jedes Geräusch verstummt, keiner wagt zu atmen. Alles wartet gespannt. Joel nimmt meine Hand und drückt sie fest. Er drückt sein Bein an meines. Wir wissen beide, was jetzt kommt:

Die Vorbereitung auf den *FIREWALK*!

Lawry hebt wieder die Hand. Ohne Umschweife kommt er zur Sache:

»Erfolg ist unser Thema. *Großer Erfolg!* Jeder von euch will mehr Geld. Und ich zeige euch, wie man es kriegt! Aber ...«, er macht eine wirkungsvolle Pause, »wärt ihr alle hier, wenn wir *nur* über Erfolg sprechen würden? Wären dreitausend Leute im Saal??«

»Neeeiiiin«, brüllen alle außer Joel und mir. Wir sind nämlich keine Herdentiere. Wenn alle schreien, schreie *ich* sicher *nicht*!

»Wären dreitausend Leute gekommen, wenn wir *nur* über Geld reden würden? Über die Kunst, schnell reich zu werden? Wärt ihr dann alle da??«

»Noooooooooooo!«

Lawry hebt wieder die Hand. Wartet, bis es totenstill ist im Saal.

»Ihr wollt ein *Wunder*!«, sagt er dann ganz sanft.

»*Yeeeeeeees!*«, schreien dreitausend Leute wild begeistert. »Ein Wunder, wie man durchs Feuer geht. Über glühende Kohlen. Ohne dass man verbrennt.«

»*Yeeeeeees!*«

»Deshalb seid ihr hier?«

»*Yeeeeeeeaaaaaaaaa*«, brüllt das Publikum, dann folgt tosender Applaus. Lenny und Peggy klatschen sich die Hände wund.

»Wollt ihr das wirklich?«

»*Yeeeeeeees!*«

»*Alle* von euch?«

»*Yeeeeeeeeeeeeeeees!*«, schreien alle außer Joel und mir.

»Dann müsst ihr mutig sein! Mutiger als die andern. Passt gut auf!«

Eine große Leinwand wird herabgelassen auf der Bühne. Und darauf erscheint eine lodernde Feuersbrunst! Erschreckend hohe Flammen, ein Bild des Infernos. Da sollen wir durch?? Sofort kriege ich einen Schweißausbruch, presse mein Bein noch enger an Joel. Er dreht seinen Kopf zu mir, nickt mir beruhigend zu.

Stille senkt sich herab. Dreitausend Menschen atmen nur noch ganz, ganz flach. Man hört das Feuer brennen, hört die Funken stieben, es prasselt und knackt, als wären wir schon mittendrin!

D.T. geht wie ein schwarzer Panther auf der Bühne auf und ab. Mit gesenktem Kopf. Endlich öffnet er den Mund. Und worüber spricht er?

Über die *Gefahren*, die uns drohn!

Über Brandblasen, Brandwunden, Verstümmelung, Entstellung, Verbrennungen, Tod!

Ist der Mann verrückt geworden? Dreitausend Leute halten den Atem an. Peggy ist ganz bleich. Ich sicher auch. Joel drückt beruhigend meine Hand. Lenny legt den Arm um Peggy, die gleich wieder lächelt. Ich bin noch nicht so weit. Ich muss mich beherrschen, dass ich nicht zu zittern beginne. Soll ich den Film vergessen? Aufstehen? Und hinauslaufen??? *Genau!* Ich laufe jetzt hinaus und rette meine Haut!

In dem Moment klatscht Lawry in die Hände. Er steht jetzt am Rand der Bühne, direkt vor mir. Fixiert mich mit seinen schwarzen Augen. Sofort verebbt mein Wille. Ich sitze da wie gelähmt!

»Feuer tötet!«, beginnt er wieder zu sprechen. »Aber nicht, wenn ihr es macht wie ich: Ihr versetzt euch in Trance. Könnt ihr das?«

»Yeeeeeeeeeaaaaaaaaa!«

»Ihr *bleibt* in Trance. Versteht ihr mich?«

»Yeeeeeeeeeeeees!«

»Ihr denkt nicht an das Feuerbeet, ihr denkt an die Feier nachher! Wer es schafft, ist ein Held. Und wird gefeiert, die ganze Nacht!«

»Woran denkt ihr?«

»An die Feier nachher!«

»Wie lang wird gefeiert?«

»Die *ganze Nacht*!«

»Ihr versetzt euch in Trance. Ihr zieht euch zurück in den Kopf. Ihr vergesst euren Körper! Ihr seht nach oben. Ihr dürft nicht laufen! Ihr müsst gezielt und gerade gehn. Wer läuft, stürzt! Ihr dürft *nicht* nach unten sehn. Was tut ihr?«

»Nicht nach unten sehn!«

»Was tun wir noch?«

»Nicht laufen! Gezielt und gerade gehn!«

»Ihr sagt mir jetzt nach: VOM ERSTEN SCHRITT *AN* TUT MEIN LEIB, WAS ER *KANN, UM SICH ZU SCHÜTZEN*!«

Eine Viertelstunde lang schreien alle den Satz. Außer Joel und mir, was D.T. natürlich gleich bemerkt. Er tritt sofort an den Rand der Bühne:

»Wir vergessen das Wort Feuer. Wir gehn nicht über Feuer. Wir gehen über kühles Moos. Kühles Moos. Worüber gehen wir?«

»KÜHLES MOOS«, schreien die anderen.

Lawry geht in die Knie, sieht mir direkt in die Augen:

»Du musst *schreien*«, sagt er schnell, »sonst kommst du nicht in Trance. Worüber gehen wir?«, brüllt er dann ins Mikrofon und springt wieder auf.

»KÜHLES MOOS, KÜHLES MOOS!«

»Wir sind in Trance! WIR SIND *OBEN IM KOPF*. Wir gehen über …«

»Kühles Moos!« Jetzt schrei ich auch.

»Einmal habe ich mich verbrannt«, schreit D.T., »weil ich zu schnell aus der Trance gekommen bin. Kohlenstücke waren noch zwischen meinen Zehen. Ihr bleibt in Trance, bis eure Füße gewaschen sind. Meine Helfer machen das. Worüber geht ihr?«

»KÜHLES MOOS. KÜHLES MOOS!«

»Sprecht mir nach: DER GEIST IST STÄRKER ALS DER LEIB! ICH SIEGE AUF ALLEN LINIEN!«

Joel und ich tauschen einen Blick. Dann schreien wir mit den andern, bis wir heiser sind. Was soll's! Ich habe die Angst verloren seit dem Satz: Wir sind im Kopf! Ich meditiere nämlich schon lang. Ich weiß, wie man sich zurückzieht in den Kopf. Das tu ich gern. Ich bin geborgen in meinem Kopf. Ja, das mache ich. Ich verstecke mich hinter dem dritten Auge, dann kann mir nichts geschehn.

»Also, Mimi. Traust du dich? Für mich?«, fragt Joel gespannt.

»In Gottes Namen! Ja!«

»Hast du Angst?«, fragt er besorgt.

Angst? Ich bin plötzlich voll wilder Kraft! Wie meint Marlon? Ich bin zu alt? Der unterschätzt die Macht, die man hat im zweiten Frühling! Nach dem Wechsel ist man zu *allem* imstand, wenn man *wirklich will*!

»Alles aufstehn«, brüllt Lawry ins Mikrofon, »Schuhe ausziehn, Hosen aufrollen über die Knie. Wir laufen barfuß hinaus, barfuß über kühles Moos!«

»Gehst du?«, frage ich Peggy.

»Klar!« Schon springt sie hoch.

Joel streckt die Hand nach mir aus. Unsere Finger schlingen sich ineinander! Wir haben die Schuhe abgestreift, die Hosen aufgerollt, Hand in Hand laufen wir hinaus.

Im großen Hof hinter der Arena ist es dunkel, bis auf neunzehn Feuerbeete, die glühendes Licht versprühn. Ein gespenstisches Bild. Trotzdem bin ich freudig überrascht: Die Feuer lodern nämlich nicht so hoch wie auf der Leinwand. Wir müssen durch kein Flammenmeer. Nur über rot glühenden, feindlich knisternden Koks.

Vor, hinter und neben den Beeten stehen wachsame Helfer, große kräftige Männer und Frauen, die uns hinüberbegleiten.

Falls einer strauchelt, fangen sie ihn sofort auf! Wo ist Lawry? Auf einem Hochstand, von Scheinwerfern bestrahlt! Er kommandiert die Schlacht! Hebt die Hand: Ohrenbetäubende Popmusik erfüllt plötzlich die Nacht. Die Helfer vor den Beeten beginnen zu hüpfen, im Takt, umringen den, der als Erster geht, springen vor ihm auf und ab, schreien *»YES! YES! YES! YES!«*. Und dann, wenn er bereit ist: *»GO! GO! GOOOOOOOOOOOO!!«*.

Wir stehen an Beet Nummer zehn. Vor uns die Inder. Die Helfer stecken uns an mit ihrer Begeisterung, wir hüpfen, schreien, feuern uns gegenseitig an, die ersten schönen, dunklen Männer wagen sich auf die Glut.

Tatsächlich! Sie kommen sicher drüben an, werden gefeiert, geküsst, umarmt, jetzt hüpft man auch am andern Ende der Beete auf und ab, die ganze Nacht besteht aus hüpfenden, tanzenden, wogenden Menschen und dazwischen neunzehn Streifen Glut!

Peggy und Lenny sind Gott weiß wo, wir haben sie verloren im Gewühl. Ein Inder nach dem andern wagt sich über das Feuerbeet. Sie sind alle in Trance, ihre Augen glänzen, sie sind außer sich, manche stoßen wilde Schreie aus. Bald ist die Reihe an Joel und mir!

Wir rücken weiter und weiter vor, die Hitze schlägt mir bereits ins Gesicht.

»Ich tu's für dich und du für mich«, schreit Joel! Dann ist er dran. Die Helfer umringen ihn. Hüpfen mit ihm auf und ab:

»*YES! YES! YES*«, schreien sie ihm ins Ohr. Er zögert keine Sekunde, hebt den Kopf, sieht in den dunklen Himmel und setzt den Fuß auf die Glut!

»*GOOOOOOOOO!*« Schon ist er auf halbem Weg zum Ziel. Vier muskulöse Burschen hüpfen neben ihm her, brüllen ihm Mut zu. Doch das braucht er nicht. Er geht mit festen, starken, schnellen Schritten, ohne Hektik, ohne Angst, schon ist er drüben angelangt, heil und ganz, seine Sohlen werden abgesprüht mit einem Schlauch, er wird gefeiert, umarmt, geküsst, doch dann tanzt er nicht mit den andern, nein, er bleibt stehn, am Rand und streckt die Arme aus nach mir!

Das ist die Stunde der Wahrheit.

Ich stehe vor dem knisternden Beet. Eintausendsiebenhundert Grad! Wenn ich die Zehen aufsetze, zischt es sicher gleich ganz fürchterlich. Halt! Das Wort »zischen« wird sofort verbannt! Ich gehe über kühles Moos, weiches, grünes, feuchtes Moos. Es ist nass unter meinen Sohlen, kühl unter den Fersen, kalt zwischen den Zehn. Ich muss es fühlen! *Das* ist die Kunst.

»*YES! YES! YES! YES!*«

Die Helfer umringen mich. Ich beginne mit ihnen zu hüpfen. Sie schreien so laut, es übertönt das Knistern der Glut. Ich höre nur noch ihre wilden aufgeregten Stimmen, mein Trommelfell schmerzt, ich tanze in einem Feld überschäumender Energie.

»GO! GO! GOOOOOOOOO!«

Ich blicke hoch in die schwarze Nacht. Ich sehe noch, dass Joel mir winkt: Komm! Komm!

VOM ERSTEN SCHRITT *AN* TUT MEIN LEIB, WAS ER *KANN*, UM SICH ZU SCHÜTZEN!

Jetzt wirkt der Zauber auch bei mir. Plötzlich stelle ich fest, ich habe keinen Körper mehr. Ich bin oben im Kopf, losgelöst von dem, was drunter ist. Und was drunter ist, schützt sich selbst!

Mein linker Fuß hebt sich von allein. Der rechte folgt. Ich bin allein in einem dunklen Wald, schreite über kühles Moos. Das heißt, mein Körper schreitet, ich sitze sicher oben im Kopf.

Ich schwebe voran, ich weiß nicht, wie, es dauert eine Ewigkeit. Und dann ist es vorbei!

Starke Arme umfassen mich, heben meine Füße, spreizen meine Zehen, ein starker, kalter Wasserstrahl sprüht die Glutkörnchen weg, ich bin auf sicherem Grund, ich bin gerettet, ICH HABE ES GESCHAFFT!

Hier ist Joel. Er breitet die Arme aus, ich sinke an seine Brust.

»Mimi, *chérie*«, er drückt mich fest an sich, es tut so gut, ich werde fast ohnmächtig dabei, »alles gut gegangen. Wir haben es überstanden. Ich bin ganz, ganz stolz auf dich.«

»Und ich auf dich!«

Wir wiegen uns hin und her im Stehn, ich höre sein Herz klopfen, trotz des Lärms, trotz der feiernden hüpfenden, tanzenden, lachenden, singenden Menge rundherum, trotz der wilden Musik, die immer noch die Nacht erfüllt.

Joel lässt mich los, die andern stürzen sich auf uns. Wir werden von Fremden umarmt, gestreichelt, geküsst, Jubelstimmung erfüllt die Luft.

Langsam komme ich wieder zu mir.

Langsam werden die Ohren frei. Der Kopf ist wieder fest am Körper verankert, ich taste meine Hüften ab, ja, die gehören zu mir, ich fühle meine Beine, meine Füße, nichts ist verbrannt, ich lasse die Hände über meine Sohlen gleiten, gesunde, weiche Haut.

Als wäre ich tatsächlich über kühles Moos spaziert.

»*YES! YES! YES!*«

Unsere Helfer fassen sich an den Händen und tanzen im Kreis um uns herum. Ich blicke über die Schulter auf das Feuerbeet. Fühle die Hitze in meinem Rücken: eintausendsiebenhundert Grad!

Plötzlich erfasst mich ein Freudenrausch. Ich bin über glühende Kohlen geschritten, und das Feuer hat mir nichts getan!

Und ich weiß jetzt, wie es geht: Man muss sich aufladen mit Musik und Hysterie, bis jede Zelle im Leib vibriert. Man verstärkt die Aura, zieht sich zurück, ganz hinauf in den Kopf und befiehlt dem Körper, sich zu schützen. Man muss den Verstand stilllegen. Und auf Gott vertraun!

Ich habe ein Wunder vollbracht! Ich habe gesiegt über ein Naturgesetz. Wenn ich das kann – wozu bin ich dann noch imstande?

Die Feier überstehe ich wie in Trance. Man hat Joel abgedrängt von mir. Doch wir finden uns wieder in der Arena. Auch Peggy ist wieder da und Lenny. Beide sind übers Feuer gegangen, doch über ein anderes Beet.

Völlig erschöpft sitzen wir vor der Bühne. Die Spannung ist weg, wir zittern am ganzen Leib. Aber nicht lang.

Die Tänzer laufen wieder herein, die Bühne gleißt vor Gold. Sie winken uns zu, laden alle ein, jeder, der will, darf zu ihnen hinauf. Aber dazu sind wir zu müde.

Die Musik ist noch genauso laut wie vor dem *FIREWALK*. Plötzlich aber werde ich wieder wach. Denn was höre ich? Ein Lieblingslied von mir:

VAN MORRISON: *BROWN EYED GIRL*. Fröhlich, heiter, sorglos, vergnügt, ich kann nicht widerstehn. Ich springe auf, fasse Joel bei der Hand, wir klettern auf die Bühne und tanzen, tanzen, bis die Musik verstummt und die Lichter verglühn.

Spät in der Nacht.

Um vier Uhr früh.

Dann wandern wir zurück zum Hotel, mit den Indern und einem stämmigen Maori aus Neuseeland. Wir sind todmüde, als hätten wir eine Schlacht hinter uns. Gleichzeitig aber sind wir im Delirium. Wir alle sind heute über uns hinausgewachsen.

Wir haben die Todesangst besiegt.

Was würde meine Mutter sagen dazu?

Sterben! Vor Schreck!

Im Hotel ist schon alles still. Auch im letzten Stock. Kein Laut dringt aus Lawrys Suite. Er hat sich gleich nach dem *FIREWALK* zurückgezogen. Er muss sich vorbereiten für morgen.

Ich schlüpfe noch kurz ins Zimmer zu Joel und sage Gute Nacht. Er liegt schon im Bett. Der Wecker ist gestellt auf acht.

»Komm, schmiegen«, sagt er und hebt die Decke. Er ist nackt, wie Gott ihn schuf. Eigentlich wollten wir warten bis morgen. Und Joel kann nie, wenn er vorher nicht gegessen hat.

Kaum aber liegen wir uns in den Armen, kaum küsst er mich mit seiner süßen, spitzen Zunge, kaum fühle ich seinen vollen, weichen Mund auf meinem, schmilzt jeder Widerstand.

Wir beginnen uns zu lieben, zuerst zärtlich, dann voll Leidenschaft. Joel kann ewig. DAS BECKEN IST STRÖMEND WARM! Joel beginnt zu brummen, wir kommen zugleich! Ich habe einen strahlend hellen, silbrig flirrenden, weißen Orgasmus, so stark, ich liege da, mit offenem Mund und denke: dass es *so was* gibt!

»Jetzt gehörst du mir und ich dir«, sagt Joel, als wir glücklich nebeneinander liegen, wunschlos zufrieden, entspannt, befreit, »geh nicht in dein Zimmer. Bleib da. Wir sind erwachsen. Wenn uns einer sieht – *tant pis*!«

»*Are you happy?*«, frage ich leise, denn ich schlafe schon fast.

»Total! Und du?«

»So einen schönen Tag wie heute hab ich noch nie erlebt!«

»Da bist du nicht allein!« Joel küsst mich auf den Hals. »Gute Nacht, *ma chérie, je t'adore*!«

Eng umschlungen schlafen wir ein.

Kapitel XVI

Am nächsten Tag scheint die Sonne, wie sie sonst nur im Süden scheint. Der Himmel über Wembley ist tiefblau, es ist so warm wie an der Côte d'Azur. Die Drillich-Hose liegt gut verpackt in der Reisetasche, ich trage ein kurzes rotes Sommerkleid, goldene Sandalen und eine rote Blume aus Seide in meinem schwarzen Haar.

Ich fühle mich wie neugeboren, nach dieser kurzen Nacht mit nur zwei Stunden Schlaf. Ich bin ein neuer Mensch nach der Feuertaufe, ich weiß jetzt ohne Zweifel: Der Kopf hat *wirklich* Macht über den Körper. Der Geist *ist* stärker als der Leib. Was das heißt? Uns sind keine Grenzen gesetzt. Die Grenzen macht man sich selbst!

Es ist kurz vor halb neun.

Heute frühstücken wir mit den andern, oben im Blauen Restaurant. Jeder, der durch die Tür tritt, wird bejubelt wie ein Held! Plötzlich sind wir alle alte Freunde, nein, besser, Kriegskameraden! Wir haben unser Leben riskiert und sind davongekommen. Jeder Einzelne von uns hat ein Wunder gewirkt!

Mmmmhhhhmm, tut das gut, wieder essen nach so langer Pause. Joel hat sogar fünf Tage gefastet. Er isst vorsichtig, nichts Schweres, keine Wurst, keinen Speck, nur Lassi und etwas Pflaumenkompott. Der Magen muss sich *langsam* wieder an die Arbeit gewöhnen. Aus Erfahrung weiß er das.

Man erzählt uns gleich das Neueste:

Die kleine Mia ist auch über die glühenden Kohlen marschiert. Und o Wunder: Doktor Macdonald ebenfalls! Ja, sogar die Diva hat es gewagt – und natürlich das ganze Personal! Von den dreitausend Teilnehmern verlor kein einziger den Mut. Alle gingen! Und nichts ist passiert. Keine Brandblase, kein Unfall. Wir sind alle in höchster Euphorie. Gesprächsthema Nummer eins: Lawrys *Kraft*! Sein göttliches *Talent*! Er ist in Hochform, alle sind sich einig darin, einen derart erfolgreichen *FIREWALK* gab es noch nie!

Um neun lässt uns Lawry rufen, Marlon, die kleine Mia, Peggy, Lenny, Joel und mich.

»Jetzt kommt das Geschenk«, flüstert Lenny mir zu.

»Weißt du, was es ist?«, frage ich neugierig.

Lenny nickt geheimnisvoll.

»Was? Lenny, *was*??«

Lenny lacht: »Wird dir gefallen! Mehr sag ich nicht.«

Lawry empfängt uns in seiner Suite.

Aber nicht im Salon, sondern im Schlafgemach.

Er thront auf einem königlichen Bett, das sein Home-Maker extra eingeflogen hat, samt Matratze, Seidenwäsche, Kissen. Er trägt einen glänzend gelben chinesischen Morgenrock und raucht eine rosa Zigarette.

Lawry lebt vegan wie Marlon. Doch er raucht. Dafür trinkt er nicht. Er trinkt auch Kaffee statt Tee, starken Espresso, das ganze riesige Zimmer duftet danach.

Rund um das Bett stehen Tischchen mit erlesenen Früchten, Trauben, Mangos, Papayas, Ananas. Kirschen, Pfirsiche, Kokosnüsse, Erdbeeren, Himbeeren, Stachelbeeren, frische, saftige, gelbe Datteln, frische blaue und weiße Feigen.

Es gibt auch Reiskuchen, Kokoskuchen und ausnahmsweise auch sechs Stühle für uns.

Doch ehe wir Platz nehmen darauf, rufen wir laut:

»Bravo, Lawry! *Well done!*«

Und beklatschen ihn so lang, bis er zu lachen beginnt und abwinkt.

»Setzt euch«, befiehlt er und zwinkert mir zu, »*wer* hat mir nicht geglaubt? In Paris?«

Ich strahle ihn an.

»Alle Zehen noch dran? Nichts verschmort?«

»Alles heil und ganz.«

»Und? Wie geht's dir jetzt?«, fragt Lawry gespannt und zieht an seiner rosa Zigarette.

Ich überlege. Und stelle fest, die ganze Tragweite ist mir noch nicht klar. Ich merke nur eins: Lawry zieht an seiner Zigarette, und ich schrecke nicht zurück. Ich beobachte die Glut, einen kurzen Moment, sehe wieder weg und vergesse es. Unfassbar, aber wahr: Es gibt eine glimmende Zigarette hier im Raum, und es stört mich *nicht*!

»Die Angst ist weg«, sage ich.

»Du hast den inneren Feind besiegt.«

Ich nicke. Ein winziger Funke hat mich verbrannt als Kind. Jetzt bin ich erwachsen und ein ganzes Beet glühender Kohlen hat mir nichts getan.

»Körperreaktion?«, fragt Lawry. »Durchfall?«

»Nichts! Ich hab vorher gefastet.«

»Wie lang?«

»Zwei Tage. Und Joel fünf.«

»Gut«, nickt Lawry anerkennend, »übrigens, ich hab euch auf Video. Souveräner Gesichtsausdruck. Ihr braucht euch nicht genieren, ihr zwei.«

»Du hast alles gefilmt?«, fragt Marlon misstrauisch.

»Klar. Vom zweiten Hochstand aus. Ja … *du* kannst nicht zählen, *old boy*! Nicht bis zehn! Du bist über Beet Nummer sechs galoppiert.«

»Galoppiert?«, wiederholt Marlon empört. »Ein Pferd galoppiert. Ich bin …«

»Geschritten!«, lacht Lawry. »Wie … ein Gott! Sagst du mir vielleicht – warum hat's *diesmal* geklappt? Und vorher *nie*?«

»Nein. Das geht dich nichts an.«

Lawry hebt die Hände.

»O.K. Wer will Kaffee? Nehmt euch Obst. Bedient euch.«

»Wieso kannst du so gut tanzen?«, frage ich und denke an die Landung im Spagat.

»Ballettausbildung, *chère Madame*. Ich bin nicht so gut wie deine Mutter, aber sie war zufrieden mit mir.«

»Du warst bei ihr?«, rufe ich erstaunt.

»Viele Jahre. Bei den Kursen. In New York. Exzellente Lehrerin. Wenn du sie siehst, beste Grüße von mir. Sicher erinnert sie sich an mich …«

»Davon bin ich überzeugt! Das wird sie freun.«

»Vielleicht hat sie einmal Lust? Auf einen *FIREWALK*? Frag sie mal. Ja, was ist dir aufgefallen? Bei den Indern? Vorher und nachher?«

»Mut der Verzweiflung. Vorher.«

»Und nachher?«

»Überschäumende Lebenslust!«

»Das ist der Lohn. Wenn man die Todesangst bezwingt. Merk dir das für die Zukunft. Das ist ein Naturgesetz. Wo ist Herb?« Er sieht sich um. »Höööööö-eeerb!! Bring die Drachen!«

Sein Butler erscheint, ein hoch gewachsener Chinese aus Singapur, mit schwarzer Bürstenfrisur. Er trägt einen schwarzen Pyjama aus Seide und hält ein rotes Lacktablett in der Hand, darauf sechs kleine goldene Schachteln.

»Jeder kriegt eine«, sagt Lawry, »kleine Anerkennung für gestern Nacht.«

Ehe ich den Deckel öffne, sehe ich schnell zu Joel hinüber, der zwischen Marlon und der kleinen Mia sitzt. Im selben Moment sieht er her zu mir. Wir lächeln uns an. Dann öffnen wir unser Geschenk.

Ein kleiner goldener Drache kommt ans Licht, halb so groß wie mein Daumen, den man als Brosche tragen kann. Oder als Anhänger, wie man will. Es ist eine wunderschöne Arbeit. Zweiundzwanzig Karat Gold. Und ich habe eine Kette in Paris, auf die er passt.

Ehe wir uns bedanken können, erhebt sich Lawry von seinem königlichen Bett:

»Ich werfe euch hinaus. Um zehn ist Seminar. Ich muss mich konzentrieren. Wir sehn uns in der Arena. Mimi, es gibt wieder ein Vorher und Nachher. Pass also gut auf.«

»Wann?«

»Am Abend, kurz vor Schluss, wenn es dunkel wird.«

»Ein Vorher und Nachher mit was? Vielleicht mit Wasser? Statt Feuer?«

»*Ganz* was anderes«, sagt Lawry, »sei wachsam, Rothaut. Wenn ich alle Lichter löschen lasse, dann geht's los.«

Ich habe keine Ahnung, was Lawry meint. Und Lenny grinst nur und schweigt.

Wir sitzen wieder vor der Bühne, wie gestern auch, diesmal gibt es keine Tänzer, dafür aber wieder dröhnend laute, rhythmisch mitreißende Popmusik. Zwei ganze Stunden lang. Während Lawry uns »auflockert«, wie er sagt.

»Aufstehn! Alles auf!!«, brüllt er, während er wie aufgezogen auf der Bühne herumhüpft, keine Sekunde hält er still. »Umarmt euren Nachbarn links! Umarmt euren Nachbarn rechts. Zeigt zehn fremden Menschen eure Liebe. Massiert die Schultern der Person, die vor euch sitzt. Lasst euch selbst dann den Rücken massieren, jeder gibt, jeder nimmt, jeder Fremde wird zum Freund.«

Es ist ein unbeschreibliches Durcheinander, zu bester, dröhnender Musik. Wir hüpfen im Rhythmus, umarmen uns, folgen Lawrys Befehlen und vergessen, wer wir sind, wo wir sind, warum wir hier sind, wir sind einfach *da*!

In kürzester Zeit sehen wir aus wie nach einer Schlacht: Die Gesichter rot, Haare hängen in die Stirn, kleben an den Schläfen, Krawatten sind entfernt, Hemdkrägen offen, Ärmel aufgekrempelt, alle, wie gesagt, bis auf Joel.

Er ist frisch und kühl, keine Spur von Schweiß, er hat fünf Tage gefastet, da erhitzt man sich nicht so schnell.

Fasten macht auch nicht müde. Der Körper ist von altem Ballast befreit, man ist verjüngt und vergnügt, Joel ist dafür der beste Beweis.

Er macht alles mit, was Lawry befiehlt, doch dazwischen umarmt und küsst er mich, hebt mich hoch, wirbelt mich herum, und als die andern nach zwei Stunden völlig erschöpft in ihre Sitze sinken, meint er:

»Schade! Jetzt komm ich erst richtig in Schwung.«

Den Rest des Tages lernen wir viel über Erfolg. Man muss sich einstimmen auf den Geschäftspartner, seine Atmung imitieren, wie er geht, wie er steht, wie er sitzt. Man muss lernen zu erraten, was er *denkt*! Das ist der Schlüssel zu einer fulminanten Karriere. Gedanken erraten. Laut Lawry ist das keine Kunst.

Noch etwas bringt er uns bei: sich nicht zu billig zu verkaufen.

Aha, denke ich, jetzt lerne ich, wie man um seine Honorare feilscht.

Lawry bringt ein einziges geniales Beispiel.

Das vergess ich sicher nie:

Ein reicher Mann kriegt nach dem Tod seiner Frau plötzlich schreckliche Migräne. Fährt von Kur zu Kur, totale Verzweiflung, nichts hilft.

Endlich hört er von einem berühmten Akupunkteur. Der untersucht ihn, sagt: Ich kann Ihnen helfen. Kostet aber zehntausend Dollar. Ist das recht?

Es ist recht!

Der Experte sticht fünf Nadeln in den Mann. Heureka! Die Migräne ist weg. Totale Heilung. Nach einigen Minuten ist der Patient gesund. Und im siebenten Himmel, was logisch ist.

Dann liest er die Rechnung, schüttelt das Haupt:

»Ist das nicht übertrieben?«, fragt er. »Nur *fünf Nadelstiche.* Und zehntausend *Dollar*???! Das ist nicht fair!«

Sein Retter nimmt die Rechnung zurück, zückt die Feder und schreibt:

Nadeln einstechen Dollar 1,–

Wissen, *wohin* man die Nadeln sticht, Dollar 9999,–

Bravo, Lawry! Das wird mir helfen, später wenn ich mit dem Studium fertig bin!

Und dann stelle ich fest, es ist dunkel geworden. Unglaublich, wie in diesem Seminar die Zeit vergeht.

Jetzt muss es kommen, das Vorher-Nachher! Bin gespannt, was es diesmal wird.

Nach einer halben Stunde wilder Musik, mit den goldenen Tänzern auf der Bühne, tritt Lawry an die Rampe, ganz nach vorne:

Er hebt die Hand. Die Musik verstummt, die Tänzer verschwinden, es wird still!

»Alles hinlegen!«, schreit Lawry ins Mikrofon. »Alles flach! Legt euch hin!!«

Dreitausend Menschen knallen zu Boden. Außer mir. Ich lege mich über drei orange Sitze, der Beton ist mir zu kalt. Joel liegt zu meinen Füßen und hält meine Hand.

Langsam gehen die Lichter aus. Es wird still und schummrig dunkel um uns herum.

»Ihr werdet jetzt lachen«, befiehlt Lawry, »*laut* lachen! Alles *lacht jetzt*! *Laut!*«

Totenstille. Dreitausend Menschen atmen schwer. Warum sollen wir lachen? Und worüber? Ohne Grund?

Lawry steht vor uns und starrt in den Saal.

»Lachen!«, sagt er drohend. »*Sofort!*«

Plötzlich ertönt hoch oben von der Galerie ein leises Kichern. Dann kichert jemand hinten im Saal. Neben mir beginnen zwei Italiener zu kichern, stecken Joel an, der leise zu lachen beginnt. Ich finde das komisch und lache plötzlich laut heraus.

Das genügt.

Wie eine Explosion beginnen dreitausend Leute zu lachen, lauter und lauter, aus voller Brust! Lachsalven perlen plötzlich von den Tribünen, die Inder winden sich vor Heiterkeit, ich kriege einen Lachkrampf, wie in der Schule, seit Jahrzehnten hab ich nicht mehr so gelacht.

Es ist fantastisch!

Die Anspannung, die Angst, gestern, vor dem Feuerbeet, alles löst sich auf in wilde Fröhlichkeit.

Bald keuchen wir vor Lachen, halten uns die Seiten, Joel rollt laut lachend am Boden herum.

»Aufhören!!!«, schreit Lawry in sein Mikrofon. Die Lichter gehen wieder an. »Ruhe! Das *genügt*!«

Doch wir denken nicht daran. Wir lachen einfach weiter. Minutenlang lachen wir uns alle Probleme vom Leib, es ist zu schön, so zu lachen, so unbeschwert! Wir hatten vergessen, dass man überhaupt so lachen *kann*!

Es ist reinste Seligkeit, *zugleich mit dreitausend Menschen* zu lachen, die Arena zu füllen mit unserem Lachen, den Boden, die Wände, die Sitze, die Luft, alles rund um uns vibriert vor Energie, wir sind im Himmel, wir lachen, bis wir sterben, wir hören nie mehr auf!

Langsam, ganz langsam wird das Lachen leiser.

Es wallt noch manchmal auf, verliert wieder an Kraft, verebbt dann ganz mit einem zarten Kichern auf der Galerie.

Die Bühne ist leer, als wir wieder zu uns kommen, uns aufrichten, auf die orangenen Sitze setzen. Joel strahlt mich an, die andern wischen ihre Tränen weg.

Dreitausend glückliche Gesichter sind um uns herum. Wir sind genauso voll Elan wie gestern nach dem Feuerbeet. Kein einziger schwarzer Gedanke ist mehr in uns!

Wir sind reingewaschen vom göttlichen Feuer, vom göttlichen Lachen, wir sind voll weißer Kraft. Kinder des Lichts.

Und dann kommt der Abschied.

Die Musik geht wieder los.

Unglaubliche Szenen spielen sich ab am Empfang. Man stößt und drängt, schreibt sich ein für weitere Seminare, Wildfremde fallen sich um den Hals, küssen sich ab, versprechen, sich nie zu vergessen!

Dann kommen die Tänzer! Zum letzten Mal erstrahlt die Bühne ganz in Gold. Sie strecken die Arme aus: Kommt, kommt! Wer kann, hüpft hinauf und tanzt, tanzt, tanzt.

Wir tanzen nicht.

Wir sind eingeladen von Lawry. Aber nicht in seine Suite.

Mit dem Hubschrauber fliegen wir nach London und feiern ein rauschendes Fest im Savoy!

Am nächsten Tag steigen wir in Lawrys Jet und fliegen mit ihm nach Hawaii.

»Wie war das Vorher-Nachher?«, fragt er, hoch in der Luft. »Beim Lachen? Was hast du bemerkt?«

»Zuerst verwirrt!«

»Und dann?«

»Unbeschwert glücklich, wie Kinder!«

»Das ist auch ein Naturgesetz«, sagt Lawry. »Merk dir das.« Während des ganzen langen Fluges spricht Lawry meist nur mit mir. Er ist so nett, so zuvorkommend, dass Joel fast eifersüchtig wird und Marlon öfter misstrauisch neben uns steht.

Er will alles wissen, über mich, meine Mutter, unser Leben auf den schönen Kontinenten dieser Welt. Dann fragt er, ob ich auch in Argentinien war.

»Waren wir«, sage ich, »warum?«

Lawry lacht: »Ich hab grad eine Insel gekauft vor der Küste.«

»Das irdische Paradies?«

Er nickt: »Tropisches Eldorado. Von einer Schönheit, *sagenhaft*!«

»Marlon hat sie gefunden?«

»Nein. Ich hab schon lang zwei Häuser dort. Ich spiele Polo in Buenos Aires. Nachher bin ich immer zum Erholen da.«

»Wann fliegst du wieder hin?«

»Bald … Wir bauen ein Hotel. Das schönste auf der Welt. Dort halten wir dann die Seminare ab.«

»In deinem eigenen Staat?«

Lawry zieht die Brauen hoch: »Gutes Gedächtnis. Ja, in meinem eigenen Staat. Jetzt zum Film. Wir drehen nicht vor der Abreise, nicht im Flieger, geht auch nicht, du bist ja hier bei mir, wir beginnen gleich auf Hawaii.«

»Man könnte es auch nachstellen«, sage ich.

Er überlegt kurz: »Vielleicht! Das entscheide ich später. Die Inder kommen am Freitag, wir filmen den Empfang. Das ist ein schwungvoller Beginn!«

»Wo ist der Rest vom Team?«

»Wartet schon auf uns auf Hawaii.«

»Nette Leute?«

»Hochtalentiert. Ich arbeite nur mit den Besten. Kennst du nicht meinen berühmten Spruch?«

»Welchen? Es gibt so viele.«

Lawry lacht geschmeichelt: »Willst du was lernen, geh nicht zu einem guten Lehrer. Geh nicht zu einem berühmten Lehrer. Geh zum *Weltbesten*! Dann hast du was davon.«

»Bravo! Das kommt auch in den Film.«

»*Alles*, was ich sage, kommt hinein. Aber jetzt, nach der Landung, habt ihr erst einmal zwei Tage frei. Für R & R. Weißt du, was das heißt?«

»Nein.«

»*Rest and Recuperation*. Ruhe und Erholung. Das ist Slang aus der Armee. I & I und R & R. Nie gehört?«

Ich schüttle den Kopf. »Was heißt I & I?«

Lawry grinst. »Marlon soll dir das erklären. Da kennt *er* sich aus.«

I & I heißt *Intercourse and Intoxication* (Coitus und Sauferei!), erfahre ich von Lenny, der war nämlich auch einmal Soldat gewesen, in den USA.

Jedenfalls, R & R ist meine Rettung auf Hawaii. Ich habe nämlich seit Paris keine Nacht mehr richtig geschlafen. Jetzt aber erhole ich mich.

Wir wohnen in einem prachtvollen Hotel, antike Möbel in den Zimmern, goldene Statuen aus Asien, schöne Bilder, das Ganze in einem riesigen tropischen Park, der hinuntergeht zum Pazifik. Es ist das Paradies.

Große bunte Schmetterlinge ergötzen mich, die nicht ruckartig gaukeln, wie bei uns, nein, sie gleiten souverän dahin, warum?? Weil sie keine natürlichen Feinde haben.

Auch die weißen Tauben sind ganz zutraulich und sanft. Fliegen nicht weg, tun, als hätten sie mich schon immer gekannt!

Mmmhhhmmm, die gute Luft! Palmen! Meer! Und dieser Duft … Das Essen ist vegan und exzellent. Ich kriege es aufs Zimmer, denn ich bin die meiste Zeit im Bett, schlafe und sehe dann wieder glücklich hinaus auf die märchenhafte Pracht, die mich umgibt!

Langweilig wird mir nicht. Ich arbeite am Konzept für den Film. Außerdem: Joel kommt fleißig vorbei, schmiegen et cetera!

Auch die kleine Mia vergisst mich nicht. Jeden Morgen konferiert Marlon mit seinem Cousin. Da ist sie nicht erwünscht und hat Zeit. Gleich am zweiten Tag klopft sie an meine Tür:

»Mimi! Bist du wach?«

»Bin ich. Komm herein! *Salut, ma petite!*«

»*Salut, ma grande!*« Sie sieht sich um. »Schön hast du's hier.«

»Komm, setz dich!« Ich mache ihr Platz auf dem Bett.

»Geht nicht. Marlon will das nicht. Ich kann nur zwei Minuten bleiben.«

»Ja????« Ich räkle mich faul. »Und was macht die Hochzeit? Hast du alles im Griff?«

»Alles!«, sagt sie und nickt. Sie trägt einen bunten Bikini und eine weiße Blumengirlande um den Hals.

»Und die Million Pfund?«, frage ich neugierig.

»Keine Million! Ich heirate *freiwillig*! Im Unterschied zu dir.« Jetzt setzt sie sich doch.

»Er will keinen Vertrag auf zehn Jahre?«

Mia schüttelt den Kopf: »Kein Wort davon, nein. Es ist ernst. Für immer und ewig. Er und ich!«

»Und wie geht's im Bett?«

Mia seufzt: »Na ja … *ganz* beisammen sind wir noch nicht.«

»Aber du magst ihn noch.«

»*Sehr!* Noch *nie* hab ich so einen interessanten Mann gehabt So *gebildet.* Was der alles *weiß* ...«

»Also geht's euch gut.«

Die kleine Mia zögert: »Ich will dich was fragen ...«

»Frage!«

»Manchmal sitzt er da und ... und spricht nicht. Deprimiert, oder so ... Was kann man dagegen tun? Ich weiß dann nicht mehr, was ich sagen soll.«

Ich denke kurz nach: »Zwei Themen heitern ihn *immer* auf.«

»So?? Was??«

»*Sex* und *Geld*! Er ist *sofort* wieder munter, sowie du anfängst damit.«

Die kleine Mia umarmt mich stürmisch: »Ich hab's gewusst! Auf dich ist Verlass!« Dann springt sie auf. »Ich muss wieder gehn! Wenn er zurückkommt und ich bin nicht da, denkt er gleich, ich bin bei dir und wir verschwören uns gegen ihn.«

An der Tür dreht sie sich noch einmal um:

»Hat er euch eigentlich eingeladen? Zur Hochzeit? Joel und dich?«

»Nein. Bis jetzt noch nicht. Wieso fragst du ihn nicht?«

»Trau mich nicht!« Sie wirft mir eine Kusshand zu. Weg ist sie.

Wir treffen uns kein zweites Mal allein. Marlon ist immer um sie herum, und ich muss noch so viel vorbereiten für den Film. Es ergibt sich einfach nicht.

Fünfhundert Gäste sind diesmal angesagt.

Nicht mehr. Dafür die *Crème de la Crème.* Es ist nämlich so sündhaft teuer, dieses Seminar auf Hawaii, dass sich kein normaler Mensch das leisten kann.

Um es gleich zu sagen: Wir haben ein exzellentes Team, mit dem wir uns blendend verstehn! Und wir drehen einen superben Film. Den besten unserer ganzen Laufbahn! Behauptet Joel!

Mit sehr viel Geld im Sack fliege ich anschließend nach Paris zurück. Lawry hat mir das halbe Honorar im Voraus bezahlt, in BAR, den Rest kriege ich, wenn der Film fertig ist. Falls er so gut wird, wie er hofft, kriege ich einen Bonus dazu. Und Joel ebenfalls!

Das hat nicht Lenny ausgeschnapst für uns. Nein! Lawry tat es von *allein*!

In meinem ganzen Leben ist mir das noch nie passiert! Ein Kunde, der *freiwillig* mehr zahlt, als ausgemacht war. Ist das der Beginn der Glückssträhne, die man uns versprach?

Wir sind zu dritt im Flugzeug, Lenny, Peggy Shoo und ich. Joel ist weiter nach Bali geflogen, wo er dreht, diesmal leider ohne mich. Doch er kommt dann gleich zu mir, das ist ausgemacht. Wir sehn uns in neun Tagen in Paris.

Marlon und die kleine Mia sind schon gestern weggeflogen, zurück nach England. Hochzeit vorbereiten. Übernächsten Samstag ist es so weit.

Kaum in Paris, stürze ich mich gleich ins volle Leben und mache Sachen, für die ich früher keine Energie hatte, vor dem *FIRE-WALK*:

Ich lasse im Salon die Bücherwand streichen, räume endlich die vielen Bücherkisten leer, die seit dem letzten Umzug ungeduldig warten darauf. Dann stelle ich den antiken Schreibtisch dazu, und zwar so, dass ich ihn sehen kann, meinen prächtigen Kamin, der jetzt nicht mehr versteckt werden muss hinter einem Paravent!

Und dann ist es so weit:

Ich kaufe ein paar Möbel! Zuerst ein rotes Sofa, das hab ich mir schon lang gewünscht. Eine kleine Spur heller als der türkische Teppich, der noch von Marlon stammt. Ganz wunderbar passt es dazu. Es war sündteuer, aber beste Qualität!

Ich erstehe eine antike Kommode und niedrige, kleine, indische Tischchen aus edlem Holz. Billig sind sie nicht. Aber Schönheit ist die beste Nahrung für die Seele. Alles Hässliche macht aggressiv und krank!

Voll Elan werfe ich mich dann in die Arbeit: Post-Produktion für DRAGON SEMINARS: Farbe, Schnitt und Ton.

Ja, und *da* bin ich in meinem Element!

Kleines Geheimnis nebenbei: Die schönen Menschen in der Werbung sind in Wirklichkeit oft nicht halb so schön! *Ich* mache sie so attraktiv!

Wie das geht?

Man dreht auf 35 mm, überspielt dann auf Video. Nun ist es

elektronisch auf dem Bildschirm, ja, und jetzt … bin ich die gute Fee.

Ich kann weiße Haut rosig machen, rote Haut gelb oder braun, ich kann Augenringe verschwinden lassen, Falten, Pickel, ja sogar ein Doppelkinn! Ich kann Fettpölsterchen entfernen, eine Wespentaille schaffen, Beine verlängern, Wangenknochen erhöhn, Nasen verkleinern, und genau das tue ich:

Mit geschickter Hand lasse ich Lawry wirken wie einen Gott! Marlon aber auch, damit die beiden richtig streiten können, wer von beiden schöner ist im Film.

Ganz am Schluss dann aber werde ich gemein. Und zeige Marlon deutlich im Profil: schwaches Kinn, große Nase, damit sich Lawry freut! Er sieht ja wirklich besser aus.

Außerdem, es winkt ein dicker, fetter Bonus!

Und den kriege ich! Sonst heiße ich nicht Mimi Tulipan!

Frohgemut arbeite ich dahin, in einem der besten Studios von Paris, und es wird so gut, ich bin jetzt schon stolz auf mich.

Überhaupt ist alles anders seit dem *FIREWALK*: Das Drohende, Dunkle, Lauernde hinten im Kopf ist weg. Keine unbegründeten Ängste mehr. Die Sonne scheint herein!

Doch ich mache mir Sorgen um Joel.

Er ruft an aus Bali, jeden Tag, und klagt:

»Ah, *ma chérie*, du bist zu weit weg. Ich bin unglücklich ohne dich. Die Zeit vergeht so langsam. Alles geht schief …«

»Was geht schief, *mon amour*?«

»Alles! Wir sind in *Häusern* untergebracht, nicht im Hotel. Außen hübsch, innen ein Graus. Das Strohdach stinkt, man schwitzt Tag und Nacht, du nimmst was zur Hand, alles ist feucht, das Telefon, der Bleistift, die Kamera, die Teetasse, die Kleider kleben am Leib …«

»Nur noch bis Samstag. Dann bist du wieder bei mir.«

Joel seufzt schwer.

»Was stimmt sonst noch nicht?«, will ich wissen.

»Geckos, Mücken, Spinnen! O.K.! Die Tropen! Das gehört dazu. Aber weißt du, was ich heut gefunden hab? In der Dusche? Rate!«

»Keine Ahnung! Eine Maus?«

»Eine Tarantel!!!«

»Was?? Ich bitte dich, pass auf dich *auf*!!!«

»Unterm Bett wohnt eine Schlange, in der Küche ein großer Frosch, bitte, die stören mich nicht. Aber weißt du, was Pascal gesehen hat, unser Fahrer, im Garten?«

»Was?«

»Einen Waran!!«

»Joel, du fantasierst, oder nicht?«

»Pascal kommt herein, sagt: Im Garten ist ein Waran! Brüllendes Gelächter, bis die Köchin kommt. Die sagt: In Bali gibt's tatsächlich Warane. Die sind entlaufen, den australischen Touristen.«

»Das versteh ich nicht. Wieso Touristen?«

»Die nehmen sie mit. Als Haustiere. Statt einem Hund.«

»Die laufen davon?«

»Und vermehren sich und wachsen wie wild. Die Köchin hat einen gesehn, bei ihrem Onkel, im Garten, eineinhalb *Meter* war der lang! Hat den Kampfhahn gefressen ...«

»Hat man ihn erwischt?«

»Nein!«

»Das sagst du, damit du mich schreckst!«

»Nein! Das ist wahr!«

»Joel! Ehrlich!«

Joel beginnt sanft zu lachen. »Alles Tatsachen, nur, es regt mich *überhaupt* nicht auf ... ich tu nur so, damit du mich tröstest, *ma chérie*.«

»Armer, armer, *armer* Joel! Du tust mir so Leid!«

»Eben! Wärst du da, könntest du mein zitterndes Händchen halten!«

»Genau! Aber das halt ich dann umso fester in Paris.«

»Ja ...«, seufzt Joel auf eine Art, die kenne ich schon. So seufzt er immer, wenn irgendwas nicht stimmt.

»Also, was gibt's *wirklich*?«, frage ich.

Wieder ein Seufzer.

»Sprich! Ich höre!«

»Die Irmi meldet sich nicht wegen der Scheidung.«

»Aha!«

»Jetzt weiß ich *wieder* nicht, woran ich bin! Ich will Pläne machen, ich will mit dir zusammen sein, diese Ungewissheit ertrage ich nicht.«

»Tut sie das absichtlich?«

»Kann sein!«

»Denk nicht dran! Denk an was Erfreuliches. Also: Der Film wird superb!«

»Hawaii? Dragon Seminars?«

»Genau!«

»Wer hat das gleich prophezeit?«

»Du!«

»Hast du Lenny schon was gezeigt?«

»Heute. Er ist schwer begeistert. Geld kommt herein!«

»Ah, *ma chérie*, kann ich brauchen, momentan.«

»Heißt es nicht, man hat eine Glückssträhne, nach einem *Firewalk*?«

»Sagt man. Ja!«

»Dann glaub dran! Sie wird sich schon melden, die Irmi. Kopf hoch. Es eilt nicht, keine Hektik, wir haben Zeit!«

Joel beginnt sanft zu lachen: »Gott sei Dank, du nimmst es nicht tragisch.«

»Kein Grund dafür. Wir halten zusammen. So oder so!«

»Dann träum heut schön von mir in deinem Opiumbett. *Je t'adore, mon enfant.* Ich ruf dich morgen wieder an.«

Ich lege auf und denke nach. Und meine Stimmung sinkt. Ich habe es noch nicht erwähnt, doch die Irmi hat schon öfter die Scheidung eingereicht. Immer, wenn ihr irgendwas nicht passte an Joel.

Sie zog sie aber prompt wieder zurück, im letzten Moment! Und Joel hat das akzeptiert. Wegen der Kinder, die er liebt, Bert, sein Sohn, Rosi, seine Tochter, zwanzig und zweiundzwanzig Jahre alt. Er liebt auch sein Haus, will es nicht verlieren, was ich verstehe.

Jedenfalls, er hat sich immer wieder mit Irmi versöhnt. Auch eine schlechte Ehe ist ein Hafen, hat er mir erklärt. Und Männer sind nicht gern allein.

Was, wenn Schluss ist, mit Irmi und dem Professor?

Wenn sie weiterhin verheiratet bleiben will?

Kann sie! Stört mich nicht. Wenn sie Joel mehr Freiheit lässt. Aber dieselbe kurze Leine wie früher, *NON MERCI*!!!

Dann ist es aus! Stunden zählen, die ewige Unsicherheit!

Davon habe ich nämlich genug fürs Leben! Nach der Sonnwend-Nacht, nach dem *FIREWALK*, nach Hawaii will ich das nie mehr! Also, was lenkt ab von der Liebe? Arbeit, wie man weiß.

Vier Anfragen für Filme sind da: New York, Hamburg, Kiew, Prag. Werbung für ein Kalzium-Bonbon, Hüttenkäse, Kinderkleidung und Babynahrung (Bio). Das kann ich vertreten. Ich sage zu.

Ich lehne nämlich schon lange alle Filme ab, die verdächtig sind. Die Produkte bewerben, die giftig sind, die Umwelt versauen (pardon!), die uns Frauen schaden, wie Hormone, Gen-Essen, die meisten Kosmetika, alles, was aus dem Schlachthof kommt, Firmen, die Tierversuche machen und die »naturidentes« Zeug verkaufen.

Naturident heißt nämlich völlig chemisch, frisch aus der Retorte, meine Lieben, wer das isst, frisst sich in ein frühes Grab!

Wie sind die Story-Boards (so heißt die Handlung in der Werbung)? Wie erwartet unter jeder Kritik. Doch das bin ich gewöhnt. Stört mich nicht mehr!

Ich bin berühmt dafür, aus dem ödesten Klischee ein witziges, spritziges, verführerisches Meisterwerk zu drehn. Mein Rezept heißt: feine Gesichter, die beste Musik, orientalische Opulenz, eine winzige Spur Sinnlichkeit und ein Schuss Humor!

Ich werde oft imitiert, aber nie erreicht. Deshalb kann ich mir leisten, so viele Filme abzulehnen. Ich gehöre zu den gefragtesten Regisseuren, ich habe einen exzellenten Ruf in der Branche.

Im französischen Fernsehn laufen derzeit fünf Filme von mir. Einer davon schon über drei Jahre lang. Das ist großes Prestige. Trotzdem weiß ich nie, wie viel ich verdienen werde in nächster Zeit!

In meinem Beruf nämlich gibt es keine Sicherheit. Nie weiß man: Dreht man? Oder dreht man nicht? Jede Menge Filme wurden schon abgesagt, im letzten Moment. Das ist mit ein Grund, warum ich studiere. Medizin ist sicherer. Die hat Bestand.

Ich mache es mir gemütlich im Salon, auf dem neuen roten

Sofa, und beginne mit dem Konzept für das Kalzium-Bonbon (Kalzium aus Sesam). Und stelle fest, konzentrieren kann ich mich *nicht*. Die Irmi sitzt in meinem Kopf und geht nicht weg!

Ich neige mich nach vorne und klappe den flachen Fernseher auf. Er thront auf einem indischen Tischchen, direkt vor mir. Ich werde mich aufmuntern mit einem schönen Film. Also, was wird gezeigt? Gleich das erste Bild: Rammel-Rammel! Nackte Frau im Spagat, geiler Hengst auf ihr drauf! Beide stöhnen, dass es in den Ohren rauscht! Sofort schalte ich ab und ärgere mich!

Warum drehen so viele Kollegen solchen Mist?? Warum zerstören sie in ihrer Geldgier, was mit zum Schönsten gehört zwischen Mann und Frau?

Ja, meine Lieben, das sind die Spätfolgen einer falsch verstandenen sexuellen Revolution! Perverse Autoren, Journalisten, Filmproduzenten, Regisseure und »Experten« hämmern uns mit aller Gewalt ein:

SEX IST SPORT!

Eine Frau ist nur dann »gut« im Bett, wenn sie tüchtig turnen kann! Sex ist fröhliche Akrobatik, weiter nichts!

Kein Wunder, dass so vielen Leuten dabei die Lust vergeht! Ich geniere mich oft für die ganze Branche.

Nichts, was man zeigt, funktioniert! Was der Laie nicht merkt: ER ist meist gar nicht in ihr *DRIN*! Der Winkel ist falsch. Es ist alles nur gestellt!

Was aber ist der wahre Grund für die hektische Gymnastik im Bett? Man errät es nie:

ER und SIE ganz normal ist langweilig vor der Kamera. Da sieht man nichts. Nur ein schwankendes männliches Hinterteil! Und das macht keinen geil!

Deshalb müssen hoch bezahlte Schauspielerinnen sich verrenken wie Schlangenmenschen, ihre Glieder spreizen wie Gummipuppen, herumreiten wie Cowboys auf dem Mann, Ballettausbildung brauchen sie dafür. Haben sie auch, klar!

Normale Frauen aber haben das *nicht*! Warum sollten sie! Nur eine Irre lernt Ballett, damit sie dann einen Kerl bedient, im Bett, wie ein Pornostar, *umsonst* noch dazu! Und bis ins Mark *frustriert* wird dabei!

Man versuche nur, die Liebe zu genießen, rittlings drauf auf einem Mann. Unmöglich! Hierzuland! Dazu haben wir den falschen Körperbau. Wir sind ja keine grazilen Inder, die das lernen von Kindheit an!

Ja, meine Lieben, kränkt euch nicht, wenn ihr das nicht könnt und wollt, ihr seid nicht allein!

Sagt einfach NEIN!, wenn einer das von euch verlangt! Erklärt ihm: Der Genuss im Film ist reine Fantasie! Der steht im Drehbuch! Mit der Anweisung, wie, wann, wo, wie oft, wie laut gestöhnt werden muss. Das ist alles simuliert!

Das Lustgeschrei auf der Leinwand ist ein einziger fauler Witz!

Tragisch ist nur, dass so viele Männer, vor allem die dummen, diesen Unsinn glauben!

Und ihre armen Frauen leiden, halten sich für minderwertig und fürchten sich vor dem Bett.

Ja, wir sind dabei, die Liebe zu vernichten. Wenn es so weitergeht, rotten wir sie aus, die Leidenschaft, denn was lernt man im Film?

Sex bedeutet nichts. Man kann es tun, man kann es lassen, mit Liebe hat es nichts gemein, und ich kriege Wutanfälle, wenn ich lese: SEX IST SO *GESUND*!

Sex ist *tödlich* mit dem falschen Mann. Er ist auch keine Ware, die man kaufen kann! Sex ist kein Sport!

Sexuelle Leidenschaft ist innig, zärtlich und vertraut. Sie ist auch das Persönlichste, Intimste, Kostbarste und *Fragilste* auf der Welt. Eine einzige schlechte Nacht – vor allem in der Jugend –, und für immer ist die Lust dahin!

Sex ist Sport, der Wechsel ist schlecht – diesen Unsinn lassen meine Kollegen auf die Menschheit los! Und wer es glaubt, wird krank! Ach, ich rege mich so auf, weil diese Themen mir am Herzen liegen. Und ich werde etwas dagegen unternehmen, mit *meinen* Filmen! Das ist klar!

Und was stelle ich fest? Die gute Irmi lässt mich noch immer nicht in Ruhe. Und ich frage mich, was sie wohl diesmal plant. Ich grüble und grüble und grüble! Das kann ich gut. Wenn ich mich nicht zusammenreiße, grüble ich bis morgen Früh!

Also rufe ich ein paar Bekannte an. Keiner ist da.

Das Opiumbett winkt!

Nichts wie hinein! Aber schlafen kann ich nicht. Ich wälze mich hin und her, stehe wieder auf und stelle mich fünf Minuten auf den Kopf!

Endlich! Das wirkt!

Ich werde *nicht* unglücklich herumsitzen, meine Lieben, und warten, dass die Zeit vergeht. Ich werde mich *amüsieren*!

Ich war fleißig! Ich war tapfer! Ich ging über glühende Kohlen. Ich werde mich jetzt belohnen! Jawohl! Was ich tue?

Ich gehe tanzen. Mitten in der Nacht!

Und ich wette um meinen goldenen Drachen, morgen Früh sieht die Welt wieder anders aus!

Kapitel XVII

Tanzen zu gehen mitten in der Nacht ist in Paris ganz normal. Ich tu das öfter, tobe mich dann richtig aus, ja und ich gehe gern allein, da lernt man nämlich Leute kennen, wenn man will!

Ich ziehe mich an: neue braune Hosen aus Leinen, enges weißes, schulterfreies Top. Dazu rote Tanzschuhe aus Wien, von Werner Kern, mit Sohle aus Wildleder, mit der man gleitet, aber nicht rutscht – ideal für ein glattes Tanzparkett!

Ich lege allen Schmuck ab, Ohrringe, Ringe, die Kette mit dem schönen Drachen, auch das Armband mit dem *FIREWALK*. Ich will nichts verlieren und keinen herausfordern, dass er mich überfällt!

Ich stelle mich vor die Spiegelwand in der Bambusküche. Also, wie sehe ich aus?

Grässlich! Wie erwartet! So kann ich nicht aus dem Haus! Immer wenn's mir schlecht geht, finde ich mich hässlich wie die Nacht: als Frau nicht vorhanden, bleich, verhärmt, unscheinbar, ohne Charme!

Und je länger ich starre, auf das Elendsbild im Spiegel, desto mehr verschwinde ich im Hintergrund, und statt dem Gesicht sehe ich jetzt nur noch einen weißen Fleck!

Na bitte!

Kein Gesicht! Und so soll ich tanzen gehn?

Ich sinke auf den Korbstuhl unter der Palme und starre hinauf in das grüne Blätterdach!

Der erste Impuls: Marsch, zurück ins Bett.

Der zweite: KNIF!! (Kommt Nicht In Frage!)

Ich bin übers Feuer marschiert!

Ich *kann* nicht aus dem Haus? Wie sagt Lawry? WAS ICH NICHT *KANN*, *MUSS* ICH TUN.

Ich raffe mich wieder auf. Ich muss ein Zeichen setzen. Ich greife, ohne lang zu überlegen, nach einem glänzenden, rotweiß geblümten Fransenschal und schlinge ihn um meine schlanke Mitte!

315

Nie! Viel zu auffällig! Der muss wieder *weg*!

Weg? Wirklich nicht! Der *bleibt*! Das ist eine Mutprobe, Mimi Tulipan! Und jetzt noch extra wilden, dunkelroten Lippenstift. *Voilà!*

Wohin fahre ich? In der Coupole ist heute nichts los. Also treibt es mich woandershin.

Schon sitze ich im Taxi. Es geht in Richtung Opéra. Wir überqueren die Seine, es ist kaum Verkehr, wir brausen den Quai des Tuileries entlang in dieser dunklen warmen Sommernacht. Und als wir halten bei Rotlicht, ehe wir abbiegen nach links, in die Unterführung vor dem Louvre, denke ich plötzlich an eine andere Nacht, in der ich tanzen ging, um Joel zu vergessen, und damals hab ich mich genauso schlecht gefühlt wie jetzt!

Was damals geschah? Ich ging in die Coupole.

Ich hatte zwar viele Tänzer, Schwarze, Gelbe, Latinos, Russen, Portugiesen, Franzosen, keinen Einzigen von ihnen aber fand ich wirklich nett!

Allein fuhr ich wieder heim, fiel ins Bett, konnte nicht schlafen und begann mich zu streicheln, in purer Verzweiflung, und als ich mich dann öffnete, am Schluss, für das süße Gefühl, schluchzte ich auf aus Sehnsucht und dachte: So! Das reicht! Morgen nehme ich einen mit, hierher zu mir, egal, ob ich ihn mag oder nicht, doch ich will einen lebenden Körper spüren, zwei Hände, zwei Arme, zwei Beine, einen hungrigen Mund, ein stattliches, hartes verlässliches … ja, genau *das*, ich will einen wild erregten Leib *auf, neben* und *in* mir, ganz gleich, was für ein Kopf dransteckt. Und morgen gehe ich noch einmal tanzen und hole ihn mir!

Am nächsten Abend tanzte ich mit sechs Männern. Und es war wie verhext. Kein Einziger roch auch nur halbwegs gut. Der Erste triefte gleich vor Schweiß. Der Zweite roch nach Weichspüler, ganz penetrant, der Dritte nach einem neuen Herrenparfum, das ich nicht ausstehn kann. Der Vierte war ungewaschen, der Fünfte duftete stark nach Knoblauch, der Sechste roch geselcht, war Kettenraucher und paffte Gitanes – ich ergriff sofort die Flucht!

Ich hätte mich sinnlos betrinken müssen. Und das wollte ich nicht. Wozu auch noch die Schönheit ruinieren? Die Leber überlasten und am nächsten Tag erwachen, mit dunklen Ringen unter den Augen? Fahler Haut? Gift im Kreislauf und im Kopf? Also fuhr ich wieder heim, allein und erledigte das Problem auf radikale Art.

Um nichts zu verschweigen: Anfangs war ich rasend verliebt in Joel. Und es war nicht leicht, dass er nicht zu haben war und Rücksicht nehmen musste auf seine Frau. Dann aber entdeckte ich ein Geheimnis, nicht aufzuwiegen mit Gold, das das Leben unglaublich verschönt: Ich habe herausgefunden, wie man sich *entliebt*!

Ich weiß, wie man sie loswird, diese grässliche Schwäche im Bauch, dieses Zittern, dieses Sehnen, dieses tierische Unglück, wenn der böse Schatz nicht da ist, sich nicht meldet, nicht sagt, wann man sich wiedersieht, dieser ganze Krempel. Hurra! Über Bord! Ich habe eine Anti-Liebeskummer-Taktik entdeckt und nenne sie LAND AHOI! Wie geht das? Ganz leicht:

Ich stelle mir vor, mein Kopf ist ein Blumenbeet. Und zwischen den Blumen wächst giftiges Unkraut mit langen, scharfen, pfeilspitzen Wurzeln, das mich sticht bei jedem Gedanken an Joel. Das ist der Liebeskummer. Der muss weg.

Also bitte ich meine braven Helfer: Reißt mir das Unkraut aus dem Kopf! Und stelle mir vor, wie sie es ausziehn bei jedem neuen Gedanken an Joel, Wurzel für Wurzel, Stich für Stich, bis es weg ist! Ganz!

Taucht statt der Gedanken plötzlich sein Gesicht vor mir auf, bitte ich sogleich: Schickt mir *keine* solchen Bilder mehr. Schickt sie weg, *express*! Dorthin, wo sie hergekommen sind! Nach unserer ersten Nacht nämlich rief er nicht mehr an. Da übte ich zwei Tage lang. Es wirkte prompt. Am dritten war der Liebeskummer weg!

Ja, meine Lieben, welche Erlösung!

LAND AHOI!! Endlich! Nach dem schwarzen Meer von Tristesse! Auf zu neuen Ufern! Neuen Abenteuern! Neuen Taten! Neuen Menschen! Neuen Filmen! Neuen Erfolgen! Neuer Liebe! Neuem Glück!

LAND AHOI! Der Name allein stimmt mich schon froh! Was zusätzlich noch hilft? Fasten! Da denkt man ans Essen und der

Mann wird sekundär. Yoga hilft ebenfalls: Pflug, Kerze, Kopf- und Schulterstand, alles, was frisches Blut schickt ins Hirn und das Unkraut wegschwemmt auf Nimmerwiedersehn!

Joel war völlig ahnungslos. Er hatte sich *drei Wochen* nicht gerührt nach unserer ersten Nacht und fand das ganz normal. Wir trafen uns wieder bei einem Dreh. Ich war entspannt, begrüßte ihn froh, aber ohne Liebe, und er merkte es prompt!

»Du magst mich nicht mehr!« Er fasste es nicht. Das war ihm nämlich noch nie passiert! Und von dem Moment an wurde es für ihn ernst! Ich aber kühlte – mit Unterbrechungen – immer mehr ab.

Ja, das ist die Gefahr: dass es *zu* gut wirkt, mein LAND AHOI! Dass man den Guten nachher wirklich *nie* mehr will! Um ein Haar wäre mir das passiert. Heuer Ende März. Es war bereits das dritte Mal, dass ich Joel aus meinem Leben zu verbannen suchte, und ich hatte LAND AHOI schon exzellent im Griff, nach *einer Nacht* schon war der Liebeskummer weg. Und kaum war ich befreit, trat Doktor Marlon Macdonald in mein Leben, und alles regelte sich von selbst.

Ich war nicht mehr verliebt in Joel auf der Reise nach Südafrika. Das ist der wahre Grund, warum ich in Kapstadt wieder mit Marlon schlief.

Bis zur Sonnwend-Nacht brauchte Joel, um mich wieder richtig hinzukriegen. Erst am Morgen danach hatte er mich wieder ganz. Ja, und er hat mich *noch*.

Aber nicht mehr lang, wenn ich will! LAND AHOI??

Die Ampel ist grün. Das Taxi setzt sich wieder in Bewegung. Ich lasse die Scheibe herunter, atme den frischen, kühlen Fahrtwind ein.

Hier sind wir, in der eleganten Avenue de l'Opéra. Da ist der Club an der Ecke zur Rue de l'Echelle. Ich zahle, steige aus, kaufe eine Karte am Empfang, hüpfe die steile Treppe hinab, die hinunterführt zu einer Bar und zwei hübschen kleinen Sälen, in denen man tanzt, und denke: LAND AHOI ist zu früh!

So weit ist es noch nicht.

Erst wenn Joel sagt: Die Irmi ist wieder da, wir versuchen es noch einmal! Erst dann!

Aber wenn das wirklich passiert, jetzt nach dem *FIREWALK*, vertraue ich keinem mehr. Dann verliere ich den Glauben an die Männer, an die Liebe, an das Leben und an mich!

Ich setze mich an die Bar und bestelle eine kleine Flasche Wasser. Sie wird serviert mit einem Halm und einem Pfefferminzbonbon! Ich sehe mich im Spiegel: Ah, mein Gesicht ist wieder da! Dann merke ich: Alles ist heute geschmückt! Blumengirlanden über den Türen, den Nischen, bunte, goldglänzende Saris über den Lampen an der Decke. Ich war so versponnen in mein Unglück, ich habe es nicht bemerkt.

»Was ist los?«, frage ich Juju, den Mann hinter der Bar, ich kenne ihn schon lange. »Feiert ihr was?«

»Bollywood-Night«, lacht er, »hörst du das nicht?« Schon drückt er kess eine Hüfte nach vorn, winkelt die Arme ab, spitzt die Lippen und beginnt zu tanzen wie in den indischen Filmen, die gerade ganz Paris betören mit ihren Farben, ihrem Temperament, ihren Sängern und Tänzern, ihrer Lebensfreude und ihrer Kraft.

Vor kurzem war Bollywood-Night im Grand Rex, einem der schönsten Kinos von Paris, das innen wirkt wie ein Märchenpalast. Drei Filme wurden gezeigt, sie dauerten von acht Uhr abends bis sechs Uhr früh!! Ich war die ganze Nacht lang dort. Dann gab's kostenloses Frühstück und Blumen für jeden und zwischen den Filmen noch herrliches Essen, ebenfalls umsonst.

Tatsächlich!

Das ist indische Popmusik: hohe, silbrige, verführerische spitze Frauenstimmen, der Refrain zwanzigmal wiederholt, man ist sofort gefangen in einer anderen Welt. Automatisch wiegt man sich im Rhythmus. So ein Zufall, denke ich: Inder in Wembley, Inder auf Hawaii, und kaum komme ich heim, Bollywood-Night!

Ich trinke mein Wasser, drehe mich um auf meinem Hocker, sitze jetzt mit dem Rücken zur Bar und beobachte, was da vorüberzieht an mir.

Es herrscht ziemliches Gedränge, spät in der Nacht geht's hier erst richtig los, und die Bar liegt genau in der Mitte, zwischen den zwei Sälen, alles muss an uns vorbei.

»Halloo«, sagt ein kleiner, drahtiger Mann mit portugiesischem Akzent und stellt sich neben mich. »Kannst du kochen?«

»Ja«, sage ich. »Warum?«

»Ich will nicht mehr jeden Tag essen im Restaurant. Ich habe eine neue Wohnung, eine große Küche. Interessiert dich das?«

»Nein«, lächle ich süß.

»Schade. Ich hab auch einen guten Beruf.«

»Was machst du?«

»Grafiker«, sagte er stolz, »was willst du trinken? Ich heiße Joseph. Und du?«

»Mimi Tulipan.«

»Hallo, Mimi. *Je t'embrasse.*« Schon küsst er mich auf beide Wangen, ohne zu warten, ob ich das wirklich will.

»Hast du keine Freundin?«, frage ich sanft.

»Ja. Sie kocht aber nicht.«

»Ist sie hier?«

»Nein!« Joseph bestellt Erdbeer-Diabolo für uns zwei.

»Sie ist in Portugal. Keiner kümmert sich um mich.«

»Armes Kind!«

»Kind?«, wiederholt er erstaunt. »Wie alt bist du, Mimi Tulipan?«

»Älter als du! Und du?«

»Zweiunddreißig.«

»Ich bin fünfundfünfzig. Ich könnte deine Mutter sein.«

Er tippt sich auf die Stirn und grinst: »Ich bin *siebzig* und dein *Großvater.* O.K. Du musst es nicht sagen. Komm! Trink. Später tanzen wir dann.«

Er hat schöne dunkle Augen, lange Wimpern, glänzende schwarze Locken, wirkt sauber und appetitlich, ist glatt rasiert und duftet ganz zart nach Zimt.

Und die ganze Zeit, während wir sprechen, mustert er mich bewundernd vom Kopf bis zu den Zehen. Und ich genieße es!

Denn noch *nie* in meinem ganzen *Leben* saß ich je so lang an einer *Bar*! Immer begann irgendwer zu rauchen, und kaum zückte er das Feuerzeug, zuckte ich zurück und verschwand in Richtung Tanzparkett, wo ich sicher war vor offenen Flammen, denn da ist Rauchverbot!

»Du bist so frisch und hübsch«, sagt Joseph bewundernd und hebt sein Glas, »du hast so treue Augen. Man fühlt sich gut in deiner Nähe. Man will nicht weg. Man will einfach nur neben dir stehn.«

Das tut er auch. Und rührt sich nicht vom Fleck. Joseph steht rechts von mir. Links hat der Strom der Besucher zwei kleine Franzosen angeschwemmt. Sie haben kurz geschorenes Haar und wirken, als hätten sie grad den Militärdienst hinter sich.

Der Größere hat eine Videokamera und filmt fleißig den Kleineren, direkt neben mir. Plötzlich legt der Kleine seinen Kopf an meine Schulter, sieht mich treuherzig an und fragt:

»Darf ich?«

Und lässt sich filmen mit mir. Das ist mir hier auch noch nie passiert.

»Wo seid ihr her?«, frage ich dann, denn ich habe gleich gehört, sie stammen aus der Provinz.

»Aus Albi. Und du?«

»Ich komm grad aus Hawaii.«

»Hawaii?« Der Große beginnt wieder zu filmen, diesmal mich allein. »Isst man da gut?«, fragt er, typisch französisch, denn alles dreht sich ums Essen hier und um die Liebe, klar!.

»Man isst exzellent!«, beruhige ich ihn.

»Besser als in Frankreich?«

»Anders.«

Es ist zwei Uhr früh, und immer mehr Leute kommen herein. Doppelt so viel Männer als Frauen. Die Musik wird immer lauter, unterhalten fällt schwer.

Ein süßer Schwarzer mit Kulleraugen und Stehfrisur tänzelt mehrmals dicht an mir vorbei. Er trägt schwarze Hosen, schwarzes Top mit weißer Schrift und eng am Hals, übereinander, zwei schwere rote Ketten aus dicken, runden Apfelkorallen.

Er hat einen zierlichen Vietnamesen im Schlepptau, und als er das fünfte Mal vorbeitanzt, lächelt er mich an und schreit:

»Kommst du zu uns an den Tisch?«

»Wo sitzt ihr?«, schreie ich zurück, obwohl Joseph strafend daneben steht.

»Im rechten Saal. In der zweiten Nische. Wir führen dich nach Hause, wenn du willst.«

»Danke! Vielleicht später.«

Wie gesagt, die Musik ist jetzt so laut, man kann nicht mehr sprechen. Ich stehe auf.

»Gehst du heim?«, schreit der kleine Franzose.

»Nein. Tanzen!«

»Wir gehn mit!«

»Ich auch«, schreit Joseph und trinkt schnell sein Glas leer. Und zu viert werfen wir uns ins Gewühl.

Um es gleich zu sagen, so gut wie Lenny können sie es nicht.

Auf der Tanzfläche aber im rechten Saal ist ein Inder. Er hat Schultern wie ein Rugby-Spieler und trägt ein rosa Sakko! Bei der Hitze! Doch er tanzt wie ein Gott. Er ist aufgewachsen mit Bollywood, das sieht man gleich, er bewegt sich wie die Tänzer in den indischen Filmen, und alles starrt bewundernd nur auf ihn!

Das heißt, bis ich komme. Ich kann das nämlich auch! Vor einiger Zeit machte ich einen Kurs bei einer Bollywood-Tänzerin hier in Paris, und nichts, meine Lieben, lernt man umsonst auf dieser Welt. Ich kann die Handbewegungen, die Schritte, und bemerkt man mich nicht gleich, wenn ich *sitze* – *tanze* ich sieht der ganze Club nur noch auf mich!

Genauso ist es jetzt!

Alles weicht gebannt zurück. Nur der Inder mit dem rosa Sakko springt zu mir, wir wechseln einen Blick, er stimmt sich auf mich ein – tatsächlich! Uns gelingt ein langer *Pas de Deux*, als hätten wir es einstudiert, vorher, so perfekt, wie im Film! Alles rundum applaudiert! Auch Joseph und die Franzosen aus Albi!

»Bravo«, ruft mein Tänzer und verneigt sich spielerisch vor mir. Geht er jetzt weg? Hoffentlich nicht. Ein neues Lied beginnt. Der Rhythmus geht sofort ins Blut. Er lächelt mir zu, schon tanzen wir weiter, wunderbar! Eine lange Folge komplizierter Schritte gelingt uns im Gleichklang, alles klatscht vor Begeisterung. Glücklich lachen wir auf. Und so geht die Zeit dahin.

Der Club schließt um fünf. Bis vier Uhr tanzen wir. Dann sage ich schnell Adieu, laufe hinauf, rufe ein Taxi und brause nach Haus. Ich fühle mich wie neugeboren:

War *das* amüsant!

Gott sei Dank blieb ich nicht allein daheim. Ein paar harmlose Verehrer, bewundernde Blicke, schon ist das Gleichgewicht wieder hergestellt. Das ist mit fünfundfünfzig nicht anders, als es mit siebzehn war. Genau wie damals habe ich mir mein Selbstbewusstsein zurückgetanzt!

Ich blicke aus dem Wagen:

Es ist schon hell. Die Stadt ist menschenleer und wirkt so *sauber*! Wir fahren die Seine entlang, unten am Kai. Ein einziger Augenschmaus: das breite Wasser, die vielen malerischen Boote an beiden Ufern, die mächtigen Brücken, dann der weite Rasen vor Invalides, der erste Blick auf den Eiffelturm, *voilà*, schon bin ich daheim ... Und was ist der Plan? Falls Joel rückfällig wird? Wie gehabt? Zuerst natürlich LAND AHOI! Dann melde ich mich bei Bébé, der mir ständig schreibt, seit er zurück ist, aus Amerika für die Ferien. Ja! Das wird gemacht, ganz gleich, was Monique, seine Mutter, dazu sagt. Ich habe nichts Genaueres von Bébé erzählt, weil ich mit Joel so glücklich war. Aber jetzt ist das anders, und ich erzähle es doch. Also, wo fang ich an?

Bébé war ein Wunderkind. Er wollte nicht gehen lernen, nicht sprechen, lesen oder schreiben, er wollte nur eins: Geige spielen, was er auch tat. Jetzt macht er sein Konzertdiplom, will eine Stelle beim französischen Rundfunkorchester und einen tüchtigen Agenten finden, der ihm hilft zu einer Solokarriere.

Unsere erste Nacht fand in meiner alten Wohnung statt auf der Ile St. Louis, mit der vornehmen Adresse 28, Quai d'Orleans.

Die Wohnung war gemietet, nicht gekauft. Und Monique war meine Nachbarin und Freundin, wohnte nicht neben, sondern unter mir. Und ganz oben, im letzten Stock, direkt unter dem Dach, gab's noch ein Zimmer für Bébé. Wo er übte. Sechs oder sieben Stunden am Tag.

Bébé war für mich immer nur »das Kind«. Wortkarg, schüchtern, völlig versponnen in seine Musik. Nicht im wildesten Fiebertraum dachte ich je ans Bett!

Ich merkte aber bald, dass ich ihm gefiel. Denn wir trafen uns erstaunlich oft im Treppenhaus. Kaum setzte ich den Fuß vor die Tür, tauchte er auf wie aus dem Nichts, grüßte verlegen und verschwand. Er kannte meine Routine, wusste, dass ich lange schlief und spät aufblieb in der Nacht, und langsam wurde die Begrüßung länger, bis er schließlich fünf Worte stammelte: »Wie geht es Ihnen, Madame?«

Zwei Monate später wechselten wir bereits ein paar kurze Sätze. Und nach einem halben Jahr plauderten wir schon ganz ungeniert.

Dann aber kam ich zurück von einer Reise. Ich hatte gedreht in Prag, zehn Tage war ich weg gewesen. Und er freute sich so, mich wiederzusehen, ich wurde richtig verlegen. Doch es war mir recht. Joel hatte mir nämlich gerade eröffnet, dass sie sich wieder einmal versöhnt hatten, die Irmi und er.

LAND AHOI!!!

Ich küsste Bébé auf beide Wangen und lud ihn ein, zum ersten Mal, zu mir in die Wohnung auf einen Kaffee.

Und so begann's.

Er war der zärtlichste Mann, den man sich vorstellen kann. *Acht ganze Stunden* lagen wir eng umschlungen auf meinem Himmelbett, ehe wir uns küssten, zum ersten Mal.

Noch nie hatte ich Ähnliches erlebt. Nur ein einziger Kuss. Doch von solcher Kraft, er erfüllte eine ganze lange Nacht mit ekstatischer Freude. Und den folgenden Tag. Und die ganze nächste Zeit.

Bébé hatte vor mir noch keine Frau geküsst, und dann seufzte er laut auf, barg sein Gesicht in meinem Hals, streichelte sanft meine Wange, schmiegte sich wieder in meine Arme, und da lagen wir, bewegungslos, wie gelähmt vor Glück, bis es hell wurde um fünf Uhr früh.

Zwei Mal nahm ich ihn mit auf Reisen. Nach Rom und nach Bath. Dann wurde es Monique zu viel:

»Mimi, ich bitte dich! Lass mein Kind in Ruh!«

Er übte nämlich immer weniger, wollte ständig nur in meiner Nähe sein.

»Ich liebe meine Mutter«, sagte Bébé, »aber meine Göttin bist du!«

Das war Monique nicht recht: »Mein Sohn braucht keine Göttin. Er hat mich und seine Musik. Das genügt.«

Und sie schickte ihn weg, nach Amerika, nach Rochester in die berühmte Eastman Academy of Music. Was sie nicht wusste: Bébé blieb die ganze Zeit mit mir in Kontakt. Über alles informierte er mich: über seinen Professor, seine Fortschritte, die Studentenkonzerte, den ersten Solo-Auftritt in Amerika, die Kritiken, die er erhielt, und wie sehr er mich vermisste. Ich war sicher, er würde schnell eine gleichaltrige Freundin finden. Doch er suchte nicht. Und jetzt ist er wieder da und meine Rettung, falls Joel mich nicht mehr will.

Ich schließe auf, trete in mein schönes Appartement, streife die Tanzschuhe ab und gehe barfuß in den Salon! Bewundere den Kamin! Den Schreibtisch! Die volle Bücherwand! Das neue rote Sofa. Die antike Kommode. Die indischen Tischchen!

Ein schneller Blick auf das Telefon.

Was zeigt es an? Viele, viele Anrufe. Aus Bali!! Da läutet es schon wieder. Das ist er. Jetzt wird's ernst!

»Mimi, wo *warst* du?«, ruft Joel. »Ich hab's hundertmal versucht. Ich muss dir so viel erzählen!!«

»Ich war tanzen.«

»Tanzen? Mit wem!«

»Allein! Ich hab mich abgelenkt für den Fall, dass du mir sagst, deine Frau und du ... du weißt schon. Dass ihr es wieder probiert, ihr zwei ...«

»Mimi, *chérie*, das wäre überhaupt nicht mehr in Frage gekommen. Du gehörst jetzt zu mir. Ich lasse mich auf jeden Fall scheiden, ob sie will oder nicht!«

»Ach ja?« Erleichtert sinke ich auf das rote Sofa . Mhmm, ist das weich. Und man liegt so bequem.

»Ich hab lange mit der Irmi gesprochen, es ist alles klar, sie meint es ernst!«

»Zum ersten Mal.«

Joel zögert. »Weil *er* es ernst meint mit *ihr*, der Patrik.«

»Patrik?«

»Der Universitätsprofessor.«

»Sind sie noch in Burma?«

»Nein. Die Grabung ist abgeschlossen. Ich hab mit ihr gesprochen in Brüssel. Weißt du, wo sie jetzt sind?«

»Keine Ahnung.«

»In meinem Haus.«

»Alle *beide*? Er auch?«

»Ja … und das Seltsame, Mimi, *chérie*, es stört mich nicht. Ich hab sogar gesprochen mit ihm. Klingt gut, der Mann. Vernünftig. Der hat einen guten Einfluss auf die Irmi. Kannst du dich erinnern? Wie das früher war? Beschimpfen, Beschuldigen, Wutausbrüche, Drohungen …«

»Und jetzt?«

»Beste Freundschaft!«

»Was??!« Ich fasse es nicht.

Joel beginnt sanft zu lachen: »Die Irmi hat ein Glück, der Mann hat Geld. Weißt du, was er gesagt hat? Wort für Wort? Ich wiederhole: Ich bin vermögend, *chèr Monsieur*, ich sorge dafür, dass Sie durch die Scheidung keinen Schaden erleiden.«

»Er denkt vielleicht, dass *du* dich nicht scheiden lassen willst?«

»Kann sein.«

»Das heißt, dass du dein Haus nicht verlierst.«

»Könnte sein, ja.«

»Aber warum … warum, wieso wohnt die Irmi nicht bei ihm? Wenn er reich ist? Wieso wohnt er bei ihr?«

»Er baut gerade sein Appartement um. Er hat eine riesige Maisonette, im Zentrum, gleich beim Hotel Metropole. Er macht neue Bäder, eine neue Küche, das Ganze ist eine Baustelle, er hat gebeten, ob's mir recht ist, wenn er bei mir sein kann, bis sie fertig sind!«

»Warum eigentlich nicht.«

»Ja! Warum nicht? So nett wie jetzt war die Irmi noch NIE zu mir, ehrlich, *noch nie*!«

»Umso besser. Gott sei Dank!«

Joel denkt kurz nach: »Ich frage mich nur, wieso alles so glatt geht, jetzt auf einmal!«

»*FIREWALK! Mon amour!* Wir haben uns über glühende Kohlen gewagt!«

»Stimmt! Hab ich völlig vergessen.«

»Ich frag mich aber trotzdem …«

»Was? Was fragst du dich, *ma chérie*?«

»Ob das hält … die Irmi und dieser Patrik!«

»Wieso soll's nicht halten?«

»Weil … der ist sicher nicht so gut im Bett wie du.«

Joel lacht auf, erfreut: »Du verwöhnst mich heute wieder.«

»Ist doch wahr.«

Joel zögert: »Ich hab's dir nie gesagt, aber die Irmi und ich, das war *nie* so schön wie mit *dir*.«

»Wirklich nicht? Warum?«

»Die Chemie stimmt nicht.«

»Trotzdem habt ihr geheiratet?«

»Sicher! Die Irmi wollte eine Familie, Geborgenheit, ein Haus, einen Hund, einen Mann, der gut verdient, sie kocht gern, hat gern Gäste … ich war ein Einzelkind. Das hat mir gefallen. Am Anfang zumindest … Wahrscheinlich stimmt die Chemie zwischen Patrik und ihr.«

»Dann nimmt sie sicher ab.«

»Hat sie. Hat sie. Sechs Kilo. Angeblich merkt man es schon. Sieht wirklich aus nach Glückssträhne … Es ist nämlich noch was passiert.«

»Was?«

»Errätst du nie! Die Kinder *mögen* ihn.«

»Ehrlich!«

»Ich hab mit meinem Sohn telefoniert und mit Rosi. Weißt du, was sie gesagt haben? Patrik hat sie eingeladen zum Essen. Die Irmi war auch mit, und es war ein *harmonischer Abend*.« Er lacht und man merkt, wie erleichtert er ist.

»Vielleicht mögen sie mich auch.«

»Dich mögen sie sowieso! Das ist ganz klar.«

»Meinst du?«

»Ahhh, Mimi *chérie*, jetzt können wir Pläne machen. Für *uns*! Könntest du leben in Brüssel? Glaubst du das?«

»Ich liiiiebe Paris.«

»Weiß ich. Weiß ich. Wir reden, wenn ich wieder da bin, O.K.?«

»O.K. Wie läuft der Dreh?«

»Besser. Wir sind umgezogen, ins Hotel. Mit Klimaanlage.«

»Keine Taranteln?«

»Keine Taranteln, keine Schlangen, kein Waran … Mimi, *mon trésor*, ich freu mich so auf Samstag. Am Samstag bin ich wieder bei dir. Du fehlst mir, *ma chérie*, du bist die Liebste auf der ganzen Welt!«

Es ist halb sechs, als wir endlich aufhören zu reden. Die Nacht ist vorbei. Ich habe keine Sekunde geschlafen, müde aber bin ich nicht. Ich nehme ein langes Bad, dann mache ich Frühstück, anstatt ins Bett zu gehn.

Tanzen macht hungrig! Schon lang hab ich nicht mehr so viel gegessen zum Kaffee. Dabei bewundere ich den Morgenhimmel über Paris: gold, hellblau. Kleine weiße Wolken mit glänzendem rosa Rand. Die Springbrunnen vor dem Trocadéro sind noch nicht angestellt, der Lift bis hinauf in die Spitze des Eiffelturms steht noch still. Wie eine Fata Morgana schwebt das Sacré-Cœur über dem Montmartre in der klaren Morgenluft. Balsam für die Seele. Nein, ich kann nicht weg aus Paris. Oder doch? Plötzlich bin ich müde. Ich werde doch etwas schlafen. Und dann liege ich in meinem prächtigen Opiumbett und denke an Joel. Ich habe Sehnsucht nach seiner kleinen spitzen Zunge, seinen vollen weichen Lippen, seiner goldenen Haut, seinen lieben Händen, nach der verhaltenen Art, wie er in meinen Körper dringt, sachte, um mir nicht wehzutun.

Alles an ihm mag ich, wie er stöhnt, wie er brummt, wie er zuckt, wie er schläft. Ich sehne mich nach seinem sanften Lachen, seinem liebevollen Blick, und ich freue mich auf das neue Gefühl, ihn anzusehen und zu denken: Ja! Der gehört zu mir! – Halt! Was höre ich da? Ich habe nämlich das Radio ganz leise aufgedreht: POINTER SISTERS: *I want a man with a slow hand! I want a lover with an easy touch!* Die singen von Joel! Kein Zweifel! Sie gurren vor Glück, dass sie es endlich fanden, das Naturtalent, zärtlich, sanft, ohne Hektik, ohne Hast und potent die ganze Nacht! Das ist Joel, wie er leibt und lebt.

That's my man!

Und dann ist er da, der ersehnte Samstag, der 22. Juli im Drachenjahr. Heute kommt nicht nur Joel, heute heiratet auch meine kleine Mia, und ich danke Gott auf Knien, dass nicht ich es bin, die Marlon ewige Liebe schwört, vor dem Standesbeamten und dreihundert Gästen als Zeugen in Bath.

Lenny und Peggy sind ebenfalls dort. Und werden mir den Hochzeitsfilm zeigen, sowie er fertig ist.

Marlon und die kleine Mia. Ob sie sich vertragen, die zwei? Neugierig bin ich, wie das weitergeht. Ich habe nichts mehr von Mia gehört seit Hawaii. Ich muss mir eine neue Stylistin suchen, falls aus einem der vier Filmprojekte was wird.

Heute war ich zum ersten Mal seit einer Woche nicht im Studio. Ich arbeite nicht an DRAGON SEMINARS. Angelita hat meine Wohnung blitzblank geputzt, ich war einkaufen: Essen für Joel und mich und Sachen, die ich noch nie im Leben nach Hause holte zu mir: Streichhölzer. Ein Feuerzeug. Zwei silberne Kandelaber. Goldene und rote Kerzen dazu.

Ich kaufe Teelichter und stelle sie auf den Bambustisch. Ich kaufe bildhübsche Lampions für die Terrasse. Ich habe es noch nicht erwähnt, ich habe an einer Zigarette gezogen, unten im Club bei der Bollywood-Night. Zum ersten Mal überhaupt.

Es hat mir nicht geschmeckt. Da hab ich nichts versäumt. Aber dass *ich* es *wage*, die Glut direkt vor dem Mund, so nah, dass man die Hitze fühlt …

Und als Joel dann da ist, die Arme voller Geschenke, Batiktücher, Silberschmuck, nach dem Essen, nach dem Erzählen, als wir uns zurückziehen in mein Opiumbett, da ist es so weit: Ich zünde ihn an, den Drachen. Er macht tatsächlich fantastisches Licht. Und alles geht in Erfüllung, genau wie Joel es vorhergesagt hat: eine dunkle, warme Sommernacht, zwei Verliebte in einem Opiumbett in Paris, und keine Lampe, nur der Drache, der leuchtet wie ein goldener Lampion.

Wir lieben uns die ganze Nacht, langsam, innig mit zärtlichen Pausen zwischendurch, Joel hat zwei Orgasmen, ich einen einzigen, ganz am Schluss, doch der ist rot und gold und so stark, ich glühe noch minutenlang danach.

Und dann bleibt Joel gleich da.

Er kann nämlich nicht zurück in sein Haus. Der Umbau in Brüssel zieht sich. Patriks Duplex wird und wird nicht fertig, Joel kommt jetzt erst einmal zu mir.

Nicht in meine Wohnung! Bei aller Liebe, das ertrage ich nicht mehr, einen Mann, der einzieht hier bei mir, der mir mit seinen Kleidern, Schuhen, Computern, Möbeln, Büchern die Sicht verstellt. Das hab ich hinter mir. Das hat nie funktioniert! Ich brauche mein eigenes Reich. Und das Glück hält an: Zwei Stock unter mir zieht ein Ehepaar aus. Hundertfünfzig Quadratmeter werden frei. Die mietet Joel sofort. Die Wohnung ist in bestem Zustand, nicht einmal ausmalen muss er sie. Er hat einen großen Salon, ein Arbeitszimmer, drei Schlafzimmer, große Küche, großes Bad. Wenn seine Kinder kommen, hat jedes genug Platz und kann sich zu Hause fühlen hier in Paris. Die Kinder sind übrigens reizend. Wir vertragen uns alle wunderbar.

Im September gebe ich dann mein erstes Geburtstagsfest. Meine Mutter kommt, Lenny, Peggy, Freunde aus Mailand, aus Miami, aus Singapur, Romeo Coty und Monique, die mir ein Geschenk bringt von Bébé.

Es gibt eine riesige Torte, sechsundfünfzig brennende Kerzen, und ich neige mich über die kleinen, heißen Flammen und blase alle aus. Und keine Sekunde lang habe ich dabei Angst.

Ach, es ist herrlich, das Drachenjahr!

Im Oktober sehe ich die kleine Mia wieder. Zum ersten Mal seit Hawaii. Das heißt, auf dem Hochzeitsfilm habe ich sie gesehn, den Lenny uns zeigte, Joel und mir.

Es war ein wildes Fest: Marlon war der schönste Ludwig XV., den es je gab, zumindest glitzerte er doppelt so hell wie das Original. Er war behängt mit Brillanten – sogar vorne auf der Brust – wie ein indischer Maharadscha.

Die kleine Mia, ganz in Rosa und Gold, wirkte wie ein hübsches Püppchen. Liebe und Wonne, wohin das Auge sah. Marlon neigte sich ständig zu ihr hinab, küsste sie auf die Stirn, hielt ihre Hand, kokettierte eifrig mit ihr (und in die Kamera) mit seinem blau-weißen Parade-Fächer. Nur Lawry war nicht da. Er war in seinem tropischen Eldorado, wie ich später erfuhr.

Die kleine Mia hat Wort gehalten. Sie schickte mir tatsächlich das Kleid der Pompadour. Das hängt jetzt hier bei mir in der Garderobe und ist eine Pracht!

Und dann meldete sie sich selbst. Per Telefon. Einfach so, nachdem sie monatelang wie vom Erdboden verschluckt gewesen war.

»Hallo, *ma grande*«, hörte ich ihre helle Kinderstimme, »hast du kurz Zeit? Ich bin in Paris.«

Das wunderte mich. Ich sah sie nämlich kein einziges Mal, drüben, in der Prinzen-Residenz. Marlon auch nicht. Ich konnte sie auch nicht erreichen. Alle ihre Nummern wurden geändert.

»Du bist aber nicht in der Wohnung«, sagte ich.

»Nein, auf der Champs-Elysées. Trinken wir einen Kaffee? Um fünf? Chez Fouquet's?«

»Aber gern. Ich freu mich.«

»Ich mich auch, nur erschrick nicht, wenn du mich siehst.«

»Wieso? Was ist passiert? Schwanger *kannst* du nicht sein.«

»Aber so ähnlich«, seufzt die kleine Mia und legt auf.

Nun, ich kann mir schon denken, was es ist. Macht aber nichts. Ich freu mich so, sie endlich wiederzusehen, nach drei ganzen Monaten Pause, ich bin eine halbe Stunde früher dort als ausgemacht. Wer aber sitzt schon da? Auf der Glasterrasse? Hinten an der Wand? Vor einem riesigen Stück Kuchen, das sie hastig verschlingt? Die kleine Mia! Und sie ist doppelt so dick!

Das hab ich vorausgesehen. Armes Kind!

Nur eines ist seltsam: Kuchen und Süßes hat Mia früher nie gemocht! Und die Farbe Schwarz hat sie gehasst! Trotzdem trägt sie jetzt ein schwarzes Kostüm, in der Hoffnung, dass es ihre neue Fülle verbirgt! Schwarz macht nicht dünn, sondern alt, hat sie früher immer gesagt. Und jetzt? Sie muss verzweifelt sein!

Jetzt sieht sie mich. Wir winken uns zu.

»*Salut, ma petite.*« Ich setze mich zu ihr. Bussi-Bussi auf beide Wangen, ein langer Blick in ihr Gesicht.

Sie hat richtige Pausbacken gekriegt, die Arme. Ihre schrägen Augen wirken jetzt noch kleiner. Schade. Sie war so hübsch!

»Dir geht's aber gut«, sagt die kleine Mia, »du strahlst. Lebst du mit Joel?«

Ich nicke und erzähle von Irmi, dem Professor, der Scheidung und den zwei Filmen, die wir gedreht haben seit Hawaii. Auch DRAGON SEMINARS ist fertig. Und gut gelungen. Lawry hat den Bonus prompt bezahlt, ohne dass ich ihn erinnern musste daran.

»Das wundert mich nicht«, sagt die kleine Mia, »Lawry ist O.K. Der mag dich. Jedes Mal, wenn ich ihn sehe, spricht er von dir.«

»Wann hast du ihn gesehn?«

»Auf Fidji.«

»Wie war's?«

»Paradiesisch. Bis auf Marlon.« Sie seufzt. »Der ist sehr, sehr schwierig, der Mann! Alles, was du gesagt hast über ihn, stimmt. Interessant ist nur, dass keiner was merkt. Kaum sind wir aus dem Haus, benimmt er sich wie der frisch verliebte Ehemann, legt den Arm um mich, hält mir die Hand, macht Komplimente vor allen Leuten. Kaum sind wir wieder zu Haus, verschwindet er in sein Büro! Und ich bin gestorben für ihn.«

»Das kenne ich.«

»Ist er nicht in seinem Büro, ist er in Bath in der Praxis.«

»Aha.«

»Ist er weder in Bath noch in seinem Büro, telefoniert er stundenlang. Oder kritzelt auf den Block, oder trifft Kathy, die Frau weiß alles, *alles* bespricht er mit *ihr* ...«

»Hast du's versucht? Mit den zwei Themen? Sex und Geld?«

Die kleine Mia nickt. »Hab ich. Es wirkt. Aber dann wird er immer so schweinisch, dann freut's mich nicht mehr.«

»Schlaft ihr getrennt?«

»Nein. Er kann nicht allein sein. Aber es tut sich nichts.«

»Ich kann dir sagen, wie du ihn verführst.«

Die kleine Mia seufzt tief auf. »Wie *du* ihn verführst, Mimi, nicht *ich*! *Du* bist *gut* im *Bett*.«

»Woher weißt du das?«

»Das hat er gesagt, damit ich kapiere, *ich* bin es *nicht*.«

»Das ist reine Bosheit. Nimm das ja nicht ernst!«

»Doch!« Mia bestellt gleich noch einen Kuchen, er heißt *Opéra* und ist flach, köstlich, voll Cacao und Café und hat tausend Kalorien, wenn nicht mehr. Fünf Bissen ... schon ist er weg. So schnell hab ich sie überhaupt noch nie essen sehn!

»Seit wann magst du Süßes?«, frage ich dann.

»Seit keiner mehr schläft mit mir. Du siehst, ich *fresse*! Ich langweile mich krank! Ich bin erst zweiundvierzig! Ich lebe wie eine Nonne. Arbeiten darf ich auch nicht. Ich bin acht Kilo zu schwer! Bei meiner Größe! Ich *hasse* mich!«

Sie beginnt leise zu schluchzen in ihrem schwarzen Kostüm, legt die Hände in den Schoß, schließt die Augen und weint vor sich hin. Zwischendurch seufzt sie laut auf.

»Das nimmst du schnell wieder ab«, sage ich und reiche ihr ein Taschentuch, »wenn du willst, helf ich dir dabei.«

»Er hat mich gebissen, gleich das erste Mal …«

»Mich auch. Das kenne ich.«

»Er ist zu grob für mich. Immer tut er mir weh. Und beschwere ich mich, ist *er* beleidigt und spricht nicht mehr mit mir.«

»Er kann nichts dafür«, sage ich nach einer Weile und koste meinen Tee, »das ist seine Natur. Er kann sich nicht ändern, nur verstellen, auf kurze Zeit. Händchen halten will er noch? Oder tut er das auch nicht mehr? Im Bett?«

Mia seufzt: »Doch. Das mag er gern.«

Ich muss kichern: »*Die* Idylle, was? Damenhemdchen? Fettcreme? Schlafmaske? Färbt er sich die Haare noch?«

»Nein, die sind wieder grau.«

»Ist er wenigstens großzügig mit Geld?«

Mia nickt. »Und mit Schmuck. Siehst du ja!«

Das stimmt. Die kleine Mia glänzt vor Schmuck. Noch nie hab ich sie so behängt gesehn: große Boutons in den Ohren, zwei Reihen Steine um den Hals, Brillantarmband an jeder Hand, viele Ringe, derselbe Aufputz, wie ich ihn hatte, damals, im Mai, als wir die Diva besuchten, in ihrem hübschen Haus bei Bath.

»Ja«, seufzt die kleine Mia und dreht an ihren glitzernden Ringen herum, »Geldsorgen hab ich keine. Zum ersten Mal im Leben.«

»Das ist auch was wert«, tröste ich sie.

»Ingmar ist in Schweden. Sonst hätte ich ihn glatt besucht. Wir haben uns gut verstanden im Bett.«

»Du brauchst dringend ein Bonbon.«

»Sofort!«

Sie sagt es so dramatisch, ich muss lachen.

»Das kannst du dir leisten«, sage ich dann, »das akzeptiert er. Weißt du, was er mir gesagt hat? Wenn du nicht mehr schlafen willst mit mir, bleiben wir trotzdem zusammen. Hauptsache, du liebst mich. Was man sonst noch braucht, kann man sich draußen suchen, mit andern …«

Die kleine Mia starrt mich fassungslos an: »Mimi, du fantasierst! Er will absolute *Treue*! Kein Lügen, kein Betrügen …«

»Hat er dir das Buch nicht gezeigt? DIE TRENNUNG VON LIEBE UND SEXUALITÄT? Da steht alles drin!«

»Das hör ich heute zum ersten Mal. Er sagt, er ist ein treuer Mann, er will nur mich, das Bett ist nicht so wichtig.«

»Frag ihn! Oder besser, frag ihn nicht, tu's einfach. Mir hätte er sogar Joel erlaubt. Du musst nur diskret sein. Sodass es keiner merkt.«

Die kleine Mia seufzt laut auf. »Kannst du mir sagen, *wo*? Wo soll ich einen *finden*? Jetzt fliegen wir auf die Insel, da rennen alle in Frauenkleidern herum.«

»Alle sicher nicht. Und wenn doch, nimmst du dir einen süßen Latino vom Personal. Ist das Hotel schon fertig?«

»Nein, noch nicht. Zu Weihnachten wird eröffnet.«

»Siehst du? Da wimmelt es von ganz normalen Arbeitern, die Frauen lieben … wie lange bleibt ihr denn dort?«

»Ewig.«

»Was heißt ewig?«, rufe ich überrascht.

»Wir übersiedeln! Marlon und Lawry haben ihren eigenen Staat gegründet, sie wollen sich nicht mehr regieren lassen. Wir bleiben auf der Insel, die ist jetzt unser Hauptwohnsitz. Ich weiß nicht, wie ich das überleben soll.«

Sie beginnt wieder zu weinen.

Ich tröste sie, so gut ich kann, es nützt aber nichts.

»Hast du was für mich?«, schluchzt sie auf. »Gegen Depressionen?« Dann seufzt sie wieder schwer.

Hab ich. Wenn man ständig seufzt, so wie die kleine Mia jetzt, hilft Ignatia.

»Du nimmst fünf Globuli Ignatia 30 c. Gleich in der Früh, im Bett, bevor du aufstehst. Das hilft sofort.«

»Wo krieg ich das?«

»In jeder Apotheke.«

Die kleine Mia hört zu weinen auf:

»Kommst du mich besuchen? Auf der Insel?«

»Gern. Wenn dein Marlon nichts dagegen hat. Aber er wird es nicht wollen, nehme ich an.«

»Aber Lawry will. Er weiß, dass wir uns heute sehn, er hat mir aufgetragen, du musst *unbedingt* kommen! Sobald so kannst.«

Ich bestelle einen kleinen Espresso, trinke und denke nach.

»Weißt du was«, sage ich dann, »das ist alles gar nicht so schlecht für dich.«

»Was?« Die kleine Mia bestellt eine große heiße Schokolade und tut drei Stück Zucker hinein.

»Die Übersiedlung, die Insel, die Frauenkleider ...«

»Wieso?«

»Du als Stylistin! Unter Transvestiten! Du kannst sie beraten. Schöne Roben entwerfen. Die haben alle Geld. Sind auch meistens furchtbar nett, du könntest dich austoben, mit den wildesten Entwürfen, da hast du was zu tun, was dich freut.«

»Daran hab ich noch gar nicht gedacht«, sagt die kleine Mia und reißt ihre schrägen Augen auf.

»Du gründest deinen eigenen Modesalon.«

»Genau! Aber ... wenn Marlon was dagegen hat ...«

»Dann hältst du dich an Lawry. Damit er dir hilft. Wenn du willst, rede ich mit ihm.«

Die kleine Mia sieht auf ihre große goldene, mit Brillanten besetzte Armbanduhr. Dann trinkt sie die Schokolade aus, in größter Hast, und steht auf.

»Ich hab die Zeit übersehn. Marlon kriegt einen Tobsuchtsanfall! *Garçon?*« Sie winkt dem Kellner und zahlt. »Mimi, ich beneide dich. Um dein Talent und deine Freiheit ...«

»Mach deine eigene Mode, dann geht's dir gleich viel besser. Wo musst du hin? Ich nehm dich mit im Taxi. O.K.?«

»Zu *Marlon*«, ruft sie gehetzt, »er wartet auf mich.«

»Wo?«

»Darf ich nicht sagen.«

»Ahh ... die alte Geheimnistuerei. Wie lang seid ihr in Paris?«

»Keine Ahnung. Kennst ihn ja. Ständig ändert er seine Meinung, eigentlich sollten wir morgen fliegen ... wird aber immer wieder anders, im letzten Moment.«

»Wenn wir uns nächstes Mal sehn, erzähle ich dir alles über Schönheitsfasten. Da nimmst du *sofort* ab. O.K.?«

»Ja!! *Bitte!* Aber erklär's mir lieber früher! Sobald als möglich! Am Telefon! Ich ruf dich an, sowie ich kann.«

Wir küssen uns auf beide Wangen. Dann trennen wir uns. Die kleine Mia eilt die Champs-Elysées hinauf in Richtung Apotheke. Ich steige in ein Taxi und fahre zum Flughafen.

Die Maschine geht in zwei Stunden.

Ich fliege nach Griechenland. Auch auf eine Insel. Sie heißt Alonissos. George Vithoulkas, einer der berühmtesten Homöopathen der Welt, hält dort ein Seminar.

Joel ist ebenfalls heute weggeflogen. Er dreht in Vilnius. Wir treffen uns in drei Wochen. Nicht in Paris, sondern in seinem Haus in Brüssel. Zum ersten Mal. Wir werden dort vierzehn Tage zusammen sein. Vielleicht feiern wir in diesem Jahr auch Weihnachten dort. Mit seinen Kindern. Vielleicht sogar alle zusammen, Joel, die Kinder, Patrik, die Irmi, meine Mutter, ihr Freund und ich. Wir sind alle kultiviert und erwachsen, meint Joel. Es könnte gehn. Doch das überlegen wir uns noch.

Bis Weihnachten ist noch Zeit. Im November drehn Joel und ich in Bangkok. Dann möchte ich noch zwei wichtige Prüfungen machen, ehe das Jahr zu Ende geht.

Und wer weiß? Vielleicht besuche ich die kleine Mia nach Silvester? In den Tropen? In Lawrys irdischem Paradies? Und sehe mir an, wie er funktioniert? Der eigene Staat?

Die Maschine hebt ab. Wir durchbrechen die graue Wolkendecke, es hat nämlich heute geregnet in Paris. Schon sind wir durch, es wird heller und heller, *voilà*, Sonne! Blauer Himmel, so weit das Auge reicht.

Ich stelle meinen Sitz zurück und lächle vor mich hin. So schön wie jetzt war das Leben schon lang nicht mehr. Und ich habe allen Grund, anzunehmen, dass es so bleibt.

Kapitel XVIII

Fünf Jahre sind vergangen.

Und so viel Schönes ist geschehn:

Ich bin jetzt einundsechzig, diplomierte Homöopathin, und nun studiere ich Schulmedizin, damit keiner sagen kann, ich bin kein »richtiger« Arzt!

Ja, meine Lieben, Tatsache ist, ich bin nur glücklich, wenn ich irgendetwas Neues lernen kann. Studiere ich nicht, denke ich gleich: Das Leben vergeht, und ich mache nichts daraus!

Ich habe große Erfolge mit der Homöopathie.

Ich könnte auch schon leben davon. Doch ich nehme nur wenige Patienten, denn Filmen interessiert mich immer noch.

Die Serie über den FRÖHLICHEN WECHSEL ist fertig und ein großer Erfolg. Ich habe sie in die ganze Welt verkauft, sogar nach China, Japan, Südkorea und Taiwan, wo man sie immer wieder zeigt. Zwölf Teile sind es insgesamt. Zwei davon werden am meisten verlangt:

Die Folgen über MUT *(FIREWALK)* und über Schönheitsmittel, die man auch essen kann.

Die Serie hab ich selbst produziert, was nicht billig war.

Woher kam das Geld?

Von einer dankbaren Patientin. Was sagte ich, als ich mich trennte von Marlon und der Hoffnung auf eine Million Pfund? Wenn das Schicksal will, wird die Million schon kommen. Aus einem andern Eck. Und sie kam.

Besagte Patientin war acht Jahre gelähmt, nach einer schweren Polyarthritis, und ich hatte Glück. Mir gelang eine spektakuläre Heilung in relativ kurzer Zeit, und jetzt, vier Jahre später, ist sie völlig beschwerdefrei.

Sie war überall in der Welt, hat alles versucht, alle Wundermittel, alle Kuren, berühmte Ärzte, nichts half!

Jetzt fährt sie wieder Ski! Kann wieder wandern, bergsteigen, tanzen, dank Hahnemann und seiner sanften Medizin.

Und das wird mein nächstes großes Projekt:

Ein Film über das Leben des genialen Arztes. Ein Spielfilm

über den heiß geliebten, hochverehrten Samuel Hahnemann, den Retter unzähliger Leben. Ein opulentes Epos schwebt mir vor, mit den schönsten Kostümen, exquisit ausgestattet, das Beste vom Besten, wie es einem echten Wohltäter gebührt.

Ich arbeite bereits am Drehbuch, sehe die Bilder vor mir, seine Anfänge im Herzen Deutschlands, wo er geboren wurde, am 10. April 1755, seine schweren Lehr- und Wanderjahre, seinen Lebensabend hier in Paris, wo er seine größten Triumphe feierte, ja, von hier aus eroberte er die Welt. Hier starb er auch am 2. Juli 1843, im neunundachtzigsten Lebensjahr!

Ich weiß, ich weiß! Kostümfilme kosten ein Vermögen! Und ich will die besten Schauspieler. Sonst hat der Film keine Chance. Wer das zahlen soll? Einen kenne ich! Der könnte es!

Lawrence Gold!

Ob ich ihn dafür gewinnen kann? Wir werden sehn. Zuerst muss das Drehbuch stehn. Erzählt aber habe ich ihm schon davon, und er hat nicht Nein gesagt!

Ich habe D.T. noch nicht besucht in seinem irdischen Paradies, doch die kleine Mia hält mich auf dem Laufenden, von ihr weiß ich alles, was sich tut in seinem heiß ersehnten, eigenen Staat.

Zwölf Mal im Jahr gibt es Seminare mit einem *FIREWALK*. Alle sind Monate vorher bereits ausgebucht. Was Lawry verdient, bleibt ihm ganz, denn Steuern zahlen braucht er nicht. Zwei große Hotels gibt's jetzt auf der Insel, sie sind immer voll.

Marlons Patienten aus England fliegen ein und aus, manche gehen sogar über das Feuerbeet, kehren neugeboren nach Hause zurück mit eisernem Selbstbewusstsein, fürs Leben gestärkt. Und sie kommen immer wieder, denn die Insel, laut Mia, *ist* das Paradies.

Man läuft den ganzen Tag halb nackt herum, geht täglich schwimmen, Orchideen und Bougainvilleas umranken Mias Haus, nur zwanzig Schritte sind es von ihrem Palmengarten hinab zum Meer. Sie hat eine eigene kleine Bucht für sich allein, und das Wasser ist türkis, glasklar und warm. Doch das Beste: Sie hat ihren eigenen Modesalon und entwirft entzückende Kleidchen für kapriziöse Herrn. Sechs Männer nähen und sticken für sie, hübsche Latinos mit Talent und flinken Fingern, und keiner sagt: »Das ist zu extravagant!« Im Gegenteil. Je ausgefallener, je glitzernder, je fantasievoller, desto besser kommt es an.

Sie näht auch für Marilyn Flimm und Goldie, klar, geht zwei Mal im Jahr auf Reisen, Stoffe kaufen, zu Modeschauen, da treffen wir uns. Ab und zu gibt's dann ein Bonbon. Sie hat auch alles wieder abgenommen, die acht Kilo Übergewicht. Dank Schönheitsfasten ist sie schlank und hübsch, so wie sie früher immer war.

Ich habe ihr Nux vomica mitgegeben, für Marlon, und manchmal nimmt er es sogar. Er ist jetzt Staatspräsident und Lawry Kanzler, und es wird immer noch gestritten auf Mord und Brand. Beide sind hochsensibel mit explosivem Temperament, Türen knallen, Gläser splittern, wütende Schreie stören die tropische Nacht. Wären die zwei nicht verwandt, hätten sie sich nicht dringend gebraucht, sie hätten sich sicher längst umgebracht. So aber folgt auf jeden Kampf eine glänzende Versöhnung. HOCH NUX VOMICA! Nimmt er es, gibt's manchmal einen Monat keinen einzigen Streit. Dann ist er nicht mehr leicht beleidigt, kennt keinen Verfolgungswahn, fürchtet keine Verschwörung, isst mit gutem Appetit, und kein giftiges Wasser kommt aus der Wand.

À propos giftiges Wasser: Die Diva blüht und gedeiht. Ihr Theater in Bath wurde umgebaut in ein luxuriöses Kino. VERSUNKEN IM MEER wird dort Tag und Nacht gespielt. Joel und ich wollten sie mehrmals engagieren für einen Film. Doch sie will immer nur weinen und leiden, also wurde nichts daraus.

Eddi, ihr glühender Verehrer, hat einen Greta-Gold-Fan-Club gegründet. Sieben Mitglieder hat er bereits. Er gibt jetzt auch eine Monatszeitschrift über Film heraus und ist längst von allen Anti-Depressiva weg.

Jedes Jahr fliegt er mit der Diva auf die Insel zu Besuch. Dann wird VERSUNKEN IM MEER gezeigt. Meist ist der Saal zwar nur halb voll, doch sie gibt begeistert Autogramme und ist mit Marlon fast versöhnt.

Er hat nämlich alle ihre Schulden bezahlt. Und überweist ihr pünktlich eine große Summe MUTTERGEHALT, zum Dank dafür, dass sie ihn geboren hat. Sie lebt jetzt mit Butler und

Gärtner, gibt Dîners für den Fan-Club und wartet auf das Drehbuch, das sie berühmter macht als die Monroe, die Garbo und Mae West zusammen. Eddi wohnt jetzt bei ihr. Sie verstehn sich gut.

Mia und Marlon sind immer noch verheiratet, wohnen auf der Insel im selben Haus, doch sie schlafen getrennt. In der Öffentlichkeit aber treten sie gemeinsam auf. Marlon will ein normaler Präsident sein, mit einem Weib an seiner Seite. Er trägt auch keine Fischerjacke mehr, sondern Maßanzüge mit Weste, wenn er nach Europa reist. Privat aber ist er immer noch die süße Missis Flimm.

Ich habe ihn fünf Jahre nicht gesehen. Dafür ruft mich Lawry fleißig an. Er hat nämlich ein großes Projekt, und dafür braucht er mich. Was das ist?

Er hat ein Sanatorium gebaut ..., in seinem irdischen Paradies, nicht für ernsthaft Kranke, denn die Über-Drüber-Götterfunken-Darlings, die zu ihm auf die Insel fliegen, die Schauspieler, Tänzer, Sänger, Schriftsteller, Filmemacher, Models und Künstler, essen ohnehin schon vegetarisch, leben gesund und passen auf sich auf.

Nein, das Hauptziel ist Schönheit und Verjüngung, Vorbeugung und Entspannung, geistiges und körperliches Glück!

Ja, der Mensch hat nie genug. Selbst die Allerschönsten wollen noch schöner werden, das ist auch ein Naturgesetz. Aber falls es Probleme gäbe, könnte ich helfen mit der Homöopathie.

Lawry glaubt nämlich felsenfest daran. Und warum? Ich habe ihn geheilt. Von seiner Sucht nach Nikotin. Er raucht keine rosa Zigaretten mehr. Seine Haut hat sich gebessert, er hat nie mehr Magenweh, auch die Nerven werden stärker, er lernt gerade, wie man zuhört und nicht immer nur Befehle gibt!

Ich soll sein Leib-, Haus- und Hofarzt werden, und er bietet mir dafür viel Geld.

Ich will aber nicht nur viel Geld verdienen, ich will auch Filme machen, die andern helfen. Ich will ein nützliches Mitglied der menschlichen Gesellschaft sein.

Ich will mich nicht genieren müssen für mein Leben auf diesem schönen Planeten. Und ich will gute Noten kriegen, drüben, wenn ich wieder zu Hause bin, dort, wo ich hingehöre und von wo ich hergekommen bin. Ich weiß, dass ich nützlicher sein kann in Paris.

Ich habe D.T. Romeo Coty empfohlen. Er ist ein hervorragender Homöopath. Und er will von Europa weg, ehe er das Sanatorium seines Onkels übernimmt, an der Côte d'Azur.

Was nicht heißt, dass ich die Insel nicht besuchen will. Das tun wir nämlich im November, Joel und ich, es wird das reinste Familienfest.

Wir treffen nämlich meine Mutter dort. Lawry hat sie eingeladen, sie hält ein Tanz-Seminar. Aus aller Welt haben sich schon Teilnehmer angesagt, und zum Abschluss gibt's einen großen Ballettabend in Buenos Aires, Rio und Brasilia! Joel und ich filmen natürlich alles von Anfang an.

Noch jemanden werden wir wiedersehn, Rick aus England, den Schönheitschirurgen, der mich zum Flughafen brachte, als ich Marlon verließ, damals, in Bath. Er ist, wie gesagt, der Sohn der besten Freundin meiner Mutter. Sie ist ebenfalls dort. Und nicht allein. Der kleine Stubbs ist bei ihr. Rick hat tatsächlich einen Sohn! Geboren von Bobbys Schwester Nora. Und er sieht ihm ähnlich, hat seine Augen, seine Hände und die kleinen, runden Ohren. Alle sind verliebt in das Kind.

Nur Bobby ist nicht da. Er war eben doch kein begabter Koch. Häuslich war er auch nicht, und Kindergeschrei machte ihn nervös. Rick trennte sich kurz nach Stubbs Geburt von ihm. Das Kind ist jetzt wieder bei Nora. Rick zahlt Alimente. Und die Großmutter schwimmt im Glück. Zum ersten Mal überhaupt ist das Verhältnis Mutter-Sohn ganz ungetrübt. Sie hat ihren Enkel, sie hat erreicht, was sie will.

Rick soll Chefarzt werden, im Sanatorium.

Er macht gerade Probezeit. Laut Mia hat er einen neuen Freund, einen zwei Meter großen Schwarzen, sanft wie ein Lamm, der wie ein Halbgott Samba tanzt.

Was tut sich sonst noch?

Marlons Harem ist weiterhin in Europa.

Dolly Macintosh lebt in London, in einem großen Haus in Primrose Hill, leitet DRAGON SEMINARS U.K., wirbt Kunden und zeigt fleißig meinen Film.

Kathy leitet das Büro in Bath, kümmert sich um Katze, Schafe und das Haus sowie die Zweigstellen in Zürich, Stockholm, München, Wien, Brüssel, Amsterdam und Madrid.

Das Büro in Paris aber hat sich nicht gelohnt. Die Prinzen-Residenz ist verkauft. An einen Modezaren aus dem Libanon. Peggy trieb ihn auf. Sie ist mit Lenny verheiratet, und weil sie fleißig ist und arbeiten will, handelt sie mit Immobilien. Sie hat einen exzellenten Preis erzielt. Lawry hat kein Geld verloren an der Sache, nie hätte ich das gedacht!

Jedenfalls – elegante weiße Markisen schmücken jetzt die Fenster im Haus gegenüber von mir. Und die hübschesten Knaben mit den süßesten Hündchen gehen unten ein und aus. Vor allem, wenn es dunkel wird …

À propos dunkel: Höchste Zeit! Ich muss ins Konzert. Umgezogen bin ich schon, rotes Kostüm mit schwingendem Rock, oben eng mit Schößchen, was meine schlanke Taille betont. Silberne Schuhe mit hohem Absatz, die langen schwarzen Haare aufgesteckt mit einem Glitzerkamm.

Taxi brauche ich keins. Ich fahre zwei Stationen mit dem Bus Avenue Bosquet, über die Seine, Place de l'Alma, schon bin ich vor dem Théatre des Champs-Elysées. Heute ist der große Tag. Monique wartet schon mit den Karten auf mich. Heute ist der lang ersehnte Abend: Bébé hat seinen ersten Auftritt in Paris. Und heute spielt er das Violin-Konzert von Sibelius mit großem Orchester, Kritiker sind eingeladen, und ich hoffe zu Gott, dass es ihm gelingt!

Nach dem Konzert gibt's ein Essen. Der begehrte Ecktisch in der berühmten Bar des Théatres ist für uns reserviert. Doch bis dahin ist es noch lang …

Das Gedränge im Foyer ist gefährlich. Bébé ist in Frankreich noch nicht bekannt, doch er wird protegiert von einer großen Fernsehstation, der Saal ist ausverkauft, man ist neugierig auf das junge Talent. Wortlos lassen wir uns von der Menge über die Treppe schieben, Monique und ich, über die eleganten flachen Stufen, hinauf zum Balkon. Dort nehmen wir Platz in der ersten Reihe, zitternd und zagend, denn Bébé hat so großes Lampenfieber, er wollte Monique nicht sehen vor dem Konzert! Sie fürchtet das Schlimmste, und ihre Angst steckt mich an. Wir bringen beide kein Wort heraus, sitzen nur da, mit Herzklopfen, atemlos und halten schon die Daumen, ehe es beginnt.

Endlich verglimmen die Lichter. Es wird still im Saal. Applaus für den Dirigenten. Applaus für Bébé. Gut sieht er aus im Frack. Souverän steht er auf der Bühne. Das Konzert beginnt. Jetzt – sein Einsatz! Präzise. Mit schönem Ton. Er spielt alles auswendig. Und vom Lampenfieber merkt man nichts.

Langsam werden wir ruhiger, Monique und ich. Ich schließe die Augen und genieße die wundervolle Musik des großen finnischen Meisters, zu neuem Leben erweckt von meinem kleinen Schatz. Wer hätte das gedacht! Er hat es wirklich geschafft! Fast zweitausend Leute macht er glücklich mit seinem schönen Ton, seiner einfühlsamen Interpretation. Und während rund um mich das Wohlbefinden steigt, direkt greifbar, vom Parkett bis hinauf zur höchsten Galerie, lehne ich mich zurück, lege die Hände in meinen Schoß und denke: Ich bereue nichts, es war alles richtig wie es war.

Monique drückt meine Hand. Es ist auch ihr Triumph! Glücklich lächelnd genießen wir das Konzert, bis es zu Ende ist. Der letzte Takt … eine Sekunde Pause, dann wilder Applaus. Bébé strahlt vor Stolz! Verneigt sich. Richtet sich auf, sucht uns auf dem Balkon mit seinen Blicken, verneigt sich abermals, geht von der Bühne, doch der Applaus hält an. Vier Mal muss er wiederkommen, vier Mal klatscht man ihn wieder heraus, schreit *Bravo! Encore!* Das Publikum kriegt nicht genug.

Wir springen auf, Monique und ich, kämpfen uns durch die vielen begeisterten Menschen hinter die Bühne zu Bébé in seine Garderobe, wo er schon sehnsüchtig wartet auf uns.

Ich verliere Monique im Gedränge und bin als Erste dort. Ein langer Blick – wir fallen uns in die Arme. Er ist ganz lang und dünn, er hat abgenommen, und der Konzertfrack ist völlig durchgeschwitzt. Er lässt mich nicht mehr los und beginnt zu weinen. Ich weine auch. Und lache. Und gratuliere. Und dann kommt Monique, völlig außer Atem, und küsst voller Stolz ihr Kind.

Ich weiß, er hat noch immer keine neue Freundin. Vor dem Konzert hat er mir geschrieben, er wartet so lang auf mich, bis ich ihn wieder will. Und er wird so berühmt werden, dass ich ihn *bitten* werde, zurückzukommen zu mir. Wunderbar! Das heißt, er wird weiterhin fleißig sein, jede freie Minute üben, es war gut, dass wir uns trennten, jetzt wird er Karriere machen in der großen Welt.

Warum habe ich eigentlich diese Geschichte erzählt?

Meine verrückte Geschichte mit Marlon? Die zärtliche mit Bébé, die leidenschaftliche mit Joel?

Damit ihr seht, meine Lieben, dass nach dem Wechsel nichts zu Ende ist, dass es weitergeht mit Herzklopfen und Küssen und heißen, weißen Nächten und silbrig flirrenden Orgasmen, dass man liebt und geliebt wird, dass man endlich jemanden finden kann, der wirklich zu einem passt.

Und warum?

Weil man klarer sieht! Man kriegt einen scharfen Blick im zweiten Frühling, denn der Hormonschleier ist weg, der uns zur Fortpflanzung zwingt, der uns die Sicht verstellt und der Grund dafür ist, warum es heißt: LIEBE MACHT BLIND!

Deshalb lernt man nach dem Wechsel oft erst richtig lieben. Und habt ihr es gefunden, das Glück, macht das Beste draus, solange es geht.

Geht es nicht mehr: LAND AHOI! Nur keine unnötige Quälerei. Dafür ist das Leben zu kurz!

Was habe ich noch gelernt? Durch das Studium der Medizin? Die Angst vor dem Alter ist absurd! Nicht die Jahre sind es, die uns schaden, sondern die schlechten Gewohnheiten. Die lassen uns verfallen. Zu viel Rauchen, Trinken, Essen, Tierefressen, unsere Ernährungslehre ist ein Witz!

Man braucht Fleisch, um Fleisch aufzubauen. Wer das geschrieben hat, war blind. Denn die stärksten Lebewesen auf dem Planeten, Büffel, Nashörner, Elefanten, woraus bauen sie ihre mächtigen Leiber auf? Aus zarten, grünen Blättchen. Aus Gras! Leichenfleisch übersäuert den Körper und macht krank. Finger weg, wenn man gesund bleiben will.

Vier Mal im Leben habe ich mich rasant verjüngt: Als ich aufhörte, Tiere zu essen, als ich Ayurveda kennen lernte, als ich mit dem Studium der Homöopathie begann und als ich Schönheitsfasten entdeckte.

Fasten nämlich macht nicht schlaff, blass und alt. Fasten erfrischt, verjüngt, reinigt und strafft. Und warum? Die Energie, die sonst das Verdauen braucht, verwendet der Leib zur Regeneration! Jeder Arbeiter hat am Wochenende frei, um zu rasten, der Körper will das auch. Er muss sich erholen von der Schwerarbeit des Verdauens, das dreißig Prozent der Gesamtenergie verschlingt! Und diese dreißig Prozent benützt er zur Verjüngung:

Fettpolster verschwinden, chronische Wehwehchen sind wie weggeblasen, Muskeln und Organe straffen sich, Falten glätten sich von selbst, die Haut wird feinporig und gesund, ja, der Körper will nicht altern. Er hat ein riesiges Regenerationspotential. Doch man muss ihm Zeit schenken, damit er es nützen kann.

Seit ich sechzig bin, faste ich jede Woche mindestens einen ganzen Tag, fühle mich dann leicht wie eine Feder, und die Augen werden immer besser. Ich brauche keine Brille, sehe selbst die kleinste Schrift wieder gestochen scharf.

Ja, meine Lieben, man hat uns umsonst Angst eingejagt. Nichts wird schlechter nach dem Wechsel. Im Gegenteil. Der Wechsel ist eine BELOHNUNG. Man wird *gesund*! Lässt man den Körper in Ruhe, den klugen, braven, verschwinden Zysten und Myome von allein. Zwingt man ihm aber Hormone auf, werden sie bösartig und jeder ist verrückt, der das provoziert.

Nein, lasst euch nicht belügen! Der Wechsel ist eine BEFREIUNG! Von der lästigen Regel, von ungewollter Schwangerschaft. Der Körper drosselt den Überschuss an Hormonen, den er zur Fortpflanzung braucht, und schaltet um auf Erhaltung. Und weil er nicht sterben will, produziert er genau die Menge, die er braucht, um möglichst lange aktiv zu sein. Lässt man dem Körper sein Recht, produziert er Sexualhormone weiter bis zum letzten Tag, und zwar in den Eierstöcken, in Fett- und Nervenzellen, im Bindegewebe, überall! Und diese Hormone dienen jetzt der Liebe. Dem Pläsier! Zur Erhaltung der Libido. Als Belohnung! Denn Kinder kriegen braucht man ja nicht mehr.

Erst nach dem Wechsel begriff ich, wie sich die Männer fühlen in ihren starken Körpern ohne den Schwachpunkt im Bauch, den man nicht kontrollieren kann, der zuständig ist für Menses und Krämpfe – der ist jetzt weg! Gott sei gelobt! Und beginnt man mit Sport im zweiten Frühling, oder mit Yoga, so wie ich, hat man nichts zu fürchten, denn auf dem Bauch, wo früher Fett war, sprießen jetzt plötzlich Muskeln, man kriegt ein völlig neues Körpergefühl!

Man ist am Gipfel der Welt.

Es ist mir noch nie so gut gegangen wie jetzt. Ich habe die Erfahrung von sechs Jahrzehnten Leben auf diesem Planeten, fühle mich wie eine Schatztruhe voll Juwelen (mein medizinisches Wissen, mit dem ich andern helfen kann) und bin mit einundsechzig frisch, rosig, glatt und schlank!

Eine Ausnahme? Wirklich nicht!

Es gibt Zigtausende wie mich. Außerdem, ich habe festgestellt, die Ausnahmen von heute sind die Regel von morgen. Sonst gäbe es keinen Fortschritt, nicht wahr?

Ich weiß, ich weiß! Die meisten, die dies lesen, freuen sich mit mir. Den andern aber, die jetzt vor Neid erbleichen, vor allem den Jüngeren, sei gesagt: Wir protzen nicht mit dem, was wir erreichten, wir Pionierinnen von heute, wir bereiten nur den Weg für euch! Ihr sollt es einmal leichter haben. Denkt doch nach:

Auch ihr werdet einmal sechzig sein. Dann aber ist es bereits ein begehrenswertes Alter. Jedes Vorurteil, das wir widerlegen, kommt euch mehr zugute als uns. Ihr nehmt es bereits als selbstverständlich hin, wir aber mussten kämpfen dafür!

Also: Nur kein Neid. Neid ist schweres Gift! Man muss lernen, auch den andern was zu vergönnen, sonst ist man bald voll Hass, und Hass macht hässlich, wie man weiß!

Positiv denken! Sonst sickert das Gift vom Kopf hinunter in den Leib und macht ihn schwach und zur Krankheit bereit.

Ja, meine Lieben, was ist sonst noch zu sagen?

Pflegt und verwöhnt euch, badet und salbt euch, aus Liebe zum Körper. Esst nur das Allerbeste, biologisch und keine Leichen. Und nicht zu viel. Trinkt das Allerfeinste, doch in Maßen. Freut euch am Leben, lasst euch nicht betrügen um die stolzen Jahre eurer Existenz!

Genießt nach dem Wechsel euren neuen, starken Leib, geht tanzen, turnen, reiten, schwimmen, aber lasst den Geist nicht verhungern dabei. Lernt Sprachen! Lernt andere Kulturen kennen. Betrachtet euch als Weltenbürger. Seid tolerant. Jeder hat ein Recht auf Glück, auch die, die anders sind als wir. Die Welt ist groß genug. ES IST PLATZ FÜR ALLE! Nur keine Angst.

Wie geht es weiter mit Joel und mir?

Er ist jetzt einundfünfzig, und ich sehe immer noch viel jünger aus als er. Der Höhepunkt meiner Kraft ist noch lange nicht erreicht. Wir sind beide munter und gesund, es geht uns blendend, neue Projekte, neue Ideen, wir reisen viel, sind oft längere Zeit getrennt unterwegs, und das ist gut! Da bleibt man vom Alltag verschont und die Liebe hält sich frisch!

Und das Beste: Wir hängen finanziell nicht voneinander ab. Jeder behält, was er verdient. Meine Wohnung ist längst abbezahlt und wunderhübsch möbliert. Joel hat sein Haus behalten in Brüssel und die Wohnung in Paris. Rosi, seine Tochter, ist gerade da, sie studiert an der Sorbonne. Manchmal kommen auch Bert und Irmi mit Patrik. Und meine Mutter mit ihrem Freund. Dann gibt es ein großes Familienfest. Letzte Weihnachten haben wir alle zusammen bei mir verbracht.

Wir laden uns gerne gegenseitig ein, Joel und ich. Er zahlt die Reise auf die Insel, im November, ich nehme ihn mit nach Indien im Frühling, zu einer Ayurvedakur.

Das goldene Armband mit dem *FIREWALK* habe ich immer noch. Ich habe ein gleiches machen lassen für Joel, wir tragen es Tag und Nacht. Das schmiedet uns zusammen, das ersetzt den Ehering. Auch den goldenen Drachen trage ich oft. Der erinnert mich an das wilde Jahr zweitausend. Wo wir endlich zusammenfanden.

Meine Mutter hatte recht: Man muss es nur *erwarten* können.

Und was lernt man daraus?

Wirklich zu spät ist es *nie*!

Deshalb, meine Lieben: Kopf hoch! Verwirklicht eure Träume! Glaubt an die Liebe!

Seid zuversichtlich mutig! Wagt und gewinnt!

Und habt ihr den ersten Frühling versäumt, keine Panik!

Im *zweiten* Frühling schafft ihr es *bestimmt*!

*»Kubelkas Romane sprudeln geradezu
vor Erotik, Lebensfreude und Reife«*
FRANKFURTER NEUE PRESSE

Susanna Kubelka
OPHELIA
LERNT SCHWIMMEN
Roman
383 Seiten
ISBN 3-404-16222-6

Eine Frau, Paris und die Liebe. Die schöne Ophelia kommt in die Stadt an der Seine, um das Geheimnis der Liebe zu erforschen. Mit jedem neuen Abenteuer erlebt sie eine neue Spielart der Spezies Mann ...
Erfrischend offen, erfrischend ehrlich! Ein Muss für jede junge Frau mittleren Alters!

Bastei Lübbe Taschenbuch

»Voll weiblicher Erotik, spritzig geschrieben und kurzweilig zu lesen.«
NÜRNBERGER NACHRICHTEN

Susanna Kubelka
MADAME
KOMMT HEUTE SPÄTER
Roman
351 Seiten
ISBN 3-404-16136-X

Tizia, eine 42 Jahre junge, blonde und hübsche Wienerin, ebenso lebensklug wie lebenslustig, wagt den Sprung in die starken Arme von Fausto Saint-Apoll, dem begehrtesten Junggesellen von Paris. Er ist der Spross einer reichen Kaffeedynastie und Besitzer eines großzügigen Apartments mit Blick auf den Eiffelturm und eines fürstlichen Landsitzes in Chantilly.
Kaum aber ist sie »Madame«, sieht das Leben nicht mehr ganz so rosig aus. Fausto entpuppt sich als der untreuste alle Ehemänner. Eine Weile sieht Tizia zu, doch dann beginnt sie sich zu rächen ...

Bastei Lübbe Taschenbuch

*Eine Frau sprengt alle Konventionen!
Eine zauberhafte Liebesgeschichte aus der
österreich-ungarischen Belle Epoque.*

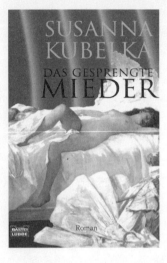

Susanna Kubelka
DAS GESPRENGTE MIEDER
Roman
381 Seiten
ISBN 3-404-14669-7

Als Minka 1875 in die Garnisonsstadt Enns kommt, weiß sie nicht viel vom Leben. Und genauso wenig von der Liebe. Eines jedoch weiß sie genau: Sie möchte nicht für immer – eingeschnürt auf zweiundvierzig Zentimeter Taillenumfang – in einem Mieder stecken und kaum atmen können. Doch bis Minka mit einer wunderbaren Erfindung das Schönheitsideal ihrer Zeit boykottiert und mit dem Mann ihrer Wahl glücklich wird, ist es noch ein langer Weg ...

Bastei Lübbe Taschenbuch

Eine herzerwärmende Liebesgeschichte voller überraschender Wendungen

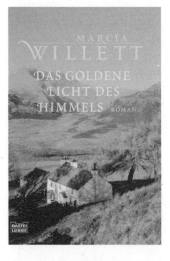

Marcia Willett
DER GOLDENE GLANZ
DES HIMMELS
Roman
432 Seiten
ISBN 978-3-404-15669-6

Es ist Liebe auf den ersten Blick, als George und Thea sich begegnen. Trotz des großen Altersunterschieds scheint eine Heirat nur folgerichtig, und die Geburten ihrer beiden Kinder sind die Krönung ihres Glücks. Doch dann trifft Thea eines Tages Georges Jugendfreundin Felicity in der Stadt und erzählt George davon. Sie kann ja auch nicht ahnen, dass Felicity einst selbst ein Auge auf den smarten George geworfen und ihm mit ihren Avancen gehörig zugesetzt hatte ...

Bastei Lübbe Taschenbuch

Vom größten Glück und von der größten Angst. Ein beeindruckendes Buch!

Helen Dunmore
DER HIMMEL,
DER UNS TRENNT
Roman
320 Seiten
ISBN 978-3-404-15680-1

Ein kleines Mädchen. Ein großes Unglück. Eine Frau, die nicht weiß, wie sie weitermachen soll. Helen Dunmore zeigt uns einmal mehr, wie zerbrechlich ein Menschenleben ist. Was unser größtes Glück und unsere größte Angst ist, wenn wir eine kleine Kinderhand in der unseren spüren. Und wie wir ins Leben zurückfinden, wenn der Himmel eingestürzt ist.

Bastei Lübbe Taschenbuch